Rose Gerdts-Schiffler

Gedankenmörder

Roman

Carl Schünemann Verlag Bremen

Die Journalistin und Sozialwissenschaftlerin Rose Gerdts-Schiffler arbeitet seit 19 Jahren als Gerichts- und Polizeireporterin für den Weser-Kurier und die Bremer Nachrichten.

Ein Schwerpunkt in ihrer Arbeit sind Kriminalitätsphänomene und deren Ursachen. Dabei stellte die Autorin wiederholt fest, dass bestimmte Warnsignale oft jahrelang übersehen oder von der Justiz als Bagatelldelikte abgetan werden. So reifen unbemerkt von der Öffentlichkeit gefährliche Persönlichkeiten heran, deren Fantasien eines Tages tödlicher Ernst werden.

„Gedankenmörder" ist der erste Roman der Bremer Journalistin.

3. Auflage
www.schuenemann-verlag.de

Umschlagfoto: Roland Schiffler
Satz und Buchgestaltung: Schünemann Verlag
Produktion: Druckerei Girzig + Gottschalk GmbH, Bremen

Printed in Germany 2008 | ISBN 978-3-7961-1891-3

Gedankenmörder

I

Peter Smidt heftete in seinem Büro gerade die Rechnungen für die letzte Futterlieferung ab, als er den Schrei hörte.

Es war kurz nach sieben.

Der Leiter der Bremer Jugendfarm ließ sich so schnell nicht aus der Ruhe bringen. In wenigen Stunden würde es auf der Farm vor jungen Besuchern nur so wimmeln. Umso mehr genoss Smidt die morgendliche Stille in seinem Büro, und umso mehr ärgerte ihn jede unnötige Unterbrechung.

Seufzend quälte sich der Mann aus seinem abgewetzten Bürostuhl und ging zur Tür. Doch außer dem leichten Strichregen, der im Schein der Stalllampe auf den matschigen Boden fiel, konnte er auf dem dunklen Hof nichts erkennen.

Er formte seine beiden Hände zu einem Trichter: „Daniel!“ Einen Moment lauschte Smidt dem Klang seiner eigenen dunklen Stimme, die sich über den Hof legte. Doch der Zivildienstleistende, den er vor wenigen Tagen eingestellt hatte, gab keine Antwort.

„Daniel! Was ist denn los bei dir da draußen?“, rief Smidt in die Dunkelheit.

Aber der junge Mann schien ihn nicht zu hören.

Smidt zuckte matt mit den Schultern. Gerade als er die Tür wieder schließen wollte, meinte er, ein Stöhnen zu hören. Das Geräusch kam nicht aus dem Pferdestall, sondern aus Richtung des künstlich angelegten Sees.

„Verdammt, warum antwortet der Kerl nicht?“

Ärgerlich riss Smidt seine Jacke von einem Nagel an der Wand und legte sie sich noch im Hinausgehen über die Schultern. Wieder hörte er das Geräusch. Diesmal klang es für Smidt, als wimmere jemand.

Mit großen Schritten durchquerte der Farmleiter den Stall und bog auf den gepflasterten Weg in Richtung See ein. Einige Gänse schnatterten aufgeregt und zischten Smidt an. An jedem anderen Morgen hätte er ihnen scherzhaft geantwortet und ihr Zischen zu imitieren

versucht. Doch an diesem Morgen hatte Smidt für die Vögel keine Augen.
‚Der Zivi muss sich verletzt haben', schoss es ihm durch den Kopf.

Endlich sah er die schmale Gestalt, nach der er gesucht hatte. Die Arme eng um den Oberkörper geschlungen kauerte der junge Mann mit dem Rücken an einem hölzernen Geräteschuppen.
„Was ist denn los, Junge?" Peter Smidt schaute seinen Mitarbeiter prüfend an.
Der Zivi schien auf den ersten Blick unverletzt. Im Schein seiner Taschenlampe erkannte der Farmleiter überrascht, dass Daniel sich erbrochen hatte.
Peter Smidt nahm sich vor, Daniel nach Hause zu schicken. Er musste sich umziehen. So konnte er unmöglich die kleinen Besucher auf der Farm herumführen.
„Da, sehen Sie! Es ist furchtbar. Ich habe ...", die letzten Worte gingen in einem Würgeanfall unter.
Der Farmleiter leuchtete mit seiner Taschenlampe in die angegebene Richtung. Fassungslos suchte er nach Worten. „Verdammt!"
Vor den Ställen der Hasen und Kaninchen lagen drei Hühner mit abgerissenen Köpfen. Jemand hatte die Kadaver so ausgelegt, dass die Tiere wie ein Pfeil in Richtung der alten Eibe deuteten. Als Smidt sich die kopflosen Hühner genauer ansah, bemerkte er, dass ihre Flügel unnatürlich vom Körper abgespreizt waren. Sie waren gebrochen.
„Sehen Sie, was das Schwein mit Blacky gemacht hat!"
Daniel hatte sich aufgerafft und deutete mit einer Hand auf den großen Hofbaum.
Stumm ging Peter Smidt auf die Eibe zu. Der Hase mit dem samtigen, schwarzen Fell schien mit seinem Rücken und den ausgestreckten Pfoten regelrecht an der Baumrinde zur kleben. Als der Farmleiter noch einen Schritt näher trat, sah er, dass der Hase an den

Stamm der Eibe genagelt worden war. Damit nicht genug, hatte der Täter den Bauch des Tieres mit einem tiefen Längsschnitt geöffnet.
Angewidert drehte sich Smidt zur Seite.
Wütend trat er gegen einen Blecheimer.
„Verdammte Scheiße. Wer war das? Wer macht so was?"
Das Scheppern ließ Daniel zusammenzucken.
Smidt atmete tief durch. „In zwei Stunden kommen die ersten Kinder. Bis dahin muss das hier weg."
Er hasste sich selber dafür, dass seine Worte so gefühllos klangen. Aber die grausige Szenerie hatte ihn mehr mitgenommen, als er gegenüber dem Zivi zugeben wollte.

Daniel rührte sich nicht.
„Wir müssen die Polizei benachrichtigen", hörte Smidt ihn sagen.
„Die Polizei?" Smidt schnaubte verächtlich.
„Glaubst du, die Bullen hat es interessiert, als vor zwei Jahren nachts jemand unseren Ziegenbock mit einem Messerstich in den Hals getötet hat?"
Unwillkürlich war Smidt in den Jargon seiner Jugendzeit zurückgefallen. „Da haben wir nur Rennerei und sonst nichts. Es ist sinnvoller, den Zaun mit einem Stacheldraht abzusichern, damit keine besoffenen Jugendlichen mehr rüberklettern können. Und jetzt schnapp' dir die Tiere und vergrab' sie auf der Obstwiese."
Smidts Stimme klang schärfer, als er es wollte. Doch der junge Mann reagierte nicht.
„Ich finde, das muss die Polizei sehen", beharrte Daniel.
„Der Täter kann doch nicht einfach ungestraft davonkommen."
Nachdenklich musterte Smidt seinen Mitarbeiter. Zum ersten Mal seit Daniel auf der Jugendfarm angefangen hatte zu arbeiten, empfand Smidt so etwas wie Sympathie für den verschlossen wirkenden Jungen.
„Okay, ich rufe das Revier an. Aber mach' dir bloß keine großen Hoff-

nungen. Wir können froh sein, wenn die in der nächsten Stunde einen Wagen schicken", sagte Smidt einlenkend und ging zurück in sein Büro.

Wider Erwarten musste er schon nach 20 Minuten wieder hinaus in den Regen. Durch sein Fenster sah Smidt, wie ein Streifenwagen vor dem großen hölzernen Hoftor parkte. Offenbar nahm die Polizei seine Meldung doch ernster als erwartet. Ein untersetzter Beamter stieg aus und rüttelte vergeblich an dem verschlossenen Tor.
„Warten Sie, ich schließe auf", rief Smidt dem Schutzpolizisten zu.
„Moin", entgegnete der Mann ihm freundlich. „Horst Bollmann vom Revier Neustadt. Das ist mein Kollege Richard Iden."
Der Beamte drehte kurz seinen Kopf in Richtung Streifenwagen, in dem sein Kollege offenbar noch über Funk in ein Gespräch verwickelt war.
„Und Sie haben hier ein paar dahingemeuchelte Hühner?", eröffnete Bollmann das Gespräch, während er mit dem Farmleiter in Richtung des Sees ging und sich bemühte, nicht in eine der vielen Pfützen zu treten.
„Um genau zu sein: drei Hühner und einen Hasen", sagte Smidt.
„Na, das ist ja schon ein richtiger Massenmord", sagte Bollmann und lachte über seinen eigenen Witz.
Smidt zeigte auf die Hühnerkadaver.
„Mann, Mann, was Leute im Suff so alles machen", seufzte Bollmann und beugte sich über die Kadaver.
„Und der Hase?"
„Ist an den Baum genagelt", sagte Smidt und zeigte auf die Eibe.
Ungläubig starrte der Beamte auf das blutige Fell und den geöffneten Bauch des Tieres. Dann fasste er sich wieder. „Nee, da vergeht mir ja jeder Appetit auf Sonntagsbraten", versuchte er erneut zu scherzen.
Smidt sah ihn stumm an.
Die Stimmen hatten den Zivi aus dem Pferdestall gelockt. Unsicher

ging er auf die Männer zu. Ohne Gruß wandte er sich direkt an Bollmann.
„Was werden Sie machen, um das Schwein zu kriegen?“
Der Beamte zuckte mit den Schultern. „Wir können eine Anzeige wegen Sachbeschädigung schreiben.“
Der Junge sah Bollmann empört an. „Der Hase und die Hühner sind doch keine Sachen. Wollen Sie denn keine Spuren sichern oder in den Nachbarhäusern nach Zeugen suchen?“
Verärgert betrachtete Bollmann den Jungen. Was glaubte der eigentlich, was sie in einer Acht-Stunden-Schicht alles zu erledigen hatten? Bollmann setzte gerade zu einer harschen Antwort an, als Smidt ihn unterbrach. „Das ist übrigens unser Zivildienstleistender Daniel Janssen. Er kümmert sich um die Tiere auf dem Hof.“
Der Hinweis stimmte Bollmann sofort milder. Der Junge erinnerte ihn an seinen eigenen Sohn. Ein sanfter Junge, der die Dienstwaffe seines Vaters nie eines Blickes gewürdigt hatte. In einem früheren Streit mit seiner Frau hatte er den Sohn einmal als Warmduscher bezeichnet und es sofort wieder bereut.
„Okay, junger Mann. Natürlich haben Sie recht“, kehrte Bollmann wie auf Knopfdruck seine diplomatische Seite heraus, die ihm schon oft in Konfliktsituationen geholfen hatte.
„Die Tiere sind keine Sachen. Aber rein juristisch werden sie so bewertet. Wir können natürlich auch noch eine Anzeige wegen Tierquälerei schreiben und unsere Pressestelle im Präsidium informieren. Vielleicht meldet sich ja jemand aufgrund eines Artikels in den Zeitungen.“
Daniel schien erleichtert.
„Ich mache noch ein paar Bilder von den Tieren für die Anzeige“, sagte der Schutzpolizist und zog eine kleine Digitalkamera aus der Tasche.
In dem Moment wurden die Männer von dem zweiten Beamten unter-

brochen. Der Mann schenkte dem toten Hasen und den kopflosen Hühnern nur einen flüchtigen Blick.
„Horst, wir müssen zur Kreuzung Neuenlander Straße/Ecke Langemarckstraße. Die Zentrale hat sich gerade gemeldet. Scheint ein schwerer Unfall zu sein. Ist kein anderer Wagen im Abschnitt frei."
Bollmann nickte. „Okay. Ich bin hier sofort fertig."
Er ging in die Knie, um eine Nahaufnahme von den Hühnern zu machen. Dann lief er mit einer Behändigkeit, die man ihm gar nicht zugetraut hätte, zum Streifenwagen.

„So, du vergräbst jetzt die Hühner auf der Obstwiese", befahl Smidt dem Zivi.
Durch den jungen Mann ging ein leiser Ruck.
„Um den Hasen kümmere ich mich", sagte Smidt.
„Denk' dran, um zehn Uhr sind zwei Schulklassen angemeldet. Bis dahin muss das hier alles wieder in Ordnung sein. Und kein Wort zu den Jugendlichen heute Nachmittag. Ich will keine hysterischen Mädchen auf dem Hof."

2

Frank Steenhoff fluchte leise.
Das Bild hing schief. Eindeutig. Vorsichtig schob er den gerahmten Druck von Emil Nolde an der linken Ecke ein paar Millimeter nach oben. Aber das Bild rutschte an der glatten Wand wieder zurück in seine alte Position. Hätte er doch den Rat seiner Frau Ira angenommen und neben Hammer und Nagel auch eine Wasserwaage mit ins Büro genommen. Nun hatte er den Salat. Drei Nägel prangten bereits in der neu tapezierten und frisch gestrichenen Wand. Steenhoff warf einen Blick zur Tür.

Sie war verschlossen.
Er hatte keine Lust, sich beim Einrichten seines neuen Büros auch noch den Spott der Kollegen zuzuziehen. Die wussten sowieso, dass seine Frau mit Bohrmaschine und Säge besser umzugehen verstand als er. Damals als der Doppelmord an dem jungen Pärchen Steenhoff und die gesamte Mordkommission Tag und Nacht in Atem gehalten hatte, hatte Ira die Umbauarbeiten an ihrem alten Bauernhaus einfach selbst in die Hand genommen.
Niemand hätte Ira zuvor für besonders handwerklich begabt gehalten; eine Frau, die in der ausgebauten Scheune des ehemaligen Resthofes Yoga, Meditation und Richtig-Fasten-Kurse anbieten wollte. Doch mit ihrer anpackend fröhlichen Art hatte sie sich von Woche zu Woche mehr zugetraut und schließlich sogar gemeinsam mit einem Nachbarn eine neue Trennwand im Haus hochgezogen und verputzt.
Statt froh zu sein, dass der zeitraubende Umbau des Hofes auch ohne ihn weiterging, hatte die Tatkraft seiner Frau Steenhoff gekränkt. Die aufgemauerte Wand sei schief, befand er, und die Tapeten seien unsauber aneinandergeklebt.
Ira hatte sich sein Genörgel nicht lange angehört. Statt wütend zu werden, griff sie auf „Sachbeweise“ zurück, wie sie ihre Verteidigung ironisch bezeichnete. Ein Senklot bewies, dass die Wand gerade aufgemauert war und ihr Nachbar, ein früh in Rente gegangener Malermeister, bescheinigte Ira hervorragend gearbeitet zu haben. Schließlich hatte Steenhoff einfach akzeptiert, dass seine Frau handwerklich die Geschicktere war.
Der Druck von Nolde hing immer noch schief.
Steenhoff griff nach einem weiteren Nagel und schlug ihn einen halben Zentimeter höher als den mittleren in die Wand. Dann machte er sich daran, die zu tief angesetzten Nägel wieder herauszuziehen. Doch sie steckten so fest, dass er erst eine Weile an ihnen hin- und herruckeln musste.

Zwei Löcher verrieten, wo sie eben noch gesteckt hatten.
Auch nach dem dritten Versuch hing das Bild noch schief. Es waren nur ein paar Millimeter, aber Steenhoff wusste, es würde ihn jeden Morgen, wenn er das Büro betrat, stören.
Fluchend griff er zu einer Tube Sekundenkleber und versah die Rückseite des Gemäldes mit einem daumengroßen Klecks.

Im selben Moment klingelte das Telefon.
„Mist."
Steenhoff widerstand dem Impuls, das Bild loszulassen und zählte innerlich die Sekunden. Nach achtmal Klingeln entschied er, müsste das Bild fest hängen. Als es das neunte Mal klingelte, riss er den Telefonhörer ans Ohr. „Frank Steenhoff?"
Zufrieden registrierte der 46-Jährige, dass Nolde kapituliert hatte. Das Bild hing einfach perfekt unter der kleinen Dachschräge.
„Papa, ich bin's." Seine Tochter klang mitgenommen.
„Auf dem Hof ist etwas Furchtbares passiert."
Steenhoff war sofort alarmiert. „Ist etwas mit Mama?"
„Nein, doch nicht auf unserem Hof", beruhigte ihn Marie.
„Auf der Jugendfarm, auf der ich donnerstags immer reite, hat gestern Nacht jemand vier Hühner und einen Hasen getötet. Das ist echt grausam, und Daniel meint, die Polizei würde nichts weiter tun."
„Hm."
Steenhoff wusste nicht recht, was er seiner Tochter Tröstendes sagen sollte. Es irritierte und freute ihn zugleich, dass Marie mit ihrem Kummer zuerst zu ihm kam. Sonst war immer Ira ihre engste Vertraute.
„Kannst du deinen Kollegen nicht sagen, sie sollen mit mehreren Leuten nach dem Täter suchen? Oder ihnen am besten ein bisschen dabei helfen?"
Steenhoff musste lachen.
„Für das tragische Schicksal von Hasen bin ich in dieser Stadt zum

Glück noch nicht zuständig", sagte er und bereute seine flapsige Antwort sofort.
Für seine tierliebende Tochter war der gewaltsame Tod eines Hasen genauso verwerflich wie für andere der Mord an einem Menschen.
„Entschuldige, mein Schatz", sagte Steenhoff und versuchte den Faden zu seiner Tochter wieder aufzunehmen.
„Aber du kannst dich auf die Kollegen vom Revier verlassen. Die kennen ihre Pappenheimer in den Stadtteilen. Mach' dir keine Sorgen. Den haben die bald."
Doch Marie war nicht überzeugt. Beharrlich bestand sie darauf, dass seine Kollegen von der Schutzpolizei den „Tier-Mord" nicht ernst nahmen und ihn nur als Sachbeschädigung behandelten. Als sie das dritte Mal den Namen Daniel erwähnte, wurde Steenhoff hellhörig.
„Von wem sprichst du da eigentlich immer? Ist Daniel ein Schulkamerad von dir?"
„Nein, das ist nur der neue Zivi auf dem Hof", antwortete Marie knapp. Auf einmal schien sie es eilig zu haben. Bevor sich Steenhoff von seiner Tochter verabschiedete, verabredeten sie sich noch zum Englischlernen am Abend. Marie sollte am nächsten Morgen in der Schule eine Grammatikarbeit schreiben.

Steenhoff war an diesem Tag für die Mordbereitschaft eingeteilt. Als junger Kommissar hatte er die Bezeichnung für den Dienst geradezu absurd gefunden. Doch inzwischen benutzte er sie genauso selbstverständlich wie alle anderen auch.
Wann immer an diesem Tag irgendwo in Bremen ein toter Jogger oder eine alte Frau unter ungeklärten Umständen tot in ihrer Wohnung entdeckt werden würde, müsste er seine Umzugskisten stehen und liegen lassen und zum Einsatz fahren. Doch vielleicht, so hoffte Steenhoff, hatte er Glück und konnte sich vorher in seinem neuen Büro einrichten.

Vor zehn Jahren war Frank Steenhoff von der Schutzpolizei zur Bremer Mordkommission gewechselt. Zuvor hatte er noch einige Abteilungen als sogenannter Durchläufer bei der Kriminalpolizei kennengelernt, doch sofort gewusst, dass er zurück ins 1. Kommissariat für Kapitaldelikte wollte. So bedrückend die meisten Fälle auch waren, die Arbeit bei den Mordermittlern hatte ihn von Anfang an fasziniert. Dabei konnte er zu Beginn kein Blut sehen.

Er erinnerte sich genau an seine Zeit beim Kriminaldauerdienst Anfang der 90er-Jahre. Damals war er nachts zu einer Messerstecherei zwischen zwei Dealern gerufen worden. Einer der beiden Nigerianer hatte seine Hand auf eine klaffende Bauchwunde gepresst und leise gestöhnt. Steenhoff konnte sich noch daran erinnern, dass er erste Hilfe leisten wollte, ihm aber plötzlich schwarz vor Augen geworden war. Seine Kollegen mussten in dieser Nacht zwei Krankenwagen alarmieren. Einen für den jungen Dealer und einen für Steenhoff. Ein peinlicher Zwischenfall, der noch Jahre später auf Weihnachtsfeiern immer wieder gern erzählt wurde.

Steenhoff blickte auf die Umzugskisten zu seinen Füßen.

Seufzend machte er sich wieder an die Arbeit und räumte Akte für Akte in die leeren Schränke. Ein Schwelbrand in einem Büro des Kommissariats im zweiten Stock hatte vor drei Wochen nachts einen großen Bereich ihrer Etage verrußt. Die Feuerwehr hatte mit ihrem Löschwasser den Schaden noch vergrößert.

Steenhoffs Büro am Ende des Flurs, das er sich zuletzt mit den Kollegen Wessel und Moormann geteilt hatte, war dank der verschlossenen Tür unbeschädigt davongekommen. Doch um die rund 20 Brand- und Mordermittler des 1. Kommissariats nicht monatelang räumlich auseinanderzureißen, mussten nun alle ins ausgebaute Dachgeschoss umziehen.

Steenhoff sollte das Büro künftig mit einer neuen Kollegin teilen, die die Stelle eines verstorbenen Ermittlers übernehmen sollte. Umso wichtiger war es Steenhoff, das Zimmer schon einmal optisch mit Bildern und Pflanzen in Beschlag zu nehmen. All die Jahre war es ihm peinlich gewesen, wenn Besucher oder Zeugen in ihr Dreierzimmer kamen und der Blick sofort auf die überdimensionale Micky Maus an der Wand fiel. Sein Kollege Wessel, ein eingeschworener Comic-Fan, hatte im Laufe der Zeit auch noch Plakate von Goofy und Mickys Freundin Minnie Maus aufgehängt.

Immer wieder hatten sie über Geschmack und Außendarstellung diskutiert. Doch der „Kinderkram", wie Steenhoff die Bilder seines Kollegen abfällig nannte, blieb an der Wand.

Schließlich hatte er sich damit getröstet, dass das Büro ja nicht sein Zuhause war. Tatsächlich wusste er aber nur zu gut, dass er während einer Mordermittlung mehr Zeit bei der Arbeit als bei seiner Familie verbrachte. Schließlich hatte er es irgendwann geschafft, die Comic-Bilder komplett zu ignorieren. Nun hatte er endlich sein eigenes Reich.

Am frühen Nachmittag hatte Steenhoff bis auf eine Kiste alle Unterlagen einsortiert. Die beiden Schreibtische in dem Büro standen sich nun schräg gegenüber und machten den kleinen Raum optisch etwas größer. Zuerst hatte Steenhoff seinen Tisch ans Fenster geschoben. Doch für die neue Kollegin wäre bei dieser Raumaufteilung nur der Blick auf eine Wand geblieben. Eine klare Benachteiligung, die Steenhoff sofort ins Auge stach. Nach einigen weiteren Versuchen hatte er sich dafür entschieden, die beiden Schreibtische einander gegenüberzustellen.

Ein wuchernder Benjamini trennte beide Tische optisch voneinander. So konnte er sich beim Telefonieren ungestört fühlen, dachte Steenhoff zufrieden.

Die ersten Märztage verbrachte Steenhoff damit, sich einen alten, ungelösten Fall noch einmal vorzunehmen. Vor drei Jahren war eine Rentnerin bei einem Einbruch im Bremer Norden mit einem mas-

siven Gegenstand in ihrer Zwei-Zimmer-Wohnung niedergeschlagen und getötet worden. Der Schlag auf den Hinterkopf war so stark gewesen, dass die Schädeldecke zertrümmert wurde. Eine derart schwere Verletzung hatte Steenhoff zuvor noch nie gesehen.
Der drogenabhängige Enkel war damals ebenso in Verdacht geraten wie ein junger Mann, der schräg gegenüber wohnte. Von beiden Männern fanden die Ermittler Fingerabdrücke in der Wohnung. Doch offenbar hatte die Frau ihren Enkel und den jungen Nachbarn wiederholt um kleine Gefälligkeiten gebeten und sie dafür meist mit einigen Euro entlohnt.
Bei der Suche nach dem Motiv des Täters hatte es innerhalb der Mordkommission verschiedene Theorien gegeben, denn merkwürdigerweise waren nur einige Fächer der Schrankwand im Wohnzimmer durchwühlt gewesen. Den Kleiderschrank im Schlafzimmer aber hatte der Täter nicht angerührt. Immer wieder hatten Steenhoff und seine Kollegen diskutiert, ob es sich nun um einen geplanten Raub mit einer plötzlichen Eskalation gehandelt habe oder um einen persönlichen Racheakt, bei dem der Raub nur vorgetäuscht war. Für die These, dass Opfer und Täter sich kannten und in einer Beziehung zueinander standen, sprach vor allem, dass der Unbekannte der toten Rentnerin noch mehrfach ein Brotmesser in die Brust gerammt hatte. Warum?
Ein klassisches Indiz für einen „Overkill", wie die von Steenhoff befragten Fallanalytiker anmerkten. Wer sein totes Opfer derartig traktiere, setze damit einen gewaltsamen, höchst dramatischen Schlusspunkt unter ein angespanntes emotionales Verhältnis. Andere Kollegen hielten es dagegen für möglich, dass der Täter tatsächlich nur an die Ersparnisse der alten Dame wollte und bei der Suche nach Geld durch ein Geräusch im Hausflur gestört worden war. Anschließend war der Unbekannte über den Balkon geflüchtet. Da sich die Wohnung des Opfers im zweiten Stock des Hauses befand, musste der Täter sehr sportlich sein.

Sie hatten damals die Medien eingeschaltet, alle Bewohner der umliegenden Wohnblocks befragt, die Angehörigen und zahlreiche Alibis überprüft und am Ende mehrere Verdächtige aber keinen heißen Kandidaten gehabt. Vor kurzem nun hatten sich Angehörige der Toten erneut bei Steenhoff gemeldet. Eine alte Freundin der getöteten Frau hatte ihnen aus einem Seniorenheim geschrieben und sich dabei schwärmerisch an die gemeinsamen Jahre erinnert. Dabei hatte die Zeugin erwähnt, dass „Hertha" leider stets einen Teil ihres Vermögens in „Spielhöllen" gelassen habe. Steenhoff nahm an, dass die Zeugin von Spielhallen sprach, die in manchen Bremer Stadtteilen wie Pilze aus dem Boden schossen.

Wir müssten noch mal alle umliegenden Spielhallen abklappern, schoss es dem Kriminalhauptkommissar durch den Kopf. Keine Aufgabe, für die er seine Kollegen leicht gewinnen würde, denn sie hatten den Fall schon längst ad acta gelegt. Doch Steenhoff führte in dem Fall die Akte und bislang hatte er der Staatsanwaltschaft noch in jedem Tötungsdelikt irgendwann einen Täter präsentiert. Schon sein beruflicher Ehrgeiz ließ es nicht zu, dass der brutale Mord an der hilflosen alten Frau ungesühnt bleiben sollte.

Das Klingeln seines Diensthandys riss ihn aus seinen Gedanken.

„Frank? Hier ist Werner Müller. Du hast doch diese Woche noch Mordbereitschaft. Wir haben da so eine merkwürdige Leiche im städtischen Krankenhaus West. Du solltest am besten gleich mit rausfahren."

Steenhoff seufzte innerlich.

Kaum hatte er sich wieder in den alten Fall eingearbeitet, riss ihn der Leiter des Kriminaldauerdienstes schon wieder mit dem üblichen Alltagskram aus den Ermittlungen.

„Im Krankenhaus gibt es jeden Tag Tote, Werner. Merkwürdig würde ich es finden, wenn du mir erzähltest, du hättest ein Bremer Krankenhaus ohne Leichen entdeckt", antwortete er lakonisch.

Müller und Steenhoff kannten sich seit Beginn ihrer Polizeilaufbahn. Zeitweise waren sie sogar auf einem Streifenwagen gefahren. Nach ihrer Ausbildung bei der Bereitschaftspolizei hatten sie ein Jahr lang zusammen beim mobilen Einsatzkommando gearbeitet. In den vielen Stunden, die sie bei der Überwachung Tatverdächtiger vor Häusern und Kneipen zugebracht hatten, waren sie sich nähergekommen. Obwohl sie seit Jahren in unterschiedlichen Dienststellen arbeiteten, war der freundschaftliche Kontakt geblieben.

Üblicherweise begann jedes Telefonat damit, dass sich die beiden früheren Kollegen gegenseitig durch den Kakao zogen. Doch Müller war an diesem Nachmittag ungewöhnlich ernst.

„Frank, bei der Toten handelt es sich um eine junge Patientin, die an den Folgen eines Verkehrsunfalls gestorben ist."

Steenhoff wusste immer noch nicht, warum ihn der frühe Tod der Unbekannten etwas angehen sollte.

„Ja, und?"

Müllers Stimme klang gepresst. „Ihre Leiche ist geschändet worden. Muss gruselig aussehen. Ein Pfleger, der sie in der Leichenhalle im Keller entdeckt hat, wird gerade wegen eines Schocks vom Notarzt behandelt."

Steenhoff klappte die Akte zusammen und schob sie an den Rand seines Tisches.

„Okay. Ich fahre raus. Sag' der Tatortgruppe Bescheid. Die sollen zu zweit oder besser gleich zu dritt kommen."

Er hatte sich gerade die Jacke übergezogen, als es an der Tür klopfte. Bevor Steenhoff reagieren konnte, wurde die Tür schon aufgerissen. Mit der Atmung eines Kurzstreckenläufers nach dem Zieleinlauf betrat Bernd Tewes das Zimmer. Der Leiter des Kommissariats wirkte wie immer angespannt. Während viele von Steenhoffs Kollegen lästerten, Tewes würde sich auf „Konferenzen" und in den zahlreichen Arbeitsgruppen des Präsidiums regelrecht verausgaben, schätzte

Steenhoff seinen Chef wegen dessen Loyalität zu seinen Mitarbeitern.
„Frank, hast du einen Moment Zeit? Ich wollte dir unseren neuen Kollegen, pardon, unsere neue Kollegin vorstellen. Frau Petersen fängt nächste Woche bei uns an. Sie wird bei dir im Zimmer sitzen."
Bevor Steenhoff etwas erwidern konnte, schob sich eine schlanke Frau mit auffällig dunklem Teint an Tewes vorbei und streckte Steenhoff die Hand hin.
„Navideh Petersen. Das ist wirklich nett, dass ich das Zimmer mit Ihnen teilen darf. Ich habe schon viel von Ihnen gehört."
Der Kommissar war zu verblüfft, um etwas erwidern zu können. Die Neue entsprach nicht seinem Bild von einer Kripobeamtin. Mit ihren vollen schwarzen Haaren und ihrer schlanken Figur hätte sie eher als Model auf einen Laufsteg gepasst. Zumal Steenhoff sie mit seinen 1,87 Metern nur um wenige Zentimeter überragte.
„Äh, guten Morgen", brachte Steenhoff schließlich heraus. Er bemerkte, dass Petersen für eine Frau einen ungewöhnlich kräftigen Händedruck besaß.
„Frank ist einer unserer besten Ermittler", stellte Tewes Steenhoff vor. „Er wird Sie mit den Kollegen in den verschiedenen Abteilungen bekannt machen und Ihnen vieles beibringen können. Ich denke, ich lasse euch jetzt erstmal allein. Dann könnt ihr euch schon ein bisschen kennenlernen, bevor es nächste Woche für Frau Petersen losgeht."
Unbemerkt von der jungen Beamtin blinzelte Tewes Steenhoff verschmitzt zu. Stenhoff wusste, ab sofort würde ihn jeder um die neue Kollegin beneiden. Sein kleines Büro würde künftig im Zentrum des Interesses stehen. Doch für männliche Eitelkeiten und Hahnenkämpfe hatte er im Augenblick keine Zeit.

„Bernd. Ich bin gerade auf dem Weg ins Krankenhaus West. Dort ist

eine …“, Steenhoff zögerte einen Augenblick. „… geschändete Frauenleiche im Keller gefunden worden.“
„Wenn Sie nichts dagegen haben, komme ich einfach mit und begleite Sie ein paar Stunden“, schlug seine neue Kollegin überraschend vor. „Ich habe diese Woche zwar noch frei, aber dann bekomme ich schon mal einen Eindruck von meiner künftigen Dienststelle.“
Steenhoff wollte spontan ablehnen, doch Tewes wohlwollendes Nicken irritierte ihn.
„Ich versichere Ihnen, ich werde Sie nicht mit Fragen bombardieren und mich im Hintergrund halten“, meldete sich Petersen wieder zu Wort. Nach einem kurzen Zögern nickte Steenhoff schließlich.
„Meinetwegen. Dann los!“

3

Auf dem Weg zum Krankenhaus West schwieg Steenhoff. Er versuchte sich vorzustellen, was ihn am Tatort erwarten würde. Obwohl er nun seit zehn Jahren im 1. Kommissariat arbeitete, hatte er erst bei zwei Morden an Prostituierten erlebt, dass sich die Täter an ihren toten Opfern sexuell vergangen hatten. Plötzlich hatte er wieder die Tatortfotos aus den Akten vor Augen. Widerwärtige Details kamen ihm in den Sinn.
Eine der beiden Frauen stammte aus der Ukraine. Der Täter hatte sie erwürgt und ihr danach schwere Verletzungen im Anus zugefügt. Anschließend hatte er sich an der Leiche befriedigt. Im anderen Fall hatte der Mann der toten Frau mehrere Male mit einem Messer in die Brüste gestochen. Seit Jahren hatte Steenhoff nicht mehr an die beiden Opfer gedacht. Manchmal war er erstaunt, wie gut es ihm gelang, belastende Bilder zu verdrängen.
Er warf einen Blick auf seine Beifahrerin.

„Darf ich fragen, wie alt Sie sind?“, hörte er sich plötzlich fragen und fand seine erste Frage an die neue Kollegin zugleich völlig unpassend. Doch Petersen schien nichts dabei zu finden.
„Ich bin vergangene Woche 29 Jahre alt geworden.“
„Stammen Ihre Eltern aus der Türkei, oder wie sind Sie zu dem Vornamen gekommen“, hakte Steenhoff nach.
„Ich bin Iranerin. Das heißt, seit ein paar Jahren besitze ich einen deutschen Pass. Und nach meiner Heirat auch einen deutschen Nachnamen. Ich habe ihn nach meiner Scheidung behalten. Mein persischer Familienname war einfach unaussprechbar. Fast so lang wie der Name dieser früheren Justizministerin. Wie hieß die noch? Leutheuser-Schnarrenberger oder so ähnlich.“
Steenhoff musste schmunzeln. Aber bevor er das Thema Doppelnamen vertiefen konnte, lenkte ihn ein Umleitungsschild an der Hauptstraße ab. Bremen schien im März schon wieder voller Baustellen zu sein. Nachdem er sich wegen der neuen Streckenführung kurz verfahren hatte, stand er endlich auf dem Parkplatz des städtischen Krankenhauses West. Nur ein Behindertenparkplatz war in der Nähe des Eingangs noch frei. Ohne zu zögern, griff Steenhoff auf den Rücksitz, holte die Polizeikelle heraus und legte sie gut sichtbar neben das Lenkrad des Wagens.
Einen Augenblick erwartete er, dass die junge Frau ihn dafür rügen würde. Von seiner Frau Ira hätte er für die Benutzung eines Behindertenparkplatzes sofort eine bissige Bemerkung kassiert. Sogar Marie hätte ihrem Vater diese Parkplatzwahl nicht einfach durchgehen lassen. Doch Petersen war ohne Protest oder hochgezogene Augenbrauen ausgestiegen und wartete schon neben dem Auto auf ihn.

Am Empfangsschalter im Eingang des großen Krankenhauses holte Steenhoff seinen Dienstausweis aus der Tasche.
„Frank Steenhoff. Kripo Bremen. Wir sind vom Krankenhaus benachrichtigt worden.“

Der ältere Mann am Schalter zuckte merklich zusammen.
„Ja, Ihre Kollegen sind schon da. Der Geschäftsführer des Krankenhauses erwartet Sie bereits. Das Zimmer von Herrn Dr. Decker liegt im dritten Stock, links vom Fahrstuhl."
„Mit Herrn Decker werde ich mich später unterhalten. Wir wollen in die Pathologie", sagte Steenhoff ruhig.
Eifrig stand der Mann auf und zeigte auf einen Flur rechts vom Eingang.
Sofort dämpfte er seine Stimme. „Dort hinten hängt ein Schild: Ganz unten steht ‚Pathologie' drauf. Wenn Sie der Beschilderung folgen, kommen Sie direkt dorthin."
Steenhoff hörte schon gar nicht mehr zu. Er kannte die Pathologie im Krankenhaus West und auch die der anderen Bremer Krankenhäuser. Regelmäßig wurden die Ermittler der Mordkommission in die Kliniken gerufen, wenn im Zusammenhang mit einem Verstorbenen Ungereimtheiten aufgetreten waren oder der Verdacht einer Straftat vorlag.
Steenhoff und Petersen gingen durch schmale Gänge und mussten mehrfach abbiegen, bis sie endlich auf dem Flur zur Pathologie standen. Vor der letzten Glastür hatte sich ein junger Beamter von der Schutzpolizei aufgebaut. Als er die beiden sah, trat er sofort auf Steenhoff und seine Begleiterin zu.
„Sie können hier nicht durch." Um seine Anweisung zu unterstreichen, stellte er sich Steenhoff in den Weg. Doch der Kriminalhauptkommissar schien ihn kaum zu beachten.
„Lass mal gut sein. Mordkommission."
Sofort trat der junge Polizist einen Schritt beiseite. Umständlich beschrieb er Steenhof den Weg, wobei er sich zweimal aufgeregt korrigierte. Steenhoff hatte dem Mann nur kurz zugenickt und ihn mitten im Satz stehen lassen. Hinter sich hörte er die Stimme von Petersen.
„Danke für Ihre Hilfe. Wir finden es schon." Als Steenhoff sich nach ihr umdrehte, sah er, wie der Polizist ihr bewundernd nachschaute.

Vor der Tür zur Pathologie stand breitbeinig ein zweiter Schutzpolizist. Er nickte Steenhoff freundlich zu. „Ah, der Kollege von der Kripo."
Petersen konnte er offenbar nicht einordnen. Neugierig musterte er die Frau. Steenhoff schüttelte dem Mann, den er von früheren Einsätzen kannte, die Hand. Er deutete auf die Tür. „Und? Was wisst ihr bisher?"

Der Beamte holte kurz Luft. „Der Pfleger hat die Leiche gegen neun Uhr gefunden. Sie lag auf dem Stahltisch. Jemand muss sie nachts aus dem Kühlfach herausgenommen haben und dann ... na, das wirst du ja gleich selber sehen", sagte der Schutzpolizist und schüttelte den Kopf.
Als Petersen gemeinsam mit Steenhoff an ihm vorbei in die Pathologie treten wollte, hielt der Beamte seinen Kollegen kurz am Jackenärmel fest und deutete mit einem kurzen Nicken in Petersens Richtung.
„Ich weiß nicht, ob sie sich das antun sollte."
Steenhoff hatte für den Bruchteil einer Sekunde genau dasselbe gedacht. Ärgerlich schob er den Gedanken beiseite. Schließlich wollte Petersen bei der Mordkommission anfangen. Und dort bearbeitete man nun mal keine Fahrraddiebstähle, sondern Leichensachen.
„Sie ist Kollegin. Das ist schon okay", sagte er und kam Petersen mit seiner Antwort zuvor.
Gleichzeitig betraten sie den Raum. Unmittelbar neben dem Eingang waren zwölf Kühlfächer in die Wand eingelassen. Kleine beschriftete Zettel auf den Eisentüren markierten, wer dort drinnen bei fünf Grad über Null auf den Bestatter wartete. Links vom Eingang führte eine Schiebetür zu einem kleinen Aufbahrungsraum. Am Kopfende eines mit schwarzem Stoff umrandeten Katafalkwagens waren zwei Kerzen an der Wand angebracht. Dazwischen hing ein Bild von Wassily Kandinsky. Über dem Wagen war die Decke abgehängt und mit kleinen

Lämpchen versehen, die man je nach Zustand des Verstorbenen dezent dimmen konnte. Über allem hing der Geruch von Desinfektionsmitteln.

„Da bist du falsch. Die Leiche liegt im Sektionsraum“, hörte Steenhoff hinter sich die Stimme des Schutzpolizisten.

„Sieh bitte zu, dass hier keiner reinkommt“, forderte ihn Steenhoff bestimmt auf.

Was er jetzt nicht brauchen konnte, waren neugierige Zuschauer. Dicht gefolgt von Petersen ging er langsam auf das Ende des großen Vorraums zu. Genau gegenüber der Eingangstür zur Pathologie lag ein kleines Büro, dessen Fensterbank mit wuchernden Grünpflanzen vollgestellt war. Von früheren Tatorten hatte er sich angewöhnt, nicht gleich zur Leiche zu stürzen, sondern zunächst das Gesamtbild in sich aufzunehmen. Der erste Eindruck war wichtig – nicht nur bei Menschen, sondern auch am Ort eines Verbrechens. Winzige Kleinigkeiten, die störten, dort nicht hinpassten oder gleich zu sehr ins Auge stechen sollten, hatten ihn schon manches Mal auf die entscheidende Frage gebracht.

Auch Petersen schien es nicht eilig zu haben. Stumm musterte sie das friedlich in der Morgensonne liegende Büro.

Um keine Fingerspuren zu hinterlassen, streifte sich Steenhoff Einmalhandschuhe über und öffnete langsam die Tür zum Sektionsraum. Die Szene schlug ihn sofort in ihren Bann. Hinter sich hörte er, wie Petersen schwer ausatmete.

Mit den Füßen zur Tür lag mitten auf dem Sektionstisch eine vielleicht 20-jährige nackte Frau. Ihre Beine waren gespreizt. Unter ihren Kopf hatte jemand ein zusammengefaltetes Bettlaken gelegt, so dass es aus der Ferne schien, als schaue die Frau jeden, der den Raum betrat, mit ihrem starren dunklen Blick an.

In ihre Scheide hatte der Täter einen Besenstiel gerammt und dabei den Unterleib der Leiche aufgerissen. ‚Der muss mit dem Besen re-

gelrecht in der Frau rumgestochert haben', schoss es Steenhoff durch den Kopf. Ekel und Entsetzen stiegen in ihm auf. Schnell schob er die Gefühle beiseite. Sie würden ihn bei den Ermittlungen nur behindern.
Offenbar hatte sich der Täter längere Zeit mit der Leiche beschäftigt. In der Bauchdecke der Frau entdeckte Steenhoff einen vielleicht vier, fünf Zentimeter tiefen Schnitt, der wie ein großes V aussah.
„Das sieht ja aus wie ein Victory-Zeichen", sagte Petersen mit tonloser Stimme. In dem kalten Neonlicht wirkte Petersen trotz ihres braunen Teints bleich.
„Mein Gott. Er hat sie geschminkt", entfuhr es der Polizistin plötzlich entsetzt. Steenhoff schaute der toten Frau ins Gesicht. Die geschlossenen Augen waren mit dunklem Lidschatten übermalt. Mit einem schwarzen Kajal-Stift hatte der Unbekannte seinem Opfer überdimensionale Wimpern auf das Augenlid gezeichnet. Die Lippen der Leiche hatte er mit einem leuchtend roten Lippenstift nachgemalt. Aus dem Gesicht einer jungen Frau war eine ordinäre Totenfratze geworden.
„Was muss der Typ für einen Hass in sich haben", sagte Petersen. Steenhoff nickte grimmig und ließ die Szenerie eine Weile stumm auf sich wirken. Schließlich wandte er sich wieder an seine Kollegin.
„Lassen Sie uns einmal die Räume genauer anschauen.
„Vielleicht hat der Täter irgendetwas für uns hinterlassen."
Doch dazu kamen sie nicht mehr.
„Die Spurensicherung ist da und zieht sich gerade um", meldete sich der Schutzpolizist, der vor der Tür Wache gehalten hatte, wieder zu Wort und schaute hinter sich in den Flur. Steenhoff griff in seine Jackentasche und machte schnell ein paar Fotos mit einer kleinen Kamera, die er stets bei sich trug.
Kurz darauf standen drei Männer von der Tatortgruppe mit ihren weißen Einmalanzügen und ihren Hauben auf dem Kopf im Eingang.

„Ich wäre euch sehr verbunden, wenn ihr uns jetzt das Feld hier überlassen könntet“, sagte der Älteste der drei zu Steenhoff.

Ohne eine Antwort abzuwarten, wandte sich der Mann an die einzige Frau im Raum.

„Und wer sind Sie, wenn ich fragen darf?“

„Kriminalkommissarin Navideh Petersen.“

„Okay. Freut mich, Sie kennenzulernen. Bitte geben Sie im Präsidium noch heute Ihre Fingerabdrücke und eine DNA-Probe von sich ab. Sonst machen wir uns mit einigen Spurenträgern unnötig Arbeit. So Steenhoff, und jetzt würde ich hier gerne in Ruhe allein mit meinen Leuten arbeiten.“

Verstimmt verließ Steenhoff die Pathologie. Mit manchen Kollegen der Tatortgruppe verstand er sich bestens. Doch mit dem heutigen Team war er schon häufiger aneinandergeraten. Die Arroganz der Männer nervte ihn. Ihr Recht auf die ersten Stunden an einem Tatort war fachlich zwar begründet, behinderte ihn aber. In einem Kapitaldelikt mussten so schnell und so viele Informationen wie möglich eingeholt werden. Ein ständiger Balanceakt zwischen den beiden Gruppen.

„Okay“, sagte Steenhoff an seine neue Kollegin gewandt und ging zielstrebig zum Fahrstuhl.

„Mal hören, was Dr. Decker uns zu sagen hat.“

4

„Dr. Decker führt zur Zeit ein wichtiges Gespräch. Ich kann ihn unmöglich stören.“

Die Sekretärin schenkte den beiden Kripobeamten, die vor ihrem Schreibtisch standen, einen abweisenden Blick.

„Gut, dann werden wir uns eben fünf Minuten gedulden", erwiderte Steenhoff gnädig.
„Das könnte durchaus länger dauern. Da müssen sie schon warten", wies die Sekretärin sie zurecht.
Äußerlich ließ sich Steenhoff nichts anmerken. Doch innerlich nahm er sich vor, genau fünf Minuten zu warten und dann seine Geheimwaffe im Umgang mit Vorstandsetagen einzusetzen.
Entspannt ließ er sich in die schwarzen Ledersessel in der Sitzecke des Vorzimmers zurücksinken. Aus dem Zimmer hatte man einen fantastischen Blick auf die Bremer Innenstadt. Deutlich erkannte Steenhoff in der Ferne den Dom mit seinen beiden schlanken Türmen. Plötzlich musste er an Marie denken.
In den Osterferien vor fünf Jahren hatte er seine damals zehnjährige Tochter in den Bleikeller am Dom mitgenommen. Dort waren mehrere mumifizierte Leichen in ihren Särgen ausgestellt. Vage erinnerte er sich daran, dass der ursprüngliche Bleikeller im 17. Jahrhundert seinen Namen erhalten hatte, weil dort das Blei für das Dach und die Orgelpfeifen gelagert wurde. In jener Zeit wurden in dem Keller Tote aus anderen Städten aufgebahrt, um deren Bestattung sich niemand kümmerte. Weil die Luft im Bleikeller extrem trocken war und wegen einer Strahlung, die angeblich von dem vielen Blei ausging, verwesten die Leichen nicht, sondern mumifizierten.
Irgendwann in den 60er-Jahren des vergangenen Jahrhunderts wurden die Särge schließlich mit Glasplatten abgedeckt und ausgestellt. Ihr gruseliger Anblick zog immer mehr Touristen und Einheimische in den Dom. Schließlich wurden die Toten in ihren Särgen in einen Anbau des Doms ausgelagert.
In den Osterferien vor fünf Jahren hatte es wie aus Kübeln geschüttet, und Steenhoff hatte Marie zu einem „Ausflug" in die Innenstadt mitgenommen. Doch statt einen Einkaufsbummel mit ihr zu machen, war er mit Marie in den Bleikeller gegangen. In der darauffolgenden

Nacht hatte keiner in der Familie schlafen können. Der Anblick der Mumien hatte Marie arg zugesetzt.
Abends war sie plötzlich in Tränen ausgebrochen und wollte nicht allein in ihrem Zimmer schlafen. Ira machte ihm damals schwere Vorwürfe.
„Du und deine Toten. Habt ihr von der Mordkommission eigentlich überhaupt kein Gespür dafür, wie es ist, wenn man als Kind das erste Mal eine Leiche sieht? In den Sommerferien schleppst du sie dann womöglich in die Rechtsmedizin und im Herbst zu einem Mordprozess ins Landgericht."
Ira war gar nicht mehr zu stoppen gewesen. Schließlich war er wütend ins Gästezimmer gestapft und hatte getrennt von seiner Frau geschlafen. Es hatte drei Tage gedauert, bis der unselige Ausflug endlich vergessen war.
Doch seitdem hatte Steenhoff noch strenger als zuvor darauf geachtet, dass Marie nichts von seiner oft bedrückenden Arbeit erfuhr. Das war manchmal nicht leicht. Zumal manche seiner Fälle ausgiebig im Weser-Kurier beschrieben wurden. Hakte Marie bei ihrem Vater nach, wimmelte ihr Vater sie stets mit den gleichen stereotypen Sätzen ab. „Du weißt doch, wie die Journalisten sind. Die reimen sich viel zusammen und machen es dreimal so dramatisch, wie es wirklich war."
Bislang hatte Marie sich mit dieser Erklärung immer zufrieden gegeben. Obwohl sie bald 16 Jahre alt wurde, war sie noch sehr verträumt. Ihre Gedanken drehten sich hauptsächlich um Pferde, Sättel und Reittechniken. Mindestens einmal pro Woche malte sie ihren Eltern aus, wie es sein würde, später als Pferdezüchterin in Kanada zu leben.

Ein unterdrücktes Niesen seiner neuen Kollegin holte Steenhoff wieder zurück. ‚Sieben Minuten', stellte er beim Blick auf seine Uhr fest.

Mit einem lauten Seufzer erhob er sich aus seinem Sessel.
„Gut, wenn Herr Dr. Decker jetzt keine Zeit hat, dann berufen wir erst einmal die Pressekonferenz ein. Die Öffentlichkeit hat ja auch ein Recht, über diese ungeheuerliche Tat zeitnah informiert zu werden."
Wie immer verfehlten seine Worte nicht ihre Wirkung.
Während Petersen ihn erstaunt anschaute, sprang die Sekretärin augenblicklich auf.
„Moment, bitte. Ich schaue schnell mal nach, wie lange es noch dauern wird."
Steenhoff sah seine Kollegin verschwörerisch an. „Maximal 30 Sekunden."
Einen Moment später ging die Zwischentür zum Chefzimmer auf. Dr. Decker stand höchstpersönlich in der Tür. Ein hochgewachsener Mann Anfang 50, der außer einer knallroten Krawatte ganz in Schwarz gekleidet war. Von der ersten Sekunde an verbreitete er die Aura eines Menschen, der es gewohnt war, Anweisungen zu erteilen.
„Entschuldigung, dass Sie warten mussten. Kommen Sie herein. Frau Geber, bitte machen Sie uns einen Kaffee. Oder trinken Sie lieber Tee?", erkundigte sich der Geschäftsführer des Krankenhauses bei den beiden Beamten.
Während sich Dr. Decker hinter einen monumentalen Schreibtisch aus Kirschholz setzte, der, wie Steenhoff überschlug, vermutlich mehr als ein Monatsgehalt von ihm verschlungen hätte, schaute er sich in dem elegant möblierten Büro um. Nichts deutete darauf hin, dass hier auch gearbeitet wurde. Der Raum schien vor allem der Repräsentation zu dienen.
„Von diesem Vorfall darf natürlich nichts nach außen dringen. Dafür bürgen Sie mir, Herr Kommissar."
Mit festem Blick fixierte der Geschäftsführer seinen Besucher. Navideh Petersen schien er gar nicht wahrzunehmen.
„Wir treffen unsere Entscheidungen aus ermittlungstechnischen Erwägungen und nicht aus Marketinggründen," erklärte Steenhoff

ruhig. Doch Decker war niemand, der sich von einem Polizisten in die Schranken weisen ließ.
„Sie verstehen ganz offensichtlich nicht die Tragweite, die solch eine Geschichte in der Öffentlichkeit für uns hätte. Wir stehen in einem harten Konkurrenzkampf mit den anderen Bremer Krankenhäusern." Roh fügte er hinzu: „Ich bin nicht bereit, drei Jahre erfolgreiche Image-Arbeit für solch einen bedauerlichen Vorfall einfach in die Tonne zu treten. Ich hoffe, wir haben uns verstanden."
Steenhoff schwieg. Einerseits konnte er den Geschäftsführer sogar verstehen. Eine Leichenschändung im Krankenhaus wäre ein gefundenes Fressen für die Medien, die Rufschädigung enorm. Er konnte sich schon die reißerischen Schlagzeilen vorstellen. *„Leiche in der Pathologie geschändet", „Sex-Täter verging sich an toter Frau", „Krankenhaus in Angst".*
Doch das arrogante Auftreten des Geschäftsführers ärgerte ihn. Decker hatte sich inzwischen in Fahrt geredet. „Im Übrigen werde ich noch heute Vormittag mit Eberhard Leinen sprechen. Ich bin seit Jahren mit Ihrem Polizeipräsidenten bestens bekannt. Vielleicht kann er Ihnen schneller vermitteln, worum es hier geht und was für das Krankenhaus auf dem Spiel steht."
Mühsam hielt Steenhoff seine Wut zurück. Fast hatte er schon damit gerechnet, dass wieder einmal der Polizeipräsident ins Spiel kommen würde. Eberhard Leinen, der jede Woche in der Zeitung erwähnt wurde, kannte alle Größen Bremens. Ein Umstand, der bei Ermittlungen in früheren Fällen manchmal eher hinderlich gewesen war. Dabei musste er dem Präsidenten zugute halten, dass er seine Leute bei brisanten Fällen nie gestoppt hatte. Doch allein die vielen Gespräche mit ihm kosteten Zeit.

Steenhoff erhob sich. „Bevor Sie mit Herrn Leinen telefonieren, sorgen Sie bitte dafür, dass ich umgehend eine Liste erhalte von allen Mitarbeitern, die Zugang zur Pathologie oder einen Schlüssel haben.

Außerdem benötige ich eine Aufstellung von Leuten, die in letzter Zeit entlassen wurden."
Steenhoff und Petersen standen schon in der Tür, als er sich noch einmal umdrehte.
„Ach ja. So lange die Spurensicherung noch am Tatort zu tun hat, müssen Sie ihre Krankenhausleichen leider woanders lagern."
Bissig fügte Steenhoff hinzu: „An einem sicheren Ort, versteht sich."

5

Noch im Fahrstuhl teilte Steenhoff seine Kollegin für zwei Aufgaben ein. Petersen sollte herausfinden, ob es eine Liste gab, in die sich Pfleger oder Krankenschwestern eintragen müssen, wenn sie Verstorbene nachts in die Pathologie bringen. Außerdem sollte sie die Fensterfront der ebenerdig gelegenen Räume nach Einbruchspuren absuchen. Anschließend wollten sie sich vor der Pathologie treffen, falls die Tatortgruppe mit ihrer Arbeit noch nicht fertig sein sollte.
Steenhoff wollte sich als erstes den jungen Pfleger vornehmen, der die Leiche gefunden hatte. Außerdem mussten noch die Angehörigen benachrichtigt und vor allem das kurze Leben der geschändeten jungen Frau zusammengetragen werden. Nur so könnten sie herausfinden, ob der Täter die Frau gezielt ausgesucht hatte.
Kurz vor dem Eingang zur Pathologie holte Steenhoff sein Handy aus der Tasche. Noch während er die Nummer des Kommissariatsleiters anwählte, um Verstärkung anzufordern, fiel sein Blick auf ein Schild mit einem durchgestrichenen Mobiltelefon an der Wand. Schuldbewusst drehte er sich zur Wand und hoffte, dass seinetwegen im Krankenhaus keine Geräte ausfallen würden.

Bernd Tewes war sofort am Apparat. Aufmerksam hörte er sich Steenhoffs knappe Schilderungen an und sicherte ihm schließlich zu, Michael Wessel, Steenhoffs früheren Zimmergenossen, zum Krankenhaus zu schicken. Außerdem wollte er sich noch bemühen, einen weiteren Mann „loszueisen“, der vorübergehend wegen akuter Personalnot beim Kommissariat für Sexualdelikte arbeitete.

„Frag doch Frau Petersen, ob sie nicht sofort bei uns anfangen will. Du kannst ihr sagen, dass sie dafür im Mai ein paar Tage freinehmen kann“, schlug Tewes vor. Einen Moment lang fühlte sich Steenhoff peinlich berührt. In den vergangenen zwei Stunden hatte er völlig vergessen, dass seine neue Kollegin offiziell noch gar nicht im Dienst war. Kleine Aufgaben könnte sie ihm sicher schon abnehmen. Doch zugleich widerstrebte es ihm, jemanden in Ermittlungen mit einzubeziehen, von dem er kaum etwas wusste.

In früheren Fällen hatte sich manches Mal ein scheinbar unwichtiger Hinweis als der entscheidende herausgestellt. Oft war es nur das Bauchgefühl gewesen, das ihn veranlasst hatte, jemanden ein zweites Mal zu befragen oder einem Zeugen dieselben Fragen nur mit anderen Worten ein drittes Mal zu stellen.

Von Petersen wusste er weder, ob sie Zeugen befragen konnte, noch ob sie besonders helle war. ‚Eigentlich weiß ich nur, dass sie gut aussieht, angenehm im Umgang ist und nicht stört‘, fasste Steenhoff seinen Eindruck von der neuen Kollegin gedanklich zusammen.

So dürfte er Petersen zu Hause nicht beschreiben. Sonst würde Ira ihn wieder durch den feministischen Reißwolf drehen. Sie war davon überzeugt, dass das männerdominierte Kommissariat ihn zu verrohen drohte.

Steenhoff öffnete vorsichtig die Tür zur Pathologie und schloss sie im selben Moment wieder. Die Tatortgruppe war noch bei der Arbeit. Er verspürte keine Lust, einen zweiten Rauswurf zu riskieren.

„Wo ist der junge Pfleger, der die Leiche entdeckt hat?“, wandte er sich an den älteren Polizisten, der den Tatort weiterhin absicherte.

„Seine Kollegen von der Inneren haben sich um ihn gekümmert. Zweiter Stock, Station zwölf. Ich habe ihm gesagt, dass er nicht eher nach Hause gehen soll, bis jemand von der Kripo mit ihm gesprochen hat“, antwortete der Beamte.
Steenhoff bedankte sich und machte sich auf die Suche nach dem Pfleger. Er fand ihn, umringt von Kollegen, im Schwesternzimmer der Station. Der Pfleger schien die ungeteilte Aufmerksamkeit zu genießen. Steenhoff klopfte an die Scheibe und hielt seinen Ausweis ans Glas. Eifrig öffnete ihm sofort ein junger Arzt.
„Ah, da kommt endlich die Polizei. Was ist das für ein Mensch, der so etwas macht“, bestürmte der Mediziner Steenhoff.
Der Kommissar ging nicht auf ihn ein und wandte sich sofort an den Pfleger.

„Kripo Bremen, Frank Steenhoff. Ich nehme an, Sie sind der Pfleger, der die Frau gefunden hat?“
Der junge Mann erhob sich mühsam von seinem Stuhl und nickte. Plötzlich schien alle Energie aus seinem Körper gewichen zu sein. Sein Kinn bebte leicht, und er sah aus, als würde er jeden Moment anfangen zu heulen. Steenhoff bat die Kollegen des Mannes, den Raum zu verlassen, damit er in Ruhe mit dem Zeugen reden konnte. Nur widerstrebend folgten die Schwestern und der Arzt der Aufforderung.
Steenhoff schenkte dem Zeugen einen mitfühlenden Blick.
„Na, wie geht es Ihnen?“
Der Mann strich sich mit der Hand durch die Haare und blickte zu Boden.
„Danke, ist schon wieder okay.“
„Zunächst brauche ich mal ihre Personalien“, eröffnete Steenhoff die Befragung. Sascha Böhme war 25 Jahre alt, ledig und seit drei Jahren im Krankenhaus beschäftigt. Die meiste Zeit hatte er auf der Inneren gearbeitet. Erst seit drei Wochen war er auf der Intensivstation einge-

setzt, auf der auch die junge Frau gelegen hatte. Nach dem Schock in der Pathologie hatte er sich ohne nachzudenken, erst einmal zu seinen alten Kollegen geflüchtet und dort Trost gesucht. Wie sich herausstellte, war die junge Frau an ihren Schädelverletzungen nach einem schweren Verkehrsunfall auf einer Kreuzung im Stadtteil Schwachhausen gestorben und vor drei Tagen in die Pathologie gebracht worden. Bislang hatten sich die Behörden vergeblich bemüht, die Eltern zu benachrichtigen. Sie hielten sich zu einem Kurzurlaub in Amerika auf.

Zu der jungen Frau selbst konnte Sascha Böhme nicht viel sagen. Er hatte sie nur einmal waschen müssen. An dem Tag, an dem er ihre geschändete Leiche fand, hatte Sascha Böhme einen älteren verstorbenen Mann in die Pathologie gebracht. Da sowohl der Zivildienstleistende auf der Station als auch der Assistent des Pathologen, der die Verstorbenen üblicherweise in Empfang nimmt, erkrankt waren, hatte er sich den Schlüssel für die Pathologie vom Pförtner geholt und sich aus diesem Grund mit Namen und Angabe seiner Station in ein Buch eingetragen.

Dann war er zurück auf die Station gegangen, hatte das Bett mit dem Toten zum Fahrstuhl geschoben und war mit Hilfe eines Spezialschlüssels für den Fahrstuhl ohne Stopp hinunter in die Pathologie gefahren. Umständlich erklärte der 25-Jährige Steenhoff, wie er den Toten dank technischer Hilfsmittel auch ohne eine zweite Person in die Kühlkammer hatte schieben können.

„Ich wollte schon wieder gehen, als ich sah, dass ein kleines Tuch vor dem Eingang zum Obduktionssaal lag“, erzählte Sascha Böhme. Plötzlich schüttelte es den jungen Mann.

„Als ich es aufheben wollte, sah ich das Mädchen. Die Tür zu dem Saal stand ja weit offen. Ich bin schreiend auf den Flur gelaufen. Mehr kann ich Ihnen gar nicht dazu sagen.“

Steenhoff fühlte plötzlich eine Spannung in sich aufsteigen.

„Wo ist das Tuch?“

Der Pfleger sah ihn einen Moment verständnislos an. Dann griff er mit einer Hand in die linke Hosentasche und zog ein quadratisches rotes Seidentuch hervor.
Steenhoff holte sich bei einer der Schwestern ein paar Einmalhandschuhe und eine kleine Tüte, ließ das Tuch vorsichtig hineinfallen und musterte das Beweisstück von allen Seiten. Es hatte die Größe eines Taschentuches, war aber ganz offensichtlich keins. Eine Längsseite des Tuches war ausgefranst, die gegenüberliegende gekettelt. Das Tuch sah aus, als hätte es der Täter aus einem größeren Stück herausgerissen. ‚Vielleicht entdecken unsere Biologen noch DNA daran', dachte Steenhoff und setzte die Befragung fort. Nach einer Stunde waren sie den Moment, in dem der Pfleger die Tür zur Pathologie aufgeschlossen und das Opfer entdeckt hatte, mehrfach durchgegangen. Bis auf kleine Anmerkungen und Ergänzungen blieb Sascha Böhme stets bei seiner ersten Darstellung. Steenhoff bat den Pfleger, noch am selben Tag ins Präsidium zu fahren und dort eine Speichelprobe und seine Fingerabdrücke abzugeben. Entsetzt schaute der junge Mann den Beamten an.
„Wir müssen doch Ihre Spuren von denen des gesuchten Täters unterscheiden können“, beschwichtigte ihn Steenhoff.
„Und die Leiche haben Sie auf keinen Fall angefasst?“, hakte er noch beiläufig beim Hinausgehen nach.
„Nee, der Anblick war so grässlich, dass ich sofort rausgerannt bin“, antwortete der Pfleger.
‚In zwei Tagen werden wir wissen, ob du die Wahrheit sagst', dachte Steenhoff. Er verabschiedete sich von dem Mann und machte sich auf den Weg in die Intensivstation. Dort traf er überraschend auf Petersen.

Die Neue war in ein Gespräch mit einem Arzt vertieft und machte sich im Stehen auf einem Block Notizen. Steenhoff spürte eine leichte Verärgerung in sich aufsteigen. Übereifrige Anfänger konnte er genauso wenig ausstehen wie alte Routiniers, die scheinbar nichts mehr erstaunen konnte und die gelangweilt jedes neue Delikt in eine Schublade packten.

Als Steenhoff sich gerade von hinten seiner Kollegin näherte, hörte er noch, wie diese mit ihrer dunklen Stimme sagte: „Das müssen Sie bitte nachher genauso meinem Kollegen Herrn Steenhoff erzählen.“ Im selben Moment hatte sie ihn schon bemerkt.

„Herr Steenhoff, das ist der Stationsarzt, der Birgit Lange behandelt hat.“ Da Steenhoff nicht sofort zu begreifen schien, fügte Petersen hinzu: „Die Tote aus der Pathologie.“

„Ja richtig, überspielte Steenhoff seine Verlegenheit. Tausend Gedanken und Fragen waren ihm seit der Ankunft im Krankenhaus durch den Kopf geschossen. Dabei hatte er völlig vergessen zu fragen, wie das Opfer eigentlich hieß.

„Birgit Lange ist 20 Jahre alt geworden, studierte an der Uni Bremen Wirtschaftssprachen und wurde vor fünf Tagen mit schwersten Kopfverletzungen eingeliefert“, referierte Petersen.

„Nach Wissen der Ärzte ist sie am Montagmorgen mit ihrem Polo auf einer Kreuzung im Stadtteil Schwachhausen mit einem Mercedes so schwer zusammengeprallt, dass die Feuerwehr sie aus dem Autowrack schneiden musste. Bis zu ihrem Tod vor drei Tagen ist sie nicht mehr zu sich gekommen. Außer ihrem Freund Sven hat sie niemand auf der Station besucht. Sven hatte gegenüber den Ärzten geäußert, dass sie noch nicht viele Freunde in Bremen hatte. Sie stammt aus Oldenburg, wo auch ihre Eltern leben. Doch die befinden sich gerade auf einer Auslandsreise in den USA und sind nicht aufzutreiben. “

Steenhoff hatte den Ausführungen seiner Kollegin schweigend zugehört. Die präzise, schnörkellose Art der Berichterstattung gefiel ihm. Trotzdem war er immer noch über ihre Eigenmächtigkeit verstimmt.

„Wer ist Sven?“, wollte er von Petersen wissen. Erstaunt sah ihn die Frau an.

„Wie ich bereits sagte: Sven ist ihr Freund.“

„Gibt es einen Nachnamen, eine Adresse oder eine Handynummer von ihm?“, fragte Steenhoff den Arzt.

„Ich glaube, eine der Schwestern hat seine Nummer notiert. Aber bedauerlicherweise hatte sie dabei einen Zahlendreher drin. Die Nummer ist falsch und wir konnten ihn noch nicht benachrichtigen. Aber er war an dem Abend bei ihr, als sie starb“, sagte der Arzt. Seine Stimme klang, als zöge er selber so etwas wie Trost aus der Tatsache, dass die 20-Jährige am Ende ihres kurzen Lebens nicht allein war.

Steenhoff ließ sich noch eine kurze Beschreibung von dem Freund geben, notierte sich den Namen des Arztes und nahm sich vor, die Verkehrsabteilung wegen des Unfalls anzurufen. Außerdem müssten sie noch die Schwester befragen, die heute freihatte und offenbar nicht in der Lage gewesen war, eine Telefonnummer richtig zu notieren.

„Und was machen die Einbruchsspuren an den Fenstern zur Pathologie?“

Er war sich bewusst, dass seine Stimme etwas schroff klang.

„Da ist nichts. Durch die Fenster ist der Täter nicht reingekommen“, sagte Petersen mit fester Stimme.

„Warum sind Sie sich da so sicher?“, fragte Steenhoff und sah sie prüfend an.

„Ich bin mir sicher, weil ich seit Oktober bei der Kripo beim Einbruch eingesetzt war“, sagte Petersen und sah ihm direkt in die Augen. „Wenn man monatelang nichts anderes macht, lernt man Aufbruchspuren oder kleine, in den Rahmen gebohrte Löcher zu erkennen.“

„Die Spurensicherung soll sich das trotzdem noch einmal anschauen“, entschied Steenhoff.

„Hier ist übrigens das Buch, in das alle, die einen Schlüssel für die Pathologie haben wollen, sich eintragen müssen. Ich habe es vorerst beschlagnahmt.“

Petersen reichte ihm ein liniertes Notizbuch in DIN-A4 Format.

„Ach ja, über Ersatzschlüssel verfügt nur der technische Dienst im

Haus. Die Namen der drei Mitarbeiter stehen auf dem Zettel, den ich in das Buch gelegt habe."
Steenhoff nahm das Buch schweigend entgegen.
'Was wollte diese Frau ihm eigentlich beweisen? Dass sie schneller denkt als er und mit zwei Aufgaben völlig unterfordert ist?'
Er wollte seiner neuen Kollegin gerade etwas entgegnen, als er jemanden seinen Namen rufen hörte. Am Ende des Krankenhausflurs stand sein langjähriger Kollege Michael Wessel. Mit weit ausholenden Schritten eilte Wessel auf Steenhoff und Petersen zu.

Doch für Steenhoff hatte Wessel diesmal keinen Blick.
„Michael Wessel. Freut mich sehr, Sie als neue Kollegin bei uns begrüßen zu dürfen", stellte sich der Beamte vor und schüttelte Petersen herzlich die Hand.
„Na, da haben Sie ja gleich zu Beginn einen aufregenden Fall mit unserem Frank zu lösen", fügte er noch hinzu.
„Oder haben Sie den Übeltäter schon erwischt? Ich jedenfalls würde mich von so einer hübschen Frau gerne festnehmen lassen."
Steenhoff hätte Wessel am liebsten einen Eimer kaltes Wasser über den Kopf gegossen. Der Polizist galt unter seinen Kollegen als gründlich und engagiert. Doch sobald er auf attraktive Frauen traf, war seine Professionalität dahin. Dann war der Oberkommissar nur noch Charmeur. Und ein drittklassiger dazu, wie Steenhoff die Auftritte seines Kollegen insgeheim einstufte. Jedenfalls hatte Michael Wessel seines Wissens seit zwei Jahren keine längere Beziehung mehr gehabt.

Nachdem die drei sich davon überzeugt hatten, dass die Tatortgruppe immer noch in der Pathologie am Werk war, setzten sie sich in eine ruhige Ecke des Cafés, das direkt neben dem Eingangsbereich des Krankenhauses lag. Mit knappen Worten fasste Steenhoff für

Wessel und für sich selbst zusammen, was sie bisher über diesen Fall wussten.
Er hatte gerade geendet, als sein Handy klingelte. Am anderen Ende war Lars Diepenau von der Pressestelle der Polizei. Steenhoff gab ihm zu verstehen, dass er gefälligst noch nichts an die Medien herausgeben solle.
„Und was sag ich denen, wenn die Wind davon kriegen?", wollte Diepenau wissen.
„Keine Ahnung", entgegnete Steenhoff.
„Halte sie hin. Sag', dass du auch nichts weißt – oder, dass dir die Ermittler erst morgen früh Rückmeldung geben. Was weiß ich. Ich will hier auf keinen Fall einen Medienauftrieb haben, okay?"
Steenhof ließ das Handy in seine Jackentasche gleiten und wandte sich wieder an seine beiden Kollegen.
„Ihr beide fahrt jetzt zu der Krankenschwester nach Hause, die sich die Nummer von diesem Sven notiert und Birgit Lange betreut hat. Ich versuche den Pathologie-Assistenten zu erwischen, der die Leichenkammer üblicherweise betreut. Um 19 Uhr sollten wir uns noch mal im Präsidium treffen. Vielleicht hat bis dahin auch die Spurensuche etwas für uns."
Die drei Beamten standen schon auf dem Parkplatz, als Steenhoff plötzlich einfiel, dass er Petersen noch gar nicht gefragt hatte, ob sie überhaupt Zeit und Lust hatte, vier Tage vor ihrem offiziellen Beginn bei der Mordkommission in den Fall einzusteigen.
„Kein Problem", winkte Petersen ab. „Ich habe zu Hause schon Bescheid gesagt, dass es später wird."
„Ich dachte, Sie sind geschieden", entfuhr es Steenhoff spontan. „Das bin ich auch", erwiderte Petersen und auf Steenhoff wirkte ihre Stimme eine Spur kühler als sonst.

20 Minuten später stand Steenhoff vor der Haustür des Assistenten der Pathologie. Ein helles, freundliches Mehrparteienhaus mit Blick

auf den Bürgerpark, Bremens grüne Lunge. Doch Steenhoff klingelte vergeblich bei „H. Meyer". Der offiziell als krank gemeldete Assistent machte sich offenbar einen netten Tag. Er würde ihn morgen noch mal anrufen müssen. Vorerst warf er dem Assistenten einen Zettel in den Briefkasten mit der Aufforderung, sich bei ihm im Präsidium oder auf dem Diensthandy zu melden.

Dann sprach er Ira auf Band, dass es mit dem gemeinsamen Kinobesuch am Abend nichts werden würde, weil er einen neuen Fall auf den Tisch bekommen hatte. Die Einzelheiten ersparte er seiner Frau. Sie würde sie noch früh genug erfahren.

Bei jedem neuen Fall nahm er sich vor, Ira aus den grausigen Details seiner Arbeit herauszuhalten. Aber ihre gezielte Art der Nachfrage ließ ihn bislang immer kapitulieren. Und so kam es vor, dass sie manchmal abends ausgingen und bei Kerzenlicht und Antipasti gemeinsam das Motiv eines schweigsamen Mörders zu ergründen suchten. Seinen Skrupeln, mal wieder viel zu viel preisgegeben zu haben, hielt sie dann immer lachend dagegen: „Die Bremer Polizei hat den interdisziplinären Ansatz dringend nötig. Und außerdem fehlt euch der weibliche Blick auf die Fälle."

Gedankenverloren fuhr er zurück ins Präsidium. In seinem halb fertig eingerichteten Büro notierte er sich, wen sie am nächsten Tag noch befragen oder vorladen mussten.

Kurz vor der verabredeten Zeit trafen Petersen und Wessel wieder im Präsidium ein. Diesmal übernahm Wessel die Berichterstattung. Viel hatte die Krankenschwester nicht sagen können. Der Freund des Unfallopfers habe sehr mitgenommen gewirkt und während seiner Besuche auf der Intensivstation die Hand seiner Freundin nicht losgelassen.

Während andere Angehörige oder Partner die Intensivschwestern ständig mit Fragen nach Heilungsmöglichkeiten bombardierten, habe der Mann geschwiegen.

„Die Schwester hatte den Eindruck, dass er wusste, dass seine Freundin nie wieder aus dem Koma erwachen würde", sagte Wessel. Sie hatte ihn „für den Fall der Fälle" um seine Handynummer gebeten und diese auf einen Zettel notiert.
„Nun macht sie sich natürlich große Vorwürfe, dass sie da einen Dreher reingebaut hat", schloss Wessel seine Ausführungen.
Die drei Kollegen verabredeten, sich am nächsten Morgen bereits um halb acht wieder in Steenhoffs Büro zu treffen. Petersen schien noch etwas zu beschäftigen.
„Gibt es noch etwas?", fragte Steenhoff die junge Frau.
„Ja, ach, ich weiß nicht. Vielleicht ist es auch ausgemachter Blödsinn."
Zum ersten Mal, seit er Petersen begegnet war, wirkte die Neue verunsichert.
„Nun schießen Sie schon los", ermunterte Steenhoff seine Kollegin.
„Bei der Krankenschwester hätte man Aufnahmen für Einrichtungskataloge machen können. Alles, wirklich alles war an seinem Platz. Da gab es keine Rummelecken, Zeitschriftenstapel oder Staubkörner auf den Regalen. Ihre Wohnung wirkte perfekt. Fast zwanghaft aufgeräumt. Genauso exakt hat sie auch den Freund des Opfers beschrieben."
Fragend sah Steenhoff die Frau an.
„Und?"
„Ich kann mir nicht vorstellen, dass so ein Mensch eine wichtige Handynummer falsch aufschreibt."
Nachdenklich sah Steenhoff Petersen an.
„Was wollen Sie damit sagen", fragte er und ahnte bereits die Antwort.
Petersen holte tief Luft.
„Ich glaube, dass es nicht ihr Freund war, der an ihrem Bett gesessen hat."

6

Draußen war es bereits dunkel. Die meisten von Steenhoffs Kollegen waren schon lange nach Hause gefahren. Drei verloren wirkende Laternen warfen ein mattes Licht auf den Parkplatz vor dem Präsidium.

Gegen 20 Uhr betrat der Leiter der Tatortgruppe unvermittelt Steenhoffs Büro. Gerhard Marlowski hatte es weder für nötig befunden zuvor anzuklopfen noch seinen Kollegen zu grüßen. Es waren diese kleinen Unarten, die den Mann für Steenhoff so schwer erträglich machten. Fachlich gehörte er dagegen zu den Besten in seiner Abteilung.

„Also, Frank, den Bericht bekommst du morgen Mittag von uns. Nur vorweg: An der Leiche gab es keine Fingerabdrücke. Auch nicht an dem Messer, das er zum Schnippeln an der Frau benutzt hat. Euer Täter trug vermutlich Handschuhe. Die Fenster haben wir noch mal alle kontrolliert. Da ist keiner durchgekommen. Die anderen Spurenträger müssen wir noch mit denen des Pflegepersonals, des Pathologen und seines Assistenten abgleichen. Das wird zwei, drei Tage dauern. Ach übrigens" – Marlowski machte eine kleine Pause – „er war nicht nur an der jungen Frau dran."

Überrascht schaute Steenhoff ihn an.

„Was meinst du damit?"

„Na, wir haben uns natürlich auch die zwölf Kühlkammern angeschaut. Sechs waren leer. Drei waren mit Männern belegt, eine Kammer mit einem Kleinkind, und aus einer Kühlkammer hatte er unsere Tote herausgeholt. Offenbar war ihm das aber nicht genug. In der zwölften Kammer lag noch eine Frau, so Mitte 60."

Erneut unterbrach Marlowski seinen Bericht. Er schien etwas in seiner Jackentasche zu suchen. Schließlich fummelte er eine Schachtel Zigaretten hervor, zündete sich eine an und steckte das Streichholz in

die Blumenerde des großen Ficus benjaminii. Dann setzte er sich auf die Ecke von Steenhoffs Schreibtisch.
Durch sein Gewicht kippten zwei Bilderrahmen mit Fotos von Marie und Ira auf dem Schreibtisch um. Doch Marlowski schien nichts zu bemerken. Während Steenhoff seine Familie wieder aufrichtete, fuhr Marlowski ungerührt fort: „Die beiden Frauen hatten etwas gemeinsam. In ihrer Scheide fanden wir – Tücher. Rote Seidentücher."
„Ein echter Ästhet," sagte Steenhoff sarkastisch und schüttelte den Kopf.
„Das würde ich nicht sagen", entgegnete Marlowski ernst. „Die ältere der beiden Frauen war früher an Krebs erkrankt und hatte dabei ihre linke Brust verloren. Ihre rechte Brust hat sie allerdings erst nach ihrem Tod eingebüßt." Marlowski inhalierte tief. „Der Kerl hat sie ihr einfach abgeschnitten. Sie lag zwischen ihren Beinen."
Fassungslos starrte Steenhoff seinen Kollegen an.
„Verdammt, warum hast du mich nicht angerufen? Bei solch einem Fund muss einer von meinen Leuten dabei sein. Du bist doch auch schon lange genug dabei, um das zu wissen."
Verärgert schaute Steenhoff Marlowski an. Der hatte es plötzlich eilig. Marlowski drückte seine Zigarette in der Erde eines Drachenbaumes am Fenster aus, versenkte den Stummel gleich daneben im Topf und wandte sich zum Gehen.
„Reg dich ab. Wir haben alles haarklein im Tatort-Befundbericht festgehalten. Aber sieh zu, dass du den Kerl kriegst, Frank. Der Typ ist total krank. So einer hört nicht auf."

An diesem Abend kam Steenhoff erst spät nach Hause. Als er in seine kleine Wohnstraße wenige Kilometer hinter der Bremer Landesgrenze abbog, sah er, dass im Haus noch Licht brannte. Tatsächlich war Ira noch wach. Statt wie gewöhnlich als erstes nach seiner Arbeit zu fragen, wollte Ira mit ihm über Marie sprechen. Aber er konnte sich kaum auf das Gespräch über den anstehenden Elternabend in

Maries Schule konzentrieren. Ira schien seine Zerstreutheit nicht zu bemerken und plauderte, während sie beide nebeneinander im Bett lagen, unbefangen weiter. Über Maries neue Freunde auf der Jugendfarm in Bremen und darüber, dass sich ihre Tochter endlich etwas zu öffnen schien.

„Sie ist nächste Woche auf der Farm zu einer Geburtstagsfeier eingeladen, zu der auch einige Jungs kommen werden", schloss Ira ihren familiären Kurzbericht.

Steenhoff ertappte sich dabei, dass er seiner Frau nicht richtig zugehört hatte. Als sie ihn erwartungsvoll anschaute, rieb er sich verlegen über die Augen.

„Mensch, du bist ja total müde", stellte Ira mitfühlend fest und ließ ihn diesmal gnädig entkommen. „Du musst mir morgen früh mal erzählen, was heute bei dir los war, okay?" Zärtlich kuschelte sie sich an ihren Mann. „Und dann erzähle ich dir von meinen neuen Plänen. Du wirst umfallen", versprach sie und lachte leise in sich hinein.

An jedem anderen Abend hätte eine solche Ankündigung Steenhoff alarmiert aufhorchen lassen. Ira sprühte vor Ideen und stürzte sich regelmäßig von einem Großprojekt ins nächste. Oftmals sogar mit finanziellem Erfolg. Sie selbst bezeichnete sich als Künstlerin. Steenhoff fand die Bezeichnung „Lebenskünstlerin" passender für seine Frau. Da Ira dabei stets eine Spur Ironie herauszuhören meinte und allergisch auf diese Bezeichnung reagierte, behielt er den Zusatz inzwischen für sich.

Am nächsten Morgen hatten sie nur kurz Zeit füreinander. Marie hatte über Nacht Zahnschmerzen bekommen und Ira musste sie zum Zahnarzt fahren. Die Praxis befand sich in einem Nachbardorf, rund zehn Kilometer entfernt. Einer von vielen Nachteilen, die das Leben auf dem Lande mit sich brachte, wie Steenhoff fand. Bis die Kinder selbst Auto fahren konnten, mussten die Eltern sie ständig kutschieren. War dann endlich der Führerschein geschafft, lag man

nachts wach, bis die Tochter heil aus der Diskothek zurückgekehrt war.
Jedes Wochenende verunglückten junge Leute irgendwo im Landkreis auf dem Weg von oder zu einer Party. Nein, wenn es nach ihm ginge, dann wären sie längst wieder in eines der schönen Altbremer Häuser in die Stadt gezogen – am liebsten in Peterswerder, direkt an der Weser oder im etwas vornehmeren Stadtteil Schwachhausen. Doch bislang stieß er mit seinen Wünschen bei Ira auf Granit. Und eigentlich war ihm klar, dass sie sich in den beliebten Wohnvierteln höchstens ein Haus zur Miete leisten könnten.

Noch müde von der unterbrochenen Nacht machte er sich auf den Weg ins Präsidium. Kurz nachdem er sein Büro im Dachgeschoss aufgeschlossen hatte, klopfte es an der Tür, und Petersen kam herein. Die junge Frau trug Jeans, eine eng anliegende, rot gestreifte Bluse und einen dazu passenden Blazer. Außer einem Ring an der Hand trug sie keinen Schmuck und war auch nicht geschminkt. Dennoch war sie eine auffällige Erscheinung.
Da sie noch auf Wessel warten mussten, zeigte Steenhoff seiner neuen Kollegin ihren Schreibtisch und die leeren Fächer in den Schränken, die er für sie freigehalten hatte. Aufmerksam schaute sich Navideh Petersen in dem kleinen, von Dachschrägen unterteilten Raum um. Ihr Blick blieb an dem Bild von Emil Nolde hängen. Zielsicher steuerte sie auf den gerahmten Druck zu und nahm das Bild begeistert in die Hand. Der Sekundenkleber – durchfuhr es Steenhoff. Doch es war zu spät. Der unerwartete Widerstand und das Geräusch abgerissener Tapete ließen Petersen mitten in der Bewegung erstarren.
Verdattert schaute sie auf die beschädigte Wand, an der eben noch das Bild gehangen hatte.
„Oh, Entschuldigung“, stammelte sie verlegen.
„Das Bild hat – irgendwie an der Tapete geklebt. Ich weiß nicht, wie

das passieren konnte. Ich wollte es mir nur genauer anschauen. Aber das bringe ich wieder in Ordnung."

Steenhoff hätte am liebsten laut geflucht. Warum mussten manche Leute Bilder, die ihnen gefielen, gleich von der Wand nehmen, statt sie einfach anzuschauen? Einen Moment sehnte er sich nach seiner alten Bürogemeinschaft mit Wessel und Moormann zurück.

Petersen hatte das Bild gerade in eine Ecke des Zimmers gestellt, als Michael Wessel eintrat. Er zog eine Duftwolke „Hugo Boss" hinter sich her. Wessel war an diesem Morgen glattrasiert und trug ein blaues Jackett über einem weißen Hemd mit passender blaugestreifter Krawatte. Steenhoff konnte sich nicht erinnern, seinen Kollegen jemals zuvor so gut angezogen gesehen zu haben.

Wessels Blick fiel sofort auf die beschädigte Wand gegenüber der Tür.

„Mensch, Frank, was hast du denn mit deiner Tapete gemacht? Sieht ja scheußlich aus. Hatten sie bei dir im Büro nicht auch alles renoviert?"

Hoffnungsvoll wandte er sich an seine neue Kollegin: „Wenn Ihnen das hier zu eng oder zu ungemütlich ist, dann kommen Sie einfach mit in mein Büro. Das ist ein paar Quadratmeter größer, und ein Schreibtisch ist dort auch noch unbesetzt."

Mit einer abschätzigen Geste zeigte Wessel auf das in schwermütigen Farben gehaltene Bild Emil Noldes, das noch auf dem Boden stand. „Außerdem hängen bei mir ein paar fröhlichere Bilder an der Wand – ein paar hochwertige Drucke aus den Anfängen der Comic-Zeit."

„Danke für das Angebot. Aber ich mag die norddeutschen Maler", sagte Petersen bestimmt.

„Ich koche uns mal einen Kaffee", unterbrach Steenhoff die Abwerbeversuche seines Kollegen. „Bis zur Frührunde müssen wir uns noch über einige Dinge klar werden. Außerdem gibt es Neuigkeiten."

Nachdem er mit seinem Bericht geendet hatte, schwiegen die beiden anderen betroffen. Wessel fing sich als erster wieder.

„Wir sollten von Tewes noch zwei, drei Leute zur Unterstützung fordern. Auch wenn die anderen im Augenblick keine Däumchen drehen, diese Sache ist für drei Leute zu groß. Wir müssen umfangreiche Befragungen im Krankenhaus durchführen.“
Steenhoff schüttelte den Kopf. „Ich glaube kaum, dass wir noch jemanden kriegen. Mach dir nicht zu viele Hoffnungen.“
Er schaute auf seine Uhr. Kurz vor neun.
„Wir müssen in die Besprechung. Ach ja. Wir erzählen noch nichts von Frau Petersens Theorie über den Freund der Toten. Das müssen wir erst noch weiter abklären.“

Wider Erwarten rannte Wessel bei seinem Kommissariatsleiter Bernd Tewes mit seiner Forderung nach mehr Unterstützung offene Türen ein. Grund war ein Anruf vom Weser-Kurier. Kurz nach acht hatte sich die Polizeiredakteurin Andrea Voss auf Tewes Handy gemeldet. Obwohl Tewes die Nummer erst seit vier Monaten besaß und sie nur für den internen Gebrauch benutzte, war sie auf irgendwelchen Kanälen mal wieder in dem Karteikasten der Journalistin gelandet. Freundlich entschuldigte sich die Redakteurin, schon so früh zu stören. Aber, wollte sie wissen, ob es denn stimme, was da aus dem Krankenhaus zu ihr gedrungen sei?
„Was ist denn an ihr Ohr gedrungen?“, gab Tewes den Ball leicht gereizt zurück. Sollte sie doch erstmal damit rausrücken, was sie wusste. Schließlich war er kein Anfänger mehr im Umgang mit diesen Medienleuten.
„Ziemlich gruselige Geschichten,“ entgegnete Andrea Voss vage. „So, so“, antwortete Tewes, um Zeit zu gewinnen. Fieberhaft überlegte er, wie er die Frau wieder abwimmeln könnte. ‚Verdammt, dafür waren doch eigentlich seine Kollegen von der Pressestelle da. Sie sollten die Anfragen der Journalisten sammeln, kanalisieren und notfalls auch mal ein paar Nebelbomben werfen.’

Doch er wusste, dass sich Andrea Voss nicht so leicht abhängen ließ. Dafür war sie zu lange im Geschäft.

„Hören Sie. Ich kann Ihnen noch gar nichts sagen. Wir sind ganz am Anfang unserer Ermittlungen."

Sofort wurde Andrea Voss hellhörig.

„Also bestätigen Sie, dass merkwürdige Dinge im Krankenhaus vor sich gehen?"

„Nein, das tue ich nicht. Ich sage nur, dass wir ermitteln", korrigierte Tewes die Frau streng.

„Herr Tewes, Sie machen mich von Minute zu Minute neugieriger", entgegnete Andrea Voss und spielte mit Tewes gescheitertem Versuch, nichts zu sagen.

„Ich melde mich heute Mittag wieder bei Ihnen. Vielleicht haben Sie und ich dann ja schon mehr rausgefunden", verabschiedete sich die Polizeiredakteurin von dem Kommissariatsleiter.

Wütend beendete Tewes das Telefonat. Manchmal konnte er Journalisten nicht ausstehen. Sie erschwerten jede Ermittlung. Und das Schlimmste: Sie waren nicht berechenbar. Umso unverständlicher war es für ihn, dass ausgerechnet Andrea Voss von einigen Beamten geschätzt wurde. Vermutlich hatten die auch seine Handynummer weitergegeben. Zugleich hoffte er, dass in seiner Abteilung nicht ein so enger Draht zur Presse bestand.

Nachdem Frank Steenhoff den Fall der beiden geschändeten Frauen in der Frühbesprechung vorgestellt und Wessel mehr Kollegen gefordert hatte, gab Tewes zur großen Überraschung aller sofort nach. Er wollte sich nicht in der Öffentlichkeit vorwerfen lassen müssen, die Brisanz des Falles unterschätzt zu haben. Doch über seine Beweggründe schwieg er sich gegenüber den Kollegen aus.

Ab sofort sollte Steenhoffs Team noch für ein paar Tage von Manfred Rüttger, einem Beamten aus der Brandermittlung und von einem jungen Kripobeamten, der als sogenannter Durchläufer während seiner

Ausbildung für einige Wochen bei der Mordkommission arbeitete, unterstützt werden.
Zum Schluss ermahnte Tewes seine Leute noch: „Und kein Wort an die Presse. Das Ding ist zu heikel, als dass ich morgen in der Bild oder im Weser-Kurier eine blutrünstige Schlagzeile lesen möchte. Ich hoffe, wir haben uns verstanden. Wenn wir was rausgeben, dann nur über unsere Pressestelle.“
Prüfend sah er sich im Kreis der Beamten um. Niemand widersprach.

Nach der Besprechung gingen Steenhoff und sein Team in sein kleines Dachzimmer, um abzuklären, wer welche Aufgaben übernehmen würde.
Wessel sollte gemeinsam mit dem jungen Kripobeamten Fabian Block noch einmal ins Krankenhaus fahren, um mit den Haustechnikern wegen der Ersatzschlüssel für die Pathologie zu sprechen. Anschließend würden sie sich die beschlagnahmte Liste vornehmen, in die sich alle Pfleger und Krankenschwestern eintragen mussten, die Verstorbene frühmorgens oder nachts in die Pathologie brachten.
Steenhoff ging zu Manfred Rüttger, dem erfahrenen Brandsachermittler, der in der Vergangenheit schon häufiger in Mordkommissionen ausgeholfen hatte. Rüttger schien nichts dagegen zu haben, für ein paar Tage den Ruß- und Brandgeruch hinter sich zu lassen und mit Steenhoff zusammenzuarbeiten. Rüttger sollte sich den Pförtner vornehmen, der in der Tatnacht und morgens Dienst gehabt hatte. Außerdem bat Steenhoff ihn, den jungen Pfleger, der die Frauenleiche gefunden hatte, „büromäßig“ durchzugehen. Möglicherweise fand sich bei ihm schon ein Eintrag in den Polizei-Dateien.
Steenhoff wollte mit Petersen den Assistenten der Pathologie befragen. Vielleicht war er ja endlich genesen.

Die beiden waren schon auf dem Weg zu ihrem Dienstwagen, als sie die Stimme von Marianne Schwenning hörten. Die Sekretärin lehnte sich weit aus dem Fenster ihres Büros und formte ihre Hände zu einem Trichter.

„Frank. Hier ist Besuch für dich. Eine Zeugin."

Überrascht schauten sich Steenhoff und Petersen an und gingen zurück ins Präsidium.

Im Flur vor seinem Büro wartete eine Frau mit dunklem Kurzhaarschnitt. Sie hatte die 50 schon überschritten, trug aber einen Kapuzenpulli und darüber eine verwaschene Jeansjacke. Entschlossen ging sie auf Steenhoff und Petersen zu.

„Helga Meyer. Sie hatten mir eine Notiz in den Briefkasten geworfen, dass ich mich melden soll."

Vergeblich versuchte Steenhoff die Frau in einem seiner jüngsten Fälle, an denen er bis zum Vortag noch gearbeitet hatte, unterzubringen. Vergeblich.

„Helfen Sie mir bitte auf die Sprünge", sagte er matt.

Verwundert schaute die untersetzte Frau ihn an.

„Ich bin die medizinisch-präparationstechnische Assistentin des Pathologen. Sind Sie denn nicht Herr Steenhoff?"

„Doch, doch. Entschuldigen Sie. Ich hatte gedacht, dass es sich bei dem Assistenten um einen Mann handelt."

Helga Meyer lachte.

„In 90 Prozent aller Fälle haben Sie damit auch recht, Herr Kommissar."

Die Assistentin schien eine vergnügte Frau zu sein. Während Navideh Petersen sich anbot, für die Zeugin ein Glas Wasser zu holen, wirkte Helga Meyer für einen Moment nachdenklich. „Wissen Sie, Herr Kommissar, entweder wird man bei dieser Arbeit im Laufe der Zeit depressiv oder man weiß seine Stunden auf Erden zu schätzen und – zu nutzen."

Helga Meyer hatte sich für Letzteres entschieden. Selbst nachdem

Steenhoff auf ihr Bitten kurz skizziert hatte, was an ihrem Arbeitsplatz passiert war, schien sie nur kurz bedrückt.
„Nee, das ist ja scheußlich. Die armen Eltern. Sagen Sie, muss man denen denn alles sagen?"
Steenhoff schwieg.
Aber Helga Meyer hatte auch keine Antwort erwartet. Mühelos wechselte sie das Thema und kam auf ihre Tochter zu sprechen.
„Wissen Sie, was die Kleine früher gesagt hat, wenn sie über meinen Beruf gesprochen hat?" Sie sah Steenhoff erwartungsvoll an. Der schüttelte den Kopf.
„Mami ist eine Krankenschwester für die toten Menschen. Das trifft es eigentlich besser als jede andere Berufsbezeichnung", sagte die Assistentin schmunzelnd.
In der nächsten Stunde ließ Steenhoff sich von der Zeugin erzählen, was genau ihre Aufgaben in der Pathologie waren.
Helga Meyer kam morgens um acht Uhr und machte in der Regel gegen 15 Uhr Feierabend. Sie stellte den Kontakt zu den Bestattern her, bahrte die Toten für eine kleine Andacht im Nebenraum auf und hielt, wenn sie es für notwendig hielt, auch schon mal die Hand eines trauernden Vaters oder einer verzweifelten Ehefrau.
„Gehört eigentlich nicht zu meinem Job, aber man ist ja Mensch", sagte Helga Meyer. Außerdem betreute sie die Kühlkammern und stand dem Pathologen bei Obduktionen zur Seite.

„Kennen Sie alle Pfleger und Schwestern, die die Verstorbenen zu Ihnen nach unten bringen?", wollte Petersen von ihr wissen. „Natürlich", entfuhr es Helga Meyer erstaunt. Ich arbeite doch schon bald ein Vierteljahrhundert hier. Auch wenn ich nicht so aussehe", fügte die Frau stolz hinzu.
„Und die Zivildienstleistenden?", hakte Steenhoff nach.
„Na, das ist nun doch etwas zu viel verlangt, oder Herr Kommissar?

Die gucke ich mir kaum an. So junge Männer interessieren mich einfach nicht."

Unbemerkt von Petersen zwinkerte die Frau Steenhoff zu.

Es war nicht das erste Mal, dass eine Frau mitten in der Vernehmung anfing, mit Steenhoff zu flirten. Unter seinen Kollegen galt er deshalb seit langem als „Frauentyp". Steenhoff hatte sich anfangs dagegen gewehrt. Doch inzwischen machte er sich die Anziehung, die er ungewollt auf manche Frauen ausübte, gezielt zunutze. Lächelnd zog Steenhoff seinen Stuhl ein paar Zentimeter näher an die Zeugin heran und senkte seine Stimme. Er spürte, wie Petersen hinter ihm unruhig wurde. Vermutlich fühlte sie sich ausgeschlossen. Für Helga Meyer jedoch schien es, als interessiere sich der Polizist im Augenblick nur für sie.

„Wenn Sie schon so lange in der Pathologie arbeiten, haben Sie doch bestimmt schon einiges erlebt?"

Helga Meyer lachte leise auf und legte für den Bruchteil einer Sekunde ihre Hand auf den Arm des Kommissars.

„Ich könnte Ihnen Geschichten erzählen, die würden Sie nicht für möglich halten."

Steenhoff ließ sie sich warm reden. Von der anhänglichen Witwe, die auch Monate, nachdem ihr Mann im Krankenhaus gestorben war, noch mit selbstgebackenem Apfelkuchen und frischer Sahne an der Tür der Pathologie anklopfte und wenige Meter neben den Kühlkammern mit Helga Meyer bei einer Tasse Kaffee über ihren Heinz-Dieter plauschen wollte. Oder über den jungen Pathologen, der vor einigen Jahren mitten in der Obduktion eines an einem Gehirntumor gestorbenen Mannes tatsächlich von ihr wissen wollte, was sie denn abends kochen wolle.

„Meine Hände waren blutverschmiert, und ich konnte gar nichts antworten, Herr Kommissar. Und dann sagt dieser junge Mediziner doch glatt zu mir" – die Frau legte eine kleine rhetorische Pause ein

–„Meine Frau und ich machen uns heute Abend einen richtig schönen Gemüseeinlauf."
Prustend vor Lachen schlug sich Helga Meyer auf die Oberschenkel. Steenhoff lachte höflich mit.
Da Petersen keine Reaktion zeigte, legte Helga Meyer noch einmal nach.
„Na, der meinte natürlich Auflauf statt Einlauf, Mädchen."
Petersen quälte sich ein Schmunzeln ab und bekam sofort die Quittung. Mit einem verschwörerischen Blick auf den Kommissar sagte Helga Meyer: „Na, ja. Das sind die Feinheiten der deutschen Sprache. Das können Ausländer sicherlich nur schwer verstehen."
Petersen richtete sich auf.
„Da haben Sie vollkommen recht, Frau Meyer. Dafür fehlt uns Iranern wirklich das Verständnis. Tatsächlich wird in meinem Heimatland nur selten über die Menüfolge des Abendessens geredet, wenn wir gerade im Gehirn eines Mannes herumrühren."
Für einen Moment war Helga Meyer sprachlos. Hilfesuchend schaute sie auf Steenhoff. Doch der Kripobeamte hatte kaum auf das Geplänkel der beiden Frauen geachtet. Die ganze Zeit über wurde er das Gefühl nicht los, dass die Zeugin trotz ihres Redeflusses das Wichtigste wegließ. Plötzlich kam ihm Andrea Voss in den Sinn. Bei einem der letzten Pressestammtische hatte die Journalistin nach dem dritten Bier zu ihm gesagt: „Unsere Berufe sind gar nicht so unähnlich. Du verhörst Leute, wir interviewen sie. Und wenn die nichts erzählen wollen, dann behaupten wir einfach, mehr zu wissen als wir es tatsächlich tun."

„Und wann haben Sie das erste Mal bemerkt, dass etwas in der Pathologie nicht stimmt?", fragte Steenhoff die Zeugin unvermittelt. Seine Stimme klang plötzlich eisig, und seine Augen fixierten die Frau. Helga Meyer starrte den Polizisten mit offenem Mund an. „Woher, woher wissen Sie", stammelte sie aufgewühlt.

„Also?“, sagte Steenhoff streng. Plötzlich war alle Fröhlichkeit aus Helga Meyer gewichen.

Petersen hielt den Atem an, und auch Steenhoff spürte, wie die Spannung in ihm wuchs. Die Frau schaute unruhig zwischen Petersen und Steenhoff hin und her.

„Vor zwei Wochen war über Nacht das Nachthemd einer Leiche in einer der Kühlkammern hochgerutscht. Sie lag ganz nackt da. Richtig schutzlos.“

„Sie?“, fragten Steenhoff und Petersen wie aus einem Munde. „Ja, es war eine junge Frau, die einen tödlichen Reitunfall irgendwo in der Nähe erlitten hatte.“

„Und warum haben Sie das nicht gemeldet?“, wollte Petersen wissen.

Tonlos antwortete Helga Meyer: „Ich wollte es einfach nicht glauben, dass sich jemand an dieser armen Frau vergriffen hat.“ Hoffnungsvoll schaute sie die Beamten an.

„Vielleicht ist ihr Hemd ja auch nur beim Transport hochgerutscht. Ich habe sie einfach wieder zugedeckt. Und das komische Tuch zwischen ihren Beinen habe ich weggeworfen.“

Nachdem Helga Meier sein Büro verlassen hatte, fertigte Steenhoff einen kurzen Bericht an. Petersen schickte er noch einmal ins Krankenhaus. Sie sollte sich um den Pathologen kümmern. Ihn hatten sie bislang noch gar nicht befragt.

Nachdem er seine Unterlagen sortiert hatte, entschied Steenhoff, an die Weser zu fahren. Der stetig dahinfließende Fluss beruhigte ihn immer, wenn sich seine Gedanken im Kopf zu drehen anfingen. 20 Minuten später parkte er sein Dienstfahrzeug auf der linken Weserseite in der Nähe eines kleinen Rudervereins. Direkt am Wasser stand unter einer mächtigen Kastanie eine gusseiserne Bank, auf der außer ihm nie jemand zu sitzen schien.

Vor ihm zog ein Vierer mit Steuermann flussaufwärts in Richtung Weserwehr. Die Ruderblätter tauchten fast lautlos ins Wasser, vollzogen alle synchron einen kleinen Halbkreis in der Luft, und verschwanden zur gleichen Zeit wieder im Wasser. Mit einem erstaunlichen Tempo entglitt das schmale Boot seinem Sichtfeld.

Steenhoff musste an das Gespräch mit Gerhard Marlowski denken. „So einer macht weiter. Der ist total krank."
Verdammt. So einen hatte er vor allem noch nie gehabt. Oder gab es Parallelen mit den Schnippeleien an der Prostituierten vor vielen Jahren? Steenhoff beschloss, die Fallanalytiker im Präsidium zu befragen. Sollten die sich doch mal nützlich machen und die beiden Fälle vergleichen. Er würde sie gleich morgen um Hilfe bitten.
Steenhoff zog einen kleinen Notizblock aus der Tasche und hielt ein paar seiner Gedanken fest.
‚Wie ist der Kerl in die Pathologie gekommen? Wer ist Sven? Wenn Sven der Täter ist, woher wusste er von Birgit Langes Unfall? Was bedeuteten die Verstümmelungen und die Tücher?'

Die lauten Rufe des Steuermanns rissen ihn aus seinen Gedanken. Der Vierer hatte gedreht und zog nun wie ein Pfeil an seiner Bank vorbei in Richtung der Bremer Altstadt. Der Schlagmann ganz vorne im Boot hatte sein Tempo gesteigert. Steenhoff schloss die Augen und lauschte den Geräuschen der Stadt und des Flusses. Hinter ihm auf einem kleinen asphaltierten Uferweg zogen zwei Skaterinnen vorbei. Ein Tuckern verriet ihm, dass ein Binnenschiff seinen Sitzplatz passierte. Dann war wieder Stille. Plötzlich wusste er, was er als Nächstes zu tun hatte. Wenn sie bis zum morgigen Tag nicht herausgefunden hatten, wer Sven ist, müssten sie den Mann mit Hilfe eines Phantombildes in den Medien suchen.
Hoffentlich stellen wir keinen Unschuldigen an den Pranger, dachte Steenhoff, als er langsam wieder zum Auto ging.

7 Petersen hatte Steenhoff noch kurz per Handy über die mageren Ergebnisse ihrer Ermittlungen im Krankenhaus informiert. Der Pathologe schien völlig ahnungslos. Das Gespräch mit ihm war nicht einfach gewesen. Die meiste Zeit hatte er sich selbst bedauert, dass ausgerechnet in seiner Pathologie „so etwas" passieren musste.

„Auf der nächsten Fachtagung werden mich meine Kollegen aus ganz Norddeutschland darauf ansprechen. Und was soll ich denen dann erzählen?", hatte er Petersen gereizt gefragt. „Wie wäre es mit einer Notlüge?", hatte sie provozierend vorgeschlagen. Der Pathologe hatte erleichtert genickt.

Am Ende ihres Berichtes hatte sie Steenhoff mitgeteilt, dass sich wenige Stunden zuvor eine Journalistin beim Krankenhauspersonal nach Details des Falles erkundigt hatte. Alle hätten behauptet, nichts erzählt zu haben. Aber angeblich verfügte die Frau bereits über einige Informationen. Zu ihrer Überraschung reagierte Steenhoff gelassen.

„Ich hab' mich ehrlich gesagt schon gewundert, wo die bleiben."

Er hatte Petersen versprochen, vorsorglich noch die Pressestelle zu informieren. Anschließend hatten sie verabredet, sich am nächsten Morgen gegen halb acht mit den anderen im Polizeipräsidium zu treffen.

Petersen setzte sich in ihren Smart und fuhr ins Viertel. Eigentlich gab es diese Ortsbezeichnung gar nicht. Anfangs als sie neu aus Hamburg nach Bremen gekommen war, suchte sie denn auch vergeblich nach dem Viertel im Stadtplan. Freunde hatten ihr geraten, am besten in diesem Stadtteil Ausschau nach einer Wohnung zu halten. Sie hatten das Leben in den von alten Häusern gesäumten engen Straßen in höchsten Tönen gelobt. Schnell begriff Petersen, dass die Bremer mit Viertel eigentlich drei kleine Wohnquartiere meinten: das Ostertor, das Steintor und das Fesenfeld.

Das Ostertor bezeichnete vor vielen hundert Jahren das östliche Ende der Altstadt und existierte bereits in der ersten Stadtmauer, die einst das mittelalterliche Bremen umgab. Heute gab das Ostertor dem Szene-Wohnviertel seinen Namen.

Petersen, die als Kind von einem Tag zum anderen ihre Heimat verloren hatte, als ihr politisch aktiver Vater Hals über Kopf den Iran verlassen musste, erschloss sich neue Orte, indem sie sie kreuz und quer durchstreifte und viel über ihre Geschichte las. So hatte sie in einem Buch entdeckt, dass damals, wo heute das Ostertor war, das Benediktinerkloster St. Pauli gestanden hatte. Um das Kloster hatten sich im Laufe der Zeit mehrere Bauernhöfe angesiedelt. Das Benediktinerkloster St. Pauli gab es zwar schon lange nicht mehr, dafür hatte sein Name in einer Straßenbezeichnung überlebt. Die Straße Beim Paulskloster war nur 50 Meter von ihrer Wohnung entfernt. Dort fand Petersen an diesem Abend zu ihrer großen Erleichterung einen Parkplatz. Am besten bewegte man sich in den verwinkelten Straßen, die einst für Handkarren und Pferdefuhrwerke angelegt wurden, mit dem Rad.
Überall waren Moutainbikes, Kinder- und Hollandräder an die schiefen gusseisernen Zäune der Häuser gekettet. Die Bewohner hatten ihre auf den ersten Blick verwildert wirkenden Vorgärten liebevoll bepflanzt, und in vielen standen Holzbänke. Sobald es warm genug war, saßen Männer und Frauen auf den Treppenstufen ihrer Häuser, tranken Milchkaffee und spielten mit dem Nachbarn Backgammon oder eine Partie Schach. Über dem Viertel, fand Petersen, hing an manchen Nachmittagen das Flair zeitloser Leichtigkeit.
Da Gardinen unüblich waren, konnte man abends einen Blick in die Innenwelt der Häuser werfen. Viele Bewohner hatten die hohen Decken in den Zimmern genutzt, um eine zweite Ebene oder ein Hochbett für ihre Kinder einzubauen. Manche Häuser wurden schon seit Jahrzehnten von Wohngemeinschaften genutzt, gleich neben elegant

ausgebauten Rechtsanwaltspraxen und Häusern von Hochschulprofessoren.
Ein Wohnparadies mit Schatten, denn auf den Hauptstraßen im Viertel lungerten Junkies, Punker und Drogendealer herum. Die Offenheit der Häuser war deshalb nur vordergründig. Da viele Viertel-Bewohner schon mal Besuch von drogensüchtigen Einbrechern gehabt hatten, schützten sie sich im Souterrain mit geschwungenen Gittern vor den Fenstern. Im Hochparterre besaßen die meisten Fenster extra Verriegelungen.

Petersen stieg die ausgetreten Sandsteinstufen ihres Hauses in der Alexanderstraße hoch, öffnete die erste Glasttür des Windfangs mit der kunstvoll gravierten Scheibe und schloss ihre Wohnungstür auf. Rechts führte eine geschwungene Treppe in den ersten Stock des Hauses. Dort wohnte ein älteres Ehepaar, darüber ein junger Designer. Wie in Bremer Häusern üblich, hätte Petersen einfach in die Zimmer ihrer Nachbarn gehen können, denn es gab keine extra Eingangstür für die Bewohner der ersten und zweiten Etage. Das lag daran, dass die Häuser ursprünglich oft nur von einer Familie samt ihrem Personal bewohnt wurden.
Petersen öffnete die Tür zu ihrem Wohnzimmer im Hochparterre, durchschritt einen zweiten, nur durch eine riesige Schiebetür abgetrennten Mittelraum und steuerte auf einen komplett verglasten Wintergarten zu. Direkt vor dem Fenster, das einen Blick in einen großen Garten bot, stellte sie ihre Einkaufstüten ab. Heute Abend sollte es kleine Leckereien vom Türken geben und dazu einen guten französischen Wein. Sie freute sich darauf, endlich erzählen und ihren Gefühlen freien Lauf lassen zu dürfen. Der Unbekannte, den sie jagten, machte ihr Angst. Wer immer so etwas mit einer toten Frau anstellte, der musste, davon war Petersen überzeugt, wahnsinnig sein.
Während sie weitere Zutaten aus dem Kühlschrank herausholte, liefen im Hintergrund die alten Songs von Gianna Nannini. Sie hörte

nicht, dass jemand das Wohnzimmer betreten hatte. Petersen war gerade damit beschäftigt, zwei Kerzen anzuzünden, als sie plötzlich von hinten stürmisch umarmt wurde. Zwei Hände legten sich über ihre Brüste. Sie drehte sich ruckartig um und warf ihr langes, dunkles Haar mit einer kurzen Bewegung ihres Kopfes über die Schulter.
Einen Moment schauten sich die beiden Frauen wortlos an. Dann küssten sie sich leidenschaftlich und blieben eng umschlungen vor dem Esstisch stehen.
Vanessa löste als erste die Umarmung.
„Na, Frau Kommissarin, sind Sie heute wieder tüchtig angebaggert worden?"
„Ach, hör auf", sagte Petersen und wirkte für einen kurzen Moment gereizt. „Ich reagier' da gar nicht drauf."
„Vielleicht, Navideh, sollte ich deinen neuen Kollegen einfach mal verklickern, dass du nicht auf Männer stehst. Dann muss ich nur noch eure Sekretärin fürchten", neckte Vanessa sie weiter.
„Das würden sie dir auch gerade glauben, wo ich doch fünf Jahre ordentlich verheiratet war", entgegnete Petersen ihrer Freundin trocken.
„Okay", sagte Vanessa und versuchte ihrer Stimme einen professoralsachlichen Ton zu geben. „Einigen wir uns darauf, dass du zur Zeit an eine Lesbe vergeben, bisexuell veranlagt bist und schon mal versucht hast, heterosexuell zu leben. Natürlich vergebens."

Die schlanke Frau mit ihren halblangen blonden Haaren und den akkurat gezupften Augenbrauen war bestens gelaunt. Sie fühlte sich sicher. Es bereitete ihr großes Vergnügen sich vorzustellen, wie die Männerwelt ihrer attraktiven Freundin reihenweise Avancen machte. Dabei übersah sie geflissentlich, dass Petersen das Thema Schönheit seit langem gründlich zum Halse raushing.
In einem der seltenen Wutausbrüche vor einigen Monaten hatte Petersen ihrer Freundin entgegengeschleudert: „Die Leute reduzieren

mich nur auf Haare, Haut und lange Beine. Du denkst, es sei toll, wenn einen alle bewundern. Aber es widert mich nur noch an. Die Kolleginnen unterstellen dir, eingebildet zu sein oder die Männer verrückt zu machen. Und die Typen überschlagen sich mit Freundlichkeiten, ohne einen zu kennen. Und dann gibt es noch die Sorte Männer, die mich für mein Äußeres abstraft, weil eine schöne Frau ja angeblich nichts in der Birne haben kann."

Weinend war Petersen damals auf ihrem Stuhl zusammengesackt und Vanessa hatte zum ersten Mal in ihrem Leben gedacht, dass wirklich schöne Menschen tatsächlich eine Bürde zu tragen haben. Erst nach diesem Ausbruch fiel ihr auf, dass ihre Lebensgefährtin kaum eigene Freunde hatte.

„Die Frauen haben meist Angst, dass sich ihre Männer in mich verknallen oder fühlen sich in meinem Schatten, wenn wir gemeinsam unterwegs sind", hatte Petersen ihr erklärt. Tatsächlich suchten neben Vanessa nur noch zwei weitere Frauen ihre Nähe. Die eine studierte und war bei den Grünen politisch aktiv, die andere war ein paar Jahre älter und arbeitete als Konrektorin an einer Grundschule. Von diesen beiden Frauen fühlte sie sich „gesehen" und in ihrem Kern gemeint. Vor allem aber durfte sie mit den Partnern der beiden Freundinnen lachen und scherzen, ohne böse Blicke zu riskieren. Sie vertrauten ihr und der eigenen Anziehung.

Nein, es gab Momente, da hätte Navideh Petersen alles dafür gegeben, eine ganz normale, durchschnittlich aussehende junge Frau zu sein. Und so empfand sie denn auch die harmlos gemeinte Neckerei als verletzend.

Vanessa musterte ihre Freundin kurz. Während sie den Weißwein aus dem Kühlschrank holte, fragte sie beiläufig: „Und habt ihr den Typen endlich?" Dabei klang ihre Stimme, als erkundige sie sich gerade nach einem stadtbekannten Eierdieb. Tatsächlich war Vanessa so schnell durch nichts zu erschüttern. Vielleicht lag es daran, dass sie es verstand, alles Negative immer ein Stückchen von sich fern zu halten.

„Das spart den Psychotherapeuten", pflegte sie regelmäßig zu sagen. Manchen schien sie deshalb etwas oberflächlich.

Doch Petersen wusste, dass Vanessa ein tiefgründiger Mensch war. Sie wollte sich nur nicht verschlingen lassen von düsteren Gedanken oder ängstlichen Zukunftsvisionen. Dank dieser gewissen Robustheit konnte Petersen mit ihrer Freundin über alle Begegnungen und erschütternde Vorfälle in ihrem Berufsalltag reden. Bei anderen Bekannten hatte sie die Erfahrung gemacht, dass die meisten ihren Beruf faszinierend fanden, aber stets erwarteten, dass ihre Erzählungen auch ein Happyend haben sollten.

Mit Vanessa war es genau andersherum. Sie fand Navideh faszinierend und ihren „Polizeijob", wie sie ihn oft etwas abfällig nannte, völlig unpassend. Vanessa hätte ihre Freundin lieber in dem Kunsthandwerkgeschäft in Hamburg gesehen, das Navidehs Mutter gehörte. Oder besser noch in einer elegant gestalteten Dependance in Bremen. Doch darüber war mit Navideh nicht zu reden. Dabei liefen die Geschäfte ihrer Mutter und ihres Bruders Mahmud auch nach dem Tod des Vaters vor zwei Jahren ausgesprochen gut.

„Ich wäre nichts anderes als eine Verkäuferin. Das würde mich zu Tode langweilen", hatte Navideh alle Überlegungen ihrer Freundin abgewehrt.

Erst nachdem sie sich länger kannten, war Navideh damit herausgerückt, warum sie möglichst viel Distanz zwischen sich und ihre Familie bringen wollte.

Das Unverständnis ihrer Mutter für ihre Berufswahl und die Verachtung von Mahmud für seine „Pistolen-Schwester" schützten sie vor vielen Nachfragen und zu großem Interesse an ihrem Leben. Wenn sie einen ihrer Pflichtbesuche zu Hause absolvierte, bombardierte Navideh ihre stets jammernde, depressive Mutter mit Fragen, damit man ihr selber keine stellte.

Ihrem älteren Bruder und seinen Freunden gegenüber mimte sie die Langweilerin: einsilbig, humorlos und eine absolute Null im Haushalt. Kein Iraner aus dem Bekanntenkreis ihrer Eltern sollte auf die Idee kommen, in ihr eine begehrenswerte Braut für seinen Sohn zu sehen. Dennoch hatte Mahmud ihr schon mehrmals klargemacht, dass sie nach ihrer Scheidung wieder heiraten sollte. Oft warf er ihr vor, sie sei eine Schande für die Familie. Ihr Vater hätte ihr nie erlauben sollen, nach dem Abitur „diesen Deutschen" zu heiraten. Schlimmer wog aber noch, dass sie sich bereits nach gut fünf Jahren wieder von ihm hatte scheiden lassen. Ihr Vater hatte damals vor Wut auf den Tisch gehauen und sie angebrüllt, sie solle nicht nur an sich, sondern auch an die Familie denken.

Wie so oft in ihrem Leben hatte Navideh Petersen damals zu einer Notlüge gegriffen. Alles, was sie innerhalb ihrer Familie erreicht hatte, basierte auf blitzschnell zusammengereimten Ausflüchten. Mit den Jahren war sie darin immer geschickter geworden. Und kaltblütiger. Sie hatte lügen müssen, um mit auf Klassenfahrten gehen zu können, hatte sich wahnwitzige Geschichten ausgedacht, um einen regelmäßigen Tanzkurs mit Abschlussball zu besuchen oder auf eine Party ihrer Klassenkameradinnen gehen zu können. Selbst ihr kleines Tattoo auf dem Unterschenkel, konnte sie sich nur aufgrund einer Lüge machen lassen. Ihrem aufgebrachten Vater hatte sie damals erzählt. „Das ist ein Bio-Tattoo. Das verblasst nach zwei Jahren wieder."

Auch Marten hatte sie, als sie 19 Jahre alt war, nicht aus Liebe geheiratet. Sicher, er sah gut aus, war angehender Jurist und hatte eine durchtrainierte Figur. Wenn er nicht Tennis spielte, ging er ins Fitness-Studio oder lief Inliner. Aber sein größter Vorzug war, dass nichts und niemand ihn damals aus Bremen wegbringen konnte. Dort hatte er seine Freunde, seine Sportvereine und eine Anwalts-

kanzlei, in die er eines Tages einsteigen wollte. Navideh Petersen musste also nach ihrer Heirat von Hamburg nach Bremen ziehen.
„Ich gehöre doch zu meinem Mann“, hatte sie ihre widerstrebenden Eltern mit deren eigenen Argumenten überzeugt.
Ihre Rechnung ging auf.
Der Umzug entpuppte sich als erster Schritt in die Freiheit. Weg von ihren Eltern, die sich stets nach außen liberal gaben und dennoch jeden ihrer Schritte zu kontrollieren versuchten, und weg von ihrem jähzornigen Bruder Mahmud, der jeden Mann in ihrer Nähe argwöhnisch beobachtete.
Natürlich hatte sie die Scheidung von Marten auch nur mit einer Lüge gegenüber ihrer Familie durchsetzen können. Innerlich bat sie damals ihren Mann um Verzeihung, als sie scheinbar am Boden zerstört ihrem Vater beichtete: „Marten kann keine Kinder bekommen, Vater. Er ist unfruchtbar.“ Diese Mitteilung änderte alles. Navideh brauchte nicht zu fürchten, dass ihr Vater ihren Mann auf diese Ungeheuerlichkeit ansprechen würde. Undenkbar, solche Intimitäten unter Männern zu besprechen. Eine Woche nach ihrem „Geständnis“ erteilte ihr der Vater die Erlaubnis, sich zu trennen. Zugleich kündigte er ihr an, dass eine neue Heirat diesmal nur mit einem Iraner in Frage komme.
Navideh hatte die gehorsame Tochter gespielt und sich heimlich geschworen, nie wieder zu heiraten. Der wahre Grund für die Trennung war schlicht Langeweile.
Schon nach wenigen Monaten Ehe hatte Navideh gemerkt, dass sie sich mit Marten nicht viel zu sagen hatte. Weder interessierte er sich für ihre Ausbildung bei der Bremer Polizei noch für Taekwondo, ihren geliebten Sport. Zugleich ließ er sie kaum an seinem Leben teilhaben und war oft in seiner Freizeit mit Freunden unterwegs. Navideh war für ihn eine Eroberung, eine Beute, mit der man in der Öffentlichkeit und auf Partys glänzte. Schon nach vier Jahren bestand ihre Ehe praktisch nur noch auf dem Papier.

Als Navideh schließlich eines Sonntagmorgens ankündigte, sie wolle sich scheiden lassen, schien Marten sogar erleichtert. An diesem Wochenende redeten sie so viel miteinander wie seit langem nicht mehr. Auch Marten, erfuhr Navideh, war nicht glücklich gewesen und hatte es bereut, sich so früh an eine Frau gebunden zu haben.

Navideh hatte bei der Mitwohnzentrale nach einer Frau gesucht, mit der sie sich die Miete für die geräumige Altbauwohnung teilen konnte. Die erste junge Frau verliebte sich nach wenigen Monaten in einen Tischler und zog sofort mit ihm zusammen. Die zweite, Nadine, erwies sich als Schmarotzerin. Ständig überließ sie Navideh den Großeinkauf, zahlte wochenlang nicht in die gemeinsame Haushaltskasse ein und weigerte sich zu putzen. Als Navideh sie eines Abends dabei erwischte, wie sie mit einer Freundin in der Küche eine Prise Kokain schnupfen wollte, setzte sie Nadine vor die Tür. Als Polizistin konnte sie sich so eine Mitbewohnerin nicht leisten.

Danach lebte Navideh das erste Mal in ihrem Leben völlig allein. Doch bald waren ihre finanziellen Reserven aufgebraucht. In einem Buchladen im Ostertor entdeckte sie einen frech formulierten Zettel, auf der eine Frau nach einem Zimmer in einer Frauenwohngemeinschaft suchte.

„Achtung: „Ich habe eine Schlampen-Allergie, koche gerne gut und viel und interessiere mich für alles Weibliche."

Das klang gut, fand Navideh, obwohl sie den letzten Zusatz nicht richtig zu deuten wusste. Als sie bei Vanessa anrief, dauerte ihr erstes Gespräch geschlagene zwei Stunden.

Bereits am selben Abend kam Vanessa vorbei, um sich die Wohnung anzuschauen. Als Navideh die Tür öffnete, stand vor ihre eine junge Frau in kurzer weinroter Lederjacke und engen Jeans. Sie trug einen langen, bunten Seidenschal und Stiefel. Alles an ihr strotzte vor Energie. Kaum stand Vanessa im Flur der Wohnung, da wusste Navideh, dass sie mit ihr gut auskommen würde. Tatsächlich saßen sie bis in den frühen Morgen zusammen und redeten.

Vanessa nahm dabei kein Blatt vor den Mund. Navideh hatte noch nicht den Tee aufgesetzt, da wusste sie schon von ihrer neuen Mitbewohnerin, dass sie nur Frauen liebte. Nach einer weiteren Stunde erfuhr Navideh, dass Vanessa nahezu pleite war, weil ihr neu gegründetes Architekturbüro nicht genug Aufträge hatte.

„Und deine Eltern?", hatte Navideh sich irgendwann getraut, nachzufragen. „Was ist mit denen?"

Vanessa schaute sie verwundert an.

„Was sagen die zu deinen Vorlieben?"

Vanessa lachte laut auf. „Na, erst haben die geschluckt und dann haben sie es natürlich akzeptiert. Was bleibt ihnen auch anderes übrig?" Vergnügt zuckte sie mit den Schultern.

‚So einfach ist das', schoss es Navideh durch den Kopf. Sie dagegen, würde es nie wagen, ihrer Familie gegenüber so aufzutreten. Navideh fühlte sich von Vanessa seltsam berührt. Von ihr ging eine ungeheure Kraft aus. Als sie sich verabschiedeten, stellten sie fest, dass sie völlig vergessen hatten, über ihre jeweiligen Wohnvorstellungen zu sprechen. Doch Navideh hatte keinerlei Bedenken. Wie gut sie sich mit Vanessa verstehen würde, ahnte sie damals allerdings noch nicht. Und es dauerte dann auch noch ein Jahr, bis Navideh ihre Mitbewohnerin das erste Mal küsste.

Sie liebte diese Frau, die auf alles direkt zuging. Ohne Umwege, ohne Notlügen. Und die ihren Ideen immer treu blieb. Vanessa machte Navideh Mut.

Mit jedem halben Jahr, das nach ihrer Trennung von Marten verging, fühlte sie sich vor ihrer Familie sicherer. Sie war jetzt 29 Jahre alt und schon einmal geschieden. Für die meisten ihrer Landsleute war eine Frau in ihrem Alter und mit ihrer Biografie nicht mehr interessant. Die wenigen, die sich daran nicht störten und die Mahmud mit ihr verkuppeln wollte, schreckte sie mit kleinen, gut einstudierten Einlagen ab. Als sie Vanessa eines Abends davon erzählte, hatte ihre Freundin vor Lachen auf dem Boden gelegen und sich die Geschichte immer wieder wiederholen lassen.

„Den einen Typ war ich nach einer Viertelstunde wieder los“, erinnerte sich Navideh grinsend.

Ihr Bruder war damals kurz aus dem Zimmer der elterlichen Wohnung in Hamburg gegangen, und der Mann hatte unbedingt ein Gespräch mit der einsilbigen Schönheit anfangen wollen. Da bohrte die Frau auf dem Sofa vor ihm plötzlich gedankenversunken in der Nase, betrachtete das Ergebnis auf ihrem Finger versonnen und – aß es auf.

Für ihre Freiheit hätte Navideh auch noch das linke Nasenloch leergeräumt und den Inhalt aufgefuttert.

„Iraner legen viel Wert auf Höflichkeit. Mit so einem Verhalten ist man bei denen für immer unten durch“, hatte sie Vanessa lachend erklärt. Natürlich hatte der Verehrer Mahmud nichts von dem ungebührlichen Betragen seiner Schwester erzählt und sich nie wieder gemeldet.

Doch einige Monate später musste Navideh erneut schauspielern. Diesmal hatte Mahmud sie gezwungen, mit einem 20 Jahre älteren Mann im Wohnzimmer der Familie Tee zu trinken. Der Mann hatte seine Frau verloren und suchte nun für seine beiden halbwüchsigen Töchter einen Muttersatz und für sich eine neue Partnerin.

Navideh hatte ihn vom ersten Moment an nicht gemocht. Gierig ruhten seine Blicke auf ihr, als sie für einen Moment alleine waren. Während er auf Navideh einredete, gähnte sie demonstrativ.

„Du bist heute wohl zu früh aufgestanden“, sagte der 50-jährige Mann und versuchte, mit der jungen Frau ins Gespräch zu kommen. Navideh musste wieder gähnen und winkte ab.

„Nein, ich bin zu spät ins Bett gegangen. Da hat so eine Spitzendisko

in Harvestehude aufgemacht", sie ließ den Satz unbeendet und betrachtete voller Interesse ihre lackierten Fingernägel.
„Wissen deine Mutter und dein Bruder davon?", hatte sie der Besucher konsterniert gefragt.
Doch Navideh hatte nur den Finger auf ihre Lippen gelegt und verschwörerisch geflüstert: „Wissen Sie, die müssen nicht alles wissen."
Sie kicherte hysterisch.
„Da halte ich es so wie meine deutschen Freunde."
Seitdem hatte sie nie wieder mit einem Fremden Tee trinken müssen. Mahmud hatte es aufgegeben. Statt krampfhaft seine aus der Art geschlagene Schwester zu verheiraten, hatte er sich voller Elan den Geschäften seiner Mutter gewidmet. Widerstrebend hatte er schließlich akzeptiert, dass Navideh mit einer deutschen Frau zusammengezogen war, angeblich um Geld zu sparen. Niemals durfte er erfahren, dass sie mehr als Bad und Küche teilten.

8

Der nächste Tag begann für Steenhoff mit einer Überraschung. Emil Nolde hing wieder an seinem Platz, und zwar gerade, wie er mit einem schnellen Blick feststellte.
Damit nicht genug, schmückte das Gegenstück zu Noldes *Herbstmeer* die gegenüberliegende Wandseite des Büros. Neugierig trat er näher. Es sah aus als hätte Emil Nolde sich in einer stürmischen Nacht auf den Deich gesetzt und die wenigen Lichtreflexe des aufgewühlten Meeres auf der Leinwand festgehalten. Düster und bedrohlich wirkte das Wasser, als könnte es jederzeit über die Deiche drängen. Nur ein rötlicher Streifen am Horizont verriet, dass die dunkle Nacht bald zu Ende gehen würde.

Herbstmeer IX hatte der Maler sein Bild genannt. Steenhoff fand, es war voller Tiefe und Melancholie.

„Ich hoffe, es gefällt Ihnen?", hörte er plötzlich Petersens Stimme hinter sich sagen. Sie hielt eine Teekanne mit Wasser in der Hand und sah ihn fragend an. „Ja, es ist wunderschön. Ich habe es noch nie zuvor gesehen", gestand Steenhoff. „Er soll über 20 Variationen von *Herbstmeer* gemalt haben", sagte Petersen. Überrascht sah Steenhoff die junge Frau an. „Woher wissen Sie das?"

„Bevor ich zur Polizei ging, hatte ich überlegt, Kunstgeschichte zu studieren." Steenhoff schüttelte amüsiert den Kopf. „Das ist allerdings ein gewaltiger Sprung. Von der Malerei zur Strafverfolgung." Petersen nickte. „Entscheidend war schließlich das Gehalt. Ich wollte nie abhängig von jemandem sein. Als Kunstexpertin wäre mir wohl nichts anderes übrig geblieben, als mir einen Millionär zu angeln."

Im Stillen dachte Steenhoff sich, dass es ihr sicherlich gelungen wäre, wenn sie nur gewollt hätte. Doch er schwieg. Verstohlen betrachtete er die junge Frau.

Sie hatte ihre langen schwarzen Haare zu einem lockeren Zopf geflochten und trug Jeans und einen weiten Baumwollpulli. Wie an den Tagen zuvor war sie ungeschminkt. Sie sah hübsch aus. Sehr hübsch sogar. Aber er wurde das Gefühl nicht los, dass sie sich in ihrer Kleidung versteckte.

„Haben Sie heute morgen schon Zeitung gelesen", fragte Petersen plötzlich. Steenhoff zuckte innerlich zusammen. Verdammt, das hatte er völlig vergessen! Da der Weser-Kurier auf dem Lande immer etwas später kam, hätte er kurz auf dem Weg zur Arbeit an einem Kiosk halten und sich die Zeitung holen müssen. Etwas, was er immer tat, wenn er an einem aktuellen Fall saß. Schließlich „lösten" die Schreiberlinge manchmal über Nacht seine Fälle, klagten Versäumnisse bei der Polizei an oder zerrten wichtige Zeugen ans Licht – besser so etwas zu wissen, bevor einen der Kommissariatsleiter morgens darauf ansprach.

„Haben Sie eine Zeitung hier?“, fragte Steenhoff unruhig. Petersen schüttelte den Kopf. „Die liegt beim Kommissariatsleiter. Aber es muss etwas über unseren Fall drinstehen. Herr Tewes soll heute Morgen schon ein lautstarkes Gespräch mit dem Geschäftsführer des Krankenhauses geführt haben. Angeblich sind die ziemlich sauer und glauben, wir hätten zu viel rausgegeben.“
Wie immer, dachte Steenhoff. Erst passiert ein Skandal in einem Haus oder einer Behörde, und dann ist die Leitung empört, dass nicht alle stillschweigend weitermachen wie bisher.

Als Steenhoff zur Frühbesprechung ins Zimmer des Kommissariatsleiters kam, lagen dort bereits auf einem kleinen Abstelltisch die Zeitungen aus. *„Irrer wütete in Leichenhalle“*, hatte die „Bild“-Zeitung getitelt und ein Foto aus einer Pathologie hinzugefügt, das nicht in einem Bremer Krankenhaus aufgenommen worden war. Darüber prangte ein dreispaltiges Bild des Krankenhauses West. Die Informationen waren eher dürftig und stützten sich auf die Pressemitteilung der Polizeipressestelle. Dafür hatten sie eine angeblich völlig verängstigte Krankenschwester interviewt, die ab sofort nur noch mit Abwehrspray ihren Dienst verrichten will. Steenhoff konnte sich bildlich vorstellen, wie der Geschäftsführer des Krankenhauses schäumte.
Der Weser-Kurier hatte dezenter, aber für die Außenwirkung des Krankenhauses ebenso schädlich, getitelt: *„Leichenschändung im Krankenhaus, Opfer grausam zugerichtet/Geschäftsführer hüllt sich in Schweigen“*.
Bevor alle Kollegen im Raum waren, überflog Steenhoff schnell die Zeilen. Die Redakteurin Andrea Voss hatte offenbar einen Draht zu Bediensteten des Krankenhauses. Sie erwähnte in ihrem Artikel sowohl den Besenstiel im Unterleib des Opfers als auch das geschminkte Gesicht. Nun rächte sich, dass der geschockte junge Pfleger von der Schutzpolizei nicht daran gehindert worden war, zu seinen Kollegen auf die Station zu flüchten. Vermutlich kannten inzwischen alle Be-

diensteten des Krankenhauses seine Geschichte. Steenhoff fluchte innerlich.
Zumindest hatte der junge Mann die Geschichte mit dem roten Tuch nicht weitererzählt. Vermutlich war sie ihm nicht spektakulär genug. Steenhoff nahm sich vor, ihn noch heute ordentlich am Telefon zusammenzufalten, so dass er es nicht wagen würde, noch ein Sterbenswörtchen außerhalb des Polizeipräsidiums zu erzählen. Keine der beiden Zeitungen erwähnte das zweite Opfer in der Pathologie.

Trotz des Ärgers mit dem Geschäftsführer wirkte Bernd Tewes ruhig und konzentriert. Offenbar hatte er keinen seiner Leute in Verdacht, Informationen weitergegeben zu haben. Steenhoff skizzierte kurz, was er mit seinem Team abklären wollte und kündigte an, ein Phantombild von Sven anfertigen zu lassen. Überrascht schaute Tewes ihn an. „Du hast ihn in Verdacht, der Täter zu sein?" „Mit jeder Stunde, die sich der angebliche Freund von Birgit Lange nicht meldet, wird es wahrscheinlicher", sagte Steenhoff.
Michael Wessel meldete sich zu Wort. „Wir sollten uns heute die Wohnung von Birgit Lange vornehmen. Vielleicht gibt es dort irgendwelche Hinweise auf diesen Sven. In dem Adressbuch, das sie in ihrer Handtasche hatte, als sie verunglückte, ist kein Sven eingetragen. Das haben wir überprüft."
Leise räusperte sich Petersen. „Was ist mit ihrem Handy?" Wessel schüttelte den Kopf. „Auch Fehlanzeige." Sie hat Freunde. Männer wie Frauen. Aber die meisten leben in Oldenburg oder in anderen Städten. Vermutlich alles frühere Schulkameraden, die jetzt woanders studieren."
Eine Weile diskutierte die Runde noch über das Für und Wider eines Phantombildes, dann mussten sie sich einem anderen Fall widmen. Ein unbekannter Täter versuchte, einen großen Bierbrauer in der Stadt zu erpressen. Steenhoff konnte sich nur mit Mühe auf die Überlegungen seiner Kollegen einlassen. Zu viele Gedanken gingen ihm durch den Kopf.

Kurze Zeit später saßen Wessel, Petersen und der junge Fabian Block bei Steenhoff im Zimmer. Manfred Rüttger von den Brandsachermittlern war auch dabei. „Langsam wird es hier eng“, bemerkte Rüttger trocken, der mit seinem Stuhl fast im Benjaminibaum saß und einen Zweig wegdrücken musste, der ihn ins Ohr piekste. „Eng, aber kuschelig“, sagte Wessel und warf Petersen einen Blick zu. Steenhoff bemerkte, dass seine Kollegin sich steif auf ihrem Stuhl aufrichtete und so tat, als hätte sie nichts gehört.

„Okay, was haben wir bisher?“, eröffnete Steenhoff die Runde. Rüttger berichtete, dass der Pfleger Sascha Böhme als potenzieller Täter wohl ausscheiden dürfte, vorausgesetzt, es fänden sich nicht noch Spuren von ihm an der Leiche. „Bislang ist der nur als Schwarzfahrer aufgefallen“, schloss Rüttger seinen Bericht über den jungen Mann. „Ansonsten hat der nichts auf dem Zettel.“ Die Befragung der Pförtner habe ebenfalls nichts ergeben.

„Was heißt nichts?“, hakte Steenhoff ungeduldig nach. Rüttger erklärte ihnen, dass zwei der Krankenhauspförtner schon älter seien. „Die kennen zwar viele Ärzte und Schwestern, aber zu den Jüngeren haben sie scheinbar viel Distanz.“ „Wie meinen Sie das?“, wollte nun auch Petersen wissen. Schmunzelnd antwortete Rüttger: „Der eine Pförtner, der in der Tatnacht Dienst hatte, sagte, für ihn sähen die jungen Männer heute alle gleich aus. Die meisten hätten einen Ring im Ohr und könnten noch nicht mal anständig „Guten Tag“ sagen, wenn sie etwas von ihm wollen. Ich hatte den Eindruck, er ignoriert sie so weit wie möglich.“

Der dritte Pförtner sei dagegen erst seit einigen Monaten im Dienst. „Ein Pedant, der selbst den ärztlichen Direktor noch kontrollieren würde, wenn er dürfte. Von dem wird unser Täter kaum den Schlüssel für die Pathologie erhalten haben, ohne zuvor seinen Personalausweis vorzulegen.“

Steenhoff bat Rüttger, die Eintragungen aus dem Buch des Pförtners mit denen des Leicheneingangsbuches aus der Pathologie zu verglei-

chen. Schließlich sei kaum vorstellbar, dass der Täter alle üblichen Formalien einhalten würde, wenn er den Objekten seiner Begierde bereits so nahe war. Somit müsste der Täter, falls er den Schlüssel vom Pförtner erhalten hatte, zwar in dessen Buch notiert sein, nicht aber im Leicheneingangsbuch in der Pathologie.
Block und Wessel schließlich hatten die Haustechniker vernommen. Sie besaßen einen Schlüssel und hätten, wie in alle übrigen Räume des Krankenhauses, auch jederzeit in die Pathologie kommen können. „Wir werden die heute überprüfen. Aber ich vermute, dass die drei sauber sind und sich in unserem Computer nichts über die wiederfinden wird. Die wirkten völlig geschockt über das, was in ihrem Krankenhaus passiert ist," schloss Wessel.
Sie vereinbarten, dass Wessel, Block und Petersen zuerst in die Wohnung von Birgit Lange fahren und nach Hinweisen auf einen Freund suchen sollten. Wessel schien angesichts dieser Aufgabe sofort aufzublühen. Während die drei rausgingen, hörte Steenhoff, wie Wessel der neuen Kollegin das Du anbot. „Wir duzen uns hier alle. Sogar den Präsidenten."

Einen Augenblick hing ihm die Bemerkung von Wessel noch nach. Er seufzte leise. Bei nächster Gelegenheit würde er Petersen wohl auch das Du anbieten müssen. Zugleich merkte er, dass er das Sie eigentlich als passender für ihr Verhältnis empfand. Schließlich fühlte er sich alles andere als vertraut mit ihr. Das Gerede um die attraktive neue Kommissarin würde den Flurfunk für Wochen mit Stoff versorgen. Angesichts des kleinen Büros, das sie sich teilen mussten, tat etwas Abstand gut.
Steenhoff ging zum Telefon und wählte die Nummer der OFA-Dienststelle. Die Operative Fallanalyse, kurz OFA, wurde von vielen seiner Kollegen noch immer mit Skepsis betrachtet. Steenhoff konnte diese Sichtweise nicht teilen. Für ihn war das analytische Herangehen der Fachleute eine weitere Chance, an den Täter heranzukommen und

keine Konkurrenz zu seiner Ermittlungsarbeit. Andreas Bartel, der Leiter der kleinen Dienststelle, war gleich am Telefon. Sie verabredeten einen Besprechungstermin für den Nachmittag. Nachdem Steenhoff noch veranlasst hatte, dass die Krankenschwester von der Intensivstation umgehend ins Präsidium kam, um mit den Kriminaltechnikern am Computer ein Phantombild zu erstellen, machte er sich auf den Weg zur Verkehrsbereitschaft.

„Schlimme Sache mit diesem Mädel." Der Leiter der Verkehrsbereitschaft, ein hagerer Mann Ende 50, schüttelte den Kopf. „Nicht genug, dass die Eltern ihre einzige Tochter begraben müssen. Dann vergreift sich auch noch so ein Kerl an ihr." Die beiden jüngeren Beamten, die direkt am Unfallort im Einsatz gewesen waren, schwiegen. Stattdessen musste sich Steenhoff seit 15 Minuten das Klagelied ihres Vorgesetzten auf die heruntergekommene Gesellschaft anhören. Steenhoff versucht erneut, die beiden Männer zum Reden zu bringen. Aber wieder griff der ältere Beamte ein und antwortete für seine Mitarbeiter. Und die ließen es geschehen. ‚Das hierarchische Denken gehört zur Polizei wie das Martinshorn,' dachte Steenhoff grimmig und unternahm einen dritten Anlauf.

„Danke, dass du die Szene auf der Kreuzung für mich zusammengefasst hast", wandte er sich direkt an den Leiter der Verkehrsbereitschaft. „Aber der Staatsanwalt haut mir die Akte um die Ohren, wenn ich mir nicht von deinen Leuten jede Sekunde noch einmal schildern lasse."

Er drehte dem Vorgesetzten den Rücken zu und wandte sich direkt an die beiden Männer. „Also, was genau habt ihr gesehen, als ihr am Unfallort eingetroffen seid?"

„Als wir ankamen, war die Hölle los", erinnerte sich der jüngere der beiden. „Der Polo der Frau war völlig demoliert und die Feuerwehr war noch nicht da."

„Was heißt demoliert?", unterbrach ihn Steenhoff sofort. „Na kaputt."

Steenhoff merkte, wie er ungeduldig wurde. Er unterdrückte einen sarkastischen Kommentar und blieb scheinbar gelassen. „Ich kenne die Bedeutung des Wortes. Ich möchte aber wissen, wo genau der Wagen eingedellt war, ob die Frontscheibe zersplittert war und wie die Reifen standen. Also erinnert euch bitte so genau wie möglich."
Der jüngere Mann unternahm einen zweiten Anlauf. „Der Polo war durch die Wucht des Zusammenpralls fast auf die Hälfte zusammengedrückt, und die Scheibe lag zerstört im Inneren des Wagens. Der Mercedes muss den Kleinwagen an der vorderen, rechten Seite erwischt haben. In dem Wrack lag diese junge Frau. Sie wimmerte leise. Zwei Zeugen rüttelten wie wild an der Karosserie, um sie zu befreien. Eine Metallstange hatte sich in ihren Unterschenkel gebohrt. Ein anderer rannte mit einem Warndreieck entgegen der Fahrtrichtung, um die Unfallstelle abzusichern. Ich glaube, eine Frau, die einen Kinderwagen bei sich hatte, kümmerte sich um den Mercedesfahrer. Der Mann saß am Straßenrand und heulte die ganze Zeit."
Der junge Beamte musste schlucken. Steenhoff wartete. Einen Moment später hatte der Polizist sich wieder gefasst.

„Wie viele Helfer rüttelten wo an dem Autowrack?", wollte Steenhoff wissen. „Zwei auf der Fahrerseite", meldete sich nun auch der andere Beamte zu Wort. „Der dritte Mann war ins Auto gekrochen und versuchte beruhigend auf die junge Frau einzureden."
„Könnt ihr die Helfer beschreiben?" Verdutzt sahen die Beamten ihn an. „Wieso?" „Also, könnt ihr oder könnt ihr es nicht?" Beide schüttelten den Kopf. „Wir hatten Tausend andere Dinge zu tun, als uns zu merken, wie die Helfer frisiert waren", wurde der Jüngere plötzlich wütend. Steenhoff merkte, dass die Beamten sich kritisiert fühlten und dichtmachten. So würde er nicht weiterkommen.
Sofort schlug er einen anderen Ton an. „Das würde mir nicht anders gehen. Wir von der Mordkommission erscheinen ja immer erst am Tatort, wenn alles ganz ruhig ist."

Die beiden Männer entspannten sich wieder. „Die Zeugen, die versuchten, die Frau aus der Karosserie zu holen, waren älter." Der Beamte musterte Steenhoff kurz. „Etwa in deinem Alter." Steenhoff verkniff sich eine Bemerkung. Offenbar stand man für diese Jungspunde schon mit Anfang 40 kurz vor der Rente.
„Der andere Mann muss so um die 30 Jahre alt gewesen sein. Oder?" Der Beamte schaute seinen Kollegen Hilfe suchend an. Der zuckte die Schultern. Dann hellte sich das Gesicht des Beamten plötzlich auf. „Wir haben doch die Personalien der Zeugen. Dann kannst du sie fragen, was du uns nicht sagen willst." Steenhoff schenkte beiden ein kurzes Lächeln. „Tut mir leid, aber bei laufenden Ermittlungen dürfen wir nichts sagen. Noch nicht mal den Kollegen. Aber das wisst ihr ja genauso gut wie ich."
Gemeinsam schauten sie in den Unfallbericht. Steenhoff ließ sich eine Fotokopie der Aussagen und der Adressen der Zeugen machen. Plötzlich stutzte er. „Habt ihr nicht gesagt, es waren vier Männer und eine Frau?" Beide nickten vorsichtig. „Hier sind aber nur vier Zeugen insgesamt aufgeführt. Der ältere der beiden Beamten griff sich erstaunt die Akte. „Tatsächlich. Du hast recht." Sein Kollege setzte sofort zu einer Verteidigungsrede an. „Da herrschte das absolute Chaos. Bei der Frau ging es um Leben und Tod, da rennt man nicht mit dem Notizblock hinter allen Personalien her."
Ohne auf den gereizten Ton des Mannes einzugehen, setzte Steenhoff seine Befragung fort. Er erfuhr, dass die Feuerwehr in Begleitung eines Notarztwagens nur drei Minuten nach der Verkehrsbereitschaft der Polizei am Unfallort eingetroffen war. Die Feuerwehrleute hatten sofort eine hydraulische Rettungsschere aus ihrem Einsatzfahrzeug geholt und den Polo der Frau in Einzelteile zerlegt. Wenige Minuten später konnte der Notarzt die Schwerverletzte versorgen. Ein weiterer Arzt hatte sich um den Mercedesfahrer gekümmert, der inzwischen nicht mehr heulte, dafür apathisch auf dem Bürgersteig hockte. Die Polizisten hatten den Unfallort abgesperrt, Fotos von den

demolierten Fahrzeugen gemacht und die Bremsspuren vermessen. „Könntet ihr den fehlenden Zeugen beschreiben oder würdet ihr ihn auf einem Phantombild wiedererkennen?", wollte Steenhoff wissen. Die Männer schüttelten den Kopf. „Wie gesagt", setzte der jüngere an. Steenhoff unterbrach ihn grob. „Ja, schon klar. Ihr hattet keine Zeit, auf Augenfarbe und Styling zu achten."

Nachdenklich fuhr Steenhoff zurück ins Präsidium. Bei den Kriminaltechnikern traf er auf eine völlig erschöpfte Intensivschwester. Seit zwei Stunden arbeiteten seine Kollegen mit ihr an Svens Phantombild. Ohne die Frau anzusprechen, musterte Steenhoff sie. Petersen hatte recht gehabt. Sie wirkte perfekt. Obwohl sie gerade eine Nachtschicht im Krankenhaus hinter sich hatte und ein Gähnen zu unterdrücken versuchte, saß ihre hochgesteckte Frisur tadellos. Die vermutlich gefärbten Haare zeigten keinen dunklen Ansatz, die Fingernägel waren gepflegt und dezent lackiert. Schwer vorzustellen, dass sie bei ihrer Sorgfalt eine wichtige Telefonnummer falsch aufschreiben würde. Steenhoff ging wieder aus dem Raum. Bevor er die Tür schloss, hörte er die Schwester noch sagen: „Also, die Nase gefällt mir noch nicht. Die war anders. Ein wenig knolliger."
Auf dem Weg in sein Büro spürte er auf einmal, wie sein Magen knurrte. Er machte auf der Stelle kehrt, um in die Kantine des Präsidiums zu gehen. Dort war kaum etwas los. Leider gab es nur noch Salat und Rote Grütze mit Vanillesauce. Steenhoff griff sich gleich zwei Schälchen und beschloss, am Abend endlich mal wieder joggen zu gehen. Im Herbst sollte es einen Bremen-Marathon geben. Höchste Zeit, sich darauf vorzubereiten, dachte Steenhoff und hatte das erste Schälchen Rote Grütze schon verputzt. Er wollte gerade das zweite in Angriff nehmen, als sein Handy klingelte.

„Hallo, Frank, ich bin's. Andrea Voss." Ohne eine Antwort abzuwarten, fügte die Journalistin hinzu: „Ich nehme doch stark an, wir sitzen an derselben Sache.“

„Moin, lange nichts gehört“, antwortete Steenhoff ausweichend. Obwohl er es vermied, ihren Namen zu nennen, schaute er sich um, ob jemand in seiner Nähe war. Ein guter Draht zur Presse war vielen Kollegen suspekt, ja, für manche geradezu anrüchig. Entweder hatte man den Stempel „mediengeil“, „eitel“ oder schlimmer noch, man unterstellte den Polizisten ein Verhältnis mit den Reporterinnen der unterschiedlichen Blätter. Sollten die Medien aber für die Polizei etwas tun, eine fingierte Fahndung ins Blatt heben oder sie davon überzeugen, für ein Schaufenster die Werbetrommel zu rühren, in dem die Polizei am Tatort zurückgelassene Utensilien ausstellte, dann wandten sich viele Kollegen Hilfe suchend an Steenhoff. Er war es dann auch, der den Reportern klarmachen musste, dass das Schaufenster natürlich videoüberwacht war, sie darüber aber nichts schreiben dürften.

Mit Andrea Voss hatte er in den vergangenen Jahren häufiger zu tun gehabt. Es war ein fairer Umgang gewesen. Nicht selten hatten Zeugen sich bei ihr gemeldet, die aus verschiedensten Gründen die Polizei scheuten. Statt gleich eine Geschichte zu veröffentlichen, hatte sie oft Steenhoff informiert und sich mit ihm beraten.

Diesmal aber wollte sie Informationen von dem Kommissar.

„Wisst ihr schon, ob dieser Freund, der die junge Frau auf der Intensivstation besucht hat, tatsächlich ihr Lover war?“ „Wieso fragst du das?“, sagte Steenhoff. „Nun, das Krankenhauspersonal hat sich gewundert, dass der nicht wieder aufgetaucht ist.“ „Wer genau wundert sich?“, setzte Steenhoff nach. Diese Plaudertaschen aus dem Krankenhaus würden ihm noch die ganzen Ermittlungen kaputtmachen. Doch Andrea Voss ließ sich nichts Genaueres entlocken. „Wie ich schon sagte, das Personal. Also: Ist er der Freund?“ „Das wissen wir noch nicht genau. Wahrscheinlich bekommt ihr noch heute ein Phantombild von dem Typen.“

„Also doch der Täter", folgerte Andrea Voss sofort. Doch Steenhoff wehrte ab. „Das ist tatsächlich noch nicht klar, Andrea. Vielleicht hat er sich angesichts seiner sterbenden Freundin auch selber das Leben genommen oder hat gesoffen bis zum Umfallen und liegt jetzt depressiv in seiner Wohnung. Was weiß ich? Aber man muss aufpassen, den nicht gleich als Täter abzustempeln."
„Aber wahrscheinlich ist es", sagte Andrea Voss nüchtern. Innerlich musste Steenhoff ihr recht geben. „Und falls der Täter nicht zum Personal gehörte, wie konnte er dann in die verschlossene Pathologie kommen? Habt ihr Aufbruchsspuren gefunden?" „Nein", sagte Steenhoff. „Und die anderen Fragen kann ich dir tatsächlich noch nicht beantworten, selbst wenn ich wollte."
„Mit wie vielen Leuten sitzt ihr eigentlich an dem Fall?", versuchte es Andrea Voss erneut. Steenhoff seufzte. Die Frau war hartnäckig. Ein Wesenszug, der einem oft den letzten Nerv rauben konnte, den er sich bei manch einem seiner Kollegen allerdings sehnlichst wünschte. „Wir sind zu fünft", aber du musst, wenn du schreibst, einen dazu rechnen oder einen Mann abziehen, sonst geht gleich die Suche nach dem Maulwurf hier im 1.K los", sagte Steenhoff. „Ist schon klar", antworte Andrea Voss. Steenhoff verabschiedete sich von der Journalistin, als er sah, dass Wessel in der Kantinentür auftauchte und sich suchend nach ihm umschaute. Sein Kollege wirkte angespannt. „Frank, wir müssen uns zusammensetzen. Sofort."
Steenhoff ließ die zweite Schüssel Roter Grütze mit der leckeren Vanillesauce bedauernd stehen und ging. Noch während beide die Treppen zum Dachgeschoss hinaufstiegen, platzte es aus Wessel heraus: „Frank, wir waren nicht die Ersten, die bei Birgit Lange waren. Jemand ist bei ihr eingebrochen."

9

In Steenhoffs Büro warteten schon Petersen und Block. „Rüttger ist auf dem Weg hierher", wandte sich Petersen ohne Gruß an Steenhoff.

Seine Kollegen wirkten angespannt. Keiner sagte etwas. Drei Minuten später war Rüttger endlich da, und Wessel übernahm die Berichterstattung.

„Also, Birgit Lange wohnte in der Nähe der Universität, im hinteren Schwachhausen in einer Zwei-Zimmer-Wohnung. Zur Miete. Die Tür war nicht verschlossen, sondern nur zugezogen. Das Türblech war beschädigt. Wir hatten erst noch überlegt, einen Kollegen von der Tatortgruppe hinzuzuziehen, sind dann aber doch gleich selber mit Handschuhen rein. Aber jemand war ganz offensichtlich schneller als wir."

„Ein Einbrecher?", unterbrach ihn Steenhoff.

Wessel schüttelte den Kopf. „Unwahrscheinlich. Die Schränke waren zwar alle durchwühlt, aber an die Wertsachen ist er nicht rangegangen. Der Schmuck war unberührt. Und etwas Bargeld lag noch in einem Sparbuch in einer Schublade in der Küche."

Fragend sah Steenhoff seine Kollegen an.

„Dafür hat es sich der Kerl in ihrem Bett bequem gemacht und anscheinend auch Gefallen daran gefunden, in ihrer Unterwäsche zu wühlen."

„Wieso schließt ihr aus, dass es Birgit Lange war, die ein ungemachtes Bett hinterlassen und ihre Slips auf den Boden geworfen hat?", wollte Steenhoff wissen. Er musste an seine Tochter Marie denken und an Iras Kampf, sich einen Weg durch ihr chaotisches Zimmer zu bahnen.

„Das Badezimmer und die Küche waren tipptopp aufgeräumt. Zwischen ihrem chaotischen Schlafzimmer und dem Rest der Wohnung lagen Welten. Das passt einfach nicht", sagte Wessel entschieden.

„Außerdem stand ein großes gerahmtes Foto auf einer Holzkommode", schaltete sich nun auch Petersen ein. „Die eine Hälfte konnten

wir noch finden. Das Bild zeigt einen jungen Mann, etwa im selben Alter wie Birgit Lange. Die zweite Person fehlt. Es war nur noch eine Frauenhand mit einem Armreif zu sehen. Die Hand lag auf dem Oberschenkel des jungen Mannes. Wir haben die Fotoalben, die in einem Regal standen, kurz gesichtet. Der Armreif gehörte Birgit Lange. Sie war es, die auf der anderen Hälfte des Fotos abgebildet war. Der junge Mann könnte ein früherer Freund von ihr gewesen sein. Er taucht jedenfalls in den letzten beiden Fotoalben nicht mehr auf."
„Wir werden ihre Eltern zu dem Mann auf dem Foto befragen müssen", sagte Fabian Block.
Steenhoff nickte. Er fürchtete schon den Moment, in dem er der Mutter und dem Vater der Toten würde gegenübertreten müssen. Die Trauer der fassungslosen Angehörigen belastete ihn mehr als die Obduktionen der Opfer oder die grausamen Einzelheiten eines Verbrechens.
Er zwang sich, erst einmal an das Naheliegende zu denken. Noch waren die Eltern nicht in den USA gefunden worden. „Hatte Birgit Lange eigentlich einen Anrufbeantworter?", kam Steenhoff plötzlich ein Gedanke in den Sinn.
Seine Kollegen nickten. Diesmal ergriff Petersen als erste das Wort.

„Zwei junge Frauen haben auf den AB gesprochen. Sie wunderten sich, warum Birgit Lange nicht zu einem vereinbarten gemeinsamen Termin bei einem Professor an der Uni erschienen war. Außerdem ein junger Mann, der fragte, ob es bei ihrem Theaterbesuch bleiben würde."
„Hat er seinen Namen genannt?", fragte Steenhoff.
Petersen nickte. „Christian. Er scheint auch in ihrem Handy gespeichert zu sein."
„Okay, die Kontaktpersonen müssen wir überprüfen", sagte Steenhoff und machte sich eine Notiz. An der einzigen freien Wand, an der noch keine *Herbstmeer*-Variante hing, wollte er abends seine große Pinn-

wand aufhängen. Auf ihr notierte er sich die einzelnen Stränge, offene Fragen und Hypothesen eines Falles. Ohne diese simple Gedächtnisstütze, das wusste er, ging einem schnell ein guter Gedanke verloren. Steenhoff schaute in die Gesichter seiner Kollegen. „Was denkt ihr über unseren Einbrecher?"

Einen Moment schwiegen alle.

„Er ist krank", sagte Petersen. Unsicher schaute sie sich in der Runde ihrer neuen Kollegen um. „Ich denke, der Einbrecher ist derselbe, der die Frau geschändet hat. Danach oder vielleicht sogar noch während sie auf der Intensivstation um ihr Leben ringt, bricht er bei ihr ein, wühlt sich durch ihre Intimsphäre und kriecht in ihr Bett. Im übertragenen Sinne ist das ein gewaltsamer sexueller Akt. Irgendwie raubt er ihr damit auch noch das letzte Fünkchen Würde."

„Ich glaube, wir haben es hier mit einem sehr ungewöhnlichen Sexualtäter zu tun", pflichtete ihr Wessel bei.

Rüttger, der bislang geschwiegen hatte, räusperte sich. „Der Täter geht sehr zielgerichtet und skrupellos vor. Zugleich geht er ein hohes Entdeckungsrisiko ein. Das Bett der Frau muss voll mit DNA-Material von dem Kerl sein. Und dann setzt er sich auch noch an ihr Bett auf der Intensivstation. Vorausgesetzt, Navideh hat recht und ‚Sven' ist wirklich nicht ihr Freund, dann lässt unser Täter sein Opfer seit dem Unfall nicht aus seinen Klauen. Vermutlich kannte er Birgit Lange schon vorher. Wobei ich keinen blassen Schimmer habe, wie er gerade zur rechten Zeit an dem Unfallort auftauchen konnte."

Während Rüttger seine Gedanken skizzierte, notierte Steenhoff, die Krankenhäuser in Bremen und Niedersachsen nach Leichenschändungen der vergangenen Jahre abzutelefonieren. „Zumindest im Schlüsselbuch des Pförtners hat unser Mann eine Nachricht für uns hinterlassen", sagte Rüttger. Erwartungsvoll schauten ihn die anderen an.

„Zweimal hat sich ein gewisser Steffen Meier in das Buch eingetragen, der dann aber nicht mehr in dem Leicheneingangsbuch auftaucht, das in der Pathologie ausliegt."

Fragend sah Fabian Block seinen älteren Kollegen an. Dieser erklärte ihm knapp, dass jeder Krankenhausbedienstete, der außerhalb der normalen Öffnungszeiten der Pathologie einen Verstorbenen in ein Kühlfach legen will, zuvor den Schlüssel beim Pförtner abholen muss.

„Den bekommt er nur, wenn er sich dort mit seinem Namen und seiner Station einträgt. Im Leicheneingangsbuch in der Pathologie wiederum muss der Name des Verstorbenen und des Krankenhausmitarbeiters notiert werden. Ein Steffen Meier hatte sich als letzter den Schlüssel vom Pförtner geholt. Im Buch in der Pathologie taucht er aber nicht wieder auf."

„Ein Versehen?", hakte Steenhoff nach.

„Wohl kaum", antwortete Rüttger. „Erstens arbeitet kein Steffen Meier im Krankenhaus West, und zweitens hatte sich Steffen Meier auch beim Pförtner eingetragen, als vor einigen Wochen die erste Leiche geschändet wurde."

„Die junge Frau, die beim Reiten tödlich verunglückt war", sagte Steenhoff nachdenklich. Rüttger nickte.

„Wir müssen überprüfen, ob es zwischen den beiden Frauen irgendwelche Überschneidungen gibt, ob sie im selben Verein sind, sich kennen, in einem Studiengang waren oder gemeinsame Freunde haben. Verdammt! Wo ist der rote Faden in dieser Geschichte? Und woher weiß dieser Steffen Meier, wie man an den Schlüssel für die Pathologie kommt?" Unwillig sprang Steenhoff auf und schaute auf den Parkplatz des Präsidiums. Eine Weile sagte niemand etwas.

Schließlich begann Steenhoff, die Aufgaben zu verteilen. Block und Petersen sollten an der Uni nach Birgit Langes Kommilitonen suchen und sie über das Opfer „ausquetschen", wie Steenhoff betonte.

Wessel wollte sich um Informationen über die tödlich verunglückte Reiterin kümmern, während Rüttger die Nachbarn im Haus von Birgit Lange befragen sollte. Vielleicht hatten sie ja Glück, und jemand hatte einen verdächtigen Mann im Hausflur bemerkt. Steenhoff selber hatte sich noch mit dem Ehemann des zweiten Opfers verabredet. Einer Deutsch-Russin, die nun ohne Brüste beerdigt werden würde.

Da ein tödlich endender Streit in einer türkischen Familie in Walle die Männer von der Tatortgruppe noch bis zum Abend in Anspruch nehmen würde, konnten die Fachleute erst am folgenden Morgen in Birgit Langes Wohnung. Die Ermittler verabredeten, sich am nächsten Mittag bei Steenhoff und Petersen im Büro zu treffen. Bevor Wessel ging, gab er Steenhoff noch den neuen Haustürschlüssel von Birgit Langes Wohnung. Vorsichtshalber hatten die Beamten das Schloss austauschen lassen.

Anschließend versuchte Steenhoff, Ira zu erreichen. Doch zu Hause war niemand. Er sprach seiner Frau auf den Anrufbeantworter, dass es etwas später werden würde.

Danach machte er sich auf den Weg zu Andreas Bartel.

Der Kollege kam ihm auf dem Flur entgegen, in der Hand eine Kanne mit Kaffee.

„Ich habe auch noch ein paar dänische Kekse im Büro. Du siehst aus, als könntest du eine Stärkung gebrauchen", begrüßte ihn der Fallanalytiker freundlich.

Die nächsten zwei Stunden gingen die beiden Männer den Fall noch einmal gründlich durch und verabredeten, dass Bartel alle bisherigen und aktuellen Informationen zugänglich gemacht werden sollten. Ohne an den Besprechungen der Mordkommission teilzunehmen und damit Gefahr zu laufen, sich bestimmte vorherrschende Hypothesen zu eigen zu machen, sollte Bartel den Ermittlern mit Hilfe von Fakten und der Technik der Fallanalyse zuarbeiten.

Es dämmerte schon, als sich Steenhoff in seinen Wagen setzte und zu dem Ehemann der verstorbenen 60-jährigen Frau fuhr. Das Paar bewohnte ein gepflegtes Häuschen in Findorff, in der Nähe des Bremer Hauptbahnhofs. Steenhoff schätzte den Mann, der ihm misstrauisch die Tür öffnete, auf Ende 60. Sein Gesicht wirkte grau und eingefallen.

‚Der wird seine Frau nicht lange überleben', durchfuhr es Steenhoff.

Nachdem sich Steenhoff vorgestellt hatte, bat der Mann ihn ins Wohnzimmer. Auf dem Sofa lagen umhäkelte Kissen. Ein weißer Stoffhund thronte auf der Rückenlehne des Sofas und schien das Zimmer, in das nur wenig Tageslicht fiel, zu bewachen.

Jurij Grigorewitsch wusste offenbar noch nicht, was genau mit seiner Frau geschehen war. Vorsichtig begann Steenhoff die näheren Umstände zu erklären. Aber Grigorewitsch unterbrach ihn jammernd.

„Was soll ich ohne Olga machen? Kinder sind weg. Leben in anderer Stadt. Und ich hier allein."

Er ließ den Satz unbeendet. Weinend sackte der Mann auf dem Sofa zusammen. „Olga hatte Krebs. Bösen Krebs. Sie viel hat gekämpft."

Plötzlich stand der Mann auf und ging auf eine Anrichte zu. Er griff sich ein gerahmtes Foto, das ein junges Paar zeigte und hielt es Steenhoff hin.

„Da, schau. Das ist meine Olga. Sie hübsche Frau."

Steenhoff nickte anerkennend. Plötzlich erschien es ihm unmöglich, dem Witwer zu erzählen, dass ein fremder Mann seiner toten Olga die Brust, die ihr nach der Krebserkrankung geblieben war, abgeschnitten hatte. Er würde mit den Kindern des Mannes reden. Sollten die entscheiden, ob ihr Vater die ganze Wahrheit erfahren sollte.

Nachdem er Grigorewitsch mehrmals gefragt hatte, ob seiner Frau eine Birgit Lange bekannt sei und dieser immer nur verständnislos den Kopf schüttelte, verabschiedete sich Steenhoff wieder.

Er atmete tief durch, als sich die Tür hinter ihm schloss. Die Trauer des Ehemannes lastete wie ein zentnerschweres Gewicht auf ihm.

Auf dem Heimweg folgte er einem plötzlichen Impuls und bog im Stadtteil Schwachhausen in eine Seitenstraße ein. Fünf Minuten später parkte er vor dem Haus von Birgit Lange. Sechs Parteien lebten in dem Mietshaus aus den 60er-Jahren. Den Vornamen auf den Klingeln zufolge waren die meisten Bewohner schon im Rentenalter. Steenhoff öffnete die Eingangstür und stand in einem Hausflur, der nach Reinigungsmitteln roch. Kein Bild hing an den Wänden, keine Blume zierte die Treppenabsätze. Alles atmete Sterilität.

Birgit Lange wohnte im dritten Stock des Hauses. Mit einer raschen Bewegung brach Steenhoff das Siegel auf, das Wessel nach der Durchsuchung angebracht hatte. Er öffnete die Wohnungstür und stand in einem schmalen, dunklen Flur. An der Garderobe hingen eine Jacke, zwei bunte Halstücher und ein Schal. An einer Pinnwand las Steenhoff Notizen: „Biomarkt, Eier, Brot, Geschenk für Papa kaufen, Futter für Pepe".
Unter der Pinnwand stand ein Paar Inliner. Alles sah so aus, als könnte Birgit Lange jeden Moment wieder zur Tür hereinkommen. Steenhoff spürte, wie sich Beklommenheit in ihm breitmachte. Die Nahtstelle zwischen Leben und Tod war für ihn oft schwer zu ertragen. In dieser kleinen Wohnung hatte bis vor ein paar Tagen noch eine junge Frau gelebt, voller Neugier, was das Leben noch für sie bereithalten würde. Dabei hatte sie nur noch wenige Stunden gehabt. Steenhoff schaltete das Licht im Flur an. Sofort fühlte er sich etwas besser. Am Fenster der schmalen Küche stand ein leerer Vogelkäfig, Wessel hatte recht, dachte Steenhoff. Die Regale waren sauber gewischt, die Spüle glänzte und auf dem Boden lag nicht ein einziger Krümel. Neben dem Brotkasten stand ein aufgeschlagenes Kochbuch auf einem Ständer. Eine durchsichtige Scheibe aus Kunststoff schützte das Kochbuch vor Fettspritzern. Birgit Lange passte in das Haus. Sie schien eine ausgesprochen ordentliche junge Frau gewesen zu sein, dachte Steenhoff.

Der Anblick ihres Schlafzimmers traf ihn wie ein Schlag. Unterwäsche, zwei Bodys und BHs lagen verstreut auf dem Boden. Die Schranktüren waren aufgerissen. Die oberste Schublade einer hölzernen Kommode war so weit vorgezogen, dass sie gerade noch von den Laufschienen gehalten wurde. Das Bett war zerwühlt und das Laken halb von der Matratze heruntergerissen.

Über dem Bett hingen kleine Fotos. Die meisten zeigten Birgit Lange. Mit der Totenfratze, die er in der Pathologie gesehen hatte, hatte dieses junge, etwas pausbäckige Gesicht, das auf vielen Fotos lachte, nichts gemein.

Steenhoff warf einen Blick in das blitzblank geputzte Badezimmer und ins Wohnzimmer. Hier schien alles an seinem Platz. Dennoch hatte Steenhoff das Gefühl, irgendetwas zu übersehen. Er hatte die Wohnungstür schon in der Hand, als er plötzlich wusste, was es war. „Futter für Pepe", schoss es ihm durch den Kopf. Mit wenigen Schritten war er beim Vogelkäfig in der Küche. Er hatte sich getäuscht. Der Käfig war nicht leer. Doch der kleine Wellensittich saß nicht mehr auf der Stange, sondern lag auf dem Boden des Käfigs. Offenbar war Pepe verdurstet oder verhungert. Aber vielleicht steckte ja doch noch etwas Leben in ihm und man könnte ihn wieder aufpäppeln. Steenhoff musste an seine Tochter Marie denken. Wenn es noch eine Chance für das kleine Tierchen gab, dann wäre es bei seiner tierliebenden Tochter in den richtigen Händen. Er öffnete die Käfigtür und gab dem kleinen Körper mit seinem Zeigefinger einen sanften Stoß. Der Vogel rollte auf den Rücken, die kleinen Füße starr von sich gestreckt.

Fassungslos starrte Steenhoff das tote Tier an. Pepe war nicht verdurstet. In der Brust des Vogels steckten vier bunte Köpfe. Jemand hatte Pepe mit den Stecknadeln der Pinnwand aufgespießt.

10

„Es gibt nicht nur Mörder, sondern auch ein paar normale Menschen. Direkt in deiner Nähe. Vielleicht hast du die ausnahmsweise auch mal auf dem Schirm."

Der Satz gefiel Ira.

Sie fixierte ihre Waschmaschine, holte tief Luft und wiederholte ihre Formulierung mit Vehemenz. Ungerührt drehte sich ihre Waschmaschine weiter. Bei Frank würde ihr verbaler Angriff mehr Wirkung zeigen. Trotz seiner angekündigten Verspätung, wartete sie nun schon geschlagene zwei Stunden auf ihren Mann. Dabei hatte sie ihm voller Mitgefühl dafür, dass sein neuer Fall ihn so beanspruchte, heute sein Lieblingsessen gekocht. Spezzatino di vitello, Kalbfleischragout. Ein echtes Opfer für eine Vegetarierin.

Tatsächlich hoffte sie, er könne sich nicht nur für ihr Essen, sondern auch für ihr neues Projekt erwärmen. Seit Tagen wartete sie auf den richtigen Moment. Heute Abend hatten sie endlich reden wollen und sich Zeit füreinander reserviert. Doch nun war es schon fast halb zehn und das Ragout längst kalt. Vielleicht sollte sie es so machen wie ihre Freundin Martina. Die hatte ein sicheres Gespür für dramatische Auftritte.

Als Martinas Mann sie kürzlich abends versetzt hatte, passte sie genau den Moment ab, als er zur Tür hereinkam. Ohne ein einziges Wort setzte sie ihren Fuß energisch auf das Pedal des Mülleimers und ließ das Essen vor seinen Augen in den Eimer gleiten.

Ha, das geschähe Frank recht. Was für eine symbolische Geste! Schade, dass ihre Hühner nicht auf Zabaione standen. Ansonsten hätte sie den Nachtisch liebend gerne an ihr Federvieh verteilt. Wütend schleppte sie einen Korb voller Wäsche die Kellertreppe hinauf. Als sie gerade die Tür aufstoßen wollte, sah sie einen Schatten hinter dem Glas.

„Warte. Ich helf dir. Lass mich das tragen."

Ohne eine Antwort abzuwarten, hatte Steenhoff seiner Frau den Korb abgenommen.

„Entschuldige, dass ich dich habe warten lassen. Du bist bestimmt schon ganz sauer", stieß er hinter dem Wäscheberg hervor und schleppte ihn ins Schrankzimmer.
Innerlich strich Ira die Variante ‚Mülleimer'. Dennoch sollte Frank diesmal nicht so leicht davonkommen. Wer war sie denn, dass sie für ein bisschen gemeinsame Zeit mit ihm kämpfen musste?

Manchmal drohte Frank so stark in seinen Fällen aufzugehen, dass für nichts und niemanden mehr Platz war. Fast wäre es darüber einmal zur Trennung gekommen. Damals, als Marie fünf wurde und Frank sich abends über die Luftballons im Wohnzimmer wunderte. Bis in die Nacht hatten sie gestritten und waren unversöhnt ins Bett gegangen. Der Konflikt hatte Spuren in ihrer Ehe hinterlassen. In den darauffolgenden Jahren nahm sich Steenhoff stets an Maries Geburtstag frei. Ira honorierte sein Bemühen, indem sie den fünften Geburtstag ihrer Tochter nie wieder erwähnte. Dennoch, ohne dass sie darüber sprachen, war beiden der Vorfall noch Jahre später in Erinnerung.
„Wie siehst du denn aus?"
Ira erschrak, als sie ihren Mann anschaute. Er sah blass und deprimiert aus. „Hast du einen Unfall gehabt?"
„Nein, ich bin einfach nur kaputt. Eigentlich möchte ich nur noch ins Bett."
Ira sah ihn herausfordernd an: „Ich habe dir aber was gekocht." „Danke. Aber ich hab' keinen Hunger mehr."
Iras Mienenspiel alarmierte Steenhoff sofort. Bevor seine Frau loslegen konnte, sagte er schnell: „Vielleicht nehme ich doch eine kleine Portion. Eigentlich habe ich seit Stunden nichts mehr gegessen."
Stumm ging Ira zur Mikrowelle und schob das kalte Ragout hinein.
„Willst du mir sagen, was dich so beschäftigt?", fragte sie ihren Mann, während sie das Salz aus dem Küchenschrank holte.
Der seufzte vernehmlich. „Am liebsten würde ich heute Abend nur hören, wie es dir und Marie geht", antwortete Steenhoff.

Ira griff den Ball sofort auf. Wenn sie ehrlich war, hatte sie heute auch keine Lust, über irgendwelche Sexualtäter zu reden.

Ira begann, von Marie zu erzählen. Das Reiten auf der Jugendfarm tat ihr offenbar gut. „Sie hat sich jetzt auch für die Pflege eines anderen Pferdes in den Stallplan eingetragen. Die scheinen dort eine nette Clique von Mädchen zu haben. Nach meiner Reise will ich mir die Farm mal in Ruhe anschauen."
Erstaunt schaute Steenhoff von seinem italienischen Kalbsfleischragout auf.
„Welche Reise?"
Ira schenkte ihm ihr charmantestes Lächeln. „Frank, es bietet sich mir eine grandiose Chance in Dänemark."
Sie legte eine Pause ein und überlegte, wie sie beginnen sollte.
Steenhoff wagte nicht weiterzuessen. Jetzt musste er auf der Hut sein. Iras Pläne hatten schon so manches Mal sein Leben durcheinandergewirbelt.
„Du kennst doch die Behrens?", sagte Ira schließlich.
Steenhoff nickte vorsichtig. „Du meinst die Kaffee-Erbin, die bei dir seit zwei Jahren Yoga macht."
Er wurde mit einem weiteren Lächeln bedacht. „Stell dir vor, die sucht jemanden, der ihr wunderschönes Ferienhaus auf Bornholm verwaltet." Ira schaute ihn triumphierend an.
„Ja und?" Steenhoff wusste nicht, was die Pläne irgendwelcher wohlhabender Leute mit ihm und seiner Familie zu tun haben sollten.
„Mensch, Frank, wir wollten doch immer nach Bornholm."
„In die Toskana", korrigierte Steenhoff seine Frau trocken.
Mit einer ungeduldigen Handbewegung wischte Ira den Einwand weg. „Ja, aber früher, erinnerst du dich nicht? Da haben wir immer von einem kleinen roten Bornholmer Holzhaus am Meer geträumt. Und jetzt können wir es haben, und", mitten im Satz hielt Ira inne und schaute auf den Teller ihres Mannes. „Nun iss doch endlich mal was."

Schon nach wenigen Sätzen wusste Steenhoff, dass Ira längst alles beschlossen hatte. Sie war Feuer und Flamme für ihre Idee. Die Erbin, wie Steenhoff die unscheinbare Frau nannte, die zweimal die Woche zum Yoga bei ihnen erschien, war ihres dänischen Hauses offenbar überdrüssig geworden.

„Das Wetter ist ihr nicht beständig genug", sagte Ira entrüstet. „Kannst du dir das vorstellen? Dabei ist Bornholm doch eine Sonneninsel. Na, jedenfalls hat sie sich jetzt ein Haus auf El Hierro gekauft und sucht jemanden, der für sie ihr Bornholmer Haus an gutsituierte Urlauber aus ganz Europa vermietet. Erstmal für zwei Jahre. Und für diesen Job wünscht sie sich mich", sagte Ira triumphierend.

„Und ich werde dann Inselpolizist und jage Fahrradfahrer, die in Svaneke schneller als zehn Stundenkilometer fahren", sagte Steenhoff trocken.

Ira ging gar nicht auf seine Bemerkung ein.

Ruhig und sanft, als hätte sie ein bockiges Kind vor sich, malte sie ihm die Vorzüge ihres „zweijährigen Engagements" aus. Am Anfang würde sie häufiger für ein paar Tage auf die Insel fahren müssen. Hätte sich aber erst einmal alles eingespielt, könnte sie die meiste Arbeit am Computer von zu Hause aus machen. Das Beste aber wäre, dass sie künftig kostenlos in einem Luxus-Haus am Meer Urlaub machen könnten.

„Aber wir können doch Marie hier nicht allein lassen", versuchte Steenhoff Ira ein letztes Mal zu bremsen. Seine Frau ging gut gelaunt zum Kühlschrank, holte eine Schale Zabaione und stellte sie geräuschvoll direkt neben seinem Teller ab.

„Marie findet die Idee toll. Und außerdem bist du ja auch noch da. Du wirst sehen: In zwei Wochen, wenn ich fahre, sitzt euer Leichenliebhaber längst hinter Gittern."

11

Doch diesmal irrte Ira. Auch in der nächsten Woche hatte Steenhoff das Gefühl, dem Täter nicht einen Schritt näherzukommen. Sie hatten sämtliche Freunde und Bekannte, Nachbarn und Kommilitonen von Birgit Lange überprüft. Doch niemand kam als potenzieller Täter in Frage. Einen jungen Mann, der Birgit Lange per E-Mail mehrfach einen gemeinsamen Kinobesuch vorgeschlagen hatte, hatten sie um eine Speichelprobe gebeten und mit der gefundenen DNA aus dem Bett des Opfers verglichen.

Aber Fehlanzeige. Der Mann war Steenhoff von Anfang an zu jung erschienen. Das Profil passte eher auf einen etwas älteren Mann. Steenhoff konnte nicht glauben, dass ein 21-jähriger Student über so viel Kaltblütigkeit verfügte, erst auf die Intensivstation eines Krankenhauses zu gehen, der Sterbenden die Hand zu halten und sie wenige Stunden später aus einem Kühlfach zu holen, um ihr einen Besenstiel in den Unterleib zu rammen.

Dafür hatten sie zumindest mit ihrem Phantombild Erfolg.

Nachdem sich nach der Veröffentlichung in den Medien niemand gemeldet hatte, schlug Steenhoff vor, den Feuerwehrleuten, die Birgit Lange aus dem Autowrack geborgen hatten, das Phantombild noch einmal direkt unter die Nase zu halten. Vielleicht könnte sich jemand von den Helfern an den Mann erinnern.

Fabian Block hatte eingewandt, dass die Feuerwehrbeamten das Phantombild ja bereits in der Zeitung gesehen und sich nicht gemeldet hätten. Ein Argument, das Steenhoff nicht gelten lassen wollte. „Erstens lesen längst nicht mehr alle jungen Leute regelmäßig Zeitung und zweitens dürfen wir uns nicht auf die Medien verlassen. Wir müssen selber hingehen."

Aus dem Augenwinkel sah er, wie Rüttger nickte. ‚Eigentlich hätten wir das schon längst erledigt haben müssen', dachte Steenhoff ärgerlich, verkniff sich aber eine Bemerkung. Da Petersen gerade etwas

Luft hatte, versprach sie, noch am selben Vormittag zur Feuerwehr zu fahren. Rüttger sollte erneut beim BKA nachfragen, ob die sichergestellten Fasern und Spuren aus dem demolierten Fahrzeug inzwischen ausgewertet worden waren.

In der Einsatzzentrale erfuhr Petersen die Namen der sechs Feuerwehrbeamten, die am Tag des Unfalls zu der Kreuzung in Schwachhausen gerufen worden waren. Drei konnten sich an keinerlei Zeugen mehr erinnern, ein Vierter war überzeugt, den Mann auf dem Phantombild noch nie gesehen zu haben. Der fünfte Mann, ein sportlicher Beamter Ende 20, versuchte die ganze Zeit, mit Petersen zu flirten, statt sich das Bild anzuschauen.

„Also, kennen Sie den Mann hier? Ja oder nein?“ Leicht gereizt hielt Petersen das Phantombild erneut hoch.

„Gehen Sie mit mir essen, wenn ich ja sage?“ Der Mann grinste sie breit an.

„Nein, ich gehe mit Ihnen gleich aufs Präsidium, wenn Sie sich das Bild nicht endlich angucken“, fuhr ihn Petersen an.

Verblüfft gehorchte der Mann.

Petersen bemerkte, wie er zusammenzuckte. „Das ist tatsächlich der Typ, der auf dem Beifahrersitz saß und die Frau die ganze Zeit getröstet hat“, sagte der Mann. Plötzlich wirkte er sehr ernst.

„Sind Sie sicher?“

„Klar bin ich sicher. Der wollte ihre Hand gar nicht loslassen. Ich dachte zuerst, das wäre ihr Freund oder so. Aber dann war er auf einmal weg.“

Fragend sah sie der Feuerwehrbeamte an. „Warum suchen Sie den Typ?“

Petersen antwortete mit einer Gegenfrage. „Lesen Sie keine Zeitung?“

Der Beamte zuckte gleichgültig mit der Schulter. „Ich wohne nicht in Bremen, sondern in Niedersachsen. Der Weser-Kurier interessiert mich nur, wenn Werder Bremen gespielt hat oder wenn die über einen Brandeinsatz von uns berichten.“

Der Feuerwehrmann konnte nicht sagen, wie groß der Unbekannte gewesen war. Schließlich, meinte er entschuldigend, habe der Mann in dem demolierten Fahrzeug gekrümmt gesessen.

Er schätzte den Mann auf Ende 20 oder Anfang 30. Er hatte nur wenige Minuten in dem Fahrzeug gehockt. Angesichts der schweren Verletzungen der Frau, hatte der Feuerwehrmann kaum auf ihn geachtet. Doch zumindest konnte er sich daran erinnern, dass der Unbekannte Deutsch sprach.

„Sind Sie sicher, dass er Hochdeutsch sprach?"

Ja, ganz sicher."

„Irgendeinen Dialekt, eine Sprachnuance herausgehört?"

„Ich sagte doch schon, Hochdeutsch", antwortete der Feuerwehrmann.

„Na ja, sie können doch sicher Hamburger von Bremern unterscheiden?"

„Also, aus Hamburg kommt der nicht. Meine Frau", er stockte und sah Petersen verlegen an, „ich meine, meine Ex-Frau kommt, äh, kam aus Hamburg."

„Konnten Sie verstehen, was er sagte?"

„Na, das Übliche", antwortete der Mann gedehnt.

„Sagen Sie es mir", forderte ihn Petersen auf.

Der Feuerwehrmann musste nicht überlegen. „Na, alles wird gut. Gleich ist der Arzt da. Morgen sieht die Welt wieder anders aus. Diesen ganzen Scheiß, den man sagt, wenn man weiß, dass jemand keine Chance mehr hat."

Plötzlich wirkte der Mann um Jahre gealtert. Einen Moment tat er Petersen leid.

„Vielen Dank, Sie haben uns sehr geholfen", sagte sie freundlich und zog sich ihre Jacke an.

„Und was ist mit unserem gemeinsamen Essen?", rief ihr der Mann hinterher.

„Wenn Sie wüssten, was der Typ mit Ihrem Unfallopfer gemacht hat,

würde Ihnen der Appetit vergehen“, antwortete Petersen und ließ die Tür hinter sich zufallen.
Dann besann sie sich, ging noch einmal in den Raum und drückte dem verblüfften Mann ihre Visitenkarte in die Hand.
„Wenn Ihnen noch was einfällt, dann dürfen Sie mich anrufen.“
Sie machte eine kleine Pause. „Aber damit das klar ist: Nur dann. Ach ja – und schönen Gruß an Ihre Frau.“
Als Petersen die Tür zu ihrem Büro im Präsidium aufmachte, klingelte das Telefon. Kommissariatsleiter Bernd Tewes war dran. „Endlich erreiche ich einen von euch.“ Seine Stimme klang vorwurfsvoll. „Die Eltern von Birgit Lange sind gerade in Bremen gelandet. Sie werden jeden Moment im Präsidium eintreffen. Jemand muss mit ihnen reden. Wo stecken eigentlich Steenhoff und Wessel?“
„Wenn ihre Handys abgeschaltet sind, vermute ich, dass beide im Krankenhaus sind“, entgegnete Petersen. „Sie können die Eltern zu mir schicken. Ich werde mich um sie kümmern“, sagte sie ruhig.
Tatsächlich hatte ihr die Nachricht einen heftigen Stich versetzt. Schnell ging sie in Gedanken durch, was sie den Eltern erzählen dürfte. Hatten sie ein Recht darauf, alle Einzelheiten zu erfahren? Was, wenn sie nachhakten? Plötzlich kam ihr das grotesk geschminkte Gesicht der jungen Frau in der Pathologie in den Sinn und der Besenstiel, der aus ihrem Unterleib ragte. Sie würde den Eltern einen Kaffee oder einen Tee anbieten, sie hinhalten, bis einer der erfahreneren Kollegen wieder da war und ein wenig über Amerika reden.
„Quatsch“, entfuhr es ihr plötzlich laut. Die Eltern hatten irgendwo in den USA die schreckliche Nachricht vom Tod ihrer Tochter erhalten und sich ins nächste Flugzeug nach Deutschland gesetzt. Geradezu lächerlich die Vorstellung, sie könnte die beiden auf Urlaubserlebnisse ansprechen und damit ablenken. Im Leben der Eltern würde es fortan nur noch einen Gedanken geben: Warum gerade unsere Tochter?

Der Anruf der Pförtnerin am Eingangstor des Präsidiums riss sie aus ihren Gedanken. „Die Eltern einer Frau Lange sind hier. Herr Tewes sagt, ich solle sie zu Ihnen schicken."
„Ja, sagen Sie ihnen bitte, dass ich vor dem Gebäude auf sie warte", sagte Navideh Petersen.
Im Hinausgehen fiel ihr Blick auf die Pinnwand, die Steenhoff an der Wand befestigt hatte. Neben vielen Zetteln hatten ihre Kollegen die Fotos von Birgit Lange aus der Pathologie und aus der Wohnung des Opfers aufgehängt. Eine Großaufnahme zeigte den zu Tode gequälten Pepe, den Wellensittich des Opfers.
Petersen nahm schnell die Pinnwand ab, drehte sie um und stellte sie vor die Heizung. Dann ging sie den Eltern entgegen, damit sie sich auf dem weitläufigen Gelände des Präsidiums nicht verliefen.
Schon von weitem erkannte sie die beiden. Sie winkte dem Paar zu, das daraufhin direkt auf sie zuging. Die Eltern von Birgit Lange waren im Gegensatz zu ihrer etwas pummeligen Tochter schlank, fast sehnig und schienen viel Sport zu treiben. Auf den ersten Blick wirkten die beiden braun gebrannten Menschen gut erholt. Doch als sie näher kamen, war ihre Verzweiflung fast mit den Händen zu greifen.

„Herbert Lange. Meine Frau Christine", der Mann ergriff als Erster das Wort.
Seine Frau nickte nur stumm. Ihre geröteten Augen verrieten, dass sie in den vergangenen Stunden viel geweint hatte. Petersen sprach beiden ihr Beileid aus und bat sie in den dritten Stock mit hinauf. Im Flur begegneten ihr zwei Kollegen. Doch die üblichen, flapsigen Sprüche blieben aus. Sie waren alle lange genug dabei, um intuitiv zu spüren, dass das Paar, das ihnen entgegenkam, sich am Rande seiner Beherrschung befand.
Petersen bot den Eltern Tee und Wasser an. Beides nahm Frau Lange dankbar an. Ihr Mann schüttelte nur den Kopf. Die Kommissarin

schloss die Tür des Büros. Als sie sich wieder umdrehte, spürte sie sofort, dass etwas anders war. Aufgewühlt trommelte Herr Lange mit seinen rechten Fingern auf Steenhoffs Schreibtisch.

„So, bevor wir noch eine Sekunde drumherumreden – was ist hier eigentlich los?“, fuhr er Petersen an. „Unsere Tochter ist tot. Ein Unfall, heißt es. Und jetzt sitzen wir hier bei der Mordkommission. Was ist verdammt noch mal passiert?“ Bei den letzten Worten zitterte die Stimme des Vaters.

Petersen spürte einen Kloß im Hals. Sie zwang sich, ihr Mitgefühl auszuschalten und nicht in die rotgeränderten Augen der Frau zu schauen. Dem Ehepaar war nicht damit geholfen, dass sie auch noch anfing zu heulen.

„Ich würde Ihnen empfehlen zu warten, bis mein Kollege Frank Steenhoff hier ist. Er leitet die Ermittlungen. Er kann Ihnen alles erklären.“

Herbert Lange sprang so plötzlich auf, dass sein Stuhl umkippte. Doch er schien es gar nicht zu bemerken.

„Ich will nicht mehr warten. Ich will wissen, was mit meiner Tochter passiert ist. Jetzt, verstehen Sie. Jetzt!“

Völlig außer sich packte der Mann Petersen an den Schultern und begann sie zu schütteln. Wie aus weiter Ferne hörte Petersen, dass seine Frau schrie, er solle aufhören.

Plötzlich sah Petersen ihren Bruder Mahmud vor sich. Nie wieder, nie wieder hatte sie sich nach dem letzten Mal geschworen.

Ohne zu überlegen ging sie in die Knie, führte für den Bruchteil einer Sekunde ihre Fäuste aneinander und riss ihre Arme explosionsartig in einem Halbkreis nach oben. Herbert Langes Hände flogen von ihren Schultern.

Verdattert stand er vor der jungen Frau, die sich vor ihm aufbaute und ihn anherrschte: „Schluss jetzt. Reißen Sie sich zusammen. Wenn Sie wissen wollen, was passiert ist, setzen Sie sich gefälligst wieder auf ihren Platz.“

Matt sank der Mann auf seinen Stuhl, den seine Frau wieder aufgerichtet hatte. In diesem Moment stieß jemand die Tür auf. Verwirrt schaute Fabian Block auf das apathisch wirkende Ehepaar. „Ich habe Schreie gehört. Gibt's Probleme?" Besorgt schaute Block auf seine schwer atmende Kollegin.
„Nein. Danke dir. Alles okay, alles okay." Petersen nickte Block beruhigend zu, drängte ihn sanft zurück in den Flur und schloss die Tür. Sie holte tief Luft und versuchte sich zu konzentrieren.
Dann begann sie ihren Bericht.
„Ihre Tochter ist tot und sie ist an den Folgen eines Verkehrsunfalls gestorben. Das ist eine furchtbare Nachricht für Sie. Aber die Wahrheit ist noch schlimmer. Nach Birgits Tod hat sich ein unbekannter Mann an dem Leichnam ihrer Tochter vergangen."
Einen Moment lang sagte niemand etwas. Herbert Lange starrte mit offenem Mund auf Noldes *Herbstmeer* an der Wand. Petersen war nicht sicher, ob er sie überhaupt verstanden hatte.

„Aber, ..." Christine Lange rang nach Worten, „aber, warum tut jemand so etwas?"
„Das wissen wir noch nicht. Aber wir werden alles tun, um es herauszufinden", antwortete Petersen. Sie wartete, ob die Eltern noch mehr erfahren wollten. Doch beide schwiegen. Spontan entschied sich Petersen, von sich aus keine weiteren Details preiszugeben. Sollten Herbert und Christine Lange entscheiden, ob sie mehr Informationen verkraften konnten oder nicht. Doch offenbar reichte es dem Paar an diesem Morgen. Petersen zögerte einen Moment, dann entschied sie, das Gespräch in eine andere Bahn zu lenken.
„Fühlen Sie sich in der Lage, mir ein paar Fragen über Ihre Tochter zu beantworten?"
Die Mutter nickte.
In der nächsten Stunde schien es, als säßen nur Petersen und Christine Lange in dem Büro. Während der Frau immer wieder die Tränen

über die Wangen liefen, wirkte ihr Mann, als wäre alle Energie aus seinem Körper gewichen. Zweimal hatte Petersen ihre Besucherin gefragt, ob sie lieber am nächsten Tag die Fragen beantworten möchte, doch Christine Lange hatte vehement verneint. „Der Kerl darf nicht länger frei herumlaufen. Da zählt doch jede Stunde."
Die Frau bemühte sich, alle Fragen der Kommissarin so gut es ging, zu beantworten. Birgit Lange führte bis zu ihrem Unfalltod ein unauffälliges Leben. Die junge Frau hatte in Oldenburg Abitur gemacht, anderthalb Jahre eine feste Beziehung zu einem Schulkameraden unterhalten und diese ohne größere Auseinandersetzungen vor einem Jahr wieder beendet. Ihr Freund entschied sich für ein Auslandsstudium in Italien und verliebte sich dort neu. Birgit Lange dagegen studierte Wirtschaftssprachen in Bremen.

„Birgit ist ein ordentliches Mädchen. Fleißig und zielstrebig. Sie treibt sich nie viel in Diskotheken herum."
Petersen fiel auf, dass die Mutter von ihrer Tochter in der Gegenwart sprach. Von einer neuen Beziehung zu einem Mann oder einer Affäre wusste Christine Lange nichts. Als Petersen nachhakte, ob es sein könne, dass Birgit ihrer Mutter eine Liebesbeziehung verheimlicht habe, reagierte Christine Lange empört.
„Nein, wir sind wie Freundinnen füreinander." Die Aussagen der Mutter deckten sich weitgehend mit dem Bild, das aus der Auswertung der Tagebücher, Briefe und der E-Mail-Datei von Birgit Lange entstanden war.

Als Petersen das Paar nach einer Stunde verabschiedete, schaute Herbert Lange sie beim Hinausgehen das erste Mal wieder an. „Entschuldigen Sie bitte. Ich weiß nicht, was über mich gekommen ist", sagte der Mann leise.
Petersen betrachtete den Mann voller Mitgefühl. „Ist schon vergessen. Aber mein Kollege Frank Steenhoff wird sicherlich auch noch mit Ihnen sprechen wollen."

Beide nickten.
„Was ist mit Pepe?“, entfuhr es Christine Lange plötzlich. Einen Augenblick wusste Petersen nicht, von wem die Frau sprach. Dann fiel ihr ein, dass Christine Lange den Vogel ihrer Tochter meinte. „Er ist leider tot.“
Die Frau blickte die Kommissarin so entsetzt an, dass Petersen den Eltern beinahe ein zweites Mal ihr Beileid ausgesprochen hätte. „Vermutlich verhungert“, log Petersen. „Oder er ist aus Kummer darüber, dass er tagelang allein in der Wohnung war, eingegangen.“ Die zweite Todesursache schien Christine Lange besser akzeptieren zu können.
„Ist auch besser so“, sagte sie nachdenklich.
„Der kleine Vogel hing ja so an unserer Tochter.“
Petersen begleitete das Paar noch bis vor die Tür des Gebäudes, dann begann sie, ein Protokoll über das Gespräch anzufertigen. Nach einer weiteren Stunde war sie fertig. Danach setzte sie sich in der kleinen Küche der Abteilung Wasser für einen Tee auf. Als sie mit der Kanne in ihr Zimmer zurückkehrte, stand Steenhoff im Raum. In seinen Händen hielt er die abgehängte Pinnwand.

Gereizt fuhr er sie an: „Na, hatten Sie mal wieder das Bedürfnis, etwas von der Wand zu nehmen?“
Einen Moment lang war Petersen sprachlos. Bissig schob Steenhoff hinterher: „Zumindest haben Sie diesmal nicht gleich die halbe Tapete mit abgerissen.“
Mit den Fingerspitzen tastete Steenhoff die Wand nach den zwei tief eingeschlagenen Nägeln ab, um die Pinnwand wieder an ihren alten Platz zu hängen. Petersen fühlte, wie der Zorn in ihr hochstieg.
„Birgit Langes Eltern waren heute Morgen hier. Ich wollte ihnen den Anblick ihrer geschändeten Tochter auf den Fotos ersparen“, entgegnete sie eisig.
Doch Steenhoff schien gar nicht zuzuhören. „Wieso haben Sie mich

nicht benachrichtigt? Es geht nicht, dass Sie als Anfängerin eigenmächtig und allein wichtige Zeugen befragen", wies er sie zurecht.
„Ich habe mich nicht um diese Befragung gerissen", entgegnete Petersen scharf. „Bernd Tewes hat vergeblich versucht, Wessel zu erreichen. Rüttgers war unterwegs und Ihr Handy war abgeschaltet." Einen Moment schien Steenhoff irritiert. „Aber doch nur eine knappe Stunde."
„Ja, genau die Stunde, in der die Eltern hier plötzlich auf der Matte standen. Im Übrigen liegt das Protokoll der Befragung auf Ihrem Schreibtisch. Die Eltern wissen bereits, dass Sie sich noch mal mit ihnen in Verbindung setzen werden."

Petersen nahm sich ihre Jacke und ging zur Tür. Verwundert schaute Steenhoff ihr hinterher. „Wo wollen Sie denn hin?"
„Essen", antwortete Petersen knapp.
Mit einem lauten Knall fiel die Tür hinter ihr ins Schloss. Steenhoff hatte gerade seine Jacke aufgehängt, als Fabian Block den Kopf zur Tür hineinsteckte.
„Wie geht es Navideh?"
Steenhoff zuckte mit den Schultern. „Keine Ahnung. Wieso fragst du?"
„Ich hatte vorhin den Eindruck, als wäre der Vater des Opfers auf sie losgegangen. Es gab ein ziemliches Geschrei und Gepolter in eurem Büro. Als ich ihr zu Hilfe eilen wollte, hatte sie aber anscheinend alles wieder unter Kontrolle."
Block sah Steenhoff verwundert an. „Hat sie dir denn gar nichts erzählt?"
„Nein, aber ich werde sie drauf ansprechen. Und jetzt entschuldige mich. Ich muss noch dringend was lesen."
Block verschwand wieder auf den Flur.
Mühsam gelang es Steenhoff, sich zu beherrschen. Als er seinen Kollegen weit genug weg wähnte, schlug er laut fluchend mit der Faust

auf den Tisch. Nicht genug, dass Ira nur noch von Bornholm sprach, Tausend Dinge vor ihrer Abreise zu erledigen hatte und es ihm überließ, mit seiner pubertierenden, muffelnden Tochter vormittags zum Orthopäden zu fahren. Ausgerechnet in der einen Stunde, in der er sein Handy beim Arzt abgeschaltet hatte, mussten die Eltern von Birgit Lange im Präsidium auftauchen.

Und nun hatte er sich auch noch wie ein Idiot benommen. Immer noch aufgewühlt zwang er sich, das Protokoll zu lesen. Petersen hatte alle Fragen, die für die Ermittler noch offen waren, gestellt. Eine reife Leistung für jemanden, der sich auf eine Befragung nicht vorbereitet hatte. Doch, nachdem er das Protokoll ein drittes Mal gelesen hatte, beschlich ihn das Gefühl, dass eine bestimmte Frage nicht gestellt worden war. Steenhoff blickte auf Noldes *Herbstmeer*. Einen kurzen Moment tauchte er so tief in das Bild ein, dass er den stürmischen Nachtwind zu spüren meinte. Plötzlich wusste er, was ihm fehlte. Zuvor musste er aber noch etwas anderes erledigen.

Er griff sein Handy und die Fahrzeugschlüssel und eilte zur Kantine. Zu seiner Erleichterung saß Petersen allein am Fenster und las Zeitung. Vor ihr stand ein leerer Salatteller.

„Darf ich mich zu Ihnen setzen?"

Die junge Frau sah überrascht auf. Steenhoff spürte sofort die Wut, die sich hinter ihrer beherrschten Fassade verbarg.

„Ich esse gerne alleine."

Ohne auf ihre Worte einzugehen, setzte sich Steenhoff an die gegenüberliegende Seite des Tisches.

„Ich wollte mich bei Ihnen entschuldigen. Ich bin heute gereizt ins Büro gekommen und habe es an Ihnen ausgelassen. Tut mir leid."

Steenhoff wusste, was jetzt kommen würde. Matt fiel er in seinen Stuhl zurück und wartete auf das Unvermeidbare. Nach einem Streit mit Ira gelang eine Versöhnung nur, wenn er bereit war, den Streit anschließend Wort für Wort von seiner Frau analysieren zu lassen. „Bloß kein oberflächlicher Frieden", lautete Iras Motto. Ihm ging es anders. Aber für Ira war sein Hang, sich so schnell wie möglich wieder mit ihr zu versöhnen, „nur Vermeidung echter Auseinandersetzung." Er dagegen hasste das Psycho-Gerede, denn meist fühlte er sich Ira dabei unterlegen.

Seine Entschuldigung überraschte Petersen. Langsam löste sich ihre Erstarrung. Steenhoff meinte sogar, ein leises Lächeln um ihren Mund zu bemerken. Plötzlich hielt sie ihm ihre Hand hin. „Okay. Ich nehme Ihre Entschuldigung an. Schwamm drüber."

„Schwamm drüber?", wiederholte Steenhoff verwirrt.

Petersen nickte.

„Ja. Oder möchten Sie noch gerne darüber reden?"

„Nein, bloß nicht", beeilte sich Steenhoff zu sagen und fühlte sich schon wieder wie ein Idiot.

Freundlich sah Petersen ihn an: „Ich wollte mir noch einen Kaffee holen. Soll ich Ihnen einen mitbringen?" Steenhoff nickte. Als sie beide vor ihren Kaffeebechern saßen, folgte er einem spontanen Impuls. „Ich wollte heute Abend noch nach Oldenburg. Zu den Eltern von Birgit Lange. Es würde mir helfen, wenn Sie mitkommen könnten."

„Habe ich etwas vergessen zu fragen?" Petersen klang besorgt.

„Nein, Sie haben das gut gemacht. Sehr gut sogar. Es ist nur eine Idee, die ich hatte und dazu brauche ich eine entspannte Atmosphäre. Und Sie kennen die Eltern ja bereits."

Er betrachtete seine Kollegin. „Was war eigentlich mit dem Vater los? Block erzählte, er sei auf sie losgegangen."

„Er war nur aufgewühlt. Es ist nichts passiert." Petersen wirkte plötzlich verändert. Der lockere, freundschaftliche Ton zwischen ihnen war weg.

„Hat er sie angegriffen oder geschlagen?"

Petersen lachte, aber es klang bitter. „Ich lasse mich von keinem Mann schlagen. Da machen Sie sich mal keine Sorgen. Das gibt es bei mir nicht mehr."

Auf dem Weg zum Auto überlegte Steenhoff, was sie mit ihrem letzten Satz gemeint haben könnte. Vermutlich sprach sie für ihre Generation von gut ausgebildeten, selbstbewussten Frauen, für die Gewalt in einer Beziehung völlig undenkbar war.
Stumm saßen sie im Auto nebeneinander. Jeder schien seinen Gedanken nachzuhängen. Steenhoff versuchte, sich innerlich auf die Eltern einzustellen. Schließlich bat er Petersen, sie ihm zu beschreiben. Während er nach wenigen Minuten ein Bild von Birgit Langes Mutter hatte, blieb seine Vorstellung von dem Vater vage. Petersen hatte große Mühe, ihn zu skizzieren. Steenhoff fragte sich, ob es an der Auseinandersetzung lag, die sie mit dem Mann gehabt hatte.

Nach einer guten halben Stunde standen sie vor einem zweistöckigen Einfamilienhaus, dessen Vorgarten an einen kleinen Park erinnerte. Die Frau, die ihnen öffnete, wirkte eingefallen. Das geschmackvoll eingerichtete Haus mit seinen kräftigen leuchtenden Wandfarben stand in merkwürdigem Kontrast zu der fahlen schmalen Frau. Petersen hatte im ersten Moment Mühe, in ihr Christine Lange wiederzuerkennen. Die ungeheure Trauer über den Verlust ihrer Tochter hatte bereits tiefe Spuren in ihr Gesicht gegraben.
„Mein Mann schläft. Er hat Beruhigungstabletten genommen. Ich möchte ihn nur ungern wecken", sagte Christine Lange und wies stumm auf das weiße Zweier-Sofa, auf dem Steenhoff und Petersen Platz nehmen sollten.
Steenhoff sprach ihr sein Beileid aus. Dann erklärte er der Frau, warum er so viel wie möglich über ihre Tochter erfahren musste. Ihr Lebensweg, ihre Kontakte oder Freunde könnten sie vielleicht zum Täter führen. Christine Lange blickte an ihm vorbei, schien aber verstanden zu haben.
„Bitte beschreiben Sie uns, was Birgit für ein Mensch war," sagte Steenhoff.
Fragend sah die Mutter Petersen an.

„Sie haben das heute Morgen schon erzählt. Aber es würde uns helfen, wenn wir es noch mal vertiefen könnten", warb Petersen um Verständnis.
Christine Lange nickte und fummelte ein Taschentuch aus ihrer Hosentasche. Steenhoff ließ sie erzählen, ohne sie ein einziges Mal zu unterbrechen. Zweimal verschwand sie in einem Nebenzimmer, um neue Taschentücher zu holen, nahm aber immer wieder den Faden auf.

Birgit Lange schien das ganze Glück ihrer Eltern gewesen zu sein. Sie hatten sich nie Sorgen um ihre Tochter machen müssen. Bis zu dem Tag des Unfalls war alles glattgelaufen.
Steenhoff wusste, Christine Lange würde noch Stunden von ihrer toten Tochter reden können. Für mache Menschen war dies die einzige Möglichkeit, ihre Trauer zu überleben: reden und immer wieder reden. Steenhoff hatte es selber erlebt, als Thomas, ein enger Schulfreund von ihm, vor drei Jahren plötzlich an einem Gehirnschlag gestorben war. Über Wochen hatte er Ira in jeder freien Minute von Thomas und ihren gemeinsamen Erlebnissen erzählt. Damals war es ihm so vorgekommen, als wäre sein Freund nicht tot, solange er noch von ihm redete.

Unvermittelt riss Steenhoff die Mutter aus ihren Gedanken.
„Birgit war ein wunderbarer Mensch. Sie müssen sehr stolz auf sie gewesen sein."
Christine Lange sah ihn dankbar an.
Seine Frage traf sie völlig unvorbereitet: „Worüber haben Sie sich Gedanken gemacht?"
Die Frau sah ihn irritiert an. „Wie meinen Sie das?"
Steenhoff spürte, dass Christine Lange plötzlich auf der Hut war. „Nun, junge Menschen probieren Dinge aus, sind neugierig und spüren oft nicht die Gefahr, die wir Eltern schon von weitem bemerken."

Steenhoff hatte bewusst von „wir Eltern“ gesprochen. Er setzte sich auf die Kante des Sofas und sah die Frau eindringlich an.
„Frau Lange, wann hatten Sie zuletzt Angst um Birgit?“
„Ich“, Christine Lange machte eine Pause und knetete nervös ihre Handknöchel. „Ich brauchte mir keine Sorgen um Birgit zu machen. Nie.“
Die Beharrlichkeit, mit der die Frau alle Schwierigkeiten zwischen Tochter und Eltern leugnete, begann Steenhoff zu ärgern.
„Ich habe selbst eine Tochter. Ich weiß, dass man an manchen Tagen vor Angst stirbt. Was war es, womit Ihre Tochter Ihnen schlaflose Nächte bereitet hat?“
Petersen hatte dem Dialog verwundert zugehört. Die Mutter tat ihr leid. Schließlich versuchte sie doch so gut es ging, alles zu berichten. Vermittelnd wollte sie eingreifen. Ohne den Blick von der Frau zu wenden, legte Steenhoff seine Hand auf Petersens Bein. Eine flüchtige Geste nur, aber Petersen verstand. Sie sollte schweigen. Widerstrebend gab sie nach.

Einen Moment sagte niemand etwas.
Plötzlich platzte es aus Christine Lange heraus: „Diese Blinddates habe ich immer gehasst. Ich habe ihr gesagt, dass das nichts für sie ist. Ein Mädchen von ihrem Format, ihrer Herkunft. Das trifft sich doch nicht mit fremden Männern. Zum Kochen. Ha!“ Sie lachte bitter. „Aber wenn der Anruf von ihren sogenannten Freundinnen kam, dann zog sie wieder los.“
Steenhoff wollte gerade nachhaken, als hinter ihm eine Stimme brüllte: „Christine! Was redest du da wieder für einen Unsinn.“
Wie vom Blitz getroffen zuckte die Frau zusammen.
Hinter Steenhoff und Petersen stand plötzlich Herbert Lange in der Tür. Er wirkte so zornig, dass Steenhoff unwillkürlich vom Sofa aufsprang und sich schützend vor Christine Lange stellte.
„Hören Sie nicht auf meine Frau. Birgit hat das nur einmal gemacht.

Nach der Trennung von ihrem Freund. Eine alberne Trotzreaktion. Dann habe ich sie mir vorgeknöpft, und es war vorbei mit diesen Treffen."

Steenhoff fragte sich, was wohl „vorgeknöpft" bedeutete.

„Ihre Frau sagt, die Treffen hätten häufiger stattgefunden", entgegnete Steenhoff ruhig.

„Ach, sie hat doch keine Ahnung. Meine Birgit hat immer auf mich gehört."

Abschätzig schaute Herbert Lange auf seine Frau, die stumm vor sich hinstarrte.

„Wie kam es zu diesem einen Blinddate?", wollte Steenhoff von Christine Lange wissen.

Bevor sie antworten konnte, fuhr ihr Mann dazwischen: „Ihre Freundin Beate hat sie darauf gebracht. Dieses Luder ist mir danach nie wieder über diese Schwelle gekommen."

Steenhoff ließ sich von Christine Lange die Nummer und Adresse der langjährigen Schulfreundin ihrer Tochter geben, dann wandte er sich zum Gehen.

Herbert Lange brachte die beiden Beamten zur Tür. Schweigend fuhren Steenhoff und Petersen zurück nach Bremen. Kurz vor dem Ortsschild sagte Petersen plötzlich: „Sie hat Angst. Furchtbare Angst. Er schlägt sie."

Steenhoff spürte, dass Petersen recht hatte. Auch ihm war aufgefallen, wie sich Frau Lange bei den Worten ihres Mannes immer mehr verkrampft hatte. Trotzdem fragte er nach: „Wie kommen Sie darauf?"

Petersen sah starr geradeaus.

„Weil ich weiß, wie sich das anfühlt."

Sie schluckte. Dann sah sie Steenhoff direkt an. „Mein Vater hat mich früher geschlagen, wenn ich mich nicht in seinem Sinne verhalten habe. Jetzt glaubt mein Bruder, er sei das Familienoberhaupt."

Empört platzte es aus Steenhoff heraus: „Sie wollen doch nicht sagen, dass Ihr Bruder Sie schlägt?"
Petersens strich sich mit einer energischen Handbewegung die langen Haare aus dem Gesicht.
„Wie ich schon sagte: Die Zeiten sind vorbei."

12

Als Steenhoff an dem Abend nach Hause kam, war niemand da. Zwei Zettel lagen auf dem Küchentisch. Der eine von Ira, der andere von Marie. In letzter Zeit war es oft so ruhig in seinem umgebauten Bauernhaus. Zu ruhig für seinen Geschmack.
‚Zwei eilig dahingekritzelte Grüße. Das ist, was von meiner Familie übrig geblieben ist', dachte er grimmig.
Unwillig stellte er fest, dass ihm die Unabhängigkeit seiner beiden Frauen Angst machte.
Marie wurde rasant flügge.
Und Ira? Sie schien alles interessanter zu finden, als nur Mutter und Ehefrau zu sein.
Immerhin wollte Ira gegen 23 Uhr von ihrer Freundin wieder zurück sein. Marie dagegen hatte angekündigt, zusammen mit einigen Freundinnen am Wochenende auf der Jugendfarm zu übernachten.
Er spürte, wie sich für einen kurzen Moment sein Magen zusammenzog. Marie war sein einziges Kind. So wie es Birgit Lange für ihre Eltern gewesen war.
Er dachte an den Psychopathen, der irgendwo da draußen noch frei herumlief und von der nächsten Frauenleiche träumte. Steenhoff zwang sich, keine Angst um Marie aufkommen zu lassen. Er kannte sich. Immer wenn ein Opfer oder die Angehörigen einem Menschen

aus seinem Umfeld ähnelten, verlor er zeitweise den Abstand. Diesmal hatten ihn die Eltern, die um ihre einzige Tochter trauerten, stark berührt.

Steenhoff ging eine Etage höher in sein kleines Arbeitszimmer. Warum er das Zimmer mit den Holzbalken in der Decke so nannte, konnte er nicht sagen. Auch Marie und Ira bezeichneten es so, obwohl dort nur sein altes Saxofon stand und eine ganze Wand voller Bücher.

Er las gerne. Am liebsten über Schicksale und Lebenswege von deutschen Auswanderern in den USA. Doch weder für die Musik noch für seine vielen ungelesenen Bücher hatte er genug Zeit. Gedankenverloren nahm er sein Alt-Saxofon in die Hand, das er vor Jahren in ein Salzsäurebad getaucht hatte, um einen weicheren Ton zu bekommen. Er begann mit *Doxy* von Sonny Rollands. Das Stück saß noch, obwohl es Wochen her war, dass er zuletzt geübt hatte.

Er probierte ein schwierigeres Stück. *Take Five*, von Paul Desmond. Aber der Sechs-Achtel-Takt wollte ihm einfach nicht gelingen. Nach drei Versuchen wechselte er zur Jazz-Legende Charlie Parker und begann sein Lieblingsstück *Yardbird Suit* zu spielen. Wie immer sang er die Melodie innerlich mit. Langsam begann die Musik ihn einzufangen.

Steenhoff schloss die Augen und ließ seine Finger über die Klappen gleiten. Nach einer Stunde fühlte er sich völlig entspannt. Er duschte kurz, trank ein Glas Wein und schaute aus dem unbeleuchteten Wohnzimmer in den dunklen Garten, hinter dem die Weiden eines Bauern lagen. Danach ging er ins Bett.

‚Ich sollte häufiger spielen', dachte er und war wenige Minuten später schon eingeschlafen. Steenhoff merkte nicht mehr, wie Ira kurz nach Mitternacht ins Zimmer kam, sich im Dunkeln auszog und ihm einen Kuss auf die Stirn gab. Doch im Halbschlaf drehte er sich plötzlich zu seiner Frau um und schmiegte sich an ihren Rücken. Eng umschlungen fielen beide in den Tiefschlaf.

Wie üblich kaufte sich Steenhoff am nächsten Morgen auf dem Weg zur Arbeit einen Weser-Kurier. Als er die Schlagzeile in der Lokalausgabe las, fluchte er so laut, dass die Kioskverkäuferin zusammenzuckte.
„Irgendetwas nicht in Ordnung, Herr Kommissar?“, fragte die ältere Frau besorgt und schaute mühsam hinter ihrem vollgestellten Tresen hervor. Steenhoff bemerkte ihre Frage gar nicht. Hastig überflog er den Artikel von Andrea Voss.
Die Zeitung hatte getitelt: *„Weiteres Opfer des Leichenschänders? Bestatter verschwieg Einbruch in Trauerraum.“*
In ihrem Artikel ging Andrea Voss auf einen Vorfall in einem Beerdigungsinstitut ein, der schon mehrere Monate zurückliegen musste. Sie nannte weder Namen noch den Stadtteil und ließ offen, ob es sich um ein Unternehmen aus dem Umland handelte. Doch dafür versorgte sie ihre Leser mit Details. Danach hatte ein Mitarbeiter des Instituts morgens festgestellt, dass der Hintereingang aufgebrochen worden war. Die Befürchtung des Mannes, der Einbrecher könnte sich an Computern oder Schränken zu schaffen gemacht haben, bestätigte sich aber nicht. Bei der Kontrolle aller Räume öffnete der Mann schließlich auch den heruntergekühlten Trauerraum, in dem eine Frau aufgebahrt lag. Die Radfahrerin hatte sich bei ihrem tödlichen Sturz erhebliche Gesichtsverletzungen zugezogen. Am Vormittag sollten ihre Angehörigen kommen, um in Ruhe Abschied zu nehmen. Dafür hatten der Bestatter und seine Helfer die Verletzungen der Frau sorgsam mit Make-up überdeckt.
Doch an diesem Morgen war das Gesicht der Frau neu geschminkt.
„Nach Informationen unserer Zeitung soll die Tote grotesk ausgesehen haben“, schrieb Andrea Voss.
Außerdem sei ihr Unterleib nackt gewesen. Laut Artikel hatte der Firmenchef zwar den Einbruch bei der Polizei gemeldet, seine Mitarbeiter aber gezwungen, kein Wort über den geschändeten Leichnam

nach außen dringen zu lassen. Er fürchtete offenbar um den Ruf seines Beerdigungsinstitutes.
Der Bericht endete mit Mutmaßungen darüber, ob es sich um denselben Täter wie aus dem Krankenhaus West handeln könne und ob noch weitere Verbrechen des bizarren Täters von Krankenhäusern oder Beerdigungsinstituten vertuscht worden sein könnten. Steenhoff fluchte ein zweites Mal, legte einen Fünfeuroschein auf einen Stapel Zeitschriften und rannte zu seinem Auto. Er hörte nicht mehr, wie die Kioskverkäuferin hinter ihm herrief, dass er noch Geld zurückbekomme.

Nach wenigen Kilometern lenkte er sein Auto auf einen Parkplatz und gab die Nummer von Andrea Voss in sein Handy ein. Der Anschluss war besetzt. Er konnte nur hoffen, dass die Journalistin ihr Wissen nicht gerade an andere Medien verkaufte. Nach dem dritten Versuch meldete sich Andrea Voss endlich.
„Ich bin es, Frank. Andrea, wo hast du diese Information her?" „Guten Morgen erstmal", wies ihn die junge Frau zurecht.
„Moin", antwortete Steenhoff kühl. „Also, Andrea, wer ist dein Informant?"
Doch die Reporterin ging nicht auf seine Frage ein.
„Weißt du eigentlich, wie früh es ist? Viertel nach sieben! Im Gegensatz zu dir habe ich kein Kind, das ich morgens zur Schule bringen muss. Du hast mich aus dem Tiefschlaf gerissen."
Das war glatt gelogen und Steenhoff konterte sofort: „Nicht ich habe dich geweckt, sondern der Anrufer vor mir. Außerdem ist das hier kein Kinderkram, was wir ermitteln. Das weißt du genauso gut wie ich. Wenn es nottut, werfe ich Zeugen mitten in der Nacht aus dem Bett."
Einen Moment war es still am anderen Ende. Offenbar ließ sie sich die Standpauke durch den Kopf gehen. Aber da hatte er sich verrechnet.

„Sag mal, Frank, spinnst du eigentlich? Wann immer ich dich in den vergangenen Wochen angerufen habe, um etwas über diesen Leichenfall zu erfahren, hast du mich mit Nebensächlichkeiten abgespeist oder hattest keine Zeit zu telefonieren. Ihr sitzt mit fünf Leuten an dem Fall und findet nicht raus, dass der Typ sich schon in Beerdigungsinstituten rumgetrieben hat. Wieso sollte ich nun auf einmal mein Wissen vor dir ausbreiten?"
Das saß. Mit sicherem Gespür hatte sie ihren Finger genau in die Wunde gelegt. Seine Kollegen hatten sämtliche Krankenhäuser abtelefoniert und mit dem Landeskriminalamt in Niedersachsen gesprochen und natürlich auch eine Reihe von Beerdigungsinstituten abgeklappert. Doch das Ergebnis war gleich null gewesen.
Steenhoff sah ein, dass er seine Strategie ändern musste.
„Andrea. Der Typ, den wir suchen, ist hochgefährlich. Wir gehen davon aus, dass ihm Tote schon bald nicht mehr reichen werden und er sich dann an Lebenden vergreift."
Diesmal war es Steenhoff, der log. Keiner von seinen Kollegen hatte je diese These aufgestellt. Aber Steenhoff nahm sich vor, seinen spontanen Gedanken noch einmal mit dem Fallanalytiker zu besprechen. Zumindest zeigten seine Worte die erwünschte Wirkung.
„Okay, Frank. Ich bin unter gewissen Umständen bereit, mit euch zusammenzuarbeiten. Aber das Ganze funktioniert nur auf Gegenseitigkeit." Sie verabredeten, sich gleich nach Steenhoffs Frühbesprechung in einem Gartenlokal an der Weser zu treffen.

Andrea Voss war schon da, als Steenhoff gut zwei Stunden später das Lokal betrat. Die Reporterin saß auf der Terrasse, las in der taz und hielt einen großen Pott Milchkaffee in ihrer rechten Hand. Sie bemerkte ihn erst, als er sich einen Weg durch die eng beieinander stehenden Tische suchte.
„Na, waren sie wieder alle empört, was die Journaille da so schreibt?", sagte die Reporterin statt eines Grußes.

Steenhoff versuchte geflissentlich, den spöttischen Ton in ihrer Stimme zu überhören.
„Ja, das waren sie," antwortete er wahrheitsgemäß.

In der Tat verstanden seine Kollegen nicht, warum Andrea Voss ihre Informationen nicht sofort an die Kripo weitergegeben hatte. „Unverantwortlicher Sensationsjournalismus", war noch der harmloseste Kommentar. Ein neuer Kollege im Kommissariat hatte sich sogar so weit verstiegen, die Reporterin notfalls mit der Androhung von Beugehaft dazu zu zwingen, ihren Informanten preiszugeben. Steenhoff hatte schon lange aufgehört, Andrea Voss vor seinen Kollegen zu verteidigen, denn anschließend kursierten immer wilde Gerüchte darüber, wie eng der Kontakt zwischen ihm und der Reporterin tatsächlich sei. Im Gegensatz zu den meisten Beamten, wusste er, dass sie längst nicht über alles schrieb, was sie erfahren oder recherchiert hatte. Zudem hatte sie einfach einen anderen Auftrag als die Polizei. Der Vorschlag mit der Beugehaft aber brachte bei ihm das Fass zum Überlaufen.
Doch Bernd Tewes war schneller. Unwirsch wiegelte er den Einwurf des neuen Kollegen ab. „Nun bleib mal auf dem Teppich. Wenn wir das machen, wimmelt es hier zwei Stunden später nur so vor Journalisten. Dann stürzt sich der gesamte Berufsstand von Kiel bis München auf uns. Außerdem ist das rechtlich höchst fragwürdig."
Der zurechtgewiesene Beamte schwieg verlegen.
Der Kommissariatsleiter wandte sich an Steenhoff. „Du kennst doch die Voss von vielen Presseterminen. Kannst du nicht einmal mit ihr reden?"
Steenhoff hatte genickt und nichts davon gesagt, dass er sich bereits in weniger als einer Stunde mit Andrea Voss treffen wollte.

Während er sich einen Kaffee bestellte und Andrea Voss kurz die Eiskarte studierte, musterte er sie verstohlen. Die Reporterin verschlang

bei jedem ihrer Treffen riesige Mengen an Kuchen und Eis. Dabei blieb sie schlank, fast hager. Sie trug ihr blondes Haar kurz. Auch ohne Windstoß sah es immer ungekämmt aus. Auch ihre Angewohnheit, während eines Gesprächs ständig mit allen fünf Fingern der rechten Hand durch ihre Haare zu fahren, trug nicht zum Sitz der Frisur bei. Obwohl sie schon viele Jahre Polizeireporterin und Mitte 30 war, wirkte sie wie die ewige Studentin. Steenhoff hatte sie nie anders als in Jeans und Pulli oder einem lässigen Jackett gesehen. Zu ihrem Image passte auch, dass sie häufig ihre Beziehungen wechselte. Eine Tatsache, aus der Andrea Voss keinen Hehl machte.
„Die Männer finden mich schnell anstrengend und ich sie schnell langweilig“, hatte sie ihm einmal beim Pressestammtisch gestanden. Mit Steenhoff langweilte sie sich nicht. Und auch er mochte die quirlige Frau. Beide verband das Interesse an der Kriminologie und der Wunsch, der Wahrheit so nah wie möglich zu kommen. Selbst in der Art, dem anderen Informationen zu entlocken, ähnelten sie sich.
Andrea Voss klappte die Eiskarte zusammen und bestellte beim Kellner einen großen Nussbecher mit Sahne.

„Was sagen denn eure Experten zu einem Mann, der Tote verstümmelt? Ein klassischer Nekrophiler ist so einer doch nicht?“ Erwartungsvoll sah sie ihn an.
„Ich lasse gerade eine Fallanalyse erstellen“, wich Steenhoff aus. Andrea Voss bemerkte es sofort: „Und natürlich kannst du mir bislang noch nichts dazu sagen.“
„Nein, dazu nicht. Aber ich werde dir alles andere erzählen, was wir wissen. Du hörst nur zu. Und danach sage ich dir, was du schreiben kannst und was nicht. Okay?“
Die Reporterin nickte. „Einverstanden. Und dann kommen wir auf den Bestatter zu sprechen.“
Diesmal nickte Steenhoff.
Fast eine Stunde brauchte Steenhoff, um noch einmal alles zusammen-

zufassen. Andrea Voss hörte gespannt zu. Ab und an schüttelte sie angeekelt den Kopf, ging aber mit ihrer nächsten Nachfrage noch tiefer ins Detail.

„Was soll diese Sache mit den roten Seidentüchern in der Scheide der Frau? Und dieser arme Wellensittich. Was ist das für ein merkwürdiges Ritual? Der ist ja noch kranker im Kopf als ein normaler Leichenschänder."

Steenhoff spürte sofort, dass Andrea Voss etwas Wichtiges ausgesprochen hatte.

„Warum sagst du Ritual?", forderte er sie auf weiterzusprechen.

„Na, es reicht ihm nicht, sich an den Opfern zu befriedigen – sondern er muss sie auch noch entwürdigen mit der Art, wie er sie schminkt. Und dann veranstaltet er diesen Zauber mit den Tüchern."

Steenhoff unterbrach sie: „Vielleicht wollte er seine toten Frauen schönmachen und hat sie deshalb geschminkt."

Andrea Voss sah Steenhoff an, als zweifele sie an seinem Verstand.

„Ich weiß ja nicht, wie Birgit Lange geschminkt aussah, aber meine tote Radfahrerin, wie die aussah, das weiß ich. Ihr Gesicht ähnelte einer gruseligen Hurenmaske. So sieht keine schöne Frau aus."

Steenhoff schnellte aus seinem Stuhl nach vorn.

„Woher weißt du, wie die Tote aussah?"

Die Reporterin sah ihn triumphierend an. „Ich habe das Foto, das mein Informant geschossen hat."

Sie seufzte. „Natürlich fand meine Chefredaktion, dass wir das unseren Lesern nicht zumuten können."

Andrea Voss kramte in ihrem Beutel und fischte einen Schwung lose zusammengehefteter Seiten über Nekrophilie heraus. „Habe ich mir aus dem Internet geholt, wollte mich mal ein bisschen schlaumachen", bemerkte sie nebenbei und blätterte die Seiten von vorne bis hinten durch. Beim zweiten Durchgang fand sie, wonach sie suchte. Sie reichte Steenhoff das Bild.

„Hier. So sah sie aus."

Steenhoff wusste sofort, dass Andrea Voss einen Volltreffer gelandet hatte.
Die Lippen der Toten waren mit einem leuchtenden roten Lippenstift angemalt. Dabei hatte der Täter die Lippen optisch vergrößert, indem er einfach über den Lippenrand gemalt hatte. Um die geschlossenen Augen hatte er mit Hilfe eines Kajalstiftes riesige Wimpern gezeichnet. Steenhoff stieß einen leisen Pfiff aus.
Die Reporterin sah ihn gespannt an.
„Es ist dieselbe Handschrift wie im Krankenhaus“, sagte Steenhoff schließlich.
„Bingo“, rief Andrea Voss so laut, dass sich einige Gäste an den Nebentischen nach ihr umdrehten. Die freudige Reaktion der Reporterin brachte Steenhoff einen Moment aus der Fassung.
„Was gibt es da zu jubeln?“
Verwundert schaute ihn Andrea Voss an. „He, ihr habt einen neuen Tatort und damit eine neue Chance, unserem Täter näherzukommen.“ „Unserem Täter?“, wiederholte Steenhoff konsterniert.
„Ja“, sagte Andrea Voss fest. „Unserem Täter“.
Es war schon früher Nachmittag, als Andrea Voss noch aus dem Lokal heraus ihren Informanten anrief, um den Kontakt zu Steenhoff herzustellen. Dabei benötigte sie all ihre Überredungskunst, um den Mann davon zu überzeugen, sein Wissen der Kripo weiterzugeben. Steenhoff hörte mit wachsender Faszination zu, wie die Reporterin ihr Repertoire abspulte. Als er weder auf ihre Schmeicheleien, er sei doch der zentrale Zeuge und von ungeheurer Bedeutung, einging noch auf die Verlockung einer „sicherlich bald in Aussicht gestellten Belohnung seitens der Staatsanwaltschaft“ noch auf alle Appelle an sein Ehrgefühl – zog sie den letzten Joker.
„Mensch Volker, du hast doch auch eine Tochter, die nachts mit ihren Freundinnen durch die Diskotheken zieht. Das ist nur noch eine Frage der Zeit, bis der Perverse sich an einer lebenden jungen Frau vergreift. Willst du das wirklich verantworten?“

Anscheinend wollte er nicht, denn Andrea Voss hob triumphierend den Daumen und blinzelte Steenhoff zufrieden zu.
„Okay, dann bleibt es dabei. Dann ruft dich Frank Steenhoff von der Kripo heute Nachmittag zu Hause an", sagte sie und beendete das Gespräch.
„Du hast ihn unter Druck gesetzt", stellte Steenhoff fest.
Überrascht sah ihn die Reporterin an. „Klar, was hättest du denn gemacht?"
Steenhoff grinste. „Ihn unter Druck gesetzt."

Freimütig verriet ihm Andrea Voss anschließend, wie sie an den Informanten gekommen war. Es war einer der vielen Zufälle, von denen Journalisten oft genug leben. Sie hatte in der Kantine des Weser-Kuriers in der Schlange gestanden, als sie einer der Boten aus dem Zeitungshaus auf den Krankenhaus-Artikel ansprach.
„Ich hab' schon mal so eine ähnliche Geschichte gehört", hatte er beiläufig bemerkt, während er sich zwei Würstchen mit einer großen Portion Senf bestellte.
Andrea Voss war sofort hellhörig geworden.
Umständlich hatte er von einem „Kumpel" aus seinem Fußballverein berichtet, der bis vor kurzem in einem Beerdigungsinstitut beschäftigt war. Angeblich war dort vor einem Jahr eine Leiche geschändet worden. Aus Sorge um seinen Ruf, hatte der Inhaber alle Mitarbeiter verpflichtet, Stillschweigen darüber zu wahren.
Andrea Voss hatte den Hausboten so lange bearbeitet, bis er die Nummer seines Bekannten herausgerückt hatte.
„In einer Redaktion bündeln sich jeden Tag viele Informationen. Gerade auf den Schreibtischen von uns Polizeiredakteuren landen oft die kuriosesten Geschichten", hatte Andrea Voss zum Abschied bemerkt und hinzugefügt: „Also Frank, halt mich auf dem Laufenden."

Auf dem Weg ins Präsidium rief sich Steenhoff noch einmal in Erinnerung, was er der Reporterin alles erzählt hatte. Er wusste, seine Kollegen hätten diesen Schritt nie gebilligt. Ab sofort würde er morgens noch unruhiger die Zeitung aufschlagen. Er konnte nur hoffen, dass sich Andrea Voss an ihre Vereinbarungen hielt und nicht mehr veröffentlichte, als sie in dem Lokal abgesprochen hatten.

Am frühen Nachmittag meldete sich Steenhoff bei dem Informanten der Reporterin. Er schien seine Skrupel überwunden zu haben und wirkte überraschend redselig am Telefon. Der Mann hatte seine Arbeit verloren, als der Sohn des Bestattungsunternehmers nach einem verpatzten Studium in der Firma seines Vaters anfangen wollte. Da man ihn als langjährigen Mitarbeiter nicht einfach rauswerfen konnte, suchte man nach einem Vorwand. Das verschwundene Schmuckstück einer toten Frau lieferte den Anlass.

„Mein Chef hat mich sofort beschuldigt, die Halskette mitgenommen zu haben", sagte der Mann. Seine Stimme klang bitter. „Dabei habe ich mir in zehn Jahren nie etwas zuschulden kommen lassen. Von einem Tag auf den anderen saß ich auf der Straße."

Als er Wochen später von einem früheren Kollegen erfuhr, dass sich die Angehörigen schon wenige Tage nach dem Vorfall bei dem Bestatter gemeldet hatten, weil sie das Schmuckstück zu Hause wiedergefunden hatten, konnte er vor Wut nächtelang nicht schlafen. So fühlte er sich denn auch nicht mehr an sein Wort gebunden, als vor wenigen Tagen die Reporterin anrief und ihn auf den Vorfall mit der toten Radfahrerin ansprach. Der Einbruch lag schon länger zurück.

„Das war im Spätsommer vergangenen Jahres. Am 29. September."

„Wieso können Sie sich so genau erinnern?", fragte Steenhoff.

Die Antwort überzeugte Steenhoff sofort: „An dem Tag hat meine Tochter Geburtstag, und ich hatte wegen des ganzen Ärgers auf der Arbeit kaum noch Zeit, die Getränke für ihre Party einzukaufen."

Der Mann versprach, seine Aussage im Polizeipräsidium zu wiederholen. Steenhoff bat ihn, so schnell wie möglich in sein Büro zu kommen. Nachdem sich Steenhoff noch den Namen des Beerdigungsinstituts und seines Inhabers notiert hatte, rief er seine Kollegen an. Sie verabredeten, sich am frühen Abend im Präsidium zu treffen und ihre neusten Ermittlungsergebnisse auszutauschen.

Nachdenklich befestigte Steenhoff das Foto mit der toten Radfahrerin an seiner Pinnwand. Direkt darüber hing der Wellensittich, rechts davon die Frau, der der Täter die Brust abgeschnitten hatte sowie drei Nahaufnahmen von der geschändeten Birgit Lange.

Eine Ansammlung von Widerwärtigkeiten. Plötzlich hatte er die Worte von Gerhard Marlowski, dem Leiter der Tatortgruppe im Ohr. „Sieh zu, dass ihr den kriegt. Der macht weiter." ‚Marlowski hat recht', dachte Steenhoff und fühlte, wie ihn fröstelte. Er verschränkte die Arme hinter dem Kopf und legte seine Füße auf einen Unterschrank des Schreibtisches.

‚Die Frage ist nur wann und wo.'

13

Um Punkt 17 Uhr trafen sich alle, die gemeinsam mit Steenhoff an dem Fall arbeiteten, in seinem Büro wieder. Es war einer der ersten warmen Tage in diesem Frühsommer. Bereits gegen Mittag war es sehr heiß geworden in den Büros unter dem Dach. Bis zum späten Nachmittag herrschten in Steenhoffs Zimmer trotz der heruntergezogenen Jalousien schon tropische Temperaturen. Fabian Block hielt eine Wasserflasche in der Hand, aus der er alle paar Minuten gierig einen Schluck nahm, während Wessel sich immer wieder die Stirn mit einem Taschentuch abtupfte. Auch Steenhoff merkte, dass sein Hemd am Rücken klebte.

‚Wenn wir den Typen nicht bald fassen, dann müssen wir uns im Hochsommer um einen kühleren Besprechungsraum bemühen',

dachte Steenhoff und schämte sich sofort für den Gedanken. Wenn sie den Mann nicht fassten, würde er sich vermutlich schon bald ein neues Opfer suchen. Dann vielleicht sogar eine lebende Frau.
Unbewusst schüttelte Steenhoff den Kopf. Der Gedanke war nur eine Notlüge gewesen, um Andrea Voss davon zu überzeugen, mit der Polizei zusammenzuarbeiten. Jetzt bemerkte Steenhoff irritiert, dass ihn der Gedanke nicht mehr losließ. Er zwang sich, wieder zu den Fakten zurückzukehren und die düsteren Vorstellungen beiseitezuschieben.
Rechts von ihm hatte Manfred Rüttger Platz genommen. Er hielt einen Becher Kaffee in der Hand und schien völlig in Gedanken versunken. Ihm schräg gegenüber saß Petersen. Ihr schien die Hitze nichts auszumachen. Sie wirkte frisch und ungewohnt locker und lachte laut über eine Bemerkung von Wessel. Einen Moment lang spürte Steenhoff, wie ein Gefühl von Eifersucht in ihm hochstieg. So hatte Petersen mit ihm noch nie gelacht. Ihm gegenüber war sie stets höflich, aber auch kontrolliert und auf der Hut.

„Okay, lasst uns anfangen. Umso schneller sind wir hier wieder raus", eröffnete Steenhoff die Besprechung. Er hatte beschlossen, seine vorläufigen Ermittlungen zu dem Vorfall in dem Bestattungsinstitut zuletzt zu erzählen. Er fürchtete, dass sein Bericht ansonsten alle anderen Gedanken und Überlegungen seiner Kollegen überdecken könnte.
Manfred Rüttger berichtete als Erster. Er hatte die vergangenen Tage damit zugebracht, nach Parallelen und Gemeinsamkeiten zwischen den drei bisherigen Opfern zu suchen. Dazu hatte er gemeinsam mit Fabian Block und Wessel die Angehörigen und Freunde der verunglückten Reiterin aus Niedersachsen befragt. Auch Jurij Grigorewitsch hatte er noch einmal aufgesucht, den Ehemann der Frau, der der Täter die Brust abgeschnitten hatte.
„Die Reiterin war Anfang 30, verheiratet und arbeitete als Zahnarzt-

helferin in Brinkum. Sie hatte eine Beziehung mit ihrem Chef und ging außerdem noch in größeren Abständen mit dem Besitzer des Reitstalls ins Bett. Anscheinend hatte sie aber ihre Männerkontakte gut im Griff. Bis auf ihre beste Freundin ahnte keiner der Beteiligten, dass es noch einen Nebenbuhler gab."

Rüttger machte eine kleine Pause.

Steenhoff sah, wie Wessel abfällig den Mund verzog. Es passte nicht in sein Weltbild, dass manche Frauen mit mehreren Männer gleichzeitig anbandelten.

Wenn Steenhoff ehrlich war, erschien auch ihm die verunglückte Reiterin nicht gerade sympathisch. Rüttger wirkte dagegen völlig neutral, als er die junge Frau kurz skizzierte. Wie schon so oft in den vergangenen Wochen bedauerte Steenhoff, dass Rüttger noch nicht von den Brandsachermittlern zur Mordkommission gewechselt hatte. Wann immer der erfahrene Beamte in der Vergangenheit in der Mordkommission ausgeholfen hatte, war er Steenhoff wegen seiner ruhigen und wertfreien Herangehensweise an Zeugen und Opfer aufgefallen.

„Die drei Frauen könnten unterschiedlicher nicht sein", leitete Rüttger schließlich das Ende seines Berichtes ein.

„Sie sind sich vorher nie über den Weg gelaufen und haben keine gemeinsamen Bekannten. Wir sind zu dem Schluss gekommen, dass alle drei Zufallsopfer waren."

„Aber hatte nicht auch Birgit Lange ein etwas ungewöhnliches Liebesleben?", wandte Steenhoff ein.

Seine Kollegen sahen ihn überrascht an.

„Na, bei den sogenannten Blinddates, an denen Birgit Lange teilnahm, wird ja nicht nur Tee getrunken worden sein."

„Nein, aber es wurde ausgiebig gekocht", sagte Petersen. „Mal chinesisch, mal arabisch und auch mal persisch, soviel wir wissen. Aber vor allem musste es sich um ein mehrgängiges, ausgefallenes Menü handeln, das sehr scharf gewürzt ist."

Steenhoff verstand nicht, worauf sie hinauswollte. Als Fabian Block und Wessel schmunzelten, fühlte er sich veräppelt.
„Und was, bitteschön, hat die Gourmet-Küche mit unserem Fall zu tun?", fuhr er Petersen laut an. An der Art wie seine Kollegin ihre linke Augenbraue hochzog, merkte er, dass er sich mal wieder im Ton vergriffen hatte.
„Meiner Meinung nach nichts", entgegnete sie ruhig. „Wie Sie ja sicherlich bemerkt haben, war Birgit Lange im Gegensatz zu ihren Eltern etwas pummelig."
Steenhoff nickte zögernd.
„Nun," fuhr Petersen fort, „Birgit Lange gehörte einem großen Kreis kochbegeisterter Singles in Bremen an, die sich alle 14 Tage in kleinen Gruppen bei jeweils einem der Teilnehmer trafen. Die Zusammensetzung war an jedem Abend neu. Das garantierte ein ausgefeiltes Lossystem."
„Birgit Lange und Gruppensex?" Steenhoff schüttelte ungläubig den Kopf.
Plötzlich starrten alle Männer gebannt auf Petersen, die sich ungeduldig eine Strähne aus dem Gesicht strich.
„Wieso glauben eigentlich immer alle, dass Frauen, die aktiv auf Partnersuche sind, zu sexgierigen Man-Eatern mutieren?"
Herausfordernd sah sie sich im Kreis ihrer Kollegen um. Keiner der Männer sagte etwas.
„Die Leute trafen sich abends zu sechst oder acht, der Gastgeber hatte sich zuvor ein Menü ausgedacht, die Zutaten besorgt und dann wurde zusammen geschnippelt und gebrutzelt."
„Und zum Nachtisch gevögelt", meldete sich Wessel zu Wort.
Petersen ignorierte den Einwurf.
„Laut Beate Seefeld, der besten Freundin von Birgit Lange, hatte Birgit in den zwei Jahren, in denen sie an den sogenannten „Blind-Date Cooking Events" teilnahm, gerade mal zwei Liebhaber. Von Orgien also keine Spur."

„War diese Beate jedes Mal bei den ominösen Kochtreffen dabei?“, wollte Steenhoff wissen.
„Nein, wieso?“, fragte Petersen verwundert.
„Nun, Sie geben die Zahl der Liebhaber so wieder, als wäre es die absolute Wahrheit.“
„Die Information kommt von ihrer engsten Freundin“, entgegnete Petersen, als hätte sie damit einen wissenschaftlichen Beweis geliefert. Steenhoff verstand immer noch nicht.
„Ja, und?“
Seufzend griff Petersen zu einer Flasche Wasser und goss sich ihr Glas bis oben voll.
„Beste Freundinnen wissen alles voneinander. Mehr als Ehemänner und die eigenen Eltern jemals erfahren.“

Amüsiert sah Petersen ihre beklommen dreinschauenden Kollegen an. Sicher dachten sie alle gerade an die eigene Frau oder Freundin.
„Ich meine“, setzte Petersen nach, „das sollte eigentlich eine Binsenweisheit sein.“
Einen Moment sagte niemand etwas.
Schließlich ergriff Steenhoff wieder die Initiative. Er berichtete von seinem Gespräch mit dem früheren Mitarbeiter des Beerdigungsinstitutes und kündigte an, den Inhaber des Unternehmens gleich am nächsten Morgen an Ort und Stelle zu befragen. Eigentlich hatte er noch geplant, sofort nach der Besprechung zu dem Mann zu fahren, aber der hielt sich, wie er zuvor telefonisch von einem Angestellten erfahren hatte, gerade bei einer Familienfeier in Niedersachsen auf. Vielleicht hatte es ja in der Vergangenheit noch weitere Einbrüche bei dem Unternehmen gegeben.
Wessel schlug vor, das Einbruchsdezernat sowie die Kommissariate in den einzelnen über die Bremer Stadtteile verteilten Inspektionen gezielt nach Einbrüchen bei Bestattern zu befragen.

„Wir sollten auch die Leichenhallen bei den Friedhöfen nicht vergessen", wandte Petersen ein.
Steenhoff nickte. „Aber wir klappern die zusätzlich alle selber noch mal ab. Auch wenn das zwei von uns mehrere Tage in Anspruch nimmt."
Steenhoff spürte, wie wieder Schwung in die festgefahrenen Ermittlungen kam.
„Sollten wir die Radfahrerin nicht exhumieren und sie uns mal genauer angucken?", schlug Rüttger vor.
„Der Gedanke ist mir auch schon gekommen", sagte Steenhoff. „Aber sie ist leider verbrannt worden."

Nach zwei Stunden gingen sie wieder auseinander. Nur Rüttger blieb noch in Steenhoffs Büro. Als die Letzten aus der Tür gegangen waren, kam er sofort auf sein Anliegen zu sprechen. „Frank, du solltest wissen, dass Tewes dich noch wegen Andrea Voss ansprechen will." Erstaunt sah Steenhoff ihn an.
„Wieso?"
„Nun, Tewes warf vor ein paar Stunden die Frage auf, wie du ihr wohl die Informationen entlocken konntest."
„Manchmal hilft es einfach, freundlich nachzufragen", entgegnete Steenhoff grimmig.
„Ich wollte dich nur vorwarnen", sagte Rüttger und klopfte Steenhoff freundschaftlich auf die Schulter. Dann machte auch er sich auf den Weg nach Hause.
Petersen, die bereits an dem Protokoll der Besprechung saß, hatte das Gespräch mitgehört, aber nichts dazu gesagt.
„Kann man der Frau vertrauen?", fragte sie Steenhoff plötzlich. „Wieso fragen Sie das?", entgegnete er vorsichtig.
„Nun, jede Information hat ihren Preis. Ich kann mir vorstellen, dass die Reporterin auch einiges über unseren Fall wissen wollte."

Einen Augenblick überlegte Steenhoff, ob er Petersen reinen Wein einschenken sollte. Einem Impuls folgend, nickte er.
„Ja, das stimmt. Ohne Details aus unseren Ermittlungen hätte sie vermutlich nicht so gut kooperiert. Aber die Frau ist okay. Bislang hat sie mich noch nie reingeritten. Außerdem gehen über ihren Schreibtisch viele Informationen, die bei uns in der Mordkommission nie ankommen. Aber das muss unter uns beiden bleiben. Tewes würde das nie gutheißen."
„Sie können sich auf mich verlassen", sagte Petersen und vertiefte sich wieder in ihr Protokoll.

Es war schon Abend, als Steenhoff zu Hause die Tür aufschloss. Es duftete nach frisch gebackenem Brot.
‚Ist Ira früher aus Bornholm zurückgekehrt?', dachte Steenhoff und eilte in Richtung Küche. Doch am Herd stand seine Tochter. Der Tisch war hübsch gedeckt und für Steenhoff stand ein Glas Rotwein neben dem Teller.
„Wow, Marie, was für ein Fest feiern wir denn heute?", fragte Steenhoff verblüfft.
Seine Tochter hatte sich ihre langen braunen Haare zu einem Zopf zusammengebunden und sah ihn stolz, aber geschafft an. „Ich erkläre dir alles später, Papa. Im Augenblick muss ich auf die drei Töpfe aufpassen, damit mir nichts anbrennt. Ich rufe dich, wenn es fertig ist."
Entschieden schob sie ihren Vater aus der Küche.
Steenhoff ging in den Garten und schaute auf die grüne Marschenlandschaft hinter seinem Haus. Die Besprechung kam ihm wieder in den Kopf. Auch Ira hatte seit vielen Jahren eine sehr enge Freundin. Besprachen die beiden Frauen Dinge, über die sie mit ihm nicht redete? Hatte Ira überhaupt Geheimnisse vor ihm? Bislang war er sich immer sicher gewesen, dass sie alle wichtigen Gedanken und Probleme mit ihm teilte.

Gab es vielleicht auch einen anderen Mann in Iras Leben? Womöglich trafen sie sich gerade auf Bornholm und schlenderten Arm in Arm durch Svaneke oder lagen zusammen im Bett? Der Gedanke versetzte Steenhoff einen heftigen Stich. Ärgerlich schob er die Bilder beiseite. Ein geradezu lächerlicher Gedanke. Ira und ein Liebhaber! Er schalt sich einen ausgemachten Idioten.

Als er Maries Stimme hörte, ging er wieder ins Haus.

Seine Tochter saß schon am gedeckten Tisch und strahlte ihn an. Für einen Moment verschlug es ihm die Sprache. Seine Kleine wirkte völlig verändert. Wie eine hübsche junge Frau. In seinen väterlichen Stolz mischte sich für einen kurzen Moment die Angst, sie schon bald zu verlieren.

Sie hatte Vitello Tonnato gekocht. Die Kartoffeln waren zerkocht, und das Fleisch war noch fast roh, doch Steenhoff genoss das gemeinsame Abendessen. In den zurückliegenden Wochen hatte er Marie nur selten gesehen und kaum länger mit ihr geredet.

Steenhoff hob das Glas und sah Marie fragend an: „Also, auf was darf ich anstoßen?“

Marie setzte sich plötzlich kerzengerade auf ihren Stuhl und verkündete stolz: „Auf mein großes Reiterabzeichen. Ich habe es gestern auf der Jugendfarm gemacht.“

Steenhoff hatte keine Ahnung, ob solch ein Abzeichen viel oder wenig Mühe machte, geschweige denn, was ein Reiter dafür können musste. Zudem waren ihm Pferde immer suspekt gewesen. Aber die Art und Weise, wie Marie über ihre Prüfung sprach, steckte ihn sofort an. Er sprang auf und drückte seine Tochter fest an sich.

„Herzlichen Glückwunsch, meine Süße. Warum hast du mir denn gar nicht erzählt, dass du die Prüfung machst?“

„Ach, du hast ja im Augenblick so viel zu tun, und eigentlich interessierst du dich ja auch nicht fürs Reiten“, antwortete Marie beiläufig.

„Aber ich interessiere mich doch für dich“, sagte Steenhoff.

„Wirklich?“ Marie sah ihn zweifelnd an.
„Aber Marie, wie kannst du das infrage stellen?“
Seine Tochter zuckte mit der Schulter.
„Du bist so selten da.“
Einen Moment war Steenhoff sprachlos. Schuldbewusst musste er sich eingestehen, dass Marie recht hatte. Tatsächlich sah er seine Familie während laufender Ermittlungen kaum. Manch einer seiner Kollegen hatte in den vergangenen Jahren eines Tages vor dem Scherbenhaufen seiner Ehe gestanden.
Er seufzte.
„Du hast recht, Marie. Ich denke so oft, heute komme ich pünktlich nach Hause – und dann klappt es wieder nicht. Wir dürfen uns nicht wieder so aus den Augen verlieren. Was hälst du davon, wenn wir morgen Abend erst zusammen essen gehen und uns dann einen Film anschauen?“
Marie strahlte.
Sie verabredeten, dass Steenhoff Marie am frühen Abend auf der Jugendfarm abholen würde. Über die weiteren Themen während des Essens brauchte sich Steenhoff keine Gedanken zu machen. Marie wirkte wie ausgewechselt. Sie plauderte über ihr Lieblingspferd Scoda, die Clique, die sich mehrmals in der Woche auf der Farm traf und über den Deutschlehrer, den sie inbrünstig hasste.
Es war schon spät, als Marie anfing, ein Gähnen zu unterdrücken.
„Komm, ab ins Bett. Ich mach die Küche“, sagte Steenhoff und fing an, die Teller abzuräumen. Marie protestierte schwach, verschwand aber schließlich dankbar im Badezimmer. Sie hatte schon ihren Schlafanzug an, als sie noch einmal zurückkam, um ihrem Vater einen Gutenachtkuss aufzudrücken.
Steenhoff stellte gerührt fest, dass sie sich schon lange nicht mehr so nah gewesen waren wie an diesem Abend.
„Ich vermisse Mama“, sagte Marie und ihre Stimme klang auf einmal wie die eines Kindes.

„Ich auch“, sagte Steenhoff.

„Aber in drei Tagen ist sie wieder hier, und dann lassen wir sie so schnell nicht wieder nach Bornholm, okay?“

Marie nickte, drückte ihrem Vater noch rasch einen zweiten Kuss auf und verschwand in ihrem Zimmer.

Am nächsten Morgen war Steenhoff schon früh wach. In seinem Bauernhaus war es trotz der Hitze noch angenehm kühl. Ihm graute vor den Temperaturen in seinem Büro. Plötzlich kam ihm ein Gedanke. Vielleicht könnten sie für die weiteren Besprechungen das Büro eines Kollegen vom Staatsschutz benutzen. Der Mann hatte vor drei Wochen einen schweren Motorradunfall gehabt und würde so schnell nicht wiederkommen. Sicherlich könnten sie sein Büro ab und an nutzen. Er nahm sich vor, noch am selben Tag mit dem Leiter des Staatsschutzes über diese etwas andere Art von Amtshilfe zu sprechen.

Steenhoff frühstückte mit Marie. Danach setzte er sich ins Auto, um ins Präsidium zu fahren. Er war noch auf dem Grundstück, als sein Handy klingelte.

„Steenhoff. “

„Hallo, mein Schatz. Ich bin’s. Wie geht es euch?“ Ira wirkte, als hätte sie gerade mehrere Gläser Sekt getrunken.

Steenhoff, der schon zwei Tage nicht mit seiner Frau gesprochen hatte, freute sich, ihre Stimme zu hören.

„Ich habe gestern versucht, dich anzurufen. Aber du hattest dein Handy wohl abgestellt“, sagte Steenhoff und merkte, dass seine Stimme eine Spur vorwurfsvoll klang.

Ira lachte zufrieden auf. „Endlich musst du mal hinter mir hertelefonieren. Ich war bei dem Nachbarn zum Essen eingeladen. Du, ein Traum von einem Haus. Das toppt sogar noch das Ferienhaus, das ich hier vermieten soll. 200 Quadratmeter mit Blick aufs Meer und einem wunderschönen Grundstück drumherum. Das ist fast schon eine Schande, dass nur einer allein drin wohnt.“

Steenhoff hatte Mühe, sich zu beherrschen. Einer allein, hatte sie gesagt. Und seine Frau ebenfalls allein und zudem noch in völlig euphorischer Stimmung.

„Die Leute hier sind wirklich so nett und offen", fuhr Ira fort. „Heute Abend hat mich der Nachbar zu einem kleinen Segeltörn entlang der Küste eingeladen. Ich sag dir, das ist mehr Urlaub als Arbeit hier. Und morgen will er mit mir mal zu den touristisch interessanten Geheimtipps fahren, damit ich für meine Gäste einen spannenden Ausflugsordner zusammenstellen kann."

Steenhoff unterbrach seine Frau grob. „Dann genieß die Zeit mit deinem Nachbarn. Ich bin auf dem Weg zur Arbeit und muss los. Vielleicht sprechen wir uns die Tage noch mal in Ruhe."

Ohne eine Antwort abzuwarten, schaltete er sein Handy ab. Plötzlich war Stille um ihn herum. Seine gute Stimmung vom Morgen war einer bleiernen Gewissheit gewichen: Ira hatte einen anderen. Klar, dass der Typ sie anbaggerte. Ira war noch immer schlank, sportlich und sprühte vor Energie und Lebenslust. Eine attraktive Frau, wie ihm auch schon mancher Kollege anerkennend bestätigt hatte.

Als Steenhoff eine knappe halbe Stunde später auf den Parkplatz des Präsidiums fuhr, registrierte er, dass Petersens Rad noch nicht im Fahrradständer stand. Was hätte er dafür gegeben, heute den ganzen Tag allein zu sein. Aufgewühlt knallte er die Fahrertür zu und ging ins Haus. Im Flur fing ihn Marianne, die Sekretärin, ab.

„Frank, der Chef möchte heute Morgen dringend mit dir sprechen. Er wartet schon auf dich."

Mit einem leisen Fluch drehte sich Steenhoff um und ging ans andere Ende des Flurs, wo Bernd Tewes' Büro lag.

Wenig später kehrte er in sein Büro zurück. Petersen war bereits da. Sie besprühte die Pflanzen mit einem feinen Wasserstrahl, zupfte jedes einzelne braune Blatt ab und wirkte merkwürdig angespannt.

„Ist was?" sagte Steenhoff schroff.

„Ihre Frau hat angerufen. Ich soll Ihnen etwas ausrichten."
Die junge Frau rieb sich verlegen den Nacken.
„Ich wollte erst nicht. Aber Ihre Frau meinte, Sie würden es schon richtig verstehen."
Steenhoff merkte, wie er den Atem anhielt. Er hätte Ira nicht so behandeln sollen. Ein Seitensprung kam schließlich in den meisten langjährigen Beziehungen vor. Angespannt stützte er sich auf seiner Stuhllehne ab.
Petersen griff sich einen Zettel, der auf ihrem Schreibtisch lag, und schaute Steenhoff entschuldigend an.
„Also, das ist wortwörtlich. Ich habe mir das genauso aufgeschrieben, wie Ihre Frau es mir gesagt hat. Sie bestand darauf."
Petersen holte tief Luft: „Hallo Frank. Du liebenswerter Stinkstiefel und Vollidiot. Ich stehe nicht auf 70-jährige Millionäre, sondern auf einen eifersüchtigen Hauptkommissar aus Bremen. Einen dicken Kuss, deine Ira."
„Tja. Das war's schon."
Petersen schaute Steenhoff peinlich berührt an.
Einen Moment war es vollkommen still in dem Büro.
Steenhoff stand regungslos neben seinem Schreibtisch. Ihre Boten-Rolle in dem Ehedrama war Petersen nur noch unangenehm.
„Ich hole mir mal einen Kaffee aus der Kantine", sagte sie und ging zur Tür. Als Petersen an Steenhoff vorbeiging, hielt er sie plötzlich fest und drückte sie einen Moment fest an sich.
„Danke, Petersen, das war die schönste Beschimpfung, die mir je ausgerichtet wurde."

14

Steenhoff fühlte sich den ganzen Tag über leicht und beschwingt. Er schimpfte sich einen Idioten, weil er so wenig Vertrauen zu Ira gehabt hatte. Doch Petersens Bemerkung über beste Freundinnen und Geheimnisse von Frauen untereinander hatte ihn mehr beschäftigt als ihm lieb war.

Wessel fiel die ungewöhnlich gute Laune seines Kollegen sofort auf. Als er nachhakte, erhielt er von Steenhoff nur die Antwort: „Schau doch mal raus. Draußen ist so tolles Wetter. Endlich haben wir Sommer."

Wessel, der schon wieder stark schwitzte, sah erst Steenhoff und dann Petersen irritiert an.

Aber die junge Frau zuckte nur mit den Achseln und sagte: „Also, auf mich wirkt die Wärme auch richtig belebend."

Nach der Frühbesprechung fuhren Steenhoff und Petersen gemeinsam zu dem Bestatter. Der Mann erwies sich als unangenehmer Mensch. Als Steenhoff und Petersen bei ihm vor der Tür standen, wollte er sie sofort abwimmeln.

„Ich habe keine Ahnung, was Sie von mir wollen. Und bevor Sie mir jetzt mit irgendwelchen abstrusen Dingen kommen, sage ich Ihnen gleich: Jetzt nicht. Ich habe heute alle Hände voll zu tun. Kommen Sie nächste Woche wieder. Und vor allem, melden Sie sich vorher an."

Der Bestatter nickte Steenhoff zu und wollte wieder die Tür schließen.

Doch Steenhoff war schneller.

Er stellte seinen Fuß dazwischen.

„Uns geht es wie Ihnen", sagte er freundlich.

„Auch wir haben keine Zeit zu verlieren. Aber wenn es Ihnen hier unangenehm ist, können wir Sie auch gerne heute Mittag ins Präsidium vorladen."

Der Mann warf Steenhoff einen wütenden Blick zu und zögerte einen Moment. Dann gab er sich einen Ruck.

„Na gut, kommen Sie rein. Aber ich habe höchstens eine Viertelstunde Zeit."
Der Bestatter führte sie in ein schmuddeliges, kleines Büro. Die einst weiß gestrichenen Wände hatten im Laufe der Jahre einen gelblichbraunen Ton angenommen. Der Mann ließ sich in den einzigen Bürostuhl im Raum fallen und schaute die Beamten, die beide stehen mussten, gereizt an.
„Und, was gibt es jetzt so Dringendes?"
Steenhoff entschloss sich, nicht lange drumherumzureden. „Sie haben ein Verbrechen vertuscht."
Der Mann schnellte so abrupt nach vorne, dass seine Rückenlehne mit einem lauten Klacken in der Ausgangsposition einrastete.
„Wer erzählt so einen Scheiß? Den Kerl knöpfe ich mir vor. Ich habe einen guten Ruf zu verlieren."

Steenhoff fragte sich, ob der Bestatter tatsächlich jemals einen guten Ruf besessen hatte. Aber er schwieg und ließ ihn noch einen Moment weitertoben.
„Im Spätsommer vergangenen Jahres wurde bei Ihnen eingebrochen. Das haben Sie angezeigt. Die Verstümmelungen an einer Frauenleiche haben Sie aber den Angehörigen und der Polizei verschwiegen."
Steenhoff hatte bewusst übertrieben. Ein alter, wenn auch unzulässiger Trick, um widerspenstige Zeugen aus der Deckung zu locken. Der Mann schnaubte empört und reagierte wie erhofft.
„Verstümmelungen! Was für ein Quatsch. Die Frau war nur stark geschminkt."
„Sie geben also zu, dass der Einbrecher an der Toten manipuliert hat," mischte sich erstmals Petersen in die Befragung ein. Der Mann merkte sofort, dass er einen Fehler gemacht hatte.
Er schwieg und zündete sich nervös eine Zigarette an.
„Also?" Steenhoff sah den Mann streng an.

Doch der Zeuge saß mit verschränkten Armen in seinem Stuhl und sah stumm zum Fenster hinaus.
„Hören Sie. Sie können mit uns zusammenarbeiten oder es sein lassen. Aber dann werden wir uns hier jeden einzelnen Ihrer Mitarbeiter vorknöpfen. Und in einer halben Stunde ist die Spurensicherung in Ihrer Firma drin."
Steenhoff griff zu seinem Handy. Während er demonstrativ eine Nummer eingab, fügte er beiläufig hinzu: „Wir werden natürlich im Interesse Ihres Unternehmens versuchen, die Presseleute außen vor zu lassen. Aber da die immer schnell Wind von so einer Polizeiaktion bekommen, wäre es besser, Sie würden einen Mitarbeiter abstellen, der sich an der Zufahrt zu Ihrem Grundstück platziert."
Im Gesicht des Bestatters spiegelte sich Panik.

Der Mann zerquetschte seine gerade angezündete Zigarette in einem vollen Aschenbecher, fluchte ein paar unverständliche Worte und gab schließlich wütend nach. „Okay. Fragen Sie."
Steenhoff belehrte den Zeugen, während Petersen einen Notizblock hervorholte.
In der fast zweistündigen Befragung bestätigte der Bestatter alle Vorfälle, über die der Informant von Andrea Voss berichtet hatte. Zugleich beharrte er jedoch darauf, dass es der erste und bislang letzte Einbruch in sein Unternehmen gewesen sei.
„Für die Zukunft habe ich vorgesorgt."
Zum Beweis führte er die Beamten durch alle Räume. Tatsächlich waren alle Fenster mit geschwungenen Gittern versehen. Die zwei Türen besaßen ein gewaltiges Sicherheitsblech und eine Bandsicherung.
„Bei mir kommt so ein Schwein nicht mehr rein", sagte der Bestatter und blieb bei der Tür stehen.
Doch Steenhoff war mit seiner Befragung noch nicht am Ende. War die Frau nur ein Zufallsopfer, oder gab es ein Muster, das alle vier Frauen

verband, einen gemeinsamen Bekannten oder doch ein Hobby? Und woher wusste der Täter überhaupt, dass eine Frau bei dem Bestatter aufgebahrt war? Zumindest die letzte Frage konnte der Bestatter beantworten.

„Na, in der Zeitung war natürlich eine Todesanzeige. Viel zu früh und unfassbar, aus der Mitte des Lebens – das übliche Trauerblabla."

Der Mann holte sich eine neue Zigarette aus der Schachtel in seiner Hemdtasche und steckte sie sich, ohne sie anzuzünden, in den Mund.

„Haben Sie die Anzeige der Familie bei Ihren Unterlagen?", fragte Petersen.

„Wollen Sie jetzt auch noch in meinen Papieren rumschnüffeln?", fuhr sie der Mann ärgerlich an.

Steenhoff merkte, wie er ein Gefühl von Abscheu unterdrücken musste.

„Wir brauchen noch die Adresse der Familie und die Todesanzeige. Das wärs dann erstmal für heute."

Der Bestatter protestierte schnaubend, griff aber nach einem Ordner und blätterte flink durch seine Abrechnungen. Im Gegensatz zu seinem chaotisch anmutenden Büro schienen seine Unterlagen ordentlich geführt.

„Da. Das ist sie."

Steenhoff beugte sich über die Anzeige. Als erstes blieb sein Blick an dem Foto einer fröhlich in die Kamera schauenden Frau hängen.

Über der Anzeige stand in gefetteter Schrift: „Es tut so weh."

Neben ihrem Mann Jan, hinterließ sie auch einen Sohn. Sie war erst 39 Jahre alt, als sie ein Lastwagenfahrer morgens auf dem Weg zur Arbeit beim Abbiegen übersah.

Steenhoff bat um eine Kopie der Rechnung und der Anzeige. Danach machten sie sich auf den Weg zurück zum Präsidium.

„Lieber wäre ich irgendwo verscharrt, als mich von diesem Kerl unter

die Erde bringen zu lassen", brach Petersen plötzlich das Schweigen zwischen ihnen.
„Allerdings", sagte Steenhoff und nickte grimmig.
„Typen wie den findet man sonst nur auf Schrottplätzen."

Im Präsidium wartete die Sekretärin Marianne Schwenning bereits mit einer Nachricht auf Steenhoff.
„Radio Bremen will wegen dem neuen Vorfall in dem Bestattungsinstitut und den anderen Leichenschändungen unbedingt ein Interview mit euch. Lars Diepenau von der Pressestelle sagt, die wollen es schnell. Möglichst bis morgen. Du sollst ihn anrufen."
Abwehrend hob Steenhoff die Hand. „Dafür habe ich im Augenblick keine Zeit. Sag das den Kollegen."
Doch Marianne blieb unerbittlich.
„Das musst du denen schon selber erklären, Frank."
Auf dem Weg in sein Büro ging Steenhoff an Rüttgers halb offener Tür vorbei. Als er sah, dass sein Kollege am Computer saß, ging er kurz hinein. Grußlos kam Rüttger direkt zur Sache.
„Ich habe sowohl das Einbruchsdezernat als auch die Inspektionen abtelefoniert. Keiner weiß etwas über Einbrüche bei Bestattern. Jetzt telefoniere ich noch mit den Kirchen, und dann nehme ich mir mit Block und Wessel jeden Bestatter persönlich vor."
Steenhoff nickte zustimmend.
In seinem Büro saß Petersen bereits an ihrem Computer und schrieb an dem Bericht über den Bestatter.
„Ich gehe mal rüber zum Staatsschutz. Vielleicht können die einen kühleren Besprechungsraum an uns abtreten", sagte Steenhoff. Petersen schaute hoffnungsvoll von ihrem Computer auf. „Wenn es klappt, gebe ich eine Runde Eis aus."

Die Staatsschützer saßen im Erdgeschoss eines nach Norden ausgerichteten Gebäudes. Wegen der hohen Bäume davor waren ihre Zimmer selbst im Sommer leicht abgedunkelt und vor allem beneidenswert kühl. Im Flur kam ihm der Staatsanwalt Jens Degert entgegen. Degert war klein von Wuchs, aber wendig und wirkte, als stehe er ständig unter Strom.

Er war für Kapitaldelikte und für politische Straftaten zuständig. Steenhoff kannte ihn seit vielen Jahren als hochengagierten, aber auch anstrengenden Juristen. Oft überschritt er seine Kompetenzen und mischte sich direkt in die Ermittlungen der Polizei ein. Mit seiner Ungeduld und vor allem seiner direkten Art, Kritik zu üben, hatte er sich bei vielen Mordermittlern unbeliebt gemacht. Auch Steenhoff hatte in den vergangenen Jahren schon manch heftigen Streit mit Jens Degert ausgefochten. Doch zugleich schätzte er den Staatsanwalt, der immer erreichbar war und bei aktuellen Mordfällen notfalls ganze Nächte durcharbeitete.

Degert sprach Steenhoff sofort auf die Leichenschändungen an. Sie diskutierten im Flur eine Weile über die ungewöhnlichen Begleitumstände, dann kam Degert auf seinen neusten Fall zu sprechen. Der Vorsitzende einer rechtsradikalen Splitterpartei stand in Verdacht, an einer Rohrbombe zu bauen. Die Staatsschützer waren dem Mann per Zufall auf die Schliche gekommen, als sie nach einem Feuer in einem Flüchtlingsheim, bei dem vor wenigen Wochen hoher Sachschaden entstanden war, mehrere Tatverdächtige per Telefonüberwachung überprüft hatten.

„Bei einem mitgehörten Gespräch ist uns fast die Spucke weggeblieben“, sagte Degert und lachte vielsagend. „Unser Parteivorsitzender wurde doch tatsächlich als Experte für Rohrbomben gelobt.“

Sprengstoffhunde hatten bei der anschließenden Hausdurchsuchung in der Speisekammer des Mannes alle notwendigen Materialien für den Bau einer Rohrbombe entdeckt.

Degert fuhr sich mit den Fingern seiner rechten Hand durch das dichte schwarze Haar und strahlte. Steenhoff gönnte ihm den Erfolg und verabschiedete sich.

Der Leiter des Staatsschutzes wirkte zunächst wenig begeistert, als Steenhoff um den leer stehenden Raum für längere Team-Besprechungen bat. Schließlich gab er nach. Steenhoff nahm sich vor, bei dem ersten Treffen der Staatsschutzabteilung zum Dank eine Runde Blechkuchen auszugeben.
Zufrieden ging er zurück in sein Büro, erledigte noch ein paar Telefonate und verabschiedete sich am späten Nachmittag von Rüttger.
„Ich gehe heute etwas früher. Ich habe mich mit meiner Tochter zum Essen verabredet."
Rüttger lachte gutmütig. „Du Glücklicher. Genieß den Abend. Meine Tochter ist schon lange aus dem Haus. Seitdem sie in Marburg studiert, sehe ich sie nur noch ein paar Mal im Jahr."

Steenhoff setzte sich in seinen Wagen und hielt trotz des Feierabendverkehrs bereits 20 Minuten später an der Jugendfarm. Überrascht stellte er fest, dass er nicht nur pünktlich, sondern sogar eine Viertelstunde zu früh da war. Wider Erwarten war Marie nicht im Reitstall. Scoda, ihr Lieblingspferd, stand gestriegelt und mit frischem Heu versorgt in seiner Box. Suchend sah sich Steenhoff nach seiner Tochter um. Zwei Mädchen fegten den Stallboden, während sie pausenlos miteinander plapperten. Aber auch sie wussten nicht, wo Marie sein könnte. Als Steenhoff in Richtung des künstlich angelegten Teiches ging, stieß er bei den Kaninchenställen fast mit Peter Smidt, dem Farmleiter, zusammen.
„Kann ich Ihnen helfen? Sie sehen aus, als würden Sie jemanden suchen", sagte Smidt freundlich.
„Ich bin der Vater von Marie Steenhoff. Eigentlich hatten wir uns beim Reitstall verabredet", antwortete Steenhoff.
Über das Gesicht des Farmleiters huschte ein flüchtiges Lächeln.
„Ach, die Marie. Das ist Ihre Tochter. Ein nettes Mädchen. Sie hat übrigens viel von Ihnen erzählt."
Steenhoff fragte sich irritiert, ob Marie etwas von seiner Arbeit und

dem aktuellen Fall ausgeplaudert haben könnte. Er nahm sich vor, sie darauf anzusprechen.
Smidt zeigte hinter sich.
„Ihre Tochter ist gerade mit ihrem Freund bei den Ziegen. Ein junger Bock hat sich vor ein paar Tagen verletzt und braucht jetzt viel Pflege."
Steenhoff spürte einen heißen Stich im Magen. Was hatte der Mann da gerade gesagt? Ihr Freund? Er zwang sich, äußerlich gelassen zu bleiben und ging in die beschriebene Richtung. Unter einer Kastanie entdeckte er ein Paar, das sich hingebungsvoll küsste und sich dabei eng umschlungen hielt. Die Hand des jungen Mannes wanderte über den Rücken seiner Freundin und blieb schließlich besitzergreifend auf ihrem Po liegen. Empört erkannte Steenhoff, dass es sich bei dem Mädchen um Marie handelte.
‚Zu jung, zu früh', schoss es ihm durch den Kopf. Am liebsten wäre er dazwischengegangen und hätte den jungen Mann zum Teufel gejagt.
Stattdessen drehte er sich um, ging hinter einen Geräteschuppen und rief laut nach seiner Tochter. Er hatte sich nicht verrechnet. Nach einem kurzen Moment der Stille, hörte er, wie sie antwortete.
„Ich bin hier, Papa."
Sie hatte sich aus der Umarmung gelöst, war von ihrem Freund etwas abgerückt und winkte ihm freudig zu.

Beherrscht ging Steenhoff auf die beiden jungen Leute zu. Steenhoff schätzte den jungen Mann auf 18, höchstens 20 Jahre. Er war schlaksig und hoch gewachsen und wirkte mit seinen feinen, fast mädchenhaften Gesichtszügen sehr empfindsam. Maries Freund lächelte Steenhoff verlegen an, doch Steenhoff beachtete ihn gar nicht und wandte sich sofort an seine Tochter.
„Hallo, mein Schatz. Ich bin früher fertig als gedacht. Wollen wir los?"

„Das ist übrigens Daniel, Papa“, stellte Marie den jungen Mann neben ihr höflich vor.
Steenhoff nickte ihm flüchtig zu und wiederholte seine Frage: „Wollen wir?“
Doch Marie blieb hartnäckig. „Daniel ist hier Zivi. Er kennt sich ganz toll mit Tieren aus“, sagte Marie anerkennend. ‚Und anscheinend auch mit Mädchen’, dachte sich Steenhoff im Stillen.
Daniel grinste verlegen. Steenhoff fand, dass er dabei unglaublich dümmlich aussah.
„Wir wollten gerade den kleinen Bock mit der Flasche füttern. Das geht besser zu zweit. Danach können wir los“, sagte Marie bestimmt.
Bevor Steenhoff etwas erwidern konnte, kletterten seine Tochter und der junge Mann über einen niedrigen Zaun ins Gehege der Ziegen. Geschickt fingen die beiden einen jungen Bock ein, der um das linke Hinterbein einen großen Verband trug. Lachend hielt Marie dem Tier eine überdimensionale Nuckelflasche hin, an der es gierig saugte. In derselben Zeit nahm Daniel dem Tier mit wenigen Handgriffen den Verband ab, strich die Wunde mit einer Salbe ein und legte einen frischen Verband an. Als er fertig war, entließ Daniel den Bock mit einem Klaps aus der Behandlung und kletterte wieder über den Zaun.
Einen Moment standen alle drei wortlos nebeneinander. Steenhoff wusste, dass es seine Aufgabe war, Maries Freund eine Brücke zu bauen. Aber alles in ihm sträubte sich, Smalltalk mit jemandem zu machen, der gerade seine Tochter abgeknutscht hatte. Zufrieden registrierte Steenhoff, dass sich Marie nur mit einem Gruß statt mit einem Kuss von ihrem Freund verabschiedete. Es war wohl doch noch nichts Ernstes.

Marie wollte unbedingt im Ostertor essen gehen. Steenhoff ließ ihr die freie Wahl. Seine Tochter entschied sich für Iras Lieblingsitaliener. Das Restaurant lag in einer ruhigen Seitenstraße des belebten

Viertels. Als sie beide eine Pizza bestellt hatten, kam Marie sofort zur Sache.

„Papa, warum magst du Daniel nicht?“

„Woraus schließt du das denn schon wieder? Ich kenne den jungen Mann doch gar nicht,“ sagte Steenhoff überrascht.

„Eben“, entgegnete Marie trocken.

Bevor Steenhoff sich verteidigen konnte, ging die Tür des Restaurants auf und zwei junge Frauen kamen lachend herein. Steenhoff, der mit Marie in der hintersten Ecke des Restaurants und abgeschirmt von einem Drachenbaum saß, erkannte in einer der beiden Petersen wieder. Sie hatte ihren Kollegen allem Anschein nach nicht bemerkt und setzte sich mit ihrer Bekannten ein paar Meter entfernt mit dem Rücken zu ihm.

Marie hatte unterdessen eine Lobeshymne auf Daniel angestimmt. Daniel könne fantastisch mit Tieren umgehen. Sie berichtete Steenhoff, wie Daniel vor einigen Wochen ein frei laufendes Hängebauchschwein, das sich an einem Stück Draht verletzt hatte und das der Tierarzt bereits einschläfern wollte, wieder liebevoll aufgepäppelt hatte. Auch Ferdinand sei dank seiner Pflege so gut wie gesund.

„Wer ist Ferdinand?“, fragte Steenhoff zerstreut.

Er überlegte die ganze Zeit, ob er aufstehen und Petersen begrüßen sollte. Die beiden Frauen wirkten aber so ins Gespräch vertieft, dass er sie nicht stören wollte. Außerdem wollte er Marie das Gefühl geben, heute Abend ganz und gar für sie da zu sein. Er würde einfach beim Hinausgehen kurz an Petersens Tisch gehen, nahm er sich vor.

„Ferdinand ist der junge Ziegenbock, den wir vorhin verarztet haben“, hörte er Marie sagen und war schon wieder abgelenkt.

Petersens Bekannte ergriff während des sehr intensiven Gesprächs immer wieder die Hand der Polizistin und strich ihr plötzlich zärtlich über die Wange. Steenhoff musste an das Thema „beste Freundinnen und ihre Geheimnisse“ denken. Offenbar wusste seine Kollegin aus eigener Anschauung wie eng und vertraut manche Frauen miteinander umgingen. Auf einmal beugte sich die blonde Frau vor und gab Petersen einen langen zärtlichen Kuss auf den Mund. Die ließ es ohne Proteste geschehen.

„Und hast du auch Lust dazu?“, holte ihn Marie wieder zurück an ihren Tisch.

Steenhoff sah seine Tochter sprachlos an. Einen kurzen Moment fühlte er sich ertappt. Er merkte, dass er keine Ahnung hatte, wovon seine Tochter sprach.

„Na, Bornholm“, half Marie nach.

„Was ist mit Bornholm?“

Marie stöhnte genervt auf. „Ob du dich auch so freust auf unseren Urlaub in diesem tollen Haus, das Mama vermietet?“

Steenhoff schaute sie verwundert an.

„Das war bislang nichts als eine Idee von Ira. Tatsächlich wissen wir noch gar nicht, wo wir in den Ferien Urlaub machen wollen.“

„Auf Bornholm“, entgegnete Marie störrisch.

„Wenn Ira morgen wieder da ist, werden wir zu dritt darüber sprechen“, beendete Steenhoff das Thema. Ein paar Minuten später zahlte er. Auf dem Weg zur Tür machte er einen Schlenker und ging an Petersens Tisch.

Sein Gruß löste völlig unterschiedliche Reaktionen aus. Während die blonde Frau ihm neugierig, aber freundlich zunickte, schien Petersen zu gefrieren. Steenhoff bemerkte, wie sie die Hand ihrer Bekannten losließ.

„Bitte lassen Sie sich nicht im Gespräch stören. Ich war mit meiner Tochter essen und wollte nur kurz Hallo sagen“.

Petersen schien das überraschende Auftauchen ihres Kollegen völlig aus dem Konzept zu bringen.

„Ich, äh, sind Sie schon lange da? Ich hatte Sie gar nicht bemerkt.“

„Ja, entgegnete Steenhoff ruhig. Aber wir wollen gleich noch ins Kino. Das ist übrigens meine Tochter."
Steenhoff rief nach Marie, die so lange an der Tür auf ihren Vater gewartet hatte, und stellte sie den beiden Frauen vor. Petersen schüttelte Marie freundlich die Hand und stellte nun ihrerseits ihre Tischnachbarin vor.
„Das ist Vanessa. Eine langjährige Freundin von mir."
Die schlanke Frau stand auf, gab erst Steenhoff und dann Marie lächelnd die Hand und sagte ruhig: „Freundin ist ein wenig untertrieben. Ich bin Navidehs Lebensgefährtin."

15

An den folgenden Morgen erinnerte sich Steenhoff später nur ungern. Nach der verblüffenden Offenbarung von Petersens Freundin hatte er in dem Restaurant irgendeinen unverfänglichen Satz gemurmelt und sich schnell verabschiedet.
In der Nacht hatte er beschlossen, Petersen mit keinem Wort auf die Begegnung anzusprechen. Schließlich, so sagte er sich, war es die normalste Sache der Welt, dass Frauen andere Frauen liebten.
Dennoch hatte er lange wach gelegen.
Am nächsten Tag wurde die Tür seines Büros um kurz nach acht aufgerissen. Steenhoff tat, als sei er völlig von der Nachricht auf seinem Computer in Anspruch genommen. Er grüßte Petersen knapp und vertiefte sich wieder in seine Mail.
Petersen warf ihren Rucksack neben ihren Tisch, stützte sich mit beiden Händen auf die Schreibplatte und sah Steenhoff angriffslustig an.
„Na, da haben Sie mich ja gestern gekonnt ausspioniert. Den ganzen Abend sitzt der Kollege schräg hinter mir in der Ecke und macht kei-

nen Mucks. Hat Ihnen Ihre kleine Observation denn gefallen? Vermutlich waren Sie, bevor es zur Mordkommission ging, mal beim Mobilen Einsatzkommando, was?"

Steenhoff sah sie erstaunt an und wollte etwas erwidern.

Doch Petersen redete sich immer mehr in Rage.

„Und? Ist mein Privatleben schon Flurgespräch? Es wäre nett, wenn Sie mir sagen würden, auf was für Kommentare ich mich heute bei der Arbeit einstellen muss."

Die Heftigkeit ihres Wutausbruchs überraschte Steenhoff selber. Er hatte es satt, sich ständig von Frauen beschimpfen und maßregeln zu lassen. Aufgebracht schnellte er von seinem Stuhl hoch.

„Verdammt, Petersen. Wenn Sie ein Problem damit haben, lesbisch zu sein, dann ist das Ihre Sache. Ich jedenfalls habe damit keine Schwierigkeiten."

„Was fällt Ihnen ein. Ich bin nicht lesbisch", fauchte Petersen ihn an. „Meine Freundin und ich leben nur in einer Wohnung zusammen."

„Und warum führen Sie sich dann heute Morgen wie eine wildgewordene Xanthippe auf? Glauben Sie eigentlich, ich hätte nichts Besseres zu tun, als mir Gedanken über das Liebesleben meiner Kollegen zu machen? Von mir aus können Sie ins Bett gehen, mit wem Sie wollen und so oft Sie wollen."

„Sie sind unverschämt. Das verbitte ich mir", herrschte Petersen ihren Kollegen an und holte zu einem weiteren Gegenschlag aus, als Bernd Tewes plötzlich im Raum stand.

Der Kommissariatsleiter blickte erstaunt von einem zum anderen, fasste sich aber schnell wieder.

„Euren Streit müsst Ihr ein andermal ausfechten", sagte er bestimmt. „Die Schutzpolizei hat sich gerade beim Kriminaldauerdienst gemeldet. Wir haben ein neues Opfer, eine Frau im Bürgerpark. Sieht verdammt nach Eurem Täter aus. Die Leiche weist angeblich Spuren von sehr ungewöhnlichen Misshandlungen auf."

Steenhoff griff sich im Hinauslaufen seine Jacke und befahl Petersen mitzukommen. Zugleich bat er Tewes, seine Kollegen Wessel, Rüttger und Block zu informieren. Sie sollten ebenfalls zum Tatort kommen. Ohne darüber nachzudenken, stellte Steenhoff das Blaulicht in seinem Dienstwagen an und fuhr mit hoher Geschwindigkeit in Richtung Bürgerpark. Während der Fahrt fragte er beim Lagezentrum nach, wo genau sich der Leichenfundort in dem über 100 Jahre alten Park befand.
„Ihr fahrt die Findorffallee hoch. Der Fundort liegt hinter den Schienen, in Höhe des Stadtwaldes“, erklärte ihm der Polizeiführer vom Dienst über Funk. Viel zu schnell für all die Fußgänger und Jogger fuhr Steenhoff quer durch den Bürgerpark, überquerte die steinerne, im viktorianischen Stil gehaltene Brücke und bog dann nach rechts in Richtung Stadtwald ab. Eine ältere Frau, die ihren Enkel im Buggy spazieren fuhr, schimpfte laut hinter dem Wagen her. Doch Steenhoff bemerkte sie gar nicht.
Sein ganzer Körper war angespannt.
Petersen saß schweigend neben ihm.
Bald sah er schon den ersten Streifenwagen, der quer auf der kleinen, asphaltierten Straße stand und Neugierige vom Tatort fernhalten sollte. Steenhoff fuhr um den Wagen und zwei wartende Schutzpolizisten herum. Knapp 100 Meter weiter erkannte er ein zweites Fahrzeug. Er parkte am Straßenrand. Dabei bemerkte er nicht, dass Petersen sich beim Aussteigen durch Büsche und Brennnesseln quälen musste. Steenhoff konnte nur einen Satz denken: ‚Hoffentlich ist es nicht unser Täter'.
Mehrere Beamte grüßten ihn, doch Steenhoff hatte keinen Blick für sie. Er wollte die Leiche sehen. Waren sie zu spät gekommen, hatten sie nicht gut genug ermittelt? Oder war es nur irgendeine bemitleidenswerte Frau? Das Opfer eines Eifersuchtsdramas oder eines alkoholisierten Triebtäters? Für das Opfer machte es keinen Unterschied, und auch für die Angehörigen würde der viel zu frühe Tod einem

persönlichen Weltuntergang gleichkommen. Nur für ihn als Ermittler war es von entscheidender Bedeutung, wer diesmal getötet hatte.

Die Frau lag am Ende eines kleinen, abseits gelegenen Weges, der zu einem halbgeschlossenen Unterstand der Parkverwaltung führte. Sie war nackt. Ihre Jeans sowie eine helle Lederjacke und andere Kleidungsstücke lagen sorgsam gefaltet neben ihr.

Der Täter hatte ihr einen flachen Stein unter den Kopf geschoben, sodass sie jeden, der den Weg heraufkam, anzuschauen schien. Ein grausiger Anblick, der noch durch ihr grell geschminktes Gesicht verstärkt wurde. Die Farbe des Lidschattens war ein Giftgrün, und das Rouge auf den Wangen glich einem kreischenden Rosa.

Der Körper der jungen Frau war mit Schnitten übersät. Besonders übel waren ihre Brüste zugerichtet.

‚Als wenn ein Tier sich darin verbissen hätte', dachte Steenhoff entsetzt.

Er ging in die Hocke und blieb stumm zu Füßen der Toten sitzen. Verzweiflung machte sich in ihm breit. Er hatte versagt. Der Täter hatte erneut zugeschlagen. Doch diesmal hatte der Unbekannte getötet, um seine Perversitäten auszuleben.

Wie erstarrt hockte er vor der jungen Frau. Niemand sprach ihn an. Über dem schmalen Waldweg lag eine gespenstische Ruhe. Steenhoff wusste, dass sie alle auf ein Wort von ihm warteten, auf Anordnungen, vielleicht auch auf eine erste Einschätzung. Doch er fühlte sich zu nichts mehr fähig. Sie hatten versagt, waren zu spät gekommen.

Irgendwann spürte er eine schmale Hand auf seiner Schulter.

„Wir kriegen den Kerl", hörte er eine Stimme leise hinter sich sagen. Eine Feststellung. Keine Zweifel. Nur diese vier Worte: „Wir kriegen den Kerl."

Der Druck auf seiner Schulter verstärkte sich einen kurzen Moment. Steenhoff spürte, wie er aus seiner Erstarrung erwachte. Petersen nickte ihm zu und trat einen Schritt zurück. Sie wechselte ein paar Worte mit einem Schutzpolizisten und Steenhoff sah, wie sie ein Notizbuch aus ihrer Tasche zog.

Er stand auf und schaute in die Gesichter seiner Kollegen. Kaum einem war das Entsetzen über den Fund anzusehen. Sie wirkten ruhig und gefasst, beinahe unbeteiligt. Was jetzt ablief, war Routine. Sie half, mit dem Wahnsinn umzugehen und ihn von sich fernzuhalten. Steenhoff nahm es den Kollegen nicht übel. Oft genug handelte und fühlte er nicht anders als sie. ‚Ohne inneres Schutzschild', dachte Steenhoff, ‚würden wir hier alle früher oder später kaputtgehen'.

Er räusperte sich und wandte sich an den nächstbesten Beamten, der in seiner Nähe stand.

„Wer hat die Frau gefunden?"

Eine junge Schutzpolizistin begleitete Steenhoff zu einem Streifenwagen, in dem auf dem Beifahrersitz ein Jogger saß. Als Steenhoff ihn begrüßte, bemerkte er, dass die Hand des Mannes zitterte. Der Jogger war auffällig blass im Gesicht. Steenhoff stellte sich kurz vor und wollte ihm ein paar Fragen stellen. Doch der Mann wirkte fahrig und unkonzentriert. Er hatte Mühe, die paar notwendigen Angaben zu seiner Person zu machen.

Steenhoff erfuhr nur so viel, dass der Mann auf Geschäftsreise in Bremen war und an dem Morgen vor seinem Termin bei einem großen Bauunternehmen noch eine Runde im Bürgerpark joggen wollte. In seinem nahe gelegenen Hotel hatte ihm eine Angestellte die Finnbahn im Bürgerpark als Laufstrecke empfohlen. Nach zwei Runden auf der Route, die durch ein kleines Wäldchen führte, war er auf einen Spazierweg abgebogen. Dabei hatte er sich verlaufen und war schließlich im Stadtwald in den kleinen Nebenweg geraten. Die Stimme des durchtrainierten Mannes brach plötzlich, als er Steenhoff den Moment schildern sollte, in dem er die ermordete Frau fand. Er bedeckte seine Augen mit der Hand und begann stumm zu schluchzen. Er stand unter Schock.

Steenhoff wechselte einen kurzen Blick mit der Polizistin, die sofort verstand. Er hörte, wie die Frau über Funk einen Rettungswagen für den Mann anforderte. Steenhoff ließ sich noch kurz Namen, Handynummer und den Namen des Hotels geben, in dem der Geschäftsmann abgestiegen war. Dann überließ er den Zeugen seiner Kollegin.

„Sieh zu, dass der Arzt ihm etwas zur Beruhigung gibt. Wir müssen ihn anschließend gleich zur Vernehmung mit ins Präsidium nehmen."

Die junge Beamtin schaute ihn verwundert an.

„Aber der Arzt wird den Mann im Krankenhaus behandeln wollen. Der ist doch völlig fertig."

„Meinetwegen kann er nach der Vernehmung ins Krankenhaus oder auch ins Hotel. Aber im Augenblick ist er unser wichtigster Zeuge. Ausruhen kann er sich anschließend", erwiderte Steenhoff entschieden.

Die Mitarbeiter der Spurensicherung hatten den Tatort inzwischen weiträumig abgesperrt. Flatterbänder markierten den sogenannten Trampelpfad, auf dem sich nur die wenigen Beamten bewegen durften, die am Tatort gebraucht wurden. Steenhoff fluchte innerlich. Er hätte als erstes die Kleidung der Toten und die Umgebung absuchen sollen. Jetzt musste er sich wieder mit denjenigen seiner Kollegen herumschlagen, die ihn am liebsten hinter der Absperrung sahen.

Steenhoff erkannte in einem der weißen Einmaloveralls Gerhard Marlowski.

Er knurrte jeden an, der es wagte, der Toten zu nahe zu kommen und damit womöglich neue Spuren zu legen. Als er Steenhoff erblickte, kam er direkt auf ihn zu.

„Das sieht verdammt nach eurem Täter aus." Steenhoff nickte grimmig.

„Ich muss dir zwei Dinge zeigen", sagte Marlowski und forderte ihn auf, näher zu kommen.
„Die anderen bleiben hinter der Absperrung", wandte er sich brüsk an Rüttger und Wessel, die inzwischen auch am Fundort eingetroffen waren. Aus dem Augenwinkel sah Steenhoff, dass ein neugieriger Spaziergänger quer durch den Wald gegangen war und damit die erste Absperrung der Schutzpolizei umgangen hatte. Er stand im Schatten der Bäume und beobachtete die Beamten aufmerksam bei ihrer Arbeit.
Unwirsch machte Steenhoff seine Kollegen auf den Mann aufmerksam. „Kümmert euch um den. Wir können hier keine Zuschauer gebrauchen."
Wessel ging mit energischen Schritten auf den sensationslustigen Spaziergänger zu. Bevor er ihn jedoch erreichte, hob dieser beschwichtigend beide Hände und ging in Richtung Straße davon.
Steenhoff wandte sich wieder Marlowski zu. Dieser zeigte auf die Schnitte im Oberkörper der Frau.
„Die sind gleichmäßig angebracht und manche sehen aus wie ein Buchstabe."
Steenhoff sah konzentriert auf die Verletzungen und versuchte eine plötzliche Welle von Mitgefühl für die Frau beiseitezuschieben.
„Manche Wunden erinnern an ein V", sagte er. Marlowski nickte.
„Die Schnitte sind so sauber ausgeführt, dass man annehmen muss, dass die Frau wohl schon tot war, als er an ihr rumgeschnitten hat."

„Was sagen Sie dazu?", wandte sich Steenhoff an den Gerichtsmediziner, der gerade die Temperatur der Frau maß, um damit Rückschlüsse auf den Todeszeitpunkt zu ziehen.
„Ich staune, wie viele Fachleute mich umgeben", sagte der Mediziner sarkastisch.
Marlowski warf ihm einen bösen Blick zu, erwiderte aber nichts.
Steenhoff hatte den Gerichtsmediziner, der erst vor einigen Wochen

seinen Dienst beim Gerichtsmedizinischen Institut angetreten hatte, erst einmal getroffen. Die zur Schau getragene Arroganz des Mannes ärgerte ihn. Hier war kein Platz für Eitelkeiten. Sie hatten keine Zeit zu verlieren.

„Also? Ihre Meinung ist gefragt. Was sagen Sie?", forderte Steenhoff ihn erneut auf zu reden.

Der Mann warf einen kurzen Blick auf sein Thermometer, machte sich in nervenaufreibender Ruhe ein paar Notizen und sah dann Steenhoff direkt an.

„Ihr Kollege hat recht. Die Schnitte sind postmortal erfolgt."

„Gott sei Dank", entfuhr es Steenhoff ungewollt.

Ungerührt sprach der Mediziner weiter. „Aber als er ihr die Brust zerbissen hat, da lebte sie noch."

Er bückte sich und hob einen Arm der Toten hoch. Ein tiefroter Streifen zeichnete sich um das Handgelenk ab.

„Die Arme waren gefesselt, während er sie gebissen hat. Sie muss sich verzweifelt gewehrt haben. Nach den Flecken und Abdrücken an ihren Mundwinkeln hat er sie vermutlich geknebelt. Anschließend hat er sie vermutlich erwürgt und ihr die Fesseln oder Handschellen wieder abgenommen."

Steenhoff hasste den Rechtsmediziner plötzlich für seine geschäftsmäßige Art. Was wollte der ihnen eigentlich beweisen? Er schluckte seine Wut herunter und fragte stattdessen: „Wissen Sie schon, wie lange sie tot ist?"

„Die Leichenstarre ist noch voll ausgeprägt. Wenn ich ihre noch vorhandene Körpertemperatur mit der Umgebungstemperatur vergleiche, muss die Tat sechs bis acht Stunden zurückliegen. Aber das ist nur eine erste grobe Schätzung. Außerdem ist ihre Kleidung feucht, und die Haare sind es auch. Irgendwann muss es heute Nacht geregnet haben. Wenn Sie herausfinden, wann das war, könnte das bei der Zeitbestimmung sehr helfen. Zumal die untere Schicht der abgelegten Kleidung trocken ist. Das heißt, als es anfing zu nieseln, war sie schon tot."

Steenhoff sah sich nach Petersen um. Sie sollte den Meteorologen beim Flughafen anrufen, um die Wetterdaten zu erfragen, doch er konnte seine Kollegin nicht sehen. Er gab den Auftrag an Wessel weiter.

„Was wolltest du mir noch zeigen?", wandte er sich wieder an Marlowski.

Sein Kollege brummte ein paar unverständliche Worte und führte ihn zu dem kleinen Unterstand, an dem an einer Seite eine einfache, hölzerne Bank stand. Steenhoff konnte auf den ersten Blick nichts Auffälliges entdecken. Stumm ging Marlowski auf die Bank zu. Erst als Steenhoff direkt davorstand, sah er, dass in einem Abstand von einem Meter zwei Ringe direkt über der Bank in das Holz geschraubt worden waren.

„Diese Kette haben wir hier gefunden." Marlowski zog eine kleine Tüte hervor, in der eine silberne Kette mit einem kleinen Fischanhänger lag.

„Er hat sie hier gequält und am Fundort tot abgelegt", stellte Steenhoff nüchtern fest. Marlowski nickte. „Vermutlich hatte er hier einen Scheinwerfer oder starke Taschenlampen, um den Unterstand auszuleuchten. Er muss sich viel Zeit genommen und die Tat auch vorbereitet haben."

Als Steenhoff zum Leichenfundort zurückging, fielen ihm drei kleine Löcher im Boden auf. Sie waren wie Punkte eines Dreiecks zueinander angeordnet. Steenhoff rief Marlowski hinzu.

„Was haben diese Löcher zu bedeuten? Sind die von irgendeinem Gerät, das ihr mitgebracht habt? "

Marlowski sah ihn empört an.

„Wir legen im Gegensatz zu anderen Kollegen keine neue Spuren an Tatorten."

Steenhoff überging die Anspielung auf einen Vorfall, der schon viele Jahre zurücklag und bei dem er sich damals direkt bei einer übel zugerichteten Leiche nervös mit der Hand durchs Haar gefahren war. Aus den zwei, drei Haaren, die er dabei dummerweise verloren hatte, waren im Laufe der Jahre auf den Weihnachtsfeiern im Präsidium ganze Haarbüschel geworden.

„Ich möchte, dass ihr die Löcher fotografiert und ausmesst, wie weit sie von der Leiche entfernt sind", sagte Steenhoff.
Dann drehte er sich um und besprach sich mit Rüttger und Wessel.
„Eine Hundertschaft muss das Gelände nach Spuren und nach der Tatwaffe durchsuchen. Außerdem müssen wir im Neubaugebiet auf der anderen Seite des Torfkanals Klinken putzen gehen. Vielleicht hat dort jemand ein Auto bemerkt, das gestern Nacht hier hoch gefahren ist. Vor allem müssen wir aber wissen, wer die Tote ist."
Hinter sich hörte er ein leises Räuspern. Petersen hielt in der einen Hand ihr Handy, in der anderen einen Notizzettel.
„Eine Michaela Merken ist seit vier Tagen von ihrem Verlobten als vermisst gemeldet. Sie ist 22 Jahre alt, dunkelhaarig und 1,65 Meter groß. Außerdem hat sie eine Blinddarmnarbe."
Steenhoff drehte sich um und ging mit großen Schritten auf den Leichnam zu.
„Hatte die Frau schon einmal eine Blinddarmoperation?", wollte er von dem Gerichtsmediziner wissen, der noch immer mit der Toten beschäftigt war. Der Mann stutzte kurz und schüttelte den Kopf. „Diese Frau ist nur einmal in ihrem Leben, pardon, nach ihrem Ableben unters Messer gekommen."

Steenhoff ging zurück zu seinen Kollegen.
„Die Frau ist nicht die Vermisste. Wir müssen herausfinden, wer sie ist. Das hat Priorität. Nehmt den Jogger mit ins Präsidium, sobald der Arzt sich um ihn gekümmert hat. Wir müssen ihn so schnell wie

möglich vernehmen. Quetscht ihn aus, ob er andere Leute im Wald gesehen oder den Leichnam angefasst hat. Anschließend treffen wir uns zur Besprechung. Wir werden unser Team erweitern", kündigte Steenhoff an.
„Wir haben es hier mit einem brandgefährlichen Täter zu tun. Erst die Toten, jetzt diese junge Frau. Wir brauchen jeden Mann."
Er sah, wie Petersen ihn kurz anschaute. Eine Sekunde kam ihm Ira in den Sinn. Sie hasste diese Alle-Mann-an-Bord-Sprüche. Aber Ira war weit weg. Jetzt zählte nur diese unbekannte Tote.
Nachdem er den ranghöchsten Beamten unter den Schutzpolizisten über die anstehende Suchaktion informiert und ihn gebeten hatte, bis dahin nach einem abgestellten Auto oder einem Rad der Frau in der Nähe des Tatortes Ausschau zu halten, ging er zurück zu seinem Wagen. Erst auf dem Weg zum Präsidium bemerkte er, dass er Petersen vergessen hatte zu fragen, ob sie bei ihm mitfahren wollte. Aber schließlich konnte sie ja auch bei Wessel und Rüttger ins Auto steigen. Er war froh, einen Moment völlig allein zu sein. Steenhoff zwang sich, das Notwendige zu denken und sich nicht wieder in Vorwürfen zu verlieren.

Wenn niemand eine junge Frau nach einer Nacht als vermisst meldete, konnte das mehrere Dinge bedeuten. Vielleicht lebte sie allein oder stammte aus einer anderen Stadt? Oder sie trieb sich öfter herum und ließ sich auf Männerbekanntschaften ein, sodass ihre Freunde nicht so schnell Verdacht schöpften. Oder sie ging auf den Strich. Schlimmstenfalls prostituierte sie sich und war illegal in Deutschland. Dann stünden die Chancen schlecht, ihre Identität zu ermitteln. Oder sie stammte aus Bremen, war drogenabhängig und ging anschaffen? Eine leichte Beute für abgedrehte Typen.
Kurz vor dem Präsidium klingelte Steenhoffs Handy. Andrea Voss war dran.

„Hallo Frank. Ich bin's. Was ist denn im Bürgerpark los? Ihr habt da ja gewaltig abgesperrt."

Steenhoff seufzte leise.

„Andrea, hör auf mit den Spielchen. Du weißt doch sowieso schon, dass wir eine Tote gefunden haben."

Andrea Voss ging nicht weiter auf Steenhoffs Bemerkung ein. „Hat der Typ wieder zugeschlagen?"

„Wir wissen es noch nicht", log Steenhoff, aber er hatte einen Moment zu lange gezögert.

„Aber du vermutest es", stellte Andrea Voss trocken fest.

„Wisst ihr schon, wer sie ist?"

„Nein, Andrea. Wir stehen noch ganz am Anfang. Aber es kann sein, dass wir noch heute Nachmittag eine Pressekonferenz einberufen. So, ich muss jetzt auflegen. Bis nachher."

Steenhoff drückte das Gespräch weg, bevor die Reporterin weiterfragen konnte. Tatsächlich wäre eine Pressekonferenz das Beste, um mit Hilfe der Medien schnell die Identität der Toten herauszufinden. Sie würden den Journalisten noch ein paar eher belanglose Häppchen hinwerfen und sich ansonsten darauf zurückziehen, dass die Ermittlungen gerade erst angelaufen seien. Vielleicht könnten sie auch das Gesicht der Toten fotografieren. Steenhoff fuhr auf den Hof des Präsidiums und telefonierte noch im Wagen mit dem Gerichtsmediziner. Er würde die Tote in den nächsten Stunden obduzieren. Aber zuerst sollte er sie fotografieren und abschminken.

„Und überprüfen Sie bitte, ob sie drogenabhängig war", sagte Steenhoff. Der Gerichtsmediziner reagierte pikiert. „Vielleicht kommen Sie her und führen mir auch noch die Hand beim Obduzieren?"

Steenhoff hätte ihm am liebsten ein paar passende Worte entgegnet, aber er hielt sich zurück. In den nächsten Tagen würde er viel mit dem Mann zusammenarbeiten müssen. Da konnte er keinen Streit gebrauchen.

„Tut mir leid. Ich wollte Sie natürlich nicht bevormunden. Aber mir gehen Tausend Dinge gleichzeitig durch den Kopf."
Der verbale Kniefall tat Wunder.
„Ist schon gut", lenkte der Mann sofort ein.
„Wer von Ihnen nimmt gleich an der Obduktion teil?"
Steenhoff überlegte einen Moment. Er selbst müsste jetzt viele Dinge organisieren und auch die Pressekonferenz mit vorbereiten. Schließlich mussten sie den Reportern etwas sagen, ohne Täterwissen zu verraten. Aber kein noch so guter Obduktionsbericht konnte die persönlichen Eindrücke ersetzen, wenn ein Opfer unters Messer kam.
„Das werden Manfred Rüttger und ich sein", entschied Steenhoff. Zumindest würde er so lange wie möglich selbst dabei sein und dann an Rüttger übergeben. Er wusste, dass er sich auf den ruhigen, gewissenhaften Mann verlassen konnte.
Zwei Minuten später klopfte er an die Tür von Bernd Tewes. Sein Vorgesetzter, der gerade telefonierte, winkte ihn herein und beendete umgehend sein Gespräch.
„Ist es eure Tote?", fragte Tewes ohne Umschweife. Steenhoff zögerte keinen Moment.
„Ja."

In knappen Worten skizzierte Steenhoff, warum er sich so sicher war, dass sein Täter anfing zu morden. Tewes pfiff leise durch die Zähne. Steenhoff sah seinen Chef eindringlich an.
„Bernd, wir brauchen jetzt jeden Mann in der Abteilung. Alles andere muss die nächsten Tage hintenanstehen. Der Täter scheint alle paar Wochen einen Kick zu brauchen – und der heißt schänden, töten und", Steenhoff schluckte unmerklich, dann fügte er hinzu: „...quälen."
Fragend sah ihn Tewes an.
„Schau dir nachher mal die Tatortfotos an", sagte Steenhoff.
„Er hat der noch lebenden Frau die Brüste zerbissen."

Tewes verzog das Gesicht. Dann schlug der Kommissariatsleiter mit der flachen Hand auf den Tisch.
„Okay, ich werde alle Leute auf den Fall ansetzen. Wann ist eure erste Besprechung?"
Steenhoff sah auf die Uhr. „Um elf. Ach ja, sag' den Kollegen, sie sollen zu den Staatsschützern, Raum 1011, gehen. Dort habe ich uns ein kühles Zimmer besorgt."
Der Kommissariatsleiter schaute ihn überrascht an, sagte aber nichts.
„Außerdem", fügte Steenhoff hinzu, „müssen wir heute Nachmittag eine Pressekonferenz einberufen, um möglichst schnell Hinweise auf die Tote zu kriegen. Noch wissen wir nicht, wer sie ist."
„Gut", sagte Tewes. An der Pressekonferenz werden Staatsanwalt Jens Degert, jemand von der Pressestelle und wir beide teilnehmen. Degert war heute Morgen kurz nach dir am Tatort und will auch während der Obduktion dabei sein. Ich glaube, deine Kollegin hat ihn bereits über alles informiert, was wir bislang wissen."
Tewes räusperte sich.
„Was war eigentlich vorhin bei euch los? Kommst du mit der Petersen nicht klar?"
„Ach, da war nichts weiter", sagte Steenhoff. „Eine kleine Auseinandersetzung. Ist schon wieder vergessen."
Tewes sah ihn skeptisch an.
„Lass es mich wissen, wenn du jetzt lieber alleine oder mit jemand anderem in deinem Büro sitzen möchtest. Wir können uns in dieser Situation keine Reibereien und Konflikte untereinander leisten."
Steenhoff nickte. Er wusste, er hatte gelogen. Tatsächlich hatte er keine Ahnung, wie es mit ihm und Petersen weitergehen sollte. Doch das würde er allein mit ihr und ohne Tewes klären.

Als er an seinem Schreibtisch saß, wählte er als Erstes Iras Nummer. Sie war am frühen Morgen aus Bornholm zurückgekommen. Für den

Abend hatte Ira Konzertkarten in der Glocke zurücklegen lassen. Er würde absagen müssen. Wider Erwarten nahm Ira die Ankündigung gelassen entgegen. „Dann werde ich eben Marie oder meine Freundin fragen, ob sie mich begleiten."
Sie stockte einen Moment.
„Sag mal – steht euer neuer Fall in irgendeinem Zusammenhang mit den Leichenschändungen?"
„Ich fürchte ja", antwortete Steenhoff ausweichend. „Aber mehr kann ich dir zurzeit nicht sagen. Heute Abend wird es auf jeden Fall spät."
Nachdem er aufgelegt hatte, machte er sich ein paar Gedankenskizzen. Die neuen Kollegen müssten in den Fall eingewiesen und viele Aufgaben verteilt werden. Kleinere Gruppen hatte er schon häufiger geleitet, allerdings noch nie die gesamte Mordkommission. Aber vielleicht würde auch Tewes das Heft in die Hand nehmen wollen. Er ärgerte sich, dass sie nicht gleich darüber gesprochen hatten. Er entschied sich, Tewes sofort anzurufen.
„Ich wollte eigentlich dich bitten, die Besprechung zu leiten", sagte Tewes überrascht.
Einen Moment fühlte sich Steenhoff geschmeichelt. Zugleich merkte er, wie sich auch der Druck auf ihn erhöhte. Dennoch war er froh, dass er die Verantwortung tragen sollte. Zurzeit war ihm jede Last im Zusammenhang mit dem Fall recht. Dass die unbekannte junge Frau so grausam getötet worden war, ging auf sein Konto. Er hatte versagt, da konnten seine Kollegen noch so viel relativieren und schönreden. Mit diesem Gefühl würde er die nächsten Jahre leben müssen. Ihm war klar, dass er kein weiteres Opfer mehr ertragen konnte.

Die Pressekonferenz begann um 15 Uhr. Der Konferenzraum im Präsidium war brechend voll. Gleich vier Kamerateams rangelten um die besten Plätze. Zwei Rundfunkredakteure bauten ihre Mikrofone auf. Steenhoff erkannte Andrea Voss, einen langjährigen „Bild"-Redakteur und eine etwas gelangweilt dreinblickende Frau von der links-

alternativen taz, die das Geschehen vermutlich nur mit einem kleinen Zweispalter abhandeln würde. Die taz, hatte er in all den Jahren gelernt, stürzte sich regelmäßig auf politische Skandale. Über Morde dagegen wurde kurz und knapp berichtet. Die meisten Journalisten, viele von ihnen noch sehr jung, hatte er noch nie zuvor gesehen.
Wie immer herrschte eine gelöste Stimmung. Die älteren Journalisten flachsten und übertrafen sich gegenseitig in frotzelnden Kommentaren über ihre aktuellen Geschichten. Doch sobald Lars Diepenau die Pressekonferenz eröffnete, wurde es still. Kameras und Mikros waren eingeschaltet, und die professionellen Nachrichtenübermittler wussten, was sie ihren Zuhörern und Zuschauern schuldig waren – konzentrierte, ernste Gesichter, vielsagendes Nicken.
Anfangs verlief alles in der gewohnten Routine einer Pressekonferenz. Lars Diepenau stellte Steenhoff, Tewes und den Staatsanwalt Degert vor. Dann übergab er das Wort zuerst an Tewes und schließlich an Degert, die beide in den Fall einführten. Bei Nachfragen sollte Steenhoff einspringen.
Während der Mann von der Presseagentur bereits eine Vorabmeldung über Notebook und Handy direkt aus der Konferenz eingab, sah Steenhoff, wie Andrea Voss ihren roten Stift mehrmals zückte. Aus der Vergangenheit wusste er, dass sie die Fakten stets mit einem Kuli auf ihrem Block notierte. Fragen dagegen schrieb sie sich in Rot auf. Sie gehörte zu den wenigen, die überhaupt nachfragten, dafür aber umso hartnäckiger.

Steenhoff hatte zuvor alle darauf eingeschworen, so wenig wie möglich zu sagen. Schließlich wollten sie eigentlich nur von den Journalisten, dass sie ihnen halfen, die Tote zu identifizieren. Sie hatten sich darauf geeinigt zu berichten, dass sie misshandelt und, wie der Rechtsmediziner bereits festgestellt hatte, erwürgt worden war. Außerdem wollten sie die silberne Kette mit dem Fischanhänger zeigen.

Ansonsten erging sich Tewes in der langatmigen Beschreibung des Tatortes und der Darstellung, mit wie vielen Beamten die dicht bewachsene Stelle im Stadtwald nach weiteren Spuren abgesucht worden war. Degert übernahm die Beschreibung der Toten: Größe, Haarfarbe und Haarschnitt sowie mutmaßliches Alter. Eifrig schrieben die Journalisten mit, dass die Unbekannte, laut Obduktion, noch kein Kind geboren hatte. Zuletzt lobte der Staatsanwalt für Hinweise, die zur Ergreifung des Täters führen würden, 1500 Euro aus. Eine lächerliche Summe für ein ausgelöschtes Leben, fand Steenhoff.
Nach einer knappen Viertelstunde hatten die Ermittler alles gesagt, was es aus ihrer Sicht zu sagen gab. Steenhoff bemerkte, dass die Journalisten überrascht aufschauten, als klar wurde, dass nichts weiter kommen würde. In der ersten Fragerunde meldeten sich denn auch gleich mehrere von ihnen. Die Frau von der taz wollte etwas zum mutmaßlichen Todeszeitpunkt wissen. Eine gute Frage, wie Steenhoff fand. Den Punkt hatten sie schlicht vergessen zu erwähnen.
„Wir gehen von einem Zeitraum zwischen Mitternacht und drei Uhr morgens aus“, entgegnete Degert der Frau. Der Redakteur der „Bild“-Zeitung wollte wissen, um was für Misshandlungen es sich handelte.
„Dazu wollen wir zur Zeit aus ermittlungstechnischen Gründen nichts sagen“, betonte Tewes entschieden.
„Wurden die Verletzungen mit einem Messer oder mit den Fäusten zugefügt?“, fragte ungerührt ein dicklicher Mann, der direkt unter einer Kamera saß.
„Wie bereits gesagt, dazu wollen wir zurzeit nichts sagen“, sagte Tewes eine Spur strenger.
„Hat man denn die Tatwaffe gefunden?“, meldete sich Andrea Voss zu Wort. Degert schüttelte den Kopf.
„Noch nicht.“
Steenhoff warf Degert einen warnenden Blick zu. Aber offenbar hatte

der gar nicht bemerkt, dass er mit seiner Äußerung bereits einen Schritt weiter als Tewes gegangen war.

„Sehen Sie einen Zusammenhang mit den Leichenschändungen der vergangenen Wochen?“, hakte erneut der Mann von der „Bild“-Zeitung nach. Bevor Degert antworten konnte, ergriff Steenhoff das Wort.

„Es wäre vermessen, zum jetzigen Zeitpunkt irgendwelche Parallelen zu früheren Straftaten auszuschließen oder anzunehmen.“

Ein Satz. Mehr nicht.

Steenhoff hatte sich auf Pressekonferenzen angewöhnt, möglichst knapp zu antworten. Denn sonst war die Gefahr zu groß, mehr zu sagen, als man sich vorgenommen hatte.

„Es heißt, die Frau soll Opfer eines Eifersuchtsdramas geworden sein“, preschte auf einmal der Mann unter der Kamera vor. Seine Kollegen und Kolleginnen blickten verunsichert zwischen Tewes und dem Fragesteller hin und her. Genüsslich übernahm Degert den Part, dem ihm unbekannten Journalisten eine kleine Lektion zu erteilen. „An dieser Quelle wären wir allerdings sehr interessiert. Vielleicht verfügt Ihr Informant ja im Gegensatz zu uns über Tarot-Karten oder eine Glaskugel.“

Einige Journalisten lachten leise auf. Die Atmosphäre entspannte sich.

„Herr Degert“, wandte sich Andrea Voss freundlich an den Staatsanwalt, der sich über seinen kleinen Punktsieg freute und strahlend in die Runde blickte. „Sie waren doch bei der Obduktion dabei?“ Degert nickte.

„Sie verfügen über langjährige Erfahrungen in Kapitaldelikten. Gehen Sie davon aus, dass der Frau die Verletzungen vor oder nach ihrem Tod zugefügt worden sind?“

„Sowohl als auch“, antwortete Degert spontan.

Steenhoff stieß einen stummen Fluch aus. Genau diese Information hatten sie nicht rausgeben wollen. Alles, was auch nur im Entferntesten an die Vorfälle der vergangenen Wochen erinnerte, hatten sie ausklammern wollen. Zum einen hatte der Polizeipräsident darauf gedrungen, den „Ball möglichst flachzuhalten“, um eine hysterische Stimmung in der Stadt zu vermeiden, zum anderen würden sie damit nur den öffentlichen Druck auf die Ermittlungen erhöhen.

Der Staatsanwalt hatte seinen Fehler bereits bemerkt. Betont gelassen fügte er hinzu: „Das ist natürlich nichts als eine vage Annahme. Die Feinuntersuchungen laufen noch, werden aber einige Tage in Anspruch nehmen. Wir werden Sie darüber auf dem Laufenden halten.“

Ein Versprechen, das Degert nicht einhalten würde. Falls tatsächlich einer der Reporter in vier, fünf Tagen noch einmal nachfragen sollte, was die Untersuchung denn bislang ergeben habe, würden die Laboranten eben noch länger brauchen. Erfahrungsgemäß blieb kaum ein Journalist über Wochen detailliert an einem Mordfall dran. Die meisten hatten genug damit zu tun, die tagesaktuellen Dinge in ihren Redaktionen zu bewältigen.

Die ersten packten bereits ihre Blöcke und Kugelschreiber ein. Noch ein paar Interviews und sie hätten es geschafft.

Steenhoff suchte den Blick von Andrea Voss, aber die Reporterin verabschiedete sich nur flüchtig und verschwand in einem Pulk von Kollegen. Damit erfüllte sie genau die Vereinbarung, die er vor zwei Jahren mit ihr getroffen hatte. Wann immer sie sich vor anderen Polizeibeamten oder im Präsidium zufällig trafen, würden beide sich nur höflich grüßen. Denn ein freundschaftlicher oder gar vertrauensvoller Kontakt zur Journaille war den meisten Beamten und vor allem der Polizeiführung so suspekt, dass diejenigen, die diese unsichtbare Linie überschritten, schnell als potenzielle Maulwürfe in ihren Abteilungen galten.

Steenhoff war gerade mit Tewes auf dem Weg in die Kantine, als Andrea Voss ihn über Handy anrief.

„Hallo Ira“, begrüßte Steenhoff die Reporterin so laut, dass auch Tewes und Degert es hören mussten. Er nickte den beiden kurz zu und blieb hinter ihnen zurück.

Andrea Voss begriff sofort: „Ich rufe wohl gerade total ungelegen an“, sagte sie.

„Allerdings“, antwortete Steenhoff. „Aber in den nächsten Tagen wird es kaum einen Moment Ruhe geben.“

„Habt ihr eigentlich Drogen in ihrem Körper gefunden?“

„Das steht noch nicht fest. Warum fragst du?“

Andrea Voss dachte über die Auskunft nach.

„Na, wenn nicht, dann könnte man schon mal den klassischen Sexualmord an einer Drogenprostituierten ausschließen.“

„Eine gewagte These“, hielt Steenhoff ihr entgegen. Ungerührt fuhr Andrea Voss fort: „Eine typische Beziehungstat kann man wohl auch getrost streichen. Wer misshandelt die Leiche seiner Freundin oder Ex-Partnerin schon nach ihrem Tod?“

Steenhoff seufzte laut auf: „Das solltest du besser wissen, Andrea. Gerade wenn zuvor eine enge Beziehung bestand, kommt es manchmal zu einem Overkill. Das heißt, der Täter sticht beispielsweise noch zehnmal zu, obwohl sein Opfer schon längst tot ist.“

„Du braucht mir keinen kriminologischen Vortrag zu halten, Frank. Ich weiß, dass du dasselbe fürchtest wie ich. Gestern Nacht hat mit hoher Wahrscheinlichkeit unser Täter wieder zugeschlagen. Degert selbst hat gesagt, dass die Frau vor und nach ihrem Tod misshandelt wurde. Ich finde, ihr solltet die Öffentlichkeit warnen, statt eure Informationen zu glätten. An der Uni stehen abends ständig Anhalterinnen, die ihren Bus verpasst haben oder von einer Feier im Wohnheim wieder zurück in die Innenstadt wollen und sich nicht mit dem Rad durch den Bürgerpark trauen.“

„Wir werden keine unnötige Panik verbreiten“, sagte Steenhoff bestimmt. Insgeheim fragte er sich aber, ob der Vorwurf nicht auch berechtigt war.

„Tut mir leid, Frank. Da sind wir unterschiedlicher Meinung. Es geht nicht um Panik, sondern um Aufklärung. Ich werde morgen mit der Geschichte aufmachen und auf mögliche Parallelen verweisen."
„Das ist purer Sensationsjournalismus", sagte Steenhoff eisig. „Wirklich?", die Stimme von Andrea Voss klang gereizt.
„Na, dann entspreche ich doch endlich mal dem Bild, das ihr von mir habt."

16

Das erste Treffen der großen Mordkommission fand unmittelbar nach der Pressekonferenz statt. Sie hatten noch ein paar Stühle aus den Nachbarzimmern der Staatsschützer holen müssen, damit alle einen Sitzplatz fanden. Es war eng, aber dafür zumindest kühl. Steenhoff hatte Fabian Block gebeten, für ausreichend Getränke zu sorgen. Der Butterkuchen für die Staatsschützer als Dank für den schattigen Raum musste warten. Dafür war jetzt keine Zeit.
Als Steenhoff begann, schauten ihn die knapp 20 Kolleginnen und Kollegen aufmerksam an. Er wusste, dass er manche aus eigenen Ermittlungen herausgerissen hatte und bedankte sich als Erstes, dass sie ihre Arbeit für den Fall liegen gelassen hatten. Eine Höflichkeit, mehr nicht, denn bei größeren Mordfällen war es üblich, dass alle in den ersten Tagen mithalfen.
Aber Steenhoff brauchte nicht nur erfahrene Helfer, sondern engagierte Ermittler. Er müsste alle seine Kollegen dazu bringen, diesen Fall für ein paar Tage oder Wochen zu ihrem eigenen Fall zu machen. Ansonsten war die Gefahr zu groß, dass Befragungen nur halbherzig durchgeführt oder manche Fragen erst gar nicht gestellt würden.
Statt chronologisch die Fakten vorzutragen, entschied sich Steenhoff,

mit seiner Einschätzung des Falles anzufangen. Er wollte seine Kollegen gefühlsmäßig erreichen.

„Dies hier ist kein normales Tötungsdelikt, und es ist kein normaler Täter", begann Steenhoff.
„Wir haben es hier mit einem Menschen zu tun, der sich an Leichen vergeht, toten Frauen die Brust abschneidet, sie entwürdigt und verstümmelt. Doch offenbar reichen ihm tote Opfer nicht mehr. Gestern hat er seine abartigen Fantasien an einer jungen Frau ausgelebt. Sie ist qualvoll gestorben."
Er machte eine kurze Pause und fuhr dann fort.
„Bevor er sie erwürgte, hat er ihre Brüste zerbissen."
Steenhoff sah, dass ein paar seiner Kollegen angewidert das Gesicht verzogen. Eine neue Kollegin, die zuvor viele Jahre im Kommissariat für Sexualdelikte gearbeitet hatte, schüttelte stumm den Kopf. Alle schauten ihn konzentriert an.
„Nachdem, was wir bislang von ihm wissen", fuhr Steenhoff fort, „schlägt er alle paar Wochen zu. Es ist gut möglich, dass manche Leichenschändungen in der Vergangenheit von dem Krankenhauspersonal oder von den Bestattern nicht angezeigt wurden. Viele fürchten mehr um ihren Ruf als um die ihnen anvertrauten Toten."
Niemand sagte etwas. Alle hörten gespannt zu.
„Wir wissen noch nicht viel über den Mann. Aber seit gestern steht fest, dass er nicht davor zurückschreckt zu töten und – dass er Lust am Quälen hat. Diese Einschätzung teilen auch die Fallanalytiker, mit denen ich heute Mittag bereits kurz gesprochen habe. Wenn diese Annahme zutrifft, und ich habe keinen Zweifel daran, dann gehört unser Täter mit großer Wahrscheinlichkeit zu der kleinen Gruppe von sadistisch veranlagten Mördern. Nach allem, was wir von solchen Menschen wissen, hören sie nicht auf zu töten."
Steenhoff hielt einen Moment inne und ließ die Worte wirken. Dann fuhr er fort: „Laut unserer Kollegen von der Fallanalyse entwickeln

sich solche Tätertypen über Jahre hinweg. Es beginnt damit, dass sie zu Gedankenmördern werden, die sich Tag für Tag an ihren perversen Fantasien ergötzen. Sie spielen die Taten immer und immer wieder in Gedanken durch. Wochen- und monatelang."
Gebannt hörten ihm die Kollegen zu.
„Doch irgendwann reicht einem Gedankenmörder seine Fantasie nicht mehr. Der lustvolle Kick stellt sich immer später ein. Er braucht mehr als seine Fantasie. Das ist der Zeitpunkt, wo er sich nach einem potenziellen Opfer umschaut."
Viele von Steenhoffs Kollegen nickten. Er spürte, dass niemand mehr an seinen eigenen vollen Schreibtisch dachte. Er hatte es geschafft. Sein Fall war der Fall der gesamten Mordkommission geworden.

In den nächsten zwei Stunden fasste Steenhoff zusammen, was sie bislang zusammengetragen hatten. Bewusst ließ er es zu, dass die Kollegen, die neu eingestiegen waren, ihn unterbrachen, wenn sie einen Widerspruch zu entdecken meinten oder Zusammenhänge nicht verstanden. Oft genug waren sie in den vergangenen Jahren durch einen gedanklichen Perspektivwechsel oder einen Kollegen, der eine häufig gestellte Frage nur ein wenig anders formuliert hatte, plötzlich in ihren Ermittlungen weitergekommen.

Karsten Ludwigmann, ein älterer Kollege, der Steenhoff direkt gegenübersaß, meldete sich zu Wort.
„Gab es eigentlich an allen Leichen DNA-Material, und war es immer identisch?"
Steenhoff nickte. „Der Mann hat sich keine großartige Mühe gemacht, Spuren zu vermeiden. Aus gutem Grund: Er ist nicht in der DNA-Datei des Bundeskriminalamtes gespeichert."
„Das heißt aber auch, dass er trotz seiner abartigen Neigungen ein unauffälliges Leben führt", warf ein junger Beamter ein. „Du hast recht", sagte Steenhoff. Dieser Gedanke ist wichtig. Er lebt vermut-

lich mitten unter uns. Aber zu seinem möglichen Profil werden uns die Fallanalytiker in zwei, drei Tagen etwas sagen können."

Vera Börder, die Frau aus dem Kommissariat für Sexualdelikte, rutschte unruhig auf ihrem Stuhl hin und her. „Ich verstehe noch nicht, woher der Kerl wusste, wie man in die Pathologie des Krankenhauses West gelangt und vor allem, wie er ahnen konnte, dass Birgit Lange auf dieser Kreuzung schwer verunglücken würde?"

Sie stockte, schien aber noch einen Gedanken zu verfolgen.

„Denk laut weiter", forderte Steenhoff sie auf. „Vielleicht war er selbst einmal länger Patient im Krankenhaus und konnte in dieser Zeit ausspionieren, wie man in die Pathologie kommt?"

„Diese Überlegung hatten wir auch schon", erwiderte Steenhoff. „Aber die Gruppe der möglichen Patienten, die wir überprüfen müssten, ist riesig, denn ‚Sven', wie er sich am Sterbebett von Birgit Lange auf der Intensivstation genannt hat, kann vor Monaten oder auch schon vor zwei Jahren im Krankenhaus gelegen haben. Wir brauchen noch ein paar mehr Anhaltspunkte, um das Raster nicht zu groß werden zu lassen."

Er räusperte sich. „Vielleicht ist ‚Sven' auch nur mit einem Pfleger oder Zivildienstleistenden befreundet und hat über diesen Weg erfahren, wie man außerhalb der normalen Zeiten in die Pathologie kommt."

„Könnte es nicht sein", meldete sich Petersen erstmals zu Wort, „dass das Zusammentreffen von ‚Sven' und Birgit Lange auf der Kreuzung in Schwachhausen rein zufällig war?"

Steenhoff sah, wie Wessel abfällig den Kopf schüttelte. Seit klar war, dass Petersen in ihm nicht mehr als einen Kollegen sah, hatte Wessel Petersen schon einige Male schroff abgekanzelt. Verärgert wollte Steenhoff eingreifen. Ein nüchternes, analytisches Vorgehen war jetzt ebenso wichtig wie Fantasie und Kreativität. Aber er brauchte Petersen nicht beizustehen. Sie hatte Wessels Mienenspiel gar nicht bemerkt.

„Ich meine“, nahm sie vorsichtig wieder ihren Faden auf, „er scheint sich doch von Toten sehr angezogen zu fühlen. Alle Zeugen haben den Unfall auf der Kreuzung so beschrieben, dass für sie klar war, dass Birgit Lange lebensgefährlich verletzt war. ‚Sven' fährt kurz nach dem Zusammenprall an der Unfallstelle vorbei, stoppt neugierig sein Auto oder Fahrrad und fühlt sich von der Szene, in der ein Mensch zwischen Leben und Tod schwebt, sofort angezogen. Zumal das Opfer auch noch eine junge Frau ist.“
Petersen hatte sich jetzt warm geredet.
„Andere Menschen müssen ihren Fluchtreflex bekämpfen, wenn sie Zeugen eines solch furchtbaren Unfalls werden, aber er kriecht auch noch zu der Schwerverletzten in das völlig demolierte Auto.“ Petersen schaute sich im Kreis ihrer Kollegen um und sagte überzeugt: „Ich glaube, ihr Todeskampf muss auf ihn eine magische Anziehung ausgeübt haben.“
„Und wie kommt er dann, bitteschön, ins Krankenhaus?“, hakte Wessel nach. Sein gereizter Ton fiel gleich mehreren auf. Überrascht schauten sie zu Wessel. Steenhoff entschied, seinen Kollegen nach der Besprechung zur Seite zu nehmen. Wessel musste sich zusammenreißen und Privates von Beruflichem trennen.
Petersen tat, als hätte sie den Unterton in Wessels Stimme nicht bemerkt und antwortete ruhig: „Wir wissen, dass er bereits vor der Schändung von Birgit Langes Leiche eine Frau in der Pathologie des Krankenhauses West für seine perversen Neigungen benutzt hat. Er kannte sich also in dem Gebäude aus. Vermutlich hat er am Unfallort mitbekommen, wohin der Notarzt und die Sanitäter Birgit Lange bringen wollten und ist ihnen einfach gefolgt.“

‚So könnte es tatsächlich gewesen sein', dachte Steenhoff. Ohne Petersens Gedanken weiter zu kommentieren, machte er sich auf seinem Block ein paar Notizen.

„Ich finde Navidehs Überlegungen interessant", meldete sich Rüttger zu Wort. Dankbar schaute Petersen ihn an.
„Vielleicht haben wir bislang viel zu kompliziert gedacht", fuhr er fort. „Aber, was ich noch nicht begreife ist, dass unser Täter auf der Intensivstation doch jeden Moment fürchten musste, dass die Eltern des Opfers oder andere von der Polizei benachrichtigte Angehörige auftauchen könnten."
„Möglicherweise hat er dazu eine Bemerkung der Krankenschwestern aufgeschnappt", mischte sich jetzt ein Beamter ein, mit dem Steenhoff vor vielen Jahren in einem Tötungsdelikt eng zusammengearbeitet hatte.
„Wir sollten die Intensivschwestern noch einmal vernehmen." Steenhoff nickte zustimmend und notierte sich den Vorschlag. Dann gingen sie den neuen Fall noch einmal minutiös durch und verteilten die Aufgaben. Knapp vier Stunden hatte die erste Besprechung gedauert. Aber niemand wirkte erschöpft. Alle wussten genau, was sie zu tun hatten.

Um 21 Uhr wollten sie sich zu einer weiteren Besprechung im Präsidium treffen. Petersen und Rüttger fuhren noch einmal ins Krankenhaus, um die Intensivschwester zu befragen. Fabian Block wollte sich den Jogger vornehmen, der die Leiche entdeckt hatte. Die anderen Kollegen machten sich auf den Weg zu dem Neubaugebiet, um nach möglichen Zeugen zu suchen. Vielleicht war jemand noch spätabends spazieren gegangen oder hatte seinen Hund ausgeführt und ein verdächtiges Auto auf der schmalen Straße entlang des Torfkanals bemerkt.
Steenhoff ging in sein Büro und schloss die Tür hinter sich. Wie erhofft, lag in seinem Eingangskasten der vorläufige Obduktionsbericht des Gerichtsmediziners. Steenhoff holte sich einen Kaffee und ein Glas Wasser und vertiefte sich in die Unterlagen.

Die detaillierten Beschreibungen der Verletzungen und die dazugehörigen Fotos schnürten ihm einen Moment lang die Kehle zu.
Das abgeschminkte Gesicht zeigte eine junge Frau mit hohen Wangenknochen, einem vollen Mund und einer kräftigen Nase. Die Nase wirkte auf Steenhoff, als sitze sie etwas schief im Gesicht.
Der Obduktionsbericht bestätigte seinen Eindruck. Die Unbekannte hatte sich zu Lebzeiten ihre Nase zweimal gebrochen. Erstaunt las Steenhoff, dass sich auf dem Rücken der Toten drei verheilte Brandnarben in unmittelbarer Nähe zueinander befanden. Was hatten die Verletzungen zu bedeuten?
Gespannt las er weiter. Der Gerichtsmediziner hatte außerdem mehrere Hämatome in der unteren Hautschicht festgestellt, die schon einige Tage alt waren.
Steenhoff schaute nachdenklich aus dem Fenster. Konnte es sich doch um eine Beziehungstat handeln? Das grausame Ende nach vielen gewalttätigen Auseinandersetzungen? Aber wie passten dann die Schändungen der anderen Frauen in dieses Beziehungsgeflecht?
Nein, wahrscheinlicher war, dass die junge Frau vor ihrem Tod von jemand anderem misshandelt worden war. Er blätterte ein paar Seiten zurück und sah sich das Foto von den verheilten Brandflecken auf dem Rücken des Opfers an. Sie erinnerten ihn an einen furchtbaren Fall, der schon viele Jahre zurücklag, und den er in Gedanken jahrelang mit sich herumgeschleppt hatte. Damals war ein kleines Mädchen im Bremer Norden sexuell missbraucht und anschließend ermordet worden. Der Täter hatte ihr nach dem Mord noch eine Zigarette auf dem Rücken ausgedrückt. Bereits drei Tage später hatten sie den Mann, einen jungen Klempner, gefasst. Steenhoff hatte selten wieder so viel Abscheu gegenüber einem Menschen empfunden, wie gegenüber diesem Mörder. Die Narben der Unbekannten ähnelten denen des Kindes. Spontan griff Steenhoff zum Telefon und wählte die Handynummer des Gerichtsmediziners.
Der Mann war sofort dran. Seine Stimme klang so, als stünde er in

einer riesigen leeren Halle. ‚Er ist noch in der Pathologie', schoss es Steenhoff durch den Kopf.

Der Gerichtsmediziner bestätigte zögernd seinen Verdacht.

„Ich kann es nicht belegen, aber wenn Sie mich nach meinem Eindruck fragen, dann hat tatsächlich jemand dieser Frau vor Monaten brennende Zigaretten auf die Haut gedrückt." Er räusperte sich und das erste Mal meinte Steenhoff, eine Spur von Mitgefühl in seiner Stimme wahrzunehmen. „Das Martyrium scheint für die junge Frau schon lange vor ihrer Todesnacht angefangen zu haben."

Genau derselbe Gedanke war auch Steenhoff schon gekommen. Er bedankte sich bei dem Mediziner und legte auf. Wer war die Unbekannte, und warum vermisste sie niemand? Steenhoff spürte, wie wieder die Verzweiflung in ihm hochstieg. Sie mussten unbedingt den Namen des Opfers herausfinden. Ohne die Identität der Frau zu kennen, hätten sie kaum eine Chance, den Täter jemals zu fassen. Steenhoff griff sich das Bild des abgeschminkten Opfers und ging eine Etage tiefer zu seinen Kollegen aus der Sitte.

Es war zwar schon früher Abend, aber in dem Kommissariat für Sexualdelikte arbeiteten die meisten Frauen und Männer oft bis in die Abendstunden hinein. Doch die Kollegen, die regelmäßig im Rotlichtmilieu unterwegs waren, um bei den Prostituierten um Vertrauen zu werben, gewalttätiger Freier habhaft zu werden und vor allem den Überblick über das Gewerbe zu behalten, waren sich sicher, die ermordete Frau nie gesehen zu haben. Nur eine junge Beamtin, die Steenhoff bislang noch gar nicht bemerkt hatte, schien einen Moment zu zögern.

„Könnte es sein, dass du die Frau schon einmal gesehen hast?", hakte Steenhoff nach. Statt der Beamtin, antwortete ihr Zimmergenosse, mit dem sie auch während des Dienstes im Milieu unterwegs war. „Völlig ausgeschlossen, so eine krumme Nase wäre uns aufgefallen."

„Bist du dir da auch sicher?“, wandte sich Steenhoff direkt an die Frau.
„Ja, ich denke schon.“ Wieder meinte Steenhoff ein Zögern zu spüren. Er nahm sich vor, sie am nächsten Tag noch einmal allein zu befragen.

Die zweite Besprechung dauerte bis kurz vor Mitternacht. Einige Ermittler waren noch in dem Neubaugebiet unterwegs, um Anwohner zu befragen. Doch bislang hatten sie nichts Neues erfahren. Steenhoff hatte Andrea Voss' Bemerkung sofort aufgegriffen und einen Kollegen an die Universität geschickt. Tatsächlich hatte es am Tatabend im Wohnheim eine Feier von Studenten der Soziologie gegeben. Aber der Gastgeber, der seinen 28. Geburtstag an dem Abend feierte, hatte irgendwann den Überblick verloren. Zwischen 50 und 80 Leute hätten sich zur frühen Stunde in den Gemeinschaftsraum gedrängt. Er hatte nur gelacht, als man ihn bat, eine Liste der anwesenden Frauen anzufertigen.
„Offenbar kannte er die Hälfte der Mädels auf seiner Geburtstagsparty gar nicht“, referierte der Beamte in der großen Runde.
„Notfalls müssen wir die Frauen über die Medien suchen lassen“, sagte Steenhoff. Schließlich sei es wahrscheinlich, dass das spätere Opfer freiwillig in den Wagen ihres Mörders gestiegen sei.
„Entweder kannten sie sich vorher, oder sie war eine Anhalterin oder eine Prostituierte. Ich möchte, dass ihr eine Liste der Frauen auf der Feier zusammenstellt. Fangt bei irgendeiner Frau an. Die soll euch ihre Freundinnen nennen, mit denen sie da war und dann fragt ihr die nach weiteren Frauen, die sie kannte und so weiter.“
Der Beamte nickte ergeben. Der Auftrag würde Tage in Anspruch nehmen.
Petersen und Rüttger dagegen hatten Glück gehabt. Die Intensivschwester, die Petersen schon einmal befragt hatte, war im Dienst

gewesen und hatte sich in einer kurzen Pause mit ihnen unterhalten.
„Sie konnte sich noch daran erinnern, wie ‚Sven' plötzlich bei ihnen auf der Intensivstation aufgetaucht war", berichtete Petersen.
„Er hat tatsächlich mehrfach nach den Angehörigen von Birgit Lange gefragt. Vor seinem zweiten Besuch hatte er zuvor auf der Intensivstation angerufen und sich erneut nach den Eltern von Birgit Lange erkundigt.
„Die Schwester hatte damals nicht selbst mit ihm gesprochen, aber da sie alle zuvor von der Polizei gehört hatten, dass die Eltern noch nicht in den USA gefunden worden waren, glaubt die Krankenschwester, dass ihre Kollegin dies ‚Sven' gegenüber auch geäußert hat."
Petersen machte eine fast entschuldigende Geste. „Die Frau, die damals das Telefonat mit ‚Sven' geführt hat, kriegen wir erst morgen. Sie hält sich zur Zeit bei ihren Eltern in Osnabrück auf."
Steenhoff nickte und notierte auch diesen Ermittlungsansatz.
Sie verabredeten, sich am nächsten Morgen um halb acht wieder zu treffen. Vielleicht würde bis dahin die Befragung der Anwohner etwas Neues gebracht haben oder es hätten sich nach den Aufrufen in den Medien Zeugen gemeldet.
Der Raum leerte sich schnell. Alle wollten jetzt so schnell wie möglich nach Hause. Trotz der späten Stunde bat Steenhoff Petersen noch kurz zu bleiben. Steenhoff spürte, wie Petersen sofort auf der Hut war. Alles an ihr wirkte angespannt. Einen Augenblick genoss er ihre Unsicherheit. Dann schalt er sich einen Idioten.
„Keine Sorge. Ich will nicht mitten in der Nacht über unseren Zusammenprall von heute Morgen sprechen. Das können wir machen, wenn wir den Typen gefasst haben. Ich wollte wissen, ob sich junge Frauen heutzutage eigentlich stark schminken?"

Petersen sah ihn irritiert an. „Ich verstehe nicht, worauf Sie hinauswollen."

„Na, ich habe zwar eine Tochter, aber die ist erst 15 Jahre alt und ist eher so der Naturtyp. Und außer zu Ihnen und ein paar anderen jungen Beamtinnen habe ich wenig Kontakt zu der jüngeren Generation." „Ich fürchte, ich verstehe immer noch nicht", sagte Petersen.
„Laut Gerichtsmediziner war das Opfer nicht nur von ihrem Mörder geschminkt worden, sondern trug auch darunter eine ziemlich dicke Schicht Make-up sowie falsche Wimpern. Außerdem hatte sie goldlackierte Fingernägel. "
Petersen ließ die Information einen Augenblick auf sich wirken. „Sie denken in Richtung Prostituierte?", fragte sie skeptisch.
Steenhoff zuckte mit der Schulter. „Vielleicht ein Indiz. Was meinen Sie?"
Entschieden schüttelte Petersen den Kopf.
„Vielleicht könnte Ihre Einschätzung auf junge Bremer Frauen zutreffen, die sich stark schminken. Aber schon in Düsseldorf oder Köln werfen sich die Frauen, wie auch übrigens die Männer, sehr viel mehr in Schale und legen größeren Wert auf ihr Äußeres als hier in Norddeutschland. Noch größer ist der Unterschied zwischen Türkinnen und Deutschen oder meinetwegen auch Iranerinnen und deutschen Frauen. Oder nehmen Sie Russinnen. Die meisten gehen wohl nie auf die Straße, ohne auffällig geschminkt zu sein. Nein, allein von der Dicke des Make-ups lassen sich keine vernünftigen Rückschlüsse auf das Milieu ziehen, aus dem die Frau stammt."
Steenhoff sah ein, dass Petersen recht hatte. Auch ihn hatten zuvor erhebliche Zweifel beschlichen, ob diese Information des Gerichtsmediziners für sie von irgendwelchem Wert sein könnte. Daher hatte er den Punkt auch nicht in der großen Runde besprochen.
Petersen räusperte sich leise.
„Außerdem gibt es in jedem Kulturkreis Ausnahmen. Ich persönlich mag Make-up überhaupt nicht, weswegen meine Familie überzeugt ist, dass ich unmöglich aussehe. Na ja. Die finden mich in vielen

Punkten aus der Art geschlagen." Sie stockte und wirkte plötzlich verlegen. „Ich meine, dass ich zum Beispiel Polizistin geworden bin."

„Als gebürtige Iranerin stellen Sie tatsächlich eine Rarität in der Bremer Polizei dar", sagte Steenhoff und musste den Impuls unterdrücken, seine Kollegin in den Arm zu nehmen. Die junge Frau wirkte plötzlich sehr einsam.

Doch Petersen hatte sich schon ihre Jacke gegriffen.

„Okay. Haben Sie sonst noch etwas? Wenn nicht, würde ich jetzt gerne nach Hause gehen."

Steenhoff verabschiedete sich von Petersen und blieb noch einen Augenblick in dem leeren Besprechungszimmer sitzen. Wenig später sah er ihre Silhouette auf dem leeren Parkplatz des Präsidiums.

„Eine merkwürdige Frau", hörte er sich plötzlich laut sagen.

Petersen würde eine tüchtige Ermittlerin werden. Das stand für ihn bereits nach den wenigen gemeinsamen Tagen fest. Aber sobald sie den Täter gefasst hätten, würde er Tewes um ein Einzelzimmer bitten. Petersen verunsicherte ihn.

Ständig hatte er das Gefühl, sich falsch zu benehmen.

17

Die Schlagzeile trieb seinen Pulsschlag sofort in die Höhe. *„Leichenfund im Bürgerpark / Schlug brutaler Täter schon mehrfach zu? / Polizei wiegelt ab."*

Steenhoff riss den Weser-Kurier mit einem Ruck aus dem Ständer des Kiosks. Das metallene Gestell geriet bedenklich ins Schwanken. Sofort tauchte ein grauer Haarschopf im Fenster auf. Die alte Frau hatte versucht, ihre Haare zu toupieren und sie anschließend mit Haarspray fixiert. Einige der dünnen Strähnen standen wirr vom Kopf ab.

„Ärgern Sie sich nicht, Herr Kommissar."

Mitleidig schaute die Frau Steenhoff an. „Sie wissen doch, die schreiben sich zusammen, was die Leute lesen wollen."
Sie schien den Artikel von Andrea Voss bereits gelesen zu haben. Als Steenhoff nicht antwortete, meldete sie sich erneut zu Wort.
„Wollen Sie einen Korn oder lieber einen Kaffee? Ich habe gerade einen frisch aufgebrüht."
Steenhoff wollte wie immer ablehnen, zahlen und so schnell wie möglich ins Büro fahren, als er den Blick der alten Frau streifte. So hatte ihn seine Großmutter früher immer angeschaut, wenn er mit einer schlechten Klassenarbeit nach Hause gekommen war. Ein Blick voller Trost und zugleich Vertrauen, dass er es den Lehrern beim nächsten Test schon zeigen würde.
„Ja, wenn Sie einen Kaffee hätten, wäre das nett", sagte Steenhoff gegen seinen Willen.
Sofort verschwand die Frau in ihrem halbdunklen Kabuff. Steenhoff hatte nur wenig geschlafen. Nachdem er sich die halbe Nacht in seinem Bett herumgewälzt hatte, war er kurz vor sechs aufgestanden und hatte sich leise angezogen. Ohne zu frühstücken, hatte er sich auf den Weg nach Bremen gemacht. Kurz nachdem er die Landesgrenze überquert hatte, war er rechts rangefahren und hatte vor dem Kiosk gehalten. Seit Jahren versorgte ihn die alte Frau täglich mit dem Weser-Kurier. Nach einer Pressekonferenz in einem aktuellen Mordfall kaufte er sich stets auch die anderen Zeitungen. Immer wieder war er erstaunt, wie unterschiedlich die Medien ein und dieselbe Information verarbeiteten.
Er überflog kurz die Schlagzeilen. Die „Bild"-Zeitung hatte ihren Schwerpunkt auf die grausamen Details gelegt. Angeblich sei die Bremer Polizei einer Bestie auf der Spur, die ahnungslose Frauen misshandelte.
Erwartungsgemäß nüchtern und knapp handelte dagegen die taz den Mord im Bürgerpark ab. Die Kreiszeitung wiederum hatte ihrem Artikel eine Skizze des Bürgerparks beigefügt und den genauen Lei-

chenfundort eingezeichnet. Er rätselte, was den Redakteur zu diesem Schritt bewogen haben könnte. Vermutlich würde die Stelle bereits heute Mittag ein Ziel für Voyeure sein.
Erneut griff er sich den Artikel von Andrea Voss.
Sie hatte zunächst die Fakten genannt, war dann aber ins Spekulieren gekommen. Allein aus den Verletzungen, die der Täter dem Opfer nach seinem Tod zugefügt hatte, schloss sie, dass es mit hoher Wahrscheinlichkeit eine Parallele zu den früheren Fällen gab. Auch ohne weitere Einzelheiten zu kennen, lag sie mit ihrer Einschätzung richtig.
Widerstrebend musste Steenhoff ihr ein gewisses Gespür für den Fall einräumen. Der Vorwurf allerdings, die Polizei wiegele ab und widersetze sich Befürchtungen, ein Serientäter könnte unterwegs sein, ärgerte ihn maßlos. Erstens war die Mordkommission längst zum selben Schluss gekommen und zweitens hatten sie eine Verantwortung, mit ihrem ungelösten Fall nicht die ganze Stadt in Aufruhr zu versetzen.

„Noch ein Tässchen?"
Bevor Steenhoff antworten konnte, hatte ihm die Kioskverkäuferin in ihrer Durchreiche schon nachgeschenkt. Als sie jedoch zwei Schnapsgläser auf die enorme Oberweite einer spärlich bekleideten Schönheit vom Zeitungsstapel vor sich stellte, lehnte Steenhoff ab. Ungerührt schenkte sich die Frau einen Korn ein. Ihre mit Altersflecken übersäte Hand tätschelte seinen Arm.
„Lassen Sie sich nicht kirre machen, Herr Kommissar. Gut Ding braucht Weile."
Steenhoff musste sich eingestehen, dass er die Frau zum ersten Mal bewusst anschaute. Er schätzte, dass sie mindestens 75 Jahre alt sein musste. Sie war zart gebaut und auffällig dünn.
‚Vermutlich kocht sie nicht mehr für sich allein oder hat einfach den Appetit verloren', schoss es Steenhoff durch den Kopf.

Das Auffälligste waren ihre Augen. Sie waren von einem so intensiven Blau, dass er bei einer jüngeren Frau sofort an farbige Kontaktlinsen gedacht hätte.
Wenn sie lachte, schimmerte für Sekunden ihre frühere Schönheit durch. Plötzlich tat sie ihm unendlich leid.
„Warum stellen Sie sich in Ihrem Alter eigentlich noch in einen Kiosk?"
Steenhoff hätte sich am liebsten auf die Zunge gebissen. Was für eine idiotische Frage.Vermutlich lebte sie von einer erbärmlichen Rente und konnte sich kaum mehr als das Nötigste leisten.
„Ich bin einfach gern unter Menschen, Herr Kommissar", sagte die Frau schlicht.
„Gut versorgt bin ich. Mein verstorbener Mann hat immer anständig verdient. Aber er wollte nie, dass ich arbeiten gehe. Und so musste ich zu Hause bleiben, obwohl wir keine Kinder hatten. Dafür habe ich jetzt ganz viel junges Gemüse um mich herum."

Wie zur Erklärung zeigte sie auf ein Glasfenster, hinter dem appetitlich belegte Brötchen lagen. „Die Kleinen kaufen sich auf dem Weg zur Schule was zu essen bei mir, besuchen mich nachmittags oder erzählen mir ihre neuesten Abenteuer. Eines meiner Mädchen, Lisa, die muss ich immer Französisch-Vokabeln abfragen. Ich hatte früher auch Französisch. Schließlich war ich auf der höheren Töchterschule."
Die alte Frau stützte sich mit den verschränkten Oberarmen auf einem Zeitschriftenstapel ab und plauderte munter weiter.
‚Hoffentlich wirst du nie überfallen', dachte Steenhoff plötzlich. Als hätte sie seine Gedanken erraten, hielt die Frau in ihrem Redefluss inne.
„Sie schauen so besorgt, Herr Kommissar?"
Steenhoff räusperte sich verlegen. Wie sollte er die alte Frau warnen, ohne ihr Angst zu machen.

„Ja, wissen Sie..." Steenhoff stockte, „zur Zeit haben wir ein paar Jugendliche in Bremen, die Kioske überfallen. In der Regel sind die nicht gefährlich", fügte er beschwichtigend hinzu. „Aber Sie sollten in Ihrer Kasse nie viel Geld aufbewahren."
Die Alte nickte eifrig. „Ich weiß. Ich kenne die. Neulich war auch so einer hier bei mir."
Überrascht schaute Steenhoff sie an. „Sie sind überfallen worden? Haben Sie das angezeigt?"
Die Frau schüttelte den Kopf. „Ach, Herr Kommissar, nun gucken Sie doch nicht so. Der war doch noch ein halbes Kind. Höchstens 16 oder 17 Jahre alt. Aber der Junge hat mich wütend gemacht, als er mit diesem Ding da vor meiner Nase herumgefuchtelt hat, das gebe ich zu."
Sie tauchte plötzlich wieder in das Innere ihrer papierenen Welt, kramte umständlich in einer Kiste und legte einen silberfarbenen Revolver auf den Zeitungstresen.
„Den hat er bei mir vergessen", sagte sie und Steenhoff meinte, einen triumphierenden Unterton in ihrer Stimme zu hören.
„Jetzt sagen Sie bloß, dass Sie dem Kerl die Gaspistole abgenommen haben?", fragte Steenhoff verblüfft und nahm die Waffe vorsichtig in die Hand.
„Nein, nein. Aber ich war so wütend, dass ich ihn mit allem bewarf, was ich zu fassen kriegte. Ich fürchte, ich habe ihm mit meiner großen Bonbonniere eine ziemliche Beule am Kopf zugefügt."
Einen Moment wirkte die Frau bedrückt. Einem spontanen Impuls folgend legte Steenhoff seine Hand auf die knochige Hand der Alten. „Da machen Sie sich mal keine Sorgen. Die Jungs können das ab. Aber die Pistole nehme ich lieber mit. Nicht, dass die Ihnen plötzlich losgeht."
Mit der Gaspistole in der Hand lief er zu seinem Auto. Als er den erschreckten Blick eines vorbeifahrenden Radfahrers sah, steckte er sie sich schnell in den Hosenbund. So hatte er früher jahrelang seine

Dienstpistole getragen. Inzwischen lag sie fast das ganze Jahr über in einem verschlossenen Schrank in seinem Büro. Wo er hinkam, war die Dramatik längst vorbei. Die Mörder, wie sie in der Presse oft genannt wurden, waren meist nichts anderes als elende, heruntergekommene Stricher, Alkoholiker oder Menschen, die ihren Partner nach ewigen Streitereien im Affekt töteten. Einem echten Killer war er in seiner Dienstzeit bislang nur einmal begegnet.

Er hatte sich länger als geplant an dem Kiosk aufgehalten. Petersen war schon da, als er sein Büro betrat.
„Oh, Sie haben es schon gelesen", begrüßte sie ihn vorsichtig mit einem Blick auf die Zeitungen unter seinem Arm.
„Ja, auch wenn ich es mir gern erspart hätte", entgegnete Steenhoff. Er schaltete seinen Computer an und fuhr stumm den Rechner hoch.
„Die Voss hat uns ja ganz schön in die Pfanne gehauen", nahm Petersen den Faden wieder auf.
„Ja", antwortete Steenhoff einsilbig. Er spürte, dass Petersen unruhig auf ihrem Stuhl hin- und herrutschte. Sie blätterte fahrig in den anderen Berichten der Journalisten, zupfte braune Blätter von dem großen Benjaminibaum, der ihre Schreibtische trennte und griff sich erneut die verschiedenen Zeitungsartikel.
Steenhoff seufzte. „Nun spucken Sie es schon aus. Irgendwas liegt Ihnen doch quer."
„Ich finde, zumindest in einem Punkt hat die Voss recht. Wir sollten junge Frauen im Moment davor warnen zu trampen."
„Jetzt fangen Sie auch noch mit diesem Quatsch an", fuhr Steenhoff sie an. „Wir wissen nicht, wie diese Frau in das Auto unseres Täters gekommen ist oder ob sie überhaupt mit einem Fahrzeug in den Bürgerpark gebracht wurde. Sie kann eine Freundin sein, eine Prostituierte, eine Zufallsbekanntschaft, eine Spaziergängerin. Aber Sie wollen die Frauen davor warnen zu trampen!"

Er sah sie gereizt an.
„Vielleicht sollten wir die Bremerinnen auch noch vorsichtshalber davor warnen, im Bürgerpark zu joggen, Rad zu fahren oder sich auf neue Liebschaften einzulassen. Ich meine, wenn, sollten wir sie doch gründlich warnen. Am besten bleiben Frauen zwischen 15 und 65 die nächsten Tage und Wochen ganz zu Hause, bis wir den Kerl endlich haben."
Wütend stand Steenhoff auf. Petersen schwieg.
„Wir sehen uns in einer halben Stunde bei der Besprechung", sagte Steenhoff und machte sich auf den Weg zur Kantine. Die paar Schritte an der frischen Luft würden ihm guttun. Während er die Stufen im Treppenhaus mit großen Schritten hinunterlief, nahm er sich vor, künftig beherrschter zu sein. Es war falsch, Petersen so herunterzuputzen.

In der Kantine, die in einem anderen Gebäude auf dem weitläufigen Gelände untergebracht war, musste er nur kurz anstehen. Er ließ sich ein Schinkenbrötchen geben. Plötzlich bemerkte er, dass direkt hinter ihm die junge Kriminalbeamtin aus dem Kommissariat für Sexualdelikte stand.
„Darf ich dich kurz auf einen Kaffee einladen?", fragte er sie direkt.
Mit dem Tablett in der Hand steuerte Steenhoff auf einen Platz am Fenster zu. Die Frau nahm ihm gegenüber Platz.
„Ich fürchte, ich habe gestern gar nicht nach deinem Vornamen gefragt", sagte Steenhoff zur Einleitung.
„Macht nichts. Da ging es ja auch um Wichtigeres. Ich heiße Frauke, Frauke Behrens", antwortete die Beamtin ohne Umschweife. „Und wie geht es so die ersten Wochen bei deinen neuen Kollegen? Wie ich hörte, bist du noch nicht lange von der Schutzpolizei weg?"
„Ja, das stimmt. Die Kollegen sind nett und helfen mir sehr, mich einzuarbeiten. Aber während der ersten Monate an einer neuen

Dienststelle hat man doch immer das Gefühl, was falsch zu machen."

Steenhoff staunte über ihre Offenheit. Niemals hätte er damals, als er bei der Mordkommission neu anfing, einem Kollegen von seinen schlaflosen Nächten und seiner Unsicherheit berichtet, geschweige denn jemandem aus einer anderen Abteilung.

Schnell entspann sich eine leicht dahinfließende Unterhaltung. Im Gegensatz zu Petersen hatte er bei Frauke Behrens das Gefühl, sie verstand sofort, was er meinte. Sie wirkte erfrischend und unkompliziert. Fast hätte Steenhoff vergessen, warum er Frauke an diesem Morgen auf einen Kaffee eingeladen hatte.

„Ich möchte noch mal auf gestern zurückkommen", begann er unvermittelt. „Ich hatte den Eindruck, du warst dir unsicher, ob du die Frau schon mal gesehen hast."

„Ja, das stimmt", sagte Frauke Behrens nachdenklich. „Ich habe am Abend noch länger darüber nachgedacht. Wahrscheinlich täusche ich mich, aber im ersten Moment dachte ich, ich hätte die Frau schon mal in der Cuxhavener Straße gesehen. Auf dem Straßenstrich."

Mit einem Ruck stellte Steenhoff seine Tasse auf dem Tisch ab.

„Wann?"

„Wie gesagt, vielleicht irre ich mich. Das war noch zu den Zeiten, als ich auf dem Waller Revier war."

Sie zögerte einen Moment.

„Wir sind da natürlich öfter Streife gefahren. Ich glaube, es war im Spätsommer vergangenen Jahres, als uns eines Abends eine junge Frau auffiel, die zusammengekauert auf einer Bank hockte. Eine andere Prostituierte versuchte sie notdürftig zu versorgen. Sie hatte ein blutverschmiertes Gesicht. Ihr Zuhälter hatte sie offenbar übel verprügelt. Aber sie hat uns nichts Genaues erzählt."

Steenhoff fiel auf, dass die Beamtin anders als viele männliche Kollegen von einer „Prostituierten" und nicht von einer „Nutte" sprach.

„Versuch dich weiter zu erinnern“, forderte Steenhoff sie auf.
„Wir haben sie damals ins Krankenhaus Mitte gefahren. Die Prostituierte war noch jung und sprach nur gebrochen Deutsch. Ihrem Akzent nach war sie Russin. Jedenfalls waren wir uns einig, dass sie aus einem osteuropäischen Land stammen musste.“
„Habt ihr denn nicht ihre Identität festgestellt,“ fragte Steenhoff überrascht.
„Nein, sie ist gleich am nächsten Tag wieder aus dem Krankenhaus abgehauen und hat sowohl bei uns als auch im Krankenhaus falsche Personalien angegeben. Sie fürchtete wahrscheinlich, dass sie aus Deutschland abgeschoben werden würde. Wir vermuteten, dass sie illegal in Bremen anschaffen ging.“
Steenhoff dachte einen Moment darüber nach, was Behrens ihm erzählt hatte. In einer Viertelstunde war eine neue Besprechung der Mordkommission angesetzt. Wenn er sich beeilte, könnte er in einer knappen Stunde wieder zurück sein.
„Frauke, ich möchte, dass du mit mir in die Pathologie fährst. Jetzt.“
Die Frau sah Steenhoff überrascht an. Einen Augenblick fürchtete er, sie würde ablehnen. Aber dann nickte sie.
„Okay, ich muss nur noch kurz meinen Kollegen Bescheid sagen.“

Während die Beamtin mit ihrem Kommissariatsleiter sprach, rief Steenhoff bei Rüttger an. Er erklärte ihm kurz, warum die Besprechung um eine Dreiviertelstunde verschoben werden müsse und bat ihn, die anderen zu informieren. Er hasste es, Termine und Verabredungen nicht einzuhalten, aber die Information, die er sich von dem Besuch mit seiner jungen Kollegin in der Pathologie erhoffte, könnte ihren Ermittlungen eine völlig neue Richtung geben.
Steenhoff ging so schnell zu seinem Auto, dass Behrens Mühe hatte mitzukommen.
Noch aus dem Auto kündigte er in der Pathologie ihren Besuch an. Ein etwa 50-jähriger, kräftiger Mann nahm sie an der Tür des Insti-

tuts in Empfang. Er schien sich zu freuen, Steenhoff zu sehen und bedachte auch die Beamtin mit einem freundlichen Blick.
„Na, Frank, wollt ihr unserer Unbekannten endlich einen Namen geben?"
„Mal sehn", antwortete Steenhoff knapp.
Der Präparator führte sie in einen komplett gefliesten Raum, öffnete eine der unteren Kühlkammern und zog die Unterlage, auf der die Tote lag, mit einem Ruck nach vorne. Als er das Tuch von ihrem Gesicht nahm, beobachtete Steenhoff gespannt seine Kollegin.
„Könnte ich sie bitte einmal ganz sehen?", bat sie den Assistenten.
„Ich hab' die verletzte Frau damals von der Bank hochgezogen und sie umfasst, um sie zum Wagen und später im Krankenhaus in die Notaufnahme zu bringen", erklärte sie Steenhoff. Vielleicht erkenne ich ihre Statur wieder."
Ohne eine Miene zu verziehen, zog der Präparator das Tuch ganz beiseite.
Der Anblick der zerbissenen Brüste der Toten ließ seine Kollegin zusammenfahren.
„Geht es?", fragte Steenhoff besorgt und nahm sie unwillkürlich in den Arm. Die Beamtin ließ es geschehen.
„Ich habe genug gesehen", sagte Behrens mit gepresster Stimme. Steenhoff ließ sie los, bedankte sich bei dem Mann und begleitete seine Kollegin vor die Tür.
„Du hast sie erkannt, nicht wahr?"
Behrens nickte.
„Mein Gott. Was hatte die für ein beschissenes Leben", Behrens musste schlucken, bewahrte aber die Fassung.
„Ja", sagte Steenhoff und fügte hinzu: „Und einen noch beschisseneren Tod."
Schweigsam fuhren sie zurück ins Präsidium.
„Du hast uns sehr geholfen", bedankte sich Steenhoff bei Behrens.
„Das ist doch selbstverständlich", antwortete die Kollegin.

Sie wirkte bedrückt, versuchte aber, sich nichts anmerken zu lassen. Steenhoff begleitete sie noch bis zum Eingang ihres Kommissariats, obwohl er in die andere Richtung musste, und hielt ihr, ohne lange nachzudenken, die Tür auf.

„Wenn du mir jetzt auch noch aus der Jacke hilfst, dann haben meine Kollegen was zum Spekulieren", sagte Frauke Behrens schmunzelnd.

Auch Steenhoff musste lächeln.

„Das können wir nicht verantworten. Die sollen schließlich ihren Exhibitionisten endlich fassen, von dem man seit Tagen immer wieder in der Zeitung liest."

Steenhoff verabschiedete sich von Behrens und lief zu dem Gebäude der Staatsschützer, wo die Besprechung stattfinden sollte. Er fühlte sich voller Energie. Endlich hatten sie einen Anfang, eine Spur, der sie nachgehen konnten. Nichts lähmte eine Mordkommission mehr als eine Leiche, deren Identität im Dunkeln blieb. Ein unbekannter Täter und ein unbekanntes Opfer – das war der Stoff, aus dem die ungelösten Fälle im Aktenkeller des Präsidiums waren.

In 90 Prozent aller Morde brachte das Opfer die Ermittler irgendwann auf die Spur des Täters – sei es durch eine wie auch immer geartete Beziehung, die zwischen beiden im Vorfeld bestand oder durch die Art, wie der Täter sein Opfer am Tatort hinterlassen hatte.

Alles, was über das bloße Töten eines Menschen hinausging, verriet erfahrenen Ermittlern oder Fallanalytikern etwas über den Typ Mensch, den sie suchten. Wurde das Gesicht der Leiche zugedeckt, eine Decke über den geschundenen Körper gezogen, die Blutspritzer an der Wand abgewischt, hatte der Täter am Tatort noch etwas getrunken oder gar der Katze des Opfers etwas zu fressen hingestellt – Details, die in der Vergangenheit oft genug den entscheidenden Hinweis gegeben hatten.

Steenhoff erinnerte sich an die Grundregel der Fallanalytiker: Das Verhalten eines Täters richtet sich nach seinen Bedürfnissen. Wenn

also jemand einen Getöteten wusch, dann hatte er das Bedürfnis, dem Toten nahe zu sein und etwas wieder gutzumachen.
Aber Steenhoff wusste zugleich auch, dass der Mord an einer Prostituierten oft ähnlich schwer aufzuklären ist wie die Verbrechen an Taxifahrern. Beide unterhalten nur flüchtige, unverbindliche Kontakte zu Menschen und gehen unkritisch auf sie zu.
Aber immerhin war jetzt klar, wo sie mit ihren Ermittlungen beginnen mussten.
Während Steenhoff auf den Besprechungsraum zuging, fühlte er plötzlich eine grimmige Entschlossenheit in sich. Er dachte an den angeblichen Freund der geschändeten Birgit Lange, den Mann, der auch die Tote aus dem Bürgerpark auf dem Gewissen hatte. ‚Irgendwann – ‚Sven' – machst du einen Fehler.'
Dann riss er mit einem Ruck die Tür zum Besprechungszimmer auf.

18

Steenhoff spürte sofort die leise Verärgerung seiner Kollegen, als er in den Raum trat.
„Es tut mir leid, dass ich euch habe warten lassen", begann er ohne Umschweife. „Aber es hat sich gelohnt. Wir wissen jetzt, dass die Tote Osteuropäerin war und in der Cuxhavener Straße auf den Strich ging."
Die Beamten schauten ihn verwundert an. Petersen hatte ihnen gerade berichtet, dass es nach den Medienberichten noch keine neuen Hinweise auf die Identität der Toten gab.
Steenhoff berichtete kurz, was er mit Hilfe von Frauke Behrens herausgefunden hatte. Er spürte, dass die Information die Atmosphäre in dem Raum schlagartig veränderte. Statt nur die routinemäßigen

Überprüfungen nach einem Kapitaldelikt abzuspulen, konnten sie nun gezielt ermitteln.
Die Befragung des Joggers hatte nichts Neues mehr ergeben. Weder hatte er einen Mann in der Nähe des Tatorts bemerkt noch sonstige Auffälligkeiten. Wie Steenhoff bereits vermutet hatte, wies der Mann in seiner Vernehmung entschieden zurück, den Leichnam angefasst zu haben.
„Zumindest wissen wir jetzt aber, wer sich am Beginn des kleinen Stichweges erbrochen hat", sagte Wessel trocken. „Unserem Jogger war immer noch übel, als wir ihn vernommen haben."
Die Besprechung ging an diesem Morgen ungewöhnlich schnell zu Ende. Ein Teil der Beamten sollte die Befragung der Anwohner des Bürgerparks fortsetzen.
Steenhoff selbst wollte mit drei Kollegen zum Straßenstrich fahren, um die Prostituierten nach der jungen Frau zu befragen. Dazu wollten sie ein Foto und die Kette mitnehmen.
Petersen und Rüttger mussten noch die Nachtschwester von der Intensivstation vernehmen. Die anderen sollten sich die Patientendaten der vergangenen zwölf Monate vom Krankenhaus West vornehmen. Zwar war das Raster ziemlich groß, in dem sich der Täter verfangen sollte, aber zumindest wussten sie, dass ‚Sven' zwischen 20 und 30 Jahre alt war und etwa 1,85 Meter groß. Und sie hatten ein Phantombild.
Sollte er, wie sie hofften, zuvor im Krankenhaus West als Patient gelegen haben, würden sie mit etwas Glück früher oder später auf seinen Namen kommen.

Steenhoff war auf dem Weg zu seinem Dienstwagen, als ihn Ira anrief.
Sie erkundigte sich nach seiner Besprechung und dem Fortgang der Ermittlungen. Am Abend zuvor hatten sie sich nicht mehr gesehen, und morgens war er schon früh aus dem Haus gegangen. Iras Stim-

me klang angespannt. Als Steenhoff wissen wollte, was sie heute zu erledigen habe, wich sie aus. „Nichts Besonderes. Den üblichen Haushaltsmanagerkram“, versuchte sie zu scherzen und schwieg. Steenhoff wurde unruhig. „Ist was, Ira?“
„Nein.“ Ira seufzte. „Ja. Ach, ich will dich damit nicht auch noch belasten. Aber ich mache mir Sorgen um Marie.“
Steenhoff schaute auf zwei seiner Kollegen, die in einiger Entfernung auf ihn warteten und ihn fragend anschauten. Er spreizte die Finger seiner rechten Hand und signalisierte ihnen: noch fünf Minuten.
„Was ist mit Marie?“
Ira holte tief Luft. „Ich wollte es dir schon gestern sagen. Aber du bist ja erst so spät von der Arbeit gekommen.“
Steenhoff merkte, dass ihm die Zeit davonlief. Ungeduldig hakte er erneut nach. „Nun sag schon, Ira. Was ist los?“
„Ach, irgendjemand hat in der Nacht diese kleine Ziege getötet, die Marie mit der Flasche aufgezogen hat. Marie läuft nur noch mit verheulten Augen durch die Gegend.“
„Welche Ziege?“, fragte Steenhoff verwirrt.
„Hat sie dir nie von Ferdinand auf der Jugendfarm erzählt?“
Plötzlich hatte Steenhoff wieder die Szene vor Augen, wie Marie mit dem Zivildienstleistenden Daniel über den Zaun des Geheges stieg und dem jungen Bock die Flasche gab.
„Doch, klar hat sie mir das erzählt“, beeilte sich Steenhoff zu sagen. Krampfhaft suchte er nach etwas Tröstlichem, das er Ira sagen könnte. „Ich werde heute mal versuchen, mit dem Revierleiter zu sprechen. Vielleicht können die dort öfter nachts Streife fahren. Möglicherweise haben sie ja schon einen Hinweis auf die Täter. Wenn nicht, werde ich denen mal vorschlagen, damit an unsere Pressestelle zu gehen. Eine aufmerksame Öffentlichkeit kann manchmal ein besserer Schutz sein, als ein neuer Zaun. Sag Marie das und gib ihr einen Kuss von mir, okay?“
Erfreut registrierte er, dass Ira erleichtert wirkte.

Eine Viertelstunde später standen Steenhoff und seine Kollegen in ihrem Auto an der Cuxhavener Straße. Der Straßenstrich in diesem Teil Bremens war ein Überbleibsel aus der Zeit, als der Stadtteil noch fest in der Hand von Arbeitern und Seeleuten aus den Hafengebieten war. Längst arbeitete der Großteil der Bremer Prostituierten in kleinen Wohnungen, die selbst in bürgerlichen Vierteln zu finden waren. Nur in der Cuxhavener Straße und im sogenannten Viertel hatte sich noch ein Straßenstrich erhalten. Doch während im Viertel fast ausschließlich drogenabhängige Frauen anschaffen gingen, boten sich hier junge Osteuropäerinnen ebenso an wie in die Jahre gekommene Hausfrauen.
Zu diesem Zeitpunkt war nur wenig los. Steenhoff sah, wie Fabian Block auf eine etwa 55-jährige Frau zuging, die ihn mit ihren dauergewellten blondierten Haaren an eine Verkäuferin aus einem Supermarkt erinnerte. Unter ihrem schwarzen, mit unzähligen Pailletten bestickten Jäckchen trug sie ein rosafarbenes Bustier, das ihren gewaltigen Busen notdürftig in Form hielt.
Sie schenkte Block ein breites Grinsen, das wohl verführerisch wirken sollte. Doch kaum hatte Fabian Block das Foto der Toten gezückt, erstarb das Lächeln.
Steenhoff ging langsam in Richtung einer jungen Frau in einem hautengen Minirock. Sie hatte lange, glänzende braune Haare, die ihr über die Schultern fielen. Steenhoff fand, ihre Beine waren auffällig lang und wohlgeformt. Im Gegensatz zu Blocks Zeugin sah ihn die Frau voller Misstrauen an.

„Seid ihr Bullen oder was?“
Steenhoff bemerkte, dass der Frau mehrere Zähne fehlten. Ihre braunen Haare, über denen ein glänzender Schimmer lag, wirkten aus der Nähe unlebendig und künstlich. ‚Sie trägt eine Perücke‘ schoss es Steenhoff durch den Kopf.
„Sie haben eine guten Blick“, eröffnete Steenhoff das Gespräch lä-

chelnd. „Wir sind tatsächlich von der Polizei. Woran haben Sie das erkannt?"
Die Frau pfiff abfällig durch die Zähne, verschränkte die Arme vor ihrem tiefen Dekolleté und schaute ihn stumm an.
„Wir brauchen Ihre Hilfe. Es geht um eine Kollegin von Ihnen. Sie hat hier gearbeitet. Wir müssen wissen, wer sie ist und wer ihr letzter Freier war."
Er hielt der Frau das Foto mit dem Gesicht der Toten hin, aber sie schaute überhaupt nicht darauf.
„Warum sollte ich Ihnen helfen, hm?"
„Weil es auch um Sie und Ihre Kolleginnen hier geht", sagte Steenhoff mit Nachdruck.
„Die junge Frau wurde ermordet. Und es spricht vieles dafür, dass es ein Freier war."
Die Augen der Prostituierten flackerten einen Moment unsicher. „Also, wenn Sie so freundlich wären ..."
Steenhoff hielt ihr erneut das Foto hin. Ihr Blick streifte flüchtig das Bild. Als er die Kette mit dem Fischanhänger hervorzog, blieb der Blick der Frau einen Moment daran haften. Steenhoff bemerkte, wie sie plötzlich schwankte. Instinktiv packte er die Frau am Arm, um sie zu stützen. Ihr Wutausbruch kam für ihn völlig überraschend.
„Hau ab Bulle! Lass mich mit deiner Scheiße in Ruhe! Und fass mich nicht an! Fass mich bloß nicht an. Sonst kannst du was erleben."
Wie eine Besessene schlug sie mit ihrer Handtasche auf Steenhoff ein. Vergeblich versuchte Steenhoff, ihr die Tasche zu entwinden. Als er dem Angriff durch einen Polizeigriff ein Ende machen wollte, hörte er, wie sie ihm zwischen ihrem Gekreische atemlos zuflüsterte: „Ich kenne die Frau. Kommen Sie wieder. Mit einem Auto."
Sie trat nach ihm. Aber Steenhoff bemerkte, dass sie ihn nicht wirklich treffen wollte.
Fabian Block war im selben Moment bei Steenhoff wie ein kleiner, quadratisch aussehender Mann mit Glatze.

„Was ist los, Mona? Macht der Ärger?"
Ohne eine Antwort abzuwarten, war er mit zwei Schritten bei Steenhoff. Der Faustschlag ging um Haaresbreite an Steenhoffs linker Kopfhälfte vorbei.
„Aufhören, Polizei", rief Block wütend, aber da war Steenhoff schon blitzschnell neben den Zuhälter gesprungen und hatte ihm seinen Ellenbogen in die Rippen gerammt. Sekunden später lag der Mann am Boden und hatte Handschellen an.
Schwer atmend richtete sich Steenhoff auf.
„Hol den Wagen, den nehmen wir mit zur Vernehmung", befahl er Block, der fassungslos auf den stöhnenden Mann am Boden sah.
„Und die Frau?"
Steenhoff bedachte sie mit einem wütenden Blick.
„Die weiß nichts. Aber das hysterische Weib kann froh sein, dass ich heute keinen Bock habe, mich mit durchgeknallten Nutten zu beschäftigen."
Fabian Block schluckte eine Bemerkung hinunter, zog den Zuhälter hoch und stieß ihn zum Wagen. Als er sich zu seinem Kollegen umdrehte, meinte er zu erkennen, wie Steenhoff der Frau zunickte. Die Prostituierte verzog keine Miene. Aber ihre Wut schien verflogen.
Nach einigen hundert Metern Fahrt entdeckten sie den Kollegen, der am anderen Ende der langgezogenen Straße mit seiner Befragung begonnen hatte.
„Wir brechen ab, steig ein", sagte Steenhoff knapp. Neugierig setzte sich der Beamte neben den gefesselten Zuhälter, verkniff sich aber eine Frage. Schweigend fuhren sie zurück ins Präsidium. Nachdem sie den festgenommenen Mann in ein Vernehmungszimmer geführt hatten, nahm Steenhoff Block beiseite.

„Hör zu. Knete den ordentlich durch. Er wird nichts sagen. Aber er soll glauben, dass er die Hauptperson des heutigen Tages ist. Und haltet ihn auf jeden Fall bis heute Nachmittag fest. Ich werde mich in der Zeit noch mal mit der Prostituierten treffen."

„Die Nutte, die dich eben attackiert hat?", fragte Block irritiert.

„Ja."

Blocks Gesicht war ein einziges Fragezeichen.

„Ich erkläre es dir heute Abend", versprach Steenhoff und griff zu seinem Handy.

Wessel war sofort dran.

„Hör zu, Michael, lass alles stehen und liegen. Die Hausbefragungen können die anderen weitermachen. Ich brauche dich als Freier. Komm mit dem Auto nach Walle. Wir treffen uns in 20 Minuten in der Kneipe „Zum Leuchtturm".

Steenhoff hatte bei dem mürrischen Wirt gerade einen Kaffee bestellt, als Wessel in der Tür erschien. Eine Viertelstunde später standen die beiden wieder vor der Gaststätte.

„Also, ich warte auf euch in diesem Rentnercafé in Findorff."

Die beiden Männer warfen sich noch einen kurzen Gruß zu, dann stieg Steenhoff in seinen Wagen und fuhr in den benachbarten Stadtteil.

Die aufgedonnerte Frau würde in dem Café zwar neugierige Blicke auf sich ziehen, dafür konnten sie aber sicher sein, dass keine Zuhälter oder andere Prostituierte von ihrem Treffen erfahren würden.

Eine halbe Stunde später sah Steenhoff, der in einer Ecke am Fenster saß, Wessels Auto auf den Parkplatz des Cafés fahren. Suchend sah sich die Frau um. Sein Kollege deutete auf die Eingangstür. Steenhoff registrierte, dass Wessel offenbar zur Auflockerung versuchte, mit ihr zu scherzen. Doch die Prostituierte neben ihm wirkte wie versteinert.

Die sorgsam frisierte Bedienung schnappte nach Luft, als die Frau das Café betrat, traute sich aber nicht, etwas zu sagen.

„Danke, dass Sie gekommen sind“, eröffnete Steenhoff das Gespräch und stand zur Begrüßung auf.

„Darf ich Sie zu Kaffee und Weinbrand einladen?“

Statt einer Antwort nickte die Frau nur.

„Der Quadratkopf von heute Morgen sitzt sicher im Polizeipräsidium und wird dort auch noch ein paar Stunden bleiben. Wir können also in Ruhe und ungestört reden.“

Misstrauisch schaute die Frau auf Wessel.

„Das ist mein Kollege Michael Wessel. Mein Name ist Frank Steenhoff. Ich leite die Ermittlungen im Fall der ermordeten Frau“, sagte Steenhoff.

„Sie kennen die Tote?“

Die Frau sah sich nervös im Café um und schien zu überlegen. Dann gab sie sich einen Ruck.

„Ich werde nur mit Ihnen reden, wenn Sie mir zusagen, dass ich nicht vor Gericht aussagen muss. Ich will auch nicht, dass Sie meine Aussage aufschreiben oder so'n Scheiß.“

„Einverstanden“, sagte Steenhoff.

„Darf ich sie noch mal sehen?“

Steenhoff holte das Bild aus der Tasche und legte es neben das noch unberührte Glas Cognac. Er merkte, dass die Frau mit den Tränen kämpfte. Mit einem Ruck schob sie das Bild wieder von sich weg.

„Ja, das ist Irina. Irina Shkutiak. Sie stammt aus der Ukraine und ging seit über einem Jahr hier anschaffen.“

Sie warf ihre langen Haare nach hinten und starrte auf den Tisch. „Irina war meine kleine Schwester. Das heißt, natürlich war sie es nicht wirklich,“ fuhr sie fort. „Aber sie hat mich an sie erinnert. Wir haben immer zusammengestanden und aufeinander aufgepasst.“

Die Frau machte eine Pause.

„Als sie gestern nicht auftauchte, dachte ich erst, dass dieses Schwein sie wieder verprügelt hätte.“

„Reden Sie von dem Kerl heute Morgen?“, fragte Steenhoff.

„Ja. Yusuf. Ihr Zuhälter. Sie wohnte bei ihm. Er hat sie oft verprügelt, wenn sie abends nicht genug Kasse gemacht hatte."
Sie schnaufte voller Verachtung und schaute Steenhoff zum ersten Mal direkt in die Augen.
„Ich hoffe, Sie haben ihm heute Morgen ein paar Rippen gebrochen."
Steenhoff erwiderte nichts.
„Aber als sie nicht ans Handy ging und auch Yusuf voll den Stress machte, als sie morgens nicht auftauchte, da wusste ich, dass was passiert ist."
„Warum sind Sie nicht zur Polizei gegangen?", fragte Wessel.
Die Frau sah ihn mitleidig an. „Eh, Irina war illegal hier. Die ernährt zu Hause ein halbes Dorf von den mageren Kröten, die ihr Yusuf lässt. Da renne ich doch nicht zu den Bullen, wenn sie einen Tag nicht zur Arbeit kommt."
„Sie haben gesagt, sie hätten immer aufeinander aufgepasst", nahm Steenhoff den Faden wieder auf.
Die Prostituierte nickte mit zusammengepressten Lippen.
„Wo waren Sie, als Irina vor zwei Tagen verschwand?"
„Im Bett", antwortete sie wie aus der Pistole geschossen und mit einem Blick auf Wessel, der sich ein Grinsen nicht verkneifen konnte. „Aber allein. Der Zahnarzt hat eine entzündete Zahnwurzel behandelt und mir gleich noch zwei Zähne gezogen. Wäre zu teuer geworden, die überkronen zu lassen. Jedenfalls war mein Kreislauf anschließend völlig im Arsch. Ich habe einen Tag freigemacht."
„Wissen Sie, ob eine von ihren Kolleginnen gesehen hat, zu wem Irina ins Auto gestiegen ist?"
Die Frau schüttelte ihre falsche Mähne.
„Sind ja die unterschiedlichsten Frauen da. Manche gehen nur einmal im Monat anschaffen, wenn es gerade zu Hause wieder nicht reicht, die anderen kommen nachts oder nur vormittags."
Die Frau knetete unruhig ihre Finger.
„Was ist mit Irina geschehen?"

Steenhoff warf Wessel einen warnenden Blick zu.
„Ich sage es Ihnen. Aber dafür möchte ich, dass Sie sich in der Cuxhavener Straße unter den Frauen umhören und wir die Telefonnummern tauschen. Okay?“
„Okay.“
Steenhoff griff sich einen Bierdeckel, der auf dem Tisch lag, riss ein Stück der Pappe ab und notierte darauf seine Handynummer. Auf die andere Hälfte schrieb die Frau ihre Nummer.
„Verraten Sie mir noch ihren Vornamen?“, fragte Steenhoff höflich.
Die Frau schaute ihn einen Moment prüfend an. Dann zuckte sie mit den Achseln. „Ich heiße Mona.“
„Gut, Mona. Ich werde Ihnen erzählen, was ihrer kleinen Schwester passiert ist. Aber ich warne Sie. Es ist nicht angenehm zu hören.“

In knappen Worten gab Steenhoff wieder, was die Medien bereits berichtet hatten. Er verschwieg, dass der Täter Monas Freundin die Brüste zerbissen hatte. Als er geendet hatte, schaute die Frau mit leerem Blick aus dem Fenster. Dann griff sie plötzlich ihr Cognacglas und trank es in einem Zug aus.
„Ich will jetzt zurück nach Walle“, sagte sie mit tonloser Stimme.
„Mein Kollege wird Sie fahren, Mona“, antwortete Steenhoff.
Im Hinausgehen drehte sich die Frau mit den atemberaubend langen Beinen und den schlechten Zähnen noch einmal nach Steenhoff um.
„Ich werde mich umhören.“
Steenhoff blieb noch eine Weile in dem Café sitzen. Konsequent übersah er die neugierigen Blicke der Bedienung.
„Ihre Gäste sind schon gegangen?“, unternahm die Kellnerin einen Versuch, mehr zu erfahren, als sie bei Steenhoff abkassierte.
„Wie Sie sehen“, entgegnete Steenhoff knapp.

Auf dem Parkplatz rief er Block an. Doch der ging nicht an sein Han-

dy. Er wählte die Nummer der Sekretärin Marianne und bat sie, Block ans Telefon zu holen.
„Ich glaube, der ist gerade in einer Vernehmung“, erwiderte sie.
„Ich weiß“, antworte Steenhoff. „Aber es ist wichtig.“ Es dauerte nur wenige Minuten, bis Block sich meldete.
„Hör zu, Fabian“, sagte Steenhoff. „Wir wissen jetzt, wer die junge Frau ist. Sie heißt Irina und stammt aus der Ukraine. Der Kerl, der bei euch sitzt, war ihr Zuhälter. Nimm ihn in die Mangel und frag ihn, ob er ihr die Nase zweimal zerschlagen und seine Zigaretten auf ihrem Rücken ausgedrückt hat. Und lass dich nicht einlullen. Der hat sie in der Vergangenheit mehrfach misshandelt. Und dann durchsucht ihr seine Wohnung. Das Opfer hat bei ihm gewohnt.“
Sie verabredeten, alles Weitere am Nachmittag zu besprechen.

Er steckte sein Handy ein und setzte sich ins Auto. Statt gleich zurück ins Präsidium zu fahren, entschied Steenhoff, einen kleinen Umweg zu machen.
Am Bürgerpark folgte er einem Kanal, auf dem früher die Moorbauern ihren Torf in flachen Booten nach Bremen brachten. Nach zwei Kilometern stoppte er sein Fahrzeug und ging zu Fuß weiter. Hier hatte er am Tag zuvor mit Petersen geparkt und war mit beklommenem Gefühl in den Stadtwald gelaufen.
Am Beginn des Stichweges blieb Steenhoff abrupt stehen.
Ein etwa 30-jähriger Mann stand mit dem Rücken zu ihm, die Hände tief in die Hosentaschen seiner hellen Stoffhose vergraben und schaute auf die Stelle, an der noch vor zwei Tagen die Tote gelegen hatte.
Steenhoff duckte sich blitzschnell hinter einen Busch.
Der Mann ging in die Hocke, stand wieder auf und betrachtete die Stelle mal von der linken Seite des Weges, mal von der rechten. Steenhoff bemerkte, dass er suchend in die Bäume schaute. Schließlich machte er einen linkischen Versuch, in die Astgabel einer Eiche zu klettern, gab aber schnell wieder auf.

Steenhoff wollte gerade aus seinem Versteck kommen, als der Mann zu einem länglichen Gegenstand am Boden ging und ihn aufhob. Mit geübten Griffen montierte er ein schwarzes Gestell zusammen und wuchtete etwas darauf. Da er vor dem Gestell stand, konnte Steenhoff nicht erkennen, was es war.

Langsam ging Steenhoff auf den Unbekannten zu. Er fluchte innerlich, dass er mal wieder seine Dienstpistole nicht dabeihatte. Da fühlte er zum ersten Mal seit Stunden den leichten Druck im Hosenbund. ‚Die Gaspistole', schoss es ihm erleichtert durch den Kopf. ‚Wenigstens etwas.'

Steenhoff war nur noch einige Meter von dem konzentriert arbeitenden Mann entfernt, als er ihn scharf ansprach.

„Darf ich fragen, was Sie hier machen?"

Der Mann wirbelte herum und sah ihn mit weit aufgerissenen Augen an.

„Eh, haben Sie mir einen Schrecken eingejagt. Ich dachte, ich wäre ganz allein hier."

„Das dachte der Täter auch, der hier seine sadistischen Spiele mit dem Opfer getrieben hat", sagte Steenhoff und beobachtete die Reaktion des Mannes.

„Ja, echt widerlich, nicht wahr?" Der Mann sah voller Ekel auf die Stelle, auf der das Gras von den vielen Beamten niedergetrampelt war und in deren Mitte der flache Stein lag, den der Mörder als Unterlage für den Kopf des Opfers benutzt hatte.

„Ich soll den Tatort filmen. Ich komme von dem Privatsender „News-Spezial". Er ging auf Steenhoff zu und gab ihm höflich die Hand. „Meine Redaktion will einen größeren Film über die ganze Sache drehen", sagte der Mann und wandte sich wieder seinem Stativ zu.

„Sie sind Reporter?" Steenhoff betrachtete ihn misstrauisch.

„Nein, nein. Nur der Kameramann. Ich bin aber auch noch nicht so lange dabei. Sagen Sie, könnten Sie mir einen Gefallen tun und mir die Kamera hochreichen, wenn ich auf die Eiche geklettert bin?"

Steenhoff seufzte innerlich.
„Okay. Aber beeilen Sie sich."
Beim dritten Versuch saß der Kameramann endlich in der Astgabel. Steenhoff hatte schon befürchtet, dass der Mann ihn bitten würde, ihm auf den Baum zu helfen. Er wirkte sehr unsportlich.
„Von hier oben kann man den Tatort wirklich gut filmen. Nicht so eine Nullachtfuffzehn-Einstellung wie von da unten." Der Mann strahlte begeistert.
„So, jetzt können Sie mir die Kamera geben."
Steenhoff brauchte einen Moment, um die Kamera vom Stativ zu lösen. Als er die Kamera in der Hand hielt und auf den Baum zugehen wollte, streifte sein linker Fuß versehentlich das Gestell. Bevor er zugreifen konnte, fiel das Stativ um und hinterließ drei Löcher im Waldboden, deren imaginäre Linien miteinander ein Dreieck zu bilden schienen.

Steenhoff setzte die Kamera ab, ging in die Hocke und suchte den Boden vor dem Leichendfundort Zentimeter für Zentimeter ab. In drei Metern Abstand von dem flachen Stein wurde er fündig. Die drei Löcher im Waldboden waren noch schwach zu erkennen. Die Erkenntnis traf ihn wie ein Schlag: ‚Er hat sie nicht nur gequält und getötet, sondern sie dabei auch noch gefilmt.'

19

Steenhoff hatte bereits Gerhard Marlowski angerufen und ihn gebeten, sofort zum Tatort rauszukommen, als sich der Kameramann im Baum mit einem leisen Räuspern in Erinnerung brachte.

„Ich nehme an, Sie sind Polizeibeamter und kein Spaziergänger?"

„Ja, da liegen Sie richtig. Und jetzt kommen Sie schleunigst von Ihrem Hochsitz runter und machen, dass Sie verschwinden. Auch wenn Sie kein Flatterband sehen, der Tatort ist ab sofort wieder für die Öffentlichkeit gesperrt."

Der Kameramann sah ihn erschrocken an.

„Aber ich kann nicht ohne Aufnahmen in die Redaktion zurückkommen. Dann bin ich sofort wieder draußen, wenn ich noch nicht mal so einen einfachen Auftrag erledigen kann."

Der Mann wirkte ehrlich verzweifelt.

Steenhoff wollte dem Kameramann gerade einen scharfen Anpfiff verpassen, als er plötzlich seine Meinung änderte. Schließlich hatte der Mann der Polizei unbeabsichtigt einen wichtigen Schritt weitergeholfen. Zudem trat er so angenehm anders auf als die meisten Journalisten, die Steenhoff kannte. Deren selbstbewusstes Auftreten grenzte oft schon an Anmaßung und Rechthaberei.

Der verhinderte Wipfelstürmer dagegen würde an Tatorten schon den erstbesten Schutzpolizisten als Staatsmacht akzeptieren und seinen Anordnungen Folge leisten. Steenhoff griff sich die Kamera und reichte sie dem verdutzten Mann hoch.

„So, jetzt drehen Sie schnell Ihre Sequenz, und dann machen Sie, dass Sie wieder in Ihre Redaktion kommen."

„Danke, das ist echt nett von Ihnen", sagte der Mann erleichtert. Nach wenigen Minuten nahm ihm Steenhoff die Kamera wieder ab und bedeutete ihm, den Rückweg durch die Büsche anzutreten, um keine weiteren Spuren zu zerstören.

Als Steenhoff endlich allein auf dem Stichweg war, fiel ihm auf, dass ihn der Kameramann gar nicht gefragt hatte, was er denn da so Sensationelles auf dem Waldboden entdeckt hatte. Er musste ungewollt schmunzeln. Andrea Voss und ihre Kollegen hätten ihn sofort nach allen Regeln der Kunst ausgefragt und sich niemals einfach wegschicken lassen. Aus dem jungen Mann würde möglicherweise ein guter Kameramann, aber nie ein Journalist werden.

Zehn Minuten später tauchte am Anfang des Stichweges Marlowski in Begleitung eines Kollegen auf.

„Gerhard, Ihr müsst den Boden im Umkreis von mehreren Metern noch mal Zentimeter für Zentimeter absuchen. Auch dort im Gras, bei den Bäumen", sagte Steenhoff statt einer Begrüßung.

„Was denkst du eigentlich, was wir hier gestern Morgen gemacht haben?", brummte Marlowski böse. „Unsere Eier an der frischen Luft geschaukelt?" Steenhoff überging die Bemerkung. „Ich möchte, dass ihr nach Löchern eines Stativs im Boden sucht."

Marlowski horchte auf. „Die drei Löcher, die wir uns nicht erklären konnten", stellte er nüchtern fest.

Steenhoff nickte.

Nachdenklich schaute Marlowski den flachen Stein in der Mitte des Weges an.

„Du meinst, er hat sie fotografiert, während er sie gefoltert hat?" Steenhoff nickte.

„Ja. Oder gefilmt. Findet bitte heraus, was das für ein Stativ gewesen sein kann und vor allem, ob er den Filmwinkel öfter gewechselt hat. Diese drei Löcher da sind von dem Stativ eines Journalisten."

Steenhoff zeigte Marlowski die frischen Vertiefungen im Boden.

Während sich die Männer von der Tatortgruppe an die Arbeit machten, ging Steenhoff zurück zu seinem Auto. Plötzlich spürte er, dass er seit Stunden nichts mehr gegessen hatte. Er nahm sich vor, in der Kantine des Präsidiums vorbeizuschauen, um sich ein Riesenschnitzel mit einer großen Portion Pommes zu gönnen.

Doch zu seiner Enttäuschung gab es nur noch einen blassen Salatteller und die Wahl zwischen Schokoladenpudding und Roter Grütze mit Vanillesauce. Viel zu schnell schlang er das Essen hinunter. Wenig später saß er wieder an seinem Schreibtisch und versuchte, seine Gedanken zu sortieren.

Steenhoff wurde sich bewusst, dass er an diesem Vormittag im Bürgerpark in zweifacher Hinsicht Glück gehabt hatte. Der ahnungslose Kameramann hatte ihn nicht nur indirekt auf eine neue perverse Seite des Täters aufmerksam gemacht, sondern war ohne weitere Erkenntnisse brav wieder in die Redaktion zurückgekehrt. Nicht auszudenken, wenn den Medien bekannt würde, dass der gesuchte Mörder seine Opfer auch noch filmte oder fotografierte.

Die Journaille aus ganz Norddeutschland würde durch den Bürgerpark stapfen, Spaziergänger interviewen, ob sie keine Angst hätten, sich auf den Bänken des Parks zu sonnen, sogenannte Fachleute aus der Universität befragen, was in einem Menschen vor sich gehe, der Frauen die Brüste zerbiss und sie dabei ablichtete und ihn vor allem stündlich mit Fragen nach neuen Ermittlungsergebnissen bombardierten.

‚Diese Information darf so lange nicht nach außen dringen, bis wir ihn haben', dachte Steenhoff entschlossen.

Es hatte nach Wochen zum ersten Mal wieder geregnet. Steenhoff konnte nur hoffen, dass Marlowski den Fundort schon gründlich abgesucht oder im Tatortauto ein Zelt zur Überdachung dabei hatte. Regen und vor allem heftige Schauer waren die natürlichen Feinde der Spurensicherer. Zumindest brachte der Wetterumschwung mit sich, dass sie endlich wieder in ihrem großen Konferenzraum unter dem Dach tagen konnten und nicht mehr bei den Staatsschützern einfallen mussten.

Zu Beginn der Besprechung eröffnete Steenhoff seinen Kollegen, dass er noch etwas Neues zu erzählen hatte.

„Ich schlage aber vor, dass ihr erstmal eure Ergebnisse in die Runde gebt, damit wir nichts außer Acht lassen."
Steenhoff sah seinen älteren Kollegen Karsten Ludwigmann an, der die vergangenen zwei Tage mit den anderen Beamten von Tür zu Tür gegangen war.
„Die Befragung der Anwohner hat nichts ergeben", sagte Ludwigmann bedauernd. „Niemand ist in der Nacht in dieser düsteren Ecke des Parks mit seinem Hund spazieren gegangen. Auch ist niemandem zu der späten Stunde ein Auto aufgefallen."
Steenhoff nickte. Er hatte mit nichts anderem gerechnet. Dennoch gehörte das zeitaufwendige Klinkenputzen zu den Routineaufgaben nach einem Kapitalverbrechen. Auch die Vernehmung der Krankenschwester, die mit ‚Sven' telefoniert hatte, führte sie nicht weiter.
„Ich kann das in wenigen Worten zusammenfassen", sagte Rüttger ruhig. „Der Anrufer, der sich ‚Sven' nannte, wollte von der Schwester wissen, ob sich denn schon Birgit Langes Eltern gemeldet hätten. Die Frau meinte sich zu erinnern, dass sie daraufhin bedauernd verneint und darauf hingewiesen habe, dass die Eltern in den USA seien und so schnell nicht in Bremen zu erwarten seien. Wenig später sei ‚Sven' erneut bei Birgit Lange auf der Intensivstation aufgetaucht. Er soll sehr mitgenommen gewirkt haben."

Die Beamten schwiegen.
„Ich habe noch etwas", ergriff Petersen überraschend das Wort. „‚Sven' muss ein starker Raucher sein. Das könnte bei der Überprüfung aller männlichen Patienten seiner Altersgruppe hilfreich sein."
„Und wie kommen Sie jetzt darauf?", fragte Steenhoff verblüfft. Petersen strich sich eine Haarsträhne aus dem Gesicht und sah ihn direkt an.
„Der Feuerwehrmann, der Birgit Lange aus dem demolierten Fahrzeug geschnitten hat, hat sich heute Morgen bei mir auf Handy gemeldet. Ihm war plötzlich eingefallen, dass der Helfer, der damals

nach dem Unfall zu Birgit Lange ins Auto gekrochen ist, auffällig braune Finger hatte."
Petersen verschwieg, dass der Feuerwehrmann für diesen Hinweis ein ‚gemütliches Abendessen' mit ihr eingefordert hatte. Sie hatte nur mit Mühe ihren Ärger zurückhalten können.
„Ich muss leider ablehnen", hatte sie in den Telefonhörer gesäuselt. „Aber Mann, Beruf und vier Kinder lassen mir wirklich kaum Zeit für andere Dinge."
Das Gespräch war daraufhin rasch beendet.
Anschließend berichtete Steenhoff von seiner Begegnung mit der Prostituierten, ihren Hinweisen zu der toten Ukrainerin Irina Shkutiak und zum Schluss über die drei Löcher im Waldboden.
Vera Börder, die Kollegin, die aus dem Kommissariat für Sexualdelikte zur Mordkommission gewechselt war, brachte die Stimmung unter den Ermittlern mit einem Satz auf den Punkt: „Je mehr wir von dem Täter erfahren, umso unheimlicher wird er mir."
Lange zerbrachen sie sich darüber den Kopf, was es zu bedeuten hatte, dass der Mörder sein Opfer fotografierte oder filmte. Reichten ihm seine Fantasien oder grausigen Erinnerungen nicht mehr oder war es eine Art Beweis oder gar zusätzlicher Triumph über das Opfer?
„Vielleicht macht er auch Geld mit den Aufnahmen", sagte Ludwigmann. „Ihr wisst schon, so eine Art Snuff-Video. Angeblich verdienen sich die Täter damit eine goldene Nase."
Der Einwurf löste sofort eine lebhafte Diskussion unter den Beamten aus. Die meisten konnten sich nicht vorstellen, dass ausgerechnet in Bremen die Folterung und Ermordung eines Menschen gefilmt werden würde, um anschließend den Film als sogenanntes Snuff-Video zu Geld zu machen.
„So etwas hatten wir in den vergangenen 20 Jahren, seit ich bei der Mordkommission bin, noch nie", warf Kommissariatsleiter Bernd Tewes ein. „Allerdings gebe ich zu, dass der Tätertyp höchst ungewöhn-

lich ist und dass wir es dank Internet auch mit neuen Abgründen zu tun haben."

Tewes musste einen Hustenanfall unterdrücken. Als er seine Stimme wiederhatte, fügte er hinzu: „Ich glaube, dass wir offen dafür sein müssen, das Unmögliche zu denken."

Steenhoff stimmte ihm zu, war aber persönlich mehr davon überzeugt, dass der Täter die Aufnahmen für sich selber angefertigt hatte.

„Soviel ich weiß, werden Snuff-Videos an abgelegenen, schalldichten Orten gedreht", warf Rüttger ein. „Der Stadtwald beim Bürgerpark ist nun alles andere als das. Nein, ich stimme Frank zu. Der hat die furchtbaren Szenen nur für sich aufgenommen und ergötzt sich jetzt immer wieder daran."

Einen Augenblick schwiegen alle.

„Es würde mich nicht wundern, wenn er auch die geschändeten Leichname abgelichtet hat", meldete sich Rüttger erneut zu Wort. „Dafür haben wir aber noch keine Hinweise", erinnerte ihn Steenhoff.

Sie beschlossen, das Thema erst einmal beiseitezulegen. Steenhoff bat Block, die Vernehmung des Zuhälters und die Ergebnisse der Hausdurchsuchung wiederzugeben.

Block zog einen kleinen Notizblock aus der Tasche und räusperte sich. Gemeinsam mit Petersen war er mit Abstand der Jüngste in der Runde und sichtlich nervös.

„Der Mann stammt aus Albanien und lebt schon seit 1984 in Bremen", begann Block seine Ausführungen.

„Angeblich war er mit der Ermordeten befreundet und bestreitet seinen Lebensunterhalt mit kaufmännischen Aktivitäten. Natürlich will er seine Freundin nie geschlagen haben", sagte Block. „Ihr Tod schien ihn aber mehr als Geschäftsmann zu treffen denn als Lebenspartner. Überhaupt wusste er auffällig wenig über ihre Herkunft, geschweige denn über ihre Familie in der Ukraine. In der Wohnung gab es eine ehemalige Besenkammer. Dort lag eine Matratze. Außer einem Foto von ihrer Familie und einer Sporttasche voll Kleidung haben wir nichts Persönliches finden können. Wir haben die Daten ihres Zuhälters an die Kollegen von der Sitte weitergegeben. Die sollen ihn auch mal unter die Lupe nehmen. Vermutlich hat er noch andere Frauen laufen."

Steenhoff musste an Mona denken. Sie hatte bestritten, einen Zuhälter zu haben. Doch bei ihrem Gespräch in dem Findorffer Café war die Furcht vor dem gewalttätigen Mann zu spüren gewesen. Sie verabredeten, noch am selben Abend mit mehreren Beamten erneut in die Cuxhavener Straße zu fahren und die Prostituierten zu vernehmen. „Irgendjemand muss doch gesehen haben, wie Irina in der Nacht in das Auto des Täters gestiegen ist", sagte Steenhoff.

Petersen ging nach der Besprechung direkt in ihr Büro. Sie schaltete ihren Computer an und begann, ihren Bericht zu schreiben. Rüttger wollte noch einmal mit rausfahren, und Steenhoff hatte sich zu einer Besprechung mit Tewes zurückgezogen.
Petersens Blick fiel auf die Zeitanzeige an ihrem Computer: 19 Uhr. Wenn sie sich beeilte, musste sie Vanessa nicht wieder absagen. Sie hatte ihre Freundin, bis auf den Abend, an dem Steenhoff plötzlich hinter ihnen im Restaurant aufgestanden war, in den vergangenen Wochen nur spätabends gesehen. Bislang hatte Vanessa ihre „mörderischen Arbeitszeiten", wie sie es nannte, nur mit der ihr eigenen Ironie quittiert. Aber Petersen fragte sich, wie einige ihrer Kollegen, die auch Kinder hatten, ihre Familie angesichts der Arbeitsbelastung bei der Stange hielten.
Petersen konnte schnell und konzentriert arbeiten. Kurz nach 20 Uhr hatte sie ihren Bericht fertig, zog sich ihre Jacke im Hinauslaufen an und rannte im Laufschritt zu ihrem Rad. Eine Viertelstunde später als verabredet, schloss sie die Tür zu ihrer Hochparterrewoh-

nung in dem Altbremer Haus im Viertel auf. Noch im Flur kam ihr Vanessa entgegen.

„Sorry, dass ich etwas später komme“, stieß Petersen noch atemlos vom Fahrradfahren hervor. „Aber ich sehne mich nach einem Schaumbad, Wein und Keksen mit dir.“

„Tschhh.“

Vanessa hielt einen Finger an ihren Mund und blinzelte ihr nervös zu.

„Was...?“

„Navideh. Du hast Besuch.“, unterbrach sie Vanessa. „Dein Bruder hatte geschäftlich in Bremen zu tun und wollte dich spontan besuchen.“ Navideh spürte, wie ihr die Angst den Rücken runterkroch.

„Wo ist er“, flüsterte sie. Bevor ihre Freundin antworten konnte, tauchte Mahmud hinter Vanessa auf.

„Ich bin hier Schwester. Sicherlich freust du dich, deinen Bruder wiederzusehen?“ Seine Stimme klang kalt.

„Ja, natürlich. Hat dir meine Mitbewohnerin schon einen Tee gekocht oder dir etwas zu trinken angeboten?“

„Ja, sie war ganz entzückend“, antwortete Mahmud und starrte Navideh unverwandt an. Unruhig schaute Vanessa von dem ungebetenen Besucher auf ihre Freundin.

„Ich denke, ich lasse euch beide dann mal alleine. Ich muss noch einiges am Schreibtisch erledigen“, sagte Vanessa und sah Navideh fragend an. Die antwortete ihr stumm mit den Augen.

Während Navideh ihre Jacke an der Garderobe aufhängte, fragte sie sich, ob Mahmud etwas ahnen oder wissen konnte.

‚Wir haben keine Fotos von uns an der Wand hängen, keine Bilder von eng umschlungenen Frauenkörpern, und wir haben zum Glück jede ein eigenes Bett in ihrem Zimmer stehen‘, dachte Navideh erleichtert. Selbst den Anrufbeantworter hatten sie sachlich-neutral besprochen. Sie hatten keinen Fehler gemacht.

„Und wie geht es meiner kleinen Schwester?“, fragte Mahmud. Navideh wusste nicht, was es war. Aber irgendetwas in seiner Stimme ließ sie auf der Hut sein.

„Gut“, begann Navideh scheinbar munter. Während sie den Tisch für das Abendessen deckte, erzählte sie Mahmud von ihrer neuen Stelle und wie sehr die Arbeit sie einspanne. Sie ließ keine Pause für Nachfragen. Mahmud hatte sich in einen Sessel gesetzt und schien jeden ihrer Schritte zu beobachten. Als Navideh nichts mehr einfiel, wechselte sie das Thema.

„Und wie geht es Mama und dem Geschäft?“

Ein endloses Thema, auf das Mahmud normalerweise nur zu gerne einstieg. Doch diesmal war es anders.

„Ich bin nicht hier, um über unsere Mutter zu reden, sondern über dich“, sagte Mahmud eisig. Navideh lächelte ihn an.

„Ja, natürlich. Gerne. Wir sehen uns ja auch nur selten.“

Nervös drehte sie ihre langen Haare zu einem Zopf und steckte sie mit einer Klammer am Kopf fest.

„Hübsch siehst du aus, Schwester. Wie immer.“

Abschätzig taxierte Mahmud sie.

„Wie oft holt dich die Hure in ihr Bett? Jede Woche, jeden Abend?“ Er schnaufte voller Verachtung. Navideh schaute ihn entsetzt an. „Legst du dich auf sie oder bist du unten? Ihr könnt mir ja mal vormachen, wie ihr es miteinander treibt. Dann weiß ich endlich, was meiner Schwester gefällt und warum ihr kein Mann, den ich ihr besorgt habe, gut genug war.“

Seine massige Gestalt stand jetzt drohend vor ihr.

„Mahmud bitte, du irrst dich“, versuchte Navideh ihren Bruder zu beruhigen.

„Du Schlampe, elende Fotze. Wagst es, deinen Bruder auch noch zu belügen.“

Seine Stimme überschlug sich. Der erste Faustschlag traf sie unterhalb des rechten Auges. Navideh sackte zu Boden.

„Bitte, Mahmud ...“. stöhnte sie. „Bitte ...“.

Doch bevor sie weiterreden konnte, rammte Mahmud ihr voller Wucht seinen rechten Fuß in den Bauch. Navideh hörte, wie eine Rippe brach. Einige Sekunden lang glaubte sie, keine Luft mehr zu bekommen. Ein weiterer Tritt traf sie an der Schulter. Doch Navideh spürte keine Schmerzen mehr. Sie hörte nur noch das Gebrüll des tobenden Mannes über ihr und das dumpfe Dröhnen, das jeder weitere Tritt in ihrem Kopf auslöste.

Auf allen vieren versuchte sie, unter den Küchentisch zu kriechen. Doch der Fremde, der in einem früheren Leben einmal ihr Bruder war, zog sie an den Haaren wieder hervor. Hilflos lag sie vor seinen Füßen. Unfähig, sich noch zu rühren.

In weiter Ferne hörte Navideh einen Schrei. Einen Laut, der nicht von dieser Welt zu stammen schien. ‚Warum bringt mich Mahmud nicht einfach um? Warum muss er noch so schreien?' dachte Navideh. Im selben Moment hörte sie, wie irgendwo Porzellan zerbarst, und die Scherben um sie herum den Boden bedeckten.

Mahmud hatte aufgehört, auf sie einzuschlagen. Er saß jetzt neben ihr, hielt sich den Kopf und schaute verblüfft zur Küchentür. Über seine linke Wange lief eine feine Blutspur. Navideh konnte verschwommen erkennen, dass im Eingang eine Frau stand. Ihr Gesicht war wutverzerrt.

Über ihrem Kopf hielt sie einen der Küchenstühle, die Navideh kürzlich auf dem Sperrmüll entdeckt hatte, und rannte damit im selben Moment auf die beiden am Boden liegenden und hockenden Menschen los. Gleich würde der Stuhl auf ihrem Kopf zersplittern. Vergeblich versuchte Navideh ihren linken Arm zu heben, um ihren Kopf zu schützen. Aber der Arm wollte ihr nicht mehr gehorchen. In Erwartung des endgültigen Schlages schloss Navideh einfach die Augen.

Doch diesmal blieb sie verschont. Der Mann hatte der Angreiferin den Stuhl entwunden und sich wie ein Besessener auf sie gestürzt. Navideh registrierte, dass sie nun alle drei am Boden lagen. Der Mann zerrte an der Bluse der Frau und versuchte, sie mit beiden Händen zu zerreißen. Navideh hörte, wie er immer wieder den selben Satz rief: „Ich zeig dir, was ein Mann mit einer Hure wie dir macht. Warte, ich zeige es dir."

„Navideh!"
Als sie ihren Namen hörte, erwachte Navideh wie aus einer Trance.
„Navideh, hilf mir!"
‚Mein Gott, er bringt Vanessa um', schoss es ihr plötzlich durch den Kopf. Mit einem Ruck richtete sie sich auf.
Später wusste sie nicht, woher sie die Kraft genommen hatte, in den Flur zu kriechen, sich an der Garderobe hochzuziehen und ihre Dienstwaffe aus der Jacke zu holen. Sekunden später richtete sie den Lauf auf den Kopf ihres Bruders.
„Lass sie sofort los oder ich knall dich ab."
Zitternd entsicherte sie ihre SIG Sauer. Doch Mahmud lachte nur höhnisch, drehte sich um und riss an dem Gürtel seines Opfers.
Den Klang des Schusses würde Navideh nie vergessen. Mit schmerzverzerrtem Gesicht rollte Mahmud von Vanessa runter und presste beide Hände an seinen blutenden rechten Oberschenkel.
Vanessa kroch zitternd zu Navideh, die noch immer auf ihren Bruder zielte und sich mit der anderen Hand am Türrahmen abstützte.
Navideh fühlte sich auf einmal ganz ruhig.
„Auf dem Küchenschrank neben dir liegt mein Handy. Drück' auf Telefonverzeichnis und dann auf S und gib es mir", befahl Navideh ihrer Freundin.
Stumm gehorchte Vanessa.
Navideh sah, dass sie lautlos weinte.

Dreimal musste Navideh es klingeln lassen. Drei Ewigkeiten lang. Dann war Steenhoff endlich am Apparat. Mühsam bewahrte Navideh ihre Beherrschung.

„Frank, bitte. Du musst kommen. Sofort. Ich ..., wir ..., wir sind in unserer Wohnung überfallen worden. Ich habe den Täter angeschossen. Bitte beeil dich."
Steenhoff traf kurz vor den Sanitätern und den Besatzungen von zwei Streifenwagen vor Petersens Wohnung ein. Ihr Anruf hatte ihn erreicht, als er gerade von dem Gelände des Präsidiums fahren wollte. In Höhe von Petersens Haus ließ er seinen Wagen mit offener Fahrertür mitten auf der Wohnstraße stehen, ignorierte den wütenden Kommentar eines Autofahrers hinter sich und stürmte die Sandsteintreppe hoch. Der Windfang war offen, aber die Haustür war verschlossen. Steenhoff griff sich seine Dienstwaffe, die er seit dem Vorfall auf dem Straßenstrich wieder bei sich trug und nahm Anlauf, um sich gegen die Tür zu werfen. In dem Moment wurde ihm geöffnet. Im Eingang stand eine blonde Frau mit zerrissener Bluse, die ihn entfernt an Petersens Freundin erinnerte. Am Ende des Flurs entdeckte er seine Kollegin. Sie stand mit dem Rücken zu ihm und hielt die Waffe auf jemanden in der Küche gerichtet, den er nicht sehen konnte. Mit drei Schritten war er bei ihr.

Sanft drückte er den Lauf ihrer Waffe zu Boden und durchsuchte mit wenigen Handgriffen den stöhnenden Mann, der sich auf dem Küchenboden wand. Ohne dem Verletzten einen weiteren Blick zu gönnen, richtete sich Steenhoff auf, nahm seiner Kollegin die Pistole aus der Hand und schloss die junge Frau in seine Arme. Sie ließ es stumm geschehen.
Wenig später war die Wohnung voller Beamter. Ein Notarzt und zwei Sanitäter kümmerten sich um den angeschossenen Mann und um Vanessa.
Petersen stand immer noch in der Tür, zu keiner Bewegung fähig. Steenhoff hatte ihren Kopf an seine Schulter gedrückt und strich ihr immer wieder zärtlich über den Kopf.
„Es ist vorbei, Navideh. Es ist vorbei", murmelte er beruhigend.

Als er sie vorsichtig zu dem Sofa ins Wohnzimmer führen wollte, strauchelte Petersen. Steenhoff konnte sie gerade noch auffangen. Er sah, dass ihr Gesicht langsam zuschwoll. Aus ihrer aufgeplatzten Unterlippe lief Blut. Mühsam versuchte sie zu sprechen: „Wo ist Vanessa?“

„Du kannst beruhigt sein. Sie ist unverletzt, hat aber einen Schock erlitten. Der Arzt kümmert sich gerade um sie“, sagte Steenhoff leise.

Plötzlich begann Petersen am ganzen Körper zu zittern. Kraftlos sackte ihr Körper zu Boden. Dann verlor sie das Bewusstsein.

Wütend schrie Steenhoff die Helfer in der Küche an.

„Verdammt, lasst endlich den Kerl da liegen. Ich brauche den Arzt für die Frau.“

20

Steenhoff blieb bis kurz vor Mitternacht an Petersens Bett sitzen. Dann endlich schlief sie ein. Im Flur traf er auf den Oberarzt.

„Ihre Kollegin hat viel Glück gehabt, auch wenn sie übel zugerichtet aussieht“, sagte der Mediziner. „Sie ist durchtrainiert. Das hat sie vermutlich vor inneren Verletzungen geschützt.“

Steenhoff erinnerte sich, dass Petersen ihm von Taekwondo, ihrem geliebten Kampfsport, erzählt hatte, mit dem sie bereits vor vielen Jahren in Hamburg begonnen hatte. Gegen die überraschenden Angriffe ihres Bruders hatten ihr die asiatischen Fußtritte und Handkantenschläge jedoch nichts genützt.

Petersen würde mehrere Tage im Krankenhaus bleiben müssen. Sie hatte eine schwere Gehirnerschütterung und vier gebrochene Rippen. Zudem war ihr linker Arm doppelt gebrochen, würde aber nach Ansicht der Ärzte wieder gut heilen. Ihr ganzer Körper war übersät mit

Blutergüssen. Trotz ihrer Verletzungen hatte Petersen Steenhoff gebeten, noch ein wenig bei ihr zu bleiben.
Sie wollte reden.
Vanessa war so lange in der Nacht bei Navideh geblieben, bis feststand, dass sie nicht lebensgefährlich verletzt war.
„Wenn du morgen aufwachst, bin ich wieder hier", hatte sie Navideh versprochen und ihr zugezwinkert. Trotz ihrer erschreckenden Blässe strahlte sie wieder Zuversicht aus. Aber Steenhoff wusste, dass sie sich nur für ihre Freundin zusammenriss. Er hatte gesehen, wie Vanessa zusammengebrochen war, als ihre von der Polizei alarmierte Schwesterim Krankenhaus erschien. Minutenlang hatte sie hemmungslos geschluchzt, bevor sie schließlich in der Lage war, ihrer Schwester zu berichten, was in ihrer Wohnung passiert war.

Petersen wirkte dagegen ruhig, zu ruhig, wie Steenhoff insgeheim fand. Sie erzählte Steenhoff von ihrem Vater, seinem plötzlichen Tod, und wie ihr Bruder immer mehr begann, sie zu kontrollieren. „Zuerst nannte er das ‚ein Auge auf mich haben'," sagte Petersen. „Im Gegensatz zu meinen Eltern erwischte er mich mehrmals dabei, wie ich gelogen hatte, nur um mir ein paar harmlose Freiheiten herausnehmen zu können.Wenn ich auf eine Party gehen wollte oder an einem Tanzkurs teilnahm, musste ich ein ganzes Lügengebilde aufbauen, damit er nicht dahinterkam. Angeblich verteidigte er meine Ehre oder die der Familie. Der Ehre schadete es aber nicht, wenn ich nach einem seiner Wutausbrüche mit einem blauen Auge in die Schule gehen musste."
Mühsam versuchte sich Petersen etwas aufzurichten, um einen Schluck Wasser zu trinken. Steenhoff reichte ihr das Glas vom Nachtschrank.
„Wir belauerten uns ständig gegenseitig", fuhr Petersen mit ihren Erzählungen fort. „Er aus angeblicher Sorge um mein Ansehen in der persischen Gemeinde, ich aus Angst."

Sie lächelte bitter. „Statt wie andere Mädchen meines Alters zu reiten, zum Ballett zu gehen oder Basketball zu spielen, begann ich mit Kampfsport. Mein größter Wunsch war, ihm nicht mehr unterlegen zu sein."

„Bist du deswegen auch zur Polizei gegangen?", fragte Steenhoff.

Petersen nickte. „Ich glaube schon. Zumindest war es der Grund, warum ich mich bei euch beworben habe."

Steenhoff sah sie nachdenklich an. „Ohne deine Dienstwaffe wäre es vermutlich auch schlimm ausgegangen."

„Ja", sagte Petersen ernst. „Er wollte mich töten."

„Woher weißt du das so sicher?", wollte Steenhoff wissen.

„Seine Augen", sagte sie tonlos. „Ich habe es in seinen Augen gesehen."

Eine plötzliche Unruhe erfasste sie. „Ihr ermittelt doch wegen versuchten Totschlags gegen ihn, oder?"

„Nein, Navideh. Kein Staatsanwalt würde da mitmachen. Das weißt du so gut wie ich. Die Kollegen ermitteln wegen gefährlicher Körperverletzung und versuchter Vergewaltigung."

„Das gibt es doch nicht. Frank, er wollte mich umbringen!", rief Petersen fassungslos.

Steenhoff griff nach ihrer rechten Hand und hielt sie sanft umschlossen. „Navideh, dein Bruder hat dich nicht gewürgt und nicht mit einem Messer auf deinen Oberkörper eingestochen. Du kennst die Gesetze. Das ist nur eine gefährliche Körperverletzung, auch wenn du es als Opfer besser weißt."

„Aber mit festem Wohnsitz und ohne Vorstrafe ist er innerhalb kürzester Zeit wieder auf freiem Fuß."

Petersen unterdrückte nur mühsam ihre Panik.

„Wo ist er überhaupt? Er liegt doch nicht im selben Krankenhaus wie ich?"

„Nein. Er ist noch im Krankenhaus West. Dort wird er bewacht. Ein

Richter hat Haftbefehl gegen ihn erlassen. Morgen wird Mahmud auf die Krankenstation in die Justizvollzugsanstalt verlegt."
Ihre Augen füllten sich mit Tränen. „Er wird wiederkommen. Ich weiß es. Mahmud wird nicht eher Ruhe geben, bis er mich umgebracht hat."
Steenhoff sah sie fest an. „Nein, Navideh. Er wird dir nie wieder etwas tun. Verlass dich auf mich."
Petersen sah ihn zugleich zweifelnd aber auch voller Hoffnung an. „Wie willst du das schaffen?"
„Das lass mal meine Sorge sein."
Er ließ ihre Hand los und zog ihre Bettdecke hoch.
„So, und jetzt versuchst du zu schlafen. Ich setze mich da hinten in die Ecke und bleibe so lange, bis du weggedämmert bist. Morgen früh kommt dann Vanessa, und ich werde dich im Laufe des Nachmittags besuchen."
Er stand auf, löschte das Licht und machte es sich in dem Besuchersessel am anderen Ende des Zimmers bequem. Steenhoff schloss die Augen und versuchte, seine Gedanken zu ordnen. Als er gerade selber einzuschlafen drohte, hörte er, wie Petersen leise sagte: „Danke, Frank."

Es war schon kurz nach ein Uhr, als Steenhoff die Haustür aufschloss. Im Wohnzimmer brannte noch Licht. Jemand schrie, während pausenlos geschossen wurde. Als er um die Ecke schaute, sah er Ira auf der Couch liegen. Trotz des Tumults in dem Western schlief Ira tief und atmete ruhig. Steenhoff nahm ihr vorsichtig die Fernbedienung aus der Hand und schaltete den Fernseher aus. Sofort war Ira hellwach.
„Frank!" Sie reckte sich. „Endlich bist du da." Ira rückte ans eine Ende des Sofas und klopfte auf den leeren Platz neben sich. „Komm, setz dich. Wie geht es deiner armen Kollegin?"

„Navideh wird ein paar Tage im Krankenhaus bleiben müssen. Aber sie hat Glück gehabt. Es hätte noch schlimmer kommen können."
Steenhoff hatte Ira kurz benachrichtigt, als er hinter dem Notarztwagen zum Krankenhaus fuhr. Seine Frau war voller Mitgefühl für die junge Beamtin gewesen und hatte ihn darin bestärkt, noch ein wenig bei ihr zu bleiben.
Ausführlich berichtete Steenhoff Ira, was sich am Abend in der Wohnung der beiden Frauen zugetragen hatte. Als er von dem ausgeklügelten Kontrollsystem des Bruders und Petersens verzweifelten Ausbruchsversuchen erzählte, schüttelte Ira immer wieder wütend den Kopf. „Das ist ja der blanke Horror. Furchtbar. Sie muss sehr stark sein. Andere Frauen wären schon längst zerbrochen oder hätten sich in eine Ehe zwingen lassen."
Steenhoff nickte. So hatte er das bislang noch gar nicht gesehen.
„Aber der Mann wird nicht aufhören", gab Ira zu bedenken. „Jetzt erst recht nicht. Mein Gott, die kann ja nicht immer mit ihrer Dienstpistole in der Hand rumlaufen."
„Muss sie auch nicht", sagte Steenhoff.
„Du willst doch nicht ihr persönlicher Bodyguard werden?", versuchte Ira zu scherzen.
„Nein, aber Navideh wird einen Schutz bekommen", sagte Steenhoff grimmig – „und das wird Mahmuds Angst sein."

Am nächsten Morgen war die Bestürzung unter den Kollegen groß. Steenhoff fasste in wenigen Worten zusammen, was sich am Abend zuvor ereignet hatte. Dabei verschwieg er seinen Kollegen, dass Petersen in einer lesbischen Beziehung lebte. Sollte sie entscheiden, was sie den Einzelnen erzählen wollte und was nicht.
„Navideh wird voraussichtlich die nächsten drei Wochen nicht zum Dienst kommen. Ihr könnt sie aber ab nächster Woche mal anrufen oder sie besuchen. Nur zur Zeit fühlt sie sich noch sehr schwach", sagte Steenhoff.

„Was können wir machen, dass dieser Mahmud ihr nicht wieder auflauert?", fragte eine Kollegin besorgt.
„Gesetzlich sind uns die Hände gebunden." Steenhoff dachte einen Augenblick nach. „Natürlich gibt es das Gewaltschutzgesetz und gerichtliche Auflagen – aber so einem fanatischen Typen sind Paragrafen und drohende Ordnungsstrafen völlig schnuppe. Aber ich glaube, die Kollegen werden ihm eine deutliche Ansage machen."
Nach der Besprechung fing ihn Lars Diepenau von der Pressestelle im Flur ab. Er kam direkt zur Sache. „Frank, wir müssen den Vorfall mit Petersen an die Medien melden. Wir machen das so knapp wie möglich. Aber uns wäre lieb, wenn du noch mal drübergucken könntest."
Steenhoff sah Diepenau wütend an. „Ich glaube, ich spinne. Ich will darüber nichts in der Presse lesen. "
„Ich kann deine Empörung verstehen. Aber es war ein ziemlicher Auftrieb vor Petersens Wohnung, und die Journalisten fangen immer dann besonders an zu buddeln, wenn sie das Gefühl haben, wir verheimlichten ihnen etwas."
„Unsinn", schnaufte Steenhoff. „Das kann eine ganz normale Auseinandersetzung in einer Familie gewesen sein. Und darüber berichten wir sonst auch so gut wie nie."
„Aber diesmal wurde geschossen, Frank. Und das von einer halb totgeprügelten Polizistin, die zudem noch bildhübsch ist. Für viele Medien ist das die Geschichte."
„Eben. Und deswegen will ich darüber nichts lesen, hören oder sehen. Okay?" Herausfordernd sah Steenhoff Diepenau an.
Der wirkte weniger beleidigt als zweifelnd. „Wir können es versuchen. Bislang haben die „Bild"-Zeitung oder die Voss auch noch keine Lunte gerochen. Aber es ist riskant, Frank. Wir können es uns nicht leisten, dass die uns erneut vorwerfen, wir würden Nachrichten unterdrücken."

„Ja, ja. Schon gut“, sagte Steenhoff und ließ Diepenau vor seiner Bürotür stehen.

Die kurze Auseinandersetzung mit dem Kollegen aus der Presseabteilung hatte ihn aufgewühlt. Vermutlich hatte Diepenau sogar recht mit seinen Bedenken. Doch zugleich wollte Steenhoff Petersen auf jeden Fall vor weiteren Nachfragen schützen. Ohne nachzudenken, hievte er die Stapel von Aktenordnern von seinem auf Petersens Schreibtisch. Die nächsten Wochen würde er viel Ruhe und Platz haben, um konzentriert zu arbeiten. Kaum hatte er den Gedanken zu Ende gedacht, überkam ihn ein schlechtes Gewissen. Solche Überlegungen verboten sich angesichts dessen, was Petersen erlebt hatte.

Steenhoff setzte sich einen frischen Kaffee auf und begann, systematisch seine Notizen durchzuarbeiten. Vielleicht hatte er irgendwo einen Hinweis, eine kleine Auffälligkeit oder Ähnliches übersehen? Ein Täter, der so häufig zuschlug, musste irgendwann eine Spur hinterlassen. Er glaubte nicht an das perfekt geplante Verbrechen, auch wenn es in der Vergangenheit immer mal wieder Fälle gegeben hatte, bei denen sie den Täter nicht hatten ermitteln können. Vielmehr war er davon überzeugt, dass Täter bei unaufgeklärten Mordfällen schlicht Glück gehabt oder die Ermittler ihr Handwerk nur halbherzig betrieben hatten.

Nur einmal, zu Beginn seiner Arbeit in der Mordkommission, hatte er einen Mehrfachmörder erlebt, der sich im Laufe der Monate an seiner Macht über Opfer und Ermittler gleichermaßen berauschte. Nie schien er einen Fehler zu machen. Auch nach einem halben Jahr intensiver Ermittlungsarbeit hatte die Sonderkommission außer zehn Tatverdächtigen, die sie jeweils nach kurzer Zeit wieder laufen lassen musste, nichts in der Hand.

Mit jedem Zeitungsbericht über die verzweifelten Ermittler war sein Gefühl der Überlegenheit gewachsen. Doch er hatte niemanden, mit dem er seinen Triumph teilen konnte. Noch nicht einmal seine

Verfolger ahnten, welch genialer Kopf sich hinter den Morden versteckte.
Das war der Moment, in dem der Unbekannte anfing, kleine, indirekte Botschaften für die Soko an den Tatorten zurückzulassen. Doch statt sich in den Medien über die merkwürdigen Anwandlungen des gesuchten Täters auszulassen, ignorierten Steenhoff und seine Kollegen scheinbar alle Zeichen. Damit packten sie den Mann bei seiner schwächsten Stelle – seiner Eitelkeit. Schließlich wagte er sich immer weiter vor, selbstherrlich und von dem Gefühl überwältigt, seit Monaten vergeblich von zehn Männern gejagt zu werden. Es war ein winziges Detail, das ihn letztlich verraten hatte. Und erst im Nachhinein stellte die Soko fest, wie viele feingewebte Muster sie in seinem Verhalten übersehen hatte. Der Fall musste anschließend auf vielen Fachtagungen als Schulungsbeispiel für Kripobeamte herhalten.

‚Wo ist das Muster, das wir diesmal übersehen?', dachte Steenhoff. Er wollte sich gerade einen zweiten Kaffee einschenken, als Andrea Voss anrief.
„Guten Morgen, Frank", eröffnete die Reporterin das Gespräch.
„Moin", entgegnete Steenhoff knapp.
Ihm war ihre jüngste Auseinandersetzung noch lebhaft in Erinnerung. Auch ihre öffentlichen Vorwürfe in der Zeitung.
„Ich weiß, dass du nicht gut auf mich zu sprechen bist. Aber ich habe gehört, dass deine Kollegin nach einer heftigen Auseinandersetzung seit gestern im Krankenhaus liegt."
Steenhoff hätte am liebsten laut geflucht. Doch stattdessen schwieg er. „Bist du noch dran?", fragte Andrea Voss irritiert, als Steenhoff weiter stumm blieb.
„Ja."
„Ja, das war deine Kollegin oder ja, du kennst den Vorfall?", fragte Andrea Voss provozierend.

„Wenn ich den finde, der dir das gesteckt hat, fliegt er aus dem Team", antwortete Steenhoff wütend.
„Hör zu: Bevor du jetzt unnötig irgendwelche Kollegen verdächtigst, sage ich dir, woher ich es habe. Der neue Volontär aus der Sportredaktion wohnt in derselben Straße wie deine Kollegin. Und er findet sie wunderschön. Heute Morgen stand er hochbesorgt bei mir auf der Matte, um Näheres über das Schicksal seiner Angebeteten zu erfahren."
„Okay, Andrea. Wir können einen Deal machen. Ich erzähle dir die Geschichte und du versprichst mir, keine lausige Zeile darüber zu schreiben."
„Hm." Andrea Voss schien nicht begeistert.
„Du vergisst, dass ich schon einiges weiß. Auch, dass diese Frau Petersen sich wohl alles andere als nur für Männer interessiert. Laut einem Nachbarn, den ich angerufen habe, soll wohl ein verschmähter Liebhaber auf sie eingedroschen haben."
„Das ist Quatsch", entfuhr es Steenhoff. „Andrea, die Frau hat Furchtbares durchgemacht. Du würdest ihr den Rest geben, wenn morgen auch noch ein Artikel darüber in der Zeitung stünde."
„Wenn ich als Journalistin versuche, bloß nie jemanden zu verletzen, kann ich meinen Job an den Nagel hängen", erwiderte die Reporterin.
Steenhoff seufzte vernehmlich. „Okay. Dann bitte ich dich diesmal ausdrücklich: Lass diese eine Meldung weg. Sag deinem Volontär, dass Frau Petersen morgen wieder aus dem Krankenhaus entlassen wird und sich anschließend ein paar Tage bei Freunden erholen wird. Es sei nichts Großes passiert. Die Wahrheit ist eine andere, aber die wirst nur du erfahren, wenn du mir versprichst, nichts zu schreiben."

Nach einem Moment, der Steenhoff unendlich lang vorkam, willigte Andrea Voss schließlich widerstrebend ein.
Nachdem Steenhoff mit seinen Schilderungen geendet hatte, fluchte

Andrea Voss leise. „Wenn diese Geschichte bekannt wird, und ich habe sie gegenüber der Redaktion runtergespielt, dann ist mein Ruf bei der Zeitung dahin. Ich hoffe, du weißt, was du da von mir verlangst."

Sie schwieg einen Moment. „Aber du kannst dich auf mich verlassen. Ich werde nichts schreiben. Ach, und ich hoffe sehr, dass es deiner Kollegin bald besser geht."

„Danke, Andrea. Wenn sie wieder fit ist und wir den Fall endlich gelöst haben, dann mache ich euch miteinander bekannt", versprach Steenhoff und verabschiedete sich von der Reporterin. Erst ein paar Minuten später bemerkte er, dass sie ihn gar nicht nach neuen Fakten in dem Mordfall gefragt hatte. So zurückhaltend kannte er sie gar nicht.

Noch während er sich auf den Weg zu seinem Auto machte, beschäftigte ihn das Telefonat. Hatte sie die Geschichte von Petersen so berührt, dass sie ihr reflexartiges Nachfragen diesmal vergessen hatte?

Der dichte Stadtverkehr lenkte Steenhoff einen Moment ab. Nachdem er eine der vielen Baustellen in Bremen passiert hatte, fuhr er Richtung Gröpelingen. Dort lag die alte Justizvollzugsanstalt, hinter deren Mauern Petersens Bruder saß.

Obwohl ihn der Pförtner seit Jahren kannte, musste er am Eingangstor seinen Ausweis zeigen. Ein albernes Ritual, wie Steenhoff fand. Zugleich symbolisierte es für ihn jedes Mal den Eintritt in eine andere Welt. Auch sein Handy und die Dienstpistole musste er an der Pforte zurücklassen. Bevor er die Krankenstation betrat, atmete Steenhoff tief durch. Der Krankenpfleger war durch den Pförtner bereits über Steenhoffs Besuch informiert worden. Er nickte Steenhoff freundlich zu. „Sie können reingehen."

Zu Steenhoffs großer Erleichterung lag Mahmud allein in dem Dreibett-Zimmer. Ohne Gruß und völlig desinteressiert musterte er den Besucher.

Steenhoff begriff plötzlich, dass Mahmud ihn nicht erkannte. Offenbar war er an dem Abend völlig auf seine Schwester und Vanessa fixiert gewesen.
„Mahmud Mashayekhi, ich bin Kriminalhauptkommissar Frank Steenhoff."
Der Mann zeigte keinerlei Reaktionen.
„Ich bin Navidehs Kollege. Ich habe Sie gestern festgenommen." Noch immer schwieg der Mann. Einen Moment war sich Steenhoff nicht sicher, ob der Verletzte unter Beruhigungsmitteln stand oder überhaupt begriffen hatte, was er gesagt hatte.
„Um es kurz zu machen. Ich dulde es nicht, dass Sie sich Navideh noch einmal nähern."
Mahmud lachte verächtlich auf.
„Und wie wollen Sie das verhindern?"
„Gar nicht. Sie werden es einfach nicht mehr tun. Oder Sie werden es den Rest Ihres Lebens bereuen", sagte Steenhoff ruhig.
„Ich fange schon jetzt an zu zittern", erwiderte Mahmud und schaute Steenhoff spöttisch an. „Und womit wollen Sie mir drohen? Mit Verfügungen, Ordnungsstrafen oder Ihrem lächerlichen Gesetzbuch? Spätestens in ein paar Tagen bin ich wieder frei. Ich bin nicht vorbestraft und habe einen festen Wohnsitz. Kein Haftrichter wird mich in U-Haft schicken. Also, was soll's."
Er lachte überheblich.

„Sie haben ein gutgehendes Kunsthandwerkgeschäft in Hamburg", wechselte Steenhoff abrupt das Thema. Das Grinsen auf dem Gesicht des Mannes gefror.
„Nichts, das man gerne verlieren möchte, nehme ich an."
Steenhoff sah, dass Mahmud sich aufzurichten versuchte.
„Was reden Sie da? Warum sollte ich es verlieren?"
Steenhoff schwieg und ließ den Mann zappeln.

„Warum sollte ich es verlieren können, will ich von Ihnen wissen?“, herrschte Mahmud ihn an.
„Weil Sie dort einen schwunghaften Handel mit Drogen betreiben“, sagte Steenhoff scharf.
„Das ist nicht wahr“, brauste Mahmud auf.
„Aber es könnte wahr werden“, meinte Steenhoff ruhig.
„Manchmal gibt es ganz überraschende Funde. Meine Hamburger Kollegen sind sehr kreativ in der Suche. Ein paar Kilo Heroin zwischen Ihren Holzschalen und geschnitzten Schachfiguren und Ihr Laden ist dicht. Ruckzuck sitzen Sie in Abschiebehaft.“
„Heißt das, Sie wollen mir etwas unterjubeln? Ich werde mir einen Anwalt nehmen und Sie anzeigen.“
„Vorsicht, sonst zeige ich Sie noch heute wegen Verleumdung an“, sagte Steenhoff eisig. Ich warne Sie lediglich: Lassen Sie die Finger vom Rauschgifthandel. Kein Richter wird daran etwas Verwerfliches finden, zumal in Hamburg gerade ein Ring von iranischen Drogenhändlern aufgeflogen ist. Also merken Sie sich: Beim kleinsten Fehler sind sie dran. Ein Telefonat mit Navideh, eine SMS auf das Handy Ihrer Schwester und die Rauschgiftfahndung stellt Ihr Geschäft auf den Kopf.“
Er musterte den Mann.
„Haben wir uns verstanden?“
Voller Genugtuung bemerkte Steenhoff, dass Mahmud Schweiß auf der Stirn hatte.
„Haben wir uns verstanden?“, fragte er ein zweites Mal.
Der Mann nickte. Seine Unterlippe bebte. Wortlos ging Steenhoff zur Tür. Als er die Klinke in der Hand hatte, drehte er sich noch einmal um.
„Sie haben recht. Unsere Gesetze sind für Typen wie Sie viel zu lasch.“

21

Auf dem Weg zur Pforte der Justizvollzugsanstalt ging Steenhoff den verbalen Schlagabtausch mit Mahmud innerlich noch einmal durch. Der Mann war intelligent – und gefährlich. Er hatte sofort erkannt, dass der Polizeibeamte Grenzen überschritten hatte und deshalb seinerseits gedroht.
‚Ich muss mir noch heute ein Gedächtnisprotokoll machen', nahm sich Steenhoff vor. Schließlich ging es um einzelne Formulierungen.

Er hatte sich zuvor genau überlegt, welches Szenario Mahmud so beeindrucken könnte, dass er in Zukunft Navideh in Ruhe lassen würde. Als einzige Möglichkeit erschien Steenhoff, Mahmud die Abschiebung in sein Heimatland anzudrohen. Bewusst hatte er nur angedeutet, wie „kreativ" die Hamburger Ermittler bei der Suche nach Rauschgift sein könnten. Steenhoff hatte darauf gesetzt, dass Mahmud ähnliche Geschichten von Verwandten aus dem Iran kannte. Denn es war ja in vielen korrupten oder diktatorischen Gesellschaften üblich, unliebsame Zeitgenossen eine Zeit lang aus dem Weg zu räumen, indem man ihnen einfach eine Straftat unterschob.
Nein, Mahmud würde ihm nichts nachweisen können, dachte Steenhoff. Im Falle einer Anzeige würde er ihr Gespräch sehr detailliert schildern und nur die entscheidenden Passagen in Nuancen anders wiedergeben. Dann stünde Aussage gegen Aussage. Unwahrscheinlich, dass jemandem, der kurz zuvor eine Polizistin angegriffen und deren Freundin fast vergewaltigt hatte, mehr Glauben geschenkt würde als einem Hauptkommissar.

Es war das erste Mal, dass Steenhoff in seiner Polizeilaufbahn die unsichtbare Linie so klar und bewusst überschritten hatte. Überrascht stellte er fest, dass er keinerlei Gewissensbisse verspürte. Im Gegenteil, sobald er an Mahmuds erschrockenen Gesichtsausdruck dachte, empfand er eine tiefe Genugtuung. Ruhig startete er seinen Wagen und machte sich auf den Weg ins Krankenhaus. Eine Viertelstunde später bog er auf den Parkplatz ein. Er wollte gerade aussteigen, als er sich an das Versprechen erinnerte, das er Ira vor zwei Tagen gegeben hatte. Dazwischen schien eine kleine Ewigkeit zu liegen. Steenhoff entschied, sich mit seinem Anliegen direkt an den Revierleiter zu wenden.

Er hatte Glück. Robert Müller war sofort am Apparat. Die beiden Männer kannten sich von früher und hatten im selben Jahr bei der Polizei angefangen. Nach ein paar Sätzen kam Steenhoff sofort zur Sache. Erstaunt registrierte er, dass Müller plötzlich gereizt reagierte.
„Mensch, Frank. Jetzt fängst du auch noch damit an. Meinst du eigentlich, wir haben nichts anderes zu tun, als uns um eine tote Ziege und ein paar Hasen zu kümmern? Weißt du eigentlich, mit wie viel Leuten wir hier nachts sitzen? Ich habe manchmal Mühe, die ganze Nacht lang einen Streifenwagen zu besetzen. Und dann sollen wir ein paar besoffenen Jugendlichen auflauern, die nachts dieses lächerliche Zäunchen der Jugendfarm übersteigen und rumrandalieren?"
Müller war ehrlich empört. Vergeblich bemühte sich Steenhoff, seinem Kollegen klarzumachen, dass der oder die Unbekannten äußerst brutal vorgegangen waren und für viel Unruhe unter den jungen Besuchern gesorgt hatten.

„Also, soviel ich weiß, hat erstens der Farmleiter das ziemlich unter dem Deckel gehalten, und zweitens muss ich einfach Prioritäten setzen. Oder soll ich einer Frau, die abends von ihrem Mann zusammengeschlagen wird, erzählen, dass von uns leider niemand kommen kann, weil wir einem Hasenmörder auflauern?"
Steenhoff seufzte innerlich. Genau dasselbe hatte er vor vielen Wochen Marie erzählt.
„Ist ja okay, Robert", beschwichtigte Steenhoff seinen Kollegen. „Aber vielleicht könnt ihr die Vorfälle ja der Pressestelle melden. Dann haben zumindest die Anwohner ein Auge auf das Gelände."

Der Revierleiter schnaufte aufgebracht.

„Einen Teufel werde ich tun, Frank. Ein totes Tier beschäftigt die Leute mehr als jedes misshandelte Kind. Wir hätten nach so einer Veröffentlichung gar keine andere Wahl mehr, als uns mit diesem Mist zu beschäftigen. Nee, nee. Da lass ich schön die Finger von."

Einen Moment schwiegen beide Männer.

„Warum hast du eigentlich gesagt, dass ich jetzt auch noch damit komme? Hat schon jemand anderer angerufen?", fragte Steenhoff.

Müller lachte leise auf.

„Allerdings, und du kennst sie sehr gut."

„Sie?", fragte Steenhoff irritiert.

„Ja, deine Tochter."

Einen Moment war Steenhoff sprachlos.

„Davon wusste ich nichts", sagte er.

„Na, dann werde ich dich mal aufklären", fuhr Robert Müller ungerührt fort.

„Nachdem ihr der Wachhabende am Telefon mühsam versucht hat zu erklären, dass wir dafür nicht genug Personal haben und so eine Schweinerei sowieso nicht mehr als eine Sachbeschädigung ist, hat sie uns mit der Presse gedroht."

„Sie hat was?", fragte Steenhoff ungläubig.

„Dann gehe ich damit zum Weser-Kurier", zitierte Müller Steenhoffs Tochter und versuchte die Stimme des Mädchens nachzumachen.

„Keine Sorge. Das wird sie nicht tun", knurrte Steenhoff. „Du musst entschuldigen, Robert. Marie ist eine große Tierfreundin. Ich wusste nicht, dass sie bei euch angerufen hat."

„Schon gut", lenkte Müller eine Spur freundlicher ein.

„Ich finde es ja auch nicht witzig, was da auf der Farm passiert ist. Aber mir sind die Hände gebunden. Wir fahren die Farm jetzt einmal die Nacht an. Aber mehr ist nicht drin. Mit anderen Worten: Wir müssen auf den Zufall hoffen, dass der Täter uns direkt in die Arme läuft."

Aufgewühlt verabschiedete sich Steenhoff von dem Revierleiter. Er nahm sich vor, gleich am Abend mit Marie zu reden. Es ging nicht an, dass die Tochter eines Polizisten den Kollegen mit der Presse drohte. Wie stand er jetzt da? Vor allem fragte er sich, warum Ira Marie nicht ausgerichtet hatte, dass er sich um die Angelegenheit kümmern würde?
Er nahm sich vor, am Abend früher nach Hause zu fahren und ernsthaft mit seiner Tochter zu sprechen.

Sein anschließender Besuch bei Navideh verlief anders als geplant. Die junge Frau schlief tief, als er vorsichtig die Tür zu ihrem Zimmer öffnete. Dafür schreckte Vanessa hoch. Sie hatte es sich in demselben Sessel bequem gemacht, in dem Steenhoff in der Nacht gewartet hatte, bis Navideh eingeschlafen war. Vanessa gab ihm ein Zeichen, dass sie mit ihm vor die Tür gehen würde.
„Wie geht's ihr?", fragte Steenhoff unvermittelt im Flur.
„Ich glaube, nicht so gut", antwortete Vanessa.
„Sie spricht viel im Traum und stöhnt. Wenn sie wach ist, mimt sie die Unerschütterliche."
„Und was spielen Sie ihr vor?", fragte Steenhoff sanft. Überrascht sah ihn die junge Frau an. Dann lächelte sie plötzlich. „Sie haben recht. Ich versuche, Navideh nicht auch noch mit meinen Ängsten zu belasten."
„Das ist falsch", entgegnete Steenhoff spontan. „Nur Sie beide wissen, was für schreckliche Momente hinter Ihnen liegen. Sie sollten darüber reden. Offen und vor allem ehrlich. Angst kann einen auffressen. Sprechen Sie miteinander. Dass wird besser für Sie sein als sich gegenseitig etwas vorzumachen."
Vanessa sah ihn nachdenklich an.
„Sie haben recht."
Seufzend lehnte sie sich an den Türrahmen zu Navidehs Zimmer. Einen Moment lang musterte sie den Mann, der vor ihr stand.

„Ehrlich gesagt habe ich mich in den vergangenen Stunden manchmal gefragt, warum Navideh wollte, dass ich in dieser Nacht ausgerechnet Sie anrufe."
Sie zuckte verlegen mit den Schultern.
„Ich meine, Sie beide hatten ja auch schon so manche Meinungsverschiedenheit in den vergangenen Wochen."
Steenhoff nickte und wollte etwas erwidern. Doch Vanessa war mit ihrem Gedanken noch nicht zu Ende.
„Ich glaube, Sie hat trotz allem viel Vertrauen zu Ihnen." Vanessa sah Steenhoff direkt an. „Es klingt vielleicht kitschig, aber mir geht es nicht anders."
Einen Moment lang wusste Steenhoff nicht, was er sagen sollte. Abrupt wechselte er das Thema.
„Ich muss dann mal. Der Kerl da draußen lässt uns keine Ruhe. Und ohne Navideh wird es nicht einfacher, ihn zu fassen. Sagen Sie ihr einen herzlichen Gruß von mir. Ich melde mich morgen wieder."
Bevor Steenhoff wusste wie ihm geschah, umarmte Vanessa ihn. Dann drehte sie sich stumm um und ging zurück in das Krankenzimmer.

Am späten Nachmittag trafen sich Steenhoff, Rüttger, Wessel und Block zu ihrer ersten Besprechung, seit die Sonderkommission wieder verkleinert worden war. Erneut trugen sie zusammen, was sie bislang über den Täter wussten. Steenhoff stand an einer Clip-Chart und notierte, während seine Kollegen ihm Stichworte zuwarfen.
„Fest steht, dass er tötet, schändet und quält und es geschafft hat, bislang nicht einmal aufzufallen. Wir haben keinerlei registriertes DNA-Material von ihm", eröffnete Rüttger die Runde. „Daraus könnte man folgern, dass er bislang keine typisch kriminelle Laufbahn hatte und sehr intelligent ist."
„Aber jetzt wird er leichtsinnig", warf Wessel ein. „Er hat an allen Tatorten DNA-Spuren hinterlassen."

„War es Leichtsinn oder fordert er uns heraus?“, ging Rüttger auf Wessels Bemerkung ein. Als er schwieg, forderte ihn Steenhoff auf, seinen Gedanken weiterzuführen.
„Na, nach den bekannt gewordenen Leichenschändungen hat er doch eine enorme Aufmerksamkeit in den Medien bekommen. Er wusste, dass gleich mehrere Beamte der Mordkommission an dem Fall arbeiteten. Und dass ihn Zeugen bereits gesehen und auch beschrieben haben. Dennoch hat er wenige Wochen später sogar getötet und erneut Spuren zurückgelassen. Er wäre nicht der erste Täter, der der Polizei beweisen will, was für ein Haufen von vermeintlichen Dilettanten ihn verfolgt.“
„Ja, denselben Gedanken hatte ich auch schon“, sagte Steenhoff nachdenklich, während er Rüttgers Beitrag hinter Spiegelstrichen notierte.
Einen Augenblick sagte niemand etwas. Dann meldete sich zum ersten Mal Block zu Wort.
„Ich finde es auffällig, dass er lebende Frauen offenbar genauso interessant findet wie Leichen. Zumindest bleibt er bei Frauenkörpern. Aber die Frage ist, springt er auch weiter hin und her oder hat er sich jetzt vom Nekrophilen zum Mörder entwickelt?“
Steenhoff nickte Block anerkennend zu. ‚Eine gute Frage‘, dachte er im Stillen und warf laut ein: „Aber wir dürfen nicht vergessen, dass er auch schon einen Vogel getötet hat. Wir wissen zwar nicht, wie dieser Wellensittich von Birgit Lange ins Bild passt und warum er dran glauben musste, aber es muss einen Grund geben. Niemand durchbohrt einen Wellensittich einfach so mit Stecknadeln. Wir müssen das Gemeinsame an den Taten suchen, den Sinn, der sich daraus ergibt.“
„Auffällig ist, wie aufwendig er seine Tatorte inszeniert. Damit legt er Spuren, investiert viel Zeit, und sein Entdeckungsrisiko steigt“, mischte sich nun wieder Wessel ein. „Und was sollen die maskenhaft geschminkten Frauen uns sagen?“
„Lasst uns im Augenblick bei dem bleiben, was wir von ihm wissen“,

sagte Steenhoff. „Er muss ein Psychopath sein, einer, der ein Doppelleben führt, sonst wäre er der Polizei schon längst bekannt."
„Ja, er ist ein Meister der Unauffälligkeit", sagte Rüttger. „Alles spricht dafür, dass er wieder zuschlagen wird. Wir kennen bislang vier Tatorte."
„Fünf", korrigierte ihn Steenhoff. „Zweimal hat er im Krankenhaus West zugeschlagen, einmal im vergangenen Jahr im Bestattungsinstitut, im Stadtwald und in Birgit Langes Wohnung."
„Richtig, fünf", bestätigte Rüttger und nahm den Faden wieder auf. „Die Zeitabstände zwischen den Taten sind geringer geworden. Also will er uns entweder damit herausfordern oder er handelt unter einem großen inneren Zwang. Wenn Letzteres zutrifft, müsste er spätestens in vier bis sechs Wochen wieder zuschlagen. Eher früher."

Steenhoff merkte, wie Rüttgers Worte in ihm nachwirkten. ‚Er hat recht, wir haben nicht mehr viel Zeit. Aber wir haben trotz der Zeugenbeschreibungen von der Krankenschwester und dem Feuerwehrmann keinen wirklichen Ermittlungsansatz.'
„Zumindest wissen wir, dass er schon zweimal im Krankenhaus West war. Ich schlage vor, dass wir die Pathologie in den nächsten Tagen observieren lassen", schlug Wessel vor. Steenhoff hatte wenig Hoffnung, dass ihr Täter das Risiko eingehen würde, ein drittes Mal in die Pathologie einzudringen, dennoch nickte er zustimmend. Dann griff er einen anderen Gedanken auf.
„Was hat die Tatsache, dass er die Folterung und Ermordung der Ukrainerin gefilmt oder fotografiert hat, für eine Bedeutung in euren Augen?"
Da keiner etwas sagte, gab Steenhoff sein jüngstes Gespräch mit dem Fallanalytiker wieder.
„Also, der Kollege hat gleich mehrere Erklärungsmodelle angeboten. Ich gebe jedem von euch nach der Besprechung sein Papier. Sehr interessant fand ich einen Hinweis am Rande: Von zwei Serienmör-

dern aus den USA ist bekannt, dass sie sich jahrelang mit Tötungsfantasien beschäftigt haben. Bei denen hatten die perversen Vorstellungen schon als Jugendliche begonnen. Den Psychologen und Forensikern gestanden sie später, dass sie eine schöne Frau, die ihnen beim Einkauf oder auf einem Fest begegnete, als „Schlachtvieh" wahrnahmen. Zumindest hatte einer der Täter diesen Begriff immer wieder verwendet."

Steenhoff dachte einen Augenblick nach, um die Hinweise des Fallanalytikers richtig wiederzugeben.

„Das heißt, die standen an irgendeinem Büfett freundlich mit einer Frau ins Gespräch vertieft und dachten tatsächlich nur darüber nach, wie es sich anfühlen würde, sie zu töten. Irgendwann reichten die Vorstellungen nicht mehr aus, um sie sexuell zu stimulieren. Beide begannen noch vor ihrem 30. Lebensjahr zu morden. Der eine hatte am Ende sechs Frauen getötet, der andere mehr als zehn. In die FBI-Fachliteratur sind sie als „Gedankenmörder" eingegangen. Inzwischen sind einige Psychiater davon überzeugt, dass jemand, der sich permanent mit sexuellen Tötungsfantasien beschäftigt, sie mit hoher Wahrscheinlichkeit eines Tages umsetzen wird. Da kein Mord so perfekt ist wie der, der in der eigenen Fantasie abläuft und jedes Opfer sich anders verhält, müssen sie immer wieder zuschlagen. Jedes Mal versuchen sie ihrer ausgefeilten, detailbesessenen Fantasie noch ein Stück näherzukommen. Aber kommen wir zu unserem Täter. Die Fallanalytiker gehen davon aus, dass er intelligent ist, sehr penibel und dazu neigt, alles in seinem Leben bis ins letzte I-Tüpfelchen zu planen. Er zieht große Befriedigung aus den Reaktionen seiner Opfer oder den fantasierten Reaktionen der Menschen, die seine zugerichteten Opfer am nächsten Tag finden. Im Falle der Ukrainerin hat er sich vermutlich an den Schmerzen und der Todesangst der jungen Frau geweidet."

Steenhoff ließ die Ergebnisse der Fallanalytiker einen Moment lang auf seine Kollegen wirken. Dann fuhr er fort: „Beide Täter in den USA haben übrigens Videos von ihren Opfern gedreht. Nicht um damit Geld zu verdienen, sondern auch um sich an den Qualen der Frauen immer wieder zu ergötzen. Außerdem haben sie von jedem Opfer eine Art Souvenir behalten. Ein zerrissenes T-Shirt, einen Slip oder einen BH."

In die allgemeine Beklommenheit hinein meldete sich Wessel zu Wort. „Ist bekannt, wie diese beiden Psychopathen ansonsten lebten?"

„Ja. Der eine war Automechaniker und seit Jahren bei einer Firma irgendwo in Kalifornien angestellt. Der andere hatte ebenfalls eine feste Stelle und war Familienvater."

„Die perfekte Tarnung", sagte Rüttger trocken.

„Ja", stimmte Steenhoff zu. „Die perfekte Tarnung."

Anschließend fasste Block zusammen, wie weit sie mit der Rasterung der Krankenakten gekommen waren. „Wir haben mit CUE-Software gearbeitet, der computergestützten Ermittlung. Dabei sind ein paar Männer hängen geblieben, die wir uns vorknöpfen wollen."

„Aber", er stockte, „ehrlich gesagt, passt keiner so richtig auf die Beschreibung von ‚Sven'. Dennoch erfüllen sie einige Merkmale und Äußerlichkeiten."

„Wie viele habt ihr?", erkundigte sich Steenhoff.

„Fünf", antwortete Block.

„So viele wie Tatorte", sagte Wessel lakonisch.

„Gut. Arbeitet sie so schnell wie möglich ab. Dann können wir diesen Ansatz abhaken. Auch wenn ‚Sven' nicht dabei sein sollte, wissen wir dann zumindest, dass er zuvor nicht im Krankenhaus gelegen hat", betonte Steenhoff. „Wir sollten uns auch noch einmal um die Zulieferer des Krankenhauses und des Bestatters kümmern. Vielleicht gibt es da Mitarbeiter, die ihre Ware, von Verbandsmaterial über Medikamente, Wäsche oder Nahrungsmittel, nicht nur an der Anliefe-

rungsrampe abgeben. Und vielleicht gibt es eine Firma, die beide Tatorte beliefert."
„Du hast recht", sagte Rüttger. „Ich werde das übernehmen."
In dem Moment steckte die Sekretärin Marianne Schwenning ihren Kopf durch die Tür.
„Frank, eine Frau möchte dich sprechen."
Steenhoff schaute sie ungeduldig an.
„Schreibe dir bitte ihre Nummer auf. Ich rufe sie anschließend sofort zurück. Wir sind mitten in der Besprechung."
Doch die Sekretärin ließ sich nicht so einfach davonschicken. „Nein, die Frau besteht darauf, dich sofort zu sprechen. Sie sagt und ich zitiere: „Es ist superwichtig. Bewegen Sie gefälligst Ihren Arsch und holen Sie den Kommissar ans Telefon."
Sie verzog ihr Gesicht zu einem schiefen Lächeln. „Also, eure Kundschaft lässt im Umgang echt zu wünschen übrig. Die hat Glück, dass ich heute so ...". „Hat sie ihren Namen genannt?", unterbrach Steenhoff die Sekretärin.
„Ja. Mona."
Mona stand ganz offensichtlich unter Druck.
„Da sind Sie ja endlich", sagte sie erleichtert, als sich Steenhoff am Telefon meldete. Bevor er etwas erwidern konnte, fuhr sie atemlos fort. „Ich kann nicht so lange weg von meinem Platz. Das fällt doch auf."
Am liebsten hätte Steenhoff die Frau gefragt, wen sie so fürchtete. Doch stattdessen fragte er: „Warum haben Sie mich angerufen, Mona?"
Die Anruferin kam sofort zur Sache: „Irina ist in einen dunklen VW Passat gestiegen, Bremer Kennzeichen. Augenblick ...". Sie schien nach etwas zu suchen. „Hier habe ich es. Das genaue Kennzeichen lautet: „HB-DR-234."

Steenhoff war wie vom Donner gerührt.

„Woher wissen Sie das so genau?“

„Eine der Frauen hat sich die Nummer notiert. Sie stand erst gestern wieder auf der Straße. Sie geht nur gelegentlich anschaffen, wenn die Kohle am Monatsende nicht reicht oder eines ihrer Kinder auf Klassenfahrt gehen will.“

„Ich muss mit ihr sprechen,“ sagte Steenhoff und versuchte die Aufregung in seiner Stimme wegzudrücken.

„Unmöglich“, sagte Mona fest. „Ich habe der Frau versprochen, dass sie in nichts hineingezogen wird.“

„Aber warum hat sie sich gerade diese Nummer gemerkt?“, bohrte Steenhoff nach.

Mona seufzte.

„Irina hatte wohl ein mulmiges Gefühl, nachdem sie mit dem Freier um den Preis verhandelt hatte. Bevor sie zu ihm in den Wagen stieg, hatte sie der Frau neben sich mit einem Zeichen zu verstehen gegeben, sich das Kennzeichen des Wagens aufzuschreiben. Das ist unsere Lebensversicherung, wenn mal was aus dem Ruder läuft. Im Notfall kann man den Freiern damit drohen.“

„Aber diesmal hat es nicht geklappt“, stellte Steenhoff nüchtern fest.

„Nein, diesmal nicht“, erwiderte Mona und Steenhoff spürte, dass sie um ihre Fassung rang.

„Konnte sich Ihre Freundin auf Deutsch ausreichend verständlich machen?“

„Ja. Sie sprach nicht perfekt, aber ausreichend, um alles sagen zu können, was ihr wichtig war. Aber ich ..., ich muss jetzt Schluss machen. Ich hoffe, Sie kriegen den Kerl.“

Bevor Steenhoff noch etwas sagen konnte, hatte Mona aufgelegt. Er hätte noch viele Fragen gehabt, aber fürs Erste musste er akzeptieren, dass Mona ihren Kontakt zur Bremer Kripo vor allen verheimlichen wollte. Notfalls müsste er in den nächsten Tagen die Frauen vom Straßenstrich unter einem Vorwand vorübergehend festnehmen las-

sen, nur um mit Mona eine Weile ungestört im Präsidium reden zu können.
Aber das konnte warten. Wichtiger war jetzt, den Halter des Wagens festzustellen.

Als er in sein Büro zurückkehrte, sahen ihn seine Kollegen erwartungsvoll an. „Wir haben sein Autokennzeichen", sagte Steenhoff und bemerkte irritiert, dass seine Stimme für einen Moment einen feierlichen Unterton angenommen hatte. In wenigen Sätzen gab er das Gespräch mit der Prostituierten wieder.
„Bingo", rief Wessel und schlug freudig mit der Faust auf Steenhoffs Schreibtisch. Rüttger reagierte verhaltener. ‚Nur nicht zu früh freuen', ermahnte sich auch Steenhoff innerlich.
Zehn Minuten später hatten sie über das Zentrale Verkehrsinformationssystem den Namen des Fahrzeughalters herausgefunden. Eine halbe Stunde später wussten sie mit Hilfe des Stadtamtes, dass Heiko Schneider von Beruf Ingenieur war und zwei Kinder hatte. Die beiden Mädchen lebten bei der Mutter, von der sich Schneider vor drei Jahren hatte scheiden lassen. Beide hatten das Sorgerecht. Der Mann war in einem der wohlhabenderen Stadtteile Bremens zu Hause, in Oberneuland. In ihrem Informationssystem Anzeigen, das alle nur kurz ISA nannten, gab es keine Einträge über Heiko Schneider. „Das stimmt doch mit dem überein, was die Fallanalytiker geschrieben haben", sagte Wessel überzeugt.
Steenhoff informierte Tewes, der sofort das Mobile Einsatzkommando einschaltete. Sobald sich Schneider zeigen würde, sollten die Beamten ihn festnehmen. Ausdrücklich hatte Tewes angeordnet, dass die Festnahme durch Spezialkräfte erfolgen sollte.
„Der Kerl ist ein Sadist und Mörder. Der hat nichts mehr zu verlieren. Ich will nicht, dass er womöglich noch einen von euch verletzt."
Steenhoff hatte zugestimmt und zugleich darauf bestanden, bei der Festnahme dabei zu sein.

Sie warteten bis spät in die Nacht auf eine positive Nachricht vom Mobilen Einsatzkommando. Tewes hatte für alle Pizza bringen lassen. Die Stimmung war angespannt. Am optimistischsten schien Tewes.
„Und ich hatte schon befürchtet, ich müsste diesen Fall mit in die Sommerferien nehmen“, sagte der Kommissariatsleiter, während er das letzte Stück Pizza Margherita verschlang.
„Abwarten“, sagte Steenhoff trocken. „Noch wissen wir nur, dass es sein Auto war.“
Erstaunt sah ihn Tewes an.
„Aber du hast doch bereits überprüft, dass es nicht als gestohlen gemeldet worden ist?“
Steenhoff nickte nur.
„Und dann hast du immer noch Zweifel, dass er unser Mann ist?“
Steenhoff zuckte mit den Schultern.
Von ein Uhr an schauten Rüttger und Wessel abwechselnd auf ihre Uhr.
„Wo bleibt der Kerl? Warum fährt der nicht nach Hause?“

Gegen vier Uhr meldeten sich die beiden Beamten bei Tewes, die in der Nähe der Villa ihren Posten bezogen hatten.
„Klar, bleibt ihr da. Den dürfen wir jetzt nicht entwischen lassen“, hörten die Männer ihren Kommissariatsleiter anordnen. Offenbar sehnten sich auch die Männer vom Mobilen Einsatzkommando nach einem Bett und etwas Schlaf.
„Vielleicht hat er eine Freundin“, sagte Wessel schließlich in die Stille hinein.
Niemand entgegnete etwas. Rüttger öffnete das Fenster des kleinen Büros und blieb stumm am Fenster sitzen. Steenhoff betrachtete seine Kollegen. Seit Wochen hatten sie auf diesen Moment hingearbeitet. Alle Arbeit und Müdigkeit wären vergessen, sobald Schneider bei ihnen im Präsidium säße. Selbst wenn er anfangs nicht geständig

wäre, hätten sie anhand der DNA eine gute Möglichkeit ihn zu überführen. Natürlich wusste Steenhoff nur zu gut, dass sie noch weitere Sachbeweise benötigten, damit Schneider schließlich verurteilt werden könnte.
Ihm kamen die Fotos oder Filmaufnahmen in den Sinn, die der Täter von seinem bislang letzten Opfer angefertigt hatte. Sie würden dafür sorgen, dass Schneider vermutlich lebenslang einsitzen würde. Steenhoff spürte in sich eine grimmige Vorfreude, den Ingenieur zu vernehmen. Zugleich bemerkte er auch einen leisen Zweifel in sich.
‚Es ist zu leicht', schoss es ihm durch den Kopf, als er durch den dunklen Flur des Präsidiums zur Toilette ging. Bislang hatte der Täter, abgesehen von seiner DNA am Tatort keine Fehler begangen.
Und auch diese Tatsache schien Steenhoff eher ein Akt von Selbstsicherheit zu sein als Leichtsinn oder eine Panne im Ablauf. Auf dem Rückweg in sein Büro schalt sich Steenhoff einen Idioten. Vermutlich lag es an der Uhrzeit und dem Schlafmangel, dass er den Mörder inzwischen für omnipotent hielt. Jeder, auch der genialste Verbrecher, macht irgendwann einen Fehler. Warum also nicht auch der Mann, für den seine Kollegen den Aliasnamen ‚Sven' verwendeten.
Kurz nach fünf Uhr fuhr Steenhoff nach Hause, um sich zumindest noch ein paar Stunden hinzulegen.
Bereits um neun Uhr trafen sie sich alle wieder in Steenhoffs Büro. Block musste ein ständiges Gähnen unterdrücken. Die anderen versuchten, ihre Müdigkeit mit Kaffee hinunterzuspülen. Da Schneider laut den Männern vom Mobilen Einsatzkommando immer noch nicht nach Hause gekommen war, verabredeten sie, dass Rüttger unter einem Vorwand bei Schneiders Firma anrufen und sich nach dessen Aufenthaltsort erkundigen sollte.

Rüttger ließ sich in die Personalabteilung des Unternehmens durchstellen und gab sich mit Erfolg als Schneiders Cousin aus.
„Er hat freigenommen und ist mit seinen beiden Töchtern über ein

verlängertes Wochenende nach Mallorca geflogen. Heute Nachmittag kommt er zurück", berichtete Rüttger.

„Aber es sind doch noch gar keine Ferien", warf Steenhoff irritiert ein.

„Nein, aber gegenüber seinen Kollegen soll er angedeutet haben, dass es viel Stress mit seiner Ex-Frau gebe und er ein paar Tage Abstand mit den Kindern benötige", sagte Rüttger.

Wessel sah Block vielsagend an. „Von wegen Stress mit seiner Frau."

„Wo landet er?", wollte Steenhoff wissen.

„Seine Kollegen meinten, er komme in Bremen an. Vermutlich gegen Abend."

„Okay. Michael, finde heraus, wann welche Flüge aus Mallorca ankommen", wandte sich Steenhoff an Wessel. „Der Zugriff erfolgt dann vor seinem Haus in Oberneuland." Fragend sah ihn Rüttger an.

„Ich will keine spektakuläre Festnahme am Flughafen", sagte Steenhoff. „Sonst haben wir zehn Minuten später wieder die Presse am Hals. Im feinen Oberneuland dagegen übersieht man so etwas Peinliches wie einen Polizeieinsatz vor der eigenen Haustür."

Während sie darauf warteten, dass Wessel mit den Flugdaten zurückkehrte, erkundigte sich Block, wie Rüttger Schneiders Kollegen dazu gebracht hatte, ihm eine Auskunft zu geben.

„Ich habe gesagt, ich hätte dank guter Beziehungen noch Fußballkarten für das heutige Spiel Werder gegen HSV bekommen und wollte Heiko dazu einladen."

Rüttger grinste.

„Die Personlabteilung hat mich sofort zu seinem Kollegen durchgestellt, mit dem er in einem Büro sitzt. Der hat behauptet, Heiko Schneider sei erstens kein Fußballfan, zweitens bestimmt zu müde, wenn er heute erst am späten Nachmittag mit seinen Töchtern aus Mallorca wiederkomme, und drittens wollte er wissen, was ich für die

Karten haben wolle. Wir haben dann noch ein bisschen gefeilscht und über Fußball und Heikos Ex-Frau geredet."

Block sah seinen älteren Kollegen anerkennend an. „Nicht schlecht."

Rüttger zuckte mit den Achseln. „Wenn es um Werder geht, fangen in Bremen alle an zu plaudern."

Er seufzte. „Das ist der einzige Grund, warum ich regelmäßig die Fußballergebnisse verfolge. Man braucht etwas, um die Leute in Vernehmungen aufzuwärmen. Mir persönlich ist es völlig egal, ob Werder, Bayern München oder Schalke dieses Jahr Meister wird."

„Das ist nicht dein Ernst", empörte sich Block. „Die Bayern und Schalke kaufen uns einen exzellenten Spieler nach dem anderen weg, und der Verein schafft es trotzdem, mit den jungen Talenten ganz vorne in der Bundesliga zu spielen."

Block holte aufgewühlt Luft, um fortzufahren, doch in dem Moment kam Wessel zurück ins Büro.

„Also, Heiko Schneider ist nicht von Bremen in seinen Kurzurlaub gestartet. Den Abflugort und die Abflugzeit müssen wir noch herausfinden. Aber er wird heute um 17.20 Uhr hier landen."

„Dann wird ihn das Mobile Einsatzkommando dort unauffällig empfangen und nach Hause geleiten, und wir warten in Oberneuland auf ihn", entschied Steenhoff.

„Richtet euch auf einen langen Abend ein. Michael, such bitte die Telefonnummer von der Mutter der beiden Mädchen raus. Ich will die Kinder hier nicht auf dem Präsidium sitzen haben, während wir ihren Vater in die Mangel nehmen."

Er hielt einen Moment inne, um zu überlegen. „Michael, besorge dir außerdem beim Passamt ein Foto von diesem Schneider und gehe mit ein paar Kollegen über den Straßenstrich. Vielleicht erkennt einer der Prostituierten Schneider wieder."

„Sollen wir nicht vorher eine Hausdurchsuchung bei ihm machen?", fragte Rüttger.

Steenhoff zögerte einen Moment.
„Besser nicht. Die Hausbesitzer in Oberneuland achten gegenseitig auf ihre Besitztümer. Gut möglich, dass jemandem unser Besuch auffällt und den ehrenwerten Ingenieur per Handy informiert. Aber ich werde gleich eine Telefonüberwachung beantragen. Vielleicht wohnt ja jemand bei ihm. Und wir sollten uns sein Haus zumindest vorher einmal unauffällig anschauen." Er wandte sich an Block.
„Hat deine Freundin nicht einen Hund?"
Block nickte erstaunt.
„Okay. Dann bekommst du jetzt den offiziellen Auftrag mit ihr und dem Hund in aller Ruhe spazieren zu gehen. Und zwar in Oberneuland."
Block grinste und griff zu seinem Handy.
Bevor er die Nummer seiner Freundin eingeben konnte, fügte Steenhoff noch hinzu: „Und wenn ihr vor seinem Haus seid, dann lasst euch Zeit beim Küssen."

22

Die Maschine aus Mallorca landete 20 Minuten später als geplant.

Tewes stand in permanentem Kontakt mit dem Leiter des Mobilen Einsatzkommandos. Die Bundespolizei war eingeschaltet und hatte zwei Beamte als Flughafenangestellte getarnt bei der Kofferausgabe platziert. Zwei weitere Teams hielten sich in der Ankunftshalle auf. Ein viertes Team sollte Schneider vom Flughafen bis zu seiner Villa in Oberneuland begleiten. Drei weitere würden in der Neuenlander Straße, in unmittelbarer Nähe des Flughafens, dazustoßen. Nichts konnte mehr schiefgehen.

„Spätestens in einer Stunde habt ihr ihn hier sitzen“, sagte Tewes triumphierend.

Steenhoff ertappte sich dabei, wie er unentwegt Kreisel auf ein Stück Papier malte. Rüttger las Zeitung und Block und Wessel unterhielten sich über eine gemeinsame Bekannte bei der Polizei. Am liebsten hätte Steenhoff Schneider gleich am Flughafen verhaftet oder ihn zumindest selbst bis nach Oberneuland verfolgt. Er hasste es, sich auf andere verlassen zu müssen.
Alle Beteiligten besaßen inzwischen ein Foto von Schneider. Sie wussten, dass er 40 Jahre alt und 1,85 Meter groß war. Die Telefonüberwachung hatte dagegen noch nichts ergeben. Das Haus schien während Schneiders Abwesenheit unbewohnt zu sein.
„Sie haben ihre Koffer und gehen jetzt Richtung Ankunftshalle. Er ahnt nichts und scheint gut gelaunt“, gab Tewes den Kurzbericht des Einsatzleiters weiter.
„Okay. Los geht's“, sagte Steenhoff.
Gemeinsam mit Tewes wollte er in gebührendem Abstand vor Schneiders Haus parken und auf den Mann warten. Auf der anderen Straßenseite der Villa stand bereits ein als Umzugswagen getarntes Fahrzeug des Sondereinsatzkommandos.
Als besonders heikel galt bei der Festnahme, dass Schneider in Begleitung seiner beiden Kinder war. In einer Vorbesprechung hatten sie jedoch entschieden, dass sie dieses Risiko eingehen müssten. Sie konnten nicht warten, bis die Mutter die beiden Mädchen irgendwann abholen würde.

Über Funk erfuhr Tewes alle paar Minuten, wo sich das Taxi mit dem Ingenieur gerade befand.
„Er ist tatsächlich auf dem Weg nach Oberneuland“, sagte Tewes. Steenhoff nickte erleichtert. Die ganze Zeit hatte er das ungute Ge-

fühl, dass etwas schiefgehen würde. ‚Das ist nur die Anspannung nach all den Wochen', versuchte er sich selber zu beruhigen.

Schon von weitem erkannte er den Umzugswagen in der gutbürgerlichen Wohnstraße. Sie passierten das Fahrzeug, meldeten sich bei dem Leiter des Sonderkommandos und parkten in 50 Metern Entfernung zu Schneiders Haus. 15 Minuten später bog das Taxi in die Straße. Schneider zahlte, drehte sich zu seinen Kindern um und stieg aus.

„Fertig machen! Gleich erfolgt der Zugriff", hörte Steenhoff die Stimme des Einsatzleiters über Funk.

Als alle Koffer auf dem Bürgersteig standen und sich das Taxi gerade wieder in Bewegung setzte, passierte es.

Unvermittelt rannte das jüngere der beiden Mädchen auf Steenhoffs Fahrzeug zu. Er sah, dass eine getigerte Katze auf einer weißen Mauer saß und sich dem Kind interessiert entgegenreckte.

„Kalle. Da bist du ja, Kalle", rief das Mädchen im Laufen. Doch plötzlich strauchelte die Kleine und prallte hart mit den Knien auf den Gehweg. Steenhoff musste den Impuls unterdrücken, aus dem Wagen zu springen und dem Kind zu Hilfe zu eilen.

Erstaunt sah er, wie Schneider sofort seinen Koffer fallen ließ und zu dem weinenden Kind rannte. Zärtlich beugte er sich über das Mädchen und streichelte seinen Rücken. Dann zog er es behutsam hoch, hockte sich mit seiner hellen Designerhose kurzerhand auf den Boden und setzte sich das schluchzende Mädchen auf den Schoß. Unentwegt den Kopf der Kleinen streichelnd sprach der Mann beruhigend auf sie ein.

„Okay, Leute", hörte Steenhoff erneut die Stimme des Einsatzleiters aus dem Funkgerät.

„Wartet. Noch kein Zugriff", rief Steenhoff plötzlich ins Mikrofon. Verdutzt schaute ihn Tewes an. Als Steenhoff aus dem Wagen stieg, herrschte ihn sein Chef wütend an: „Ich habe gesagt, ich will hier

keine Helden und vor allem keine Verletzten. Komm gefälligst zurück, Frank."
Steenhoff beugte sich noch einmal zu Tewes und sah ihn eindringlich an.
„Gib den Kindern die Chance. Er wird nichts tun. Ich weiß es. Bitte."
Einen Augenblick starrte Tewes Steenhoff an, dann nickte er widerstrebend.

Mit ein paar Schritten war Steenhoff bei dem Vater und seiner Tochter.
„Ich hoffe, die Kleine hat sich nicht ernsthaft wehgetan?"
Der Mann schaute ihn nur kurz an.
„Ich weiß es nicht. Oh, mein Gott, ich weiß es nicht", stammelte der Mann. Erst jetzt bemerkte Steenhoff, dass Schneider völlig aufgelöst schien.
„Darf ich mal sehen?", fragte er.
Behutsam löste Steenhoff die kleine Hand, die das Knie des Mädchens umklammert hielt. Die Schürfwunde sah auf den ersten Blick schlimm aus, würde aber von selbst wieder heilen. Marie war als Kind oft mit ähnlichen Verletzungen nach Hause gekommen. Kein Grund, sich Sorgen zu machen. Doch Schneider warf nur einen kurzen Blick auf das Knie und stöhnte laut auf.
„Wir müssen sofort zu einem Arzt."
„Nein, das brauchen Sie nicht. Sie müssen die Wunde nachher nur mit abgekochtem Wasser von den kleinen Steinchen reinigen. Das brennt jetzt noch ein bisschen, und heute Abend wird es etwas ziehen, aber morgen wirst du schon gar nicht mehr daran denken", sagte Steenhoff an die Kleine gewandt. Das Mädchen musterte ihn einen Augenblick und vergaß darüber weiterzuschluchzen.
„Bist du ein Kinderarzt ?", fragte es ihn stattdessen.
„Nein, aber ich kenne mich mit Verletzungen auch ein wenig aus. Hoppla, da ist ja deine Katze."

Steenhoff griff sich die getigerte Katze, die an seinem linken Hosenbein vorbeistrich und gab sie dem Kind auf den Arm. Sofort schien der Schmerz vergessen. Hingebungsvoll begann das Kind, mit der Katze zu schmusen.

„Vermutlich sind Sie Psychologe oder Lehrer", sagte Schneider anerkennend, stand mühsam vom Bürgersteig auf und klopfte sich den Schmutz von der Hose.
„Vielen Dank für Ihre Hilfe." Er reichte Steenhoff die Hand. „Ich kann kein Blut sehen. Da werde ich schnell etwas panisch. Ich heiße übrigens Heiko Schneider."
Steenhoff griff die Hand und stellte sich seinerseits vor. „Mein Name ist Frank Steenhoff. Und ich bin weder Psychologe noch Mediziner, sondern Kriminalbeamter."
„Oha", erwiderte Schneider nur und betrachtete ihn abschätzend. Steenhoff war sich nicht sicher, ob er ein leises Flackern in seinen Augen gesehen hatte. Er gab Tewes ein Zeichen, zu ihm zu kommen. Irritiert blickte der Ingenieur auf den Mann, der aus dem Auto stieg und mit großen Schritten auf sie zuging.
Mit einem Blick schätzte Steenhoff die Lage ein. Das kleine Mädchen spielte mit der Katze einige Meter hinter ihnen. Die ältere Schwester saß noch gelangweilt auf den Koffern und wartete auf ihren Vater. Die Situation war günstig, den Mann mit ihren Ermittlungen zu konfrontieren. Verstohlen tastete er den Hosenbund nach seiner Dienstpistole ab.

„Das ist mein Kollege Bernd Tewes. Wir sind bei der Bremer Mordkommission."
Die Worte schienen an dem Mann abzuperlen. Verständnislos schaute Schneider die Männer an.
„Herr Schneider, fahren Sie einen dunklen VW Passat?", eröffnete Steenhoff unvermittelt die Befragung.

„Nein. Eh. Das heißt ja“, stammelte der Mann.
„Ich benutze den Wagen nur, wenn die Kinder bei mir sind. Sonst fahre ich einen ... Aber was sollen diese Fragen? Sie behandeln mich ja wie einen Verbrecher. Das lasse ich mir nicht bieten“, fuhr Schneider die Männer an.
„Sie stehen unter dringendem Mordverdacht Herr Schneider“, sagte Steenhoff ungerührt.
„Um Sie herum wimmelt es von bewaffneten Polizeibeamten. Wir haben nur aus Rücksicht auf Ihre beiden Kinder davon abgesehen, Sie durch das Sondereinsatzkommando festnehmen zu lassen.“
Fassungslos blickte der Mann um sich.
„Sie haben die Wahl“, sagte Steenhoff schneidend. „Entweder wir lassen das hier so ruhig wie möglich abgehen oder das SEK wird Sie auf der Stelle festnehmen. Im Interesse Ihrer beiden Kinder würde ich die erste Variante wählen.“
Einen Augenblick sagte der Mann gar nichts. Dann zuckte er hilflos die Schulter und nickte stumm.
„Gut“, sagte Steenhoff. „Wir werden Sie jetzt auf Waffen durchsuchen. Drehen Sie sich bitte zur Mauer um.“
Widerstandslos tat der Mann, wie ihm geheißen.
Mit wenigen Griffen tastete Steenhoff den Mann ab.
„Er ist unbewaffnet“, sagte er zu Tewes.
„Ich hatte nichts anderes erwartet, er ist gerade von einer Flugreise wiedergekommen“, erwiderte der Kommissariatsleiter.
„Ich verstehe immer noch nicht...“ versuchte Schneider erneut, die scheinbar verwirrende Situation für sich unter Kontrolle zu bekommen.
„Wir werden Ihnen später alles erklären. Aber jetzt sagen Sie Ihren Kindern ganz ruhig, dass sie schon mal ins Haus gehen sollen. Und dann werden wir uns Ihren VW Passat angucken.“

„Hier, Laura, nimm den Schlüssel und geh mit Sophie und der Katze schon einmal rein. Ihr dürft ausnahmsweise Fernsehen gucken. Ich komme gleich hinterher", sagte der Mann zu seiner jüngsten Tochter. Leicht humpelnd nahm das Mädchen den Schlüssel entgegen, warf den beiden fremden Männern einen misstrauischen Blick zu und ging mit seiner Schwester ins Haus.

Steenhoff entspannte sich etwas.

‚Hauptsache die Kinder sind aus dem Weg', dachte er. Sie stellten in solchen Situationen einen unberechenbaren Faktor dar.

„Also, wenn Sie dann bitte vorgehen würden", sagte Steenhoff. Kopfschüttelnd führte sie Schneider an der ersten Garage vorbei, in der, wie er erklärte, sein Mercedes-Cabriolet stand, hinter einem leeren Carport. Verdeckt von einem Holunderbusch stand dort ein zweites Auto.

Wie vom Donner gerührt starrten die beiden Männer den VW Passat an. Nur mühsam konnte Steenhoff einen Fluch unterdrücken. Erst die merkwürdige Reaktion der beiden Männer veranlasste Schneider, einen zweiten Blick auf seinen Wagen zu werfen.

„Verdammt, wo ist das Autokennzeichen?"

Wütend rannte er um seinen Wagen herum. „Das hintere fehlt auch", sagte er und schaute die beiden empört an.

„Sei froh", murmelte Steenhoff.

„Wann sind Sie mit Ihren Töchtern nach Mallorca geflogen, Herr Schneider?", fragte Tewes.

„Am Dienstag, nein am Mittwoch. Ich musste einfach mal ein paar Tage hier raus. Wissen Sie, ich hatte furchtbar viel Stress in der Firma und dann auch noch Ärger mit meiner Ex-Frau."

„Zeigen Sie uns bitte Ihr Flugticket, Herr Schneider", unterbrach Steenhoff den Redefluss des Mannes.

„Ich verstehe hier zwar überhaupt nichts, aber wenn es hilft", sagte Schneider resigniert und trottete, eskortiert von den beiden Beamten, zurück zu seiner Hauseinfahrt, wo noch immer die Koffer standen. Nervös fummelte er die Tickets hervor.

„Ach, es war doch Dienstag. Sie müssen entschuldigen. Aber Sie bringen mich ganz durcheinander."
Während Steenhoff Schneider beobachtete, überprüfte Tewes die Tickets und notierte sich die Flugnummer und die Fluggesellschaft. Dann nahm er sein Handy und wählte Wessels Nummer.
„Michael, hier ist Bernd. Überprüfe bitte sofort, ob Heiko Schneider am vergangenen Dienstagnachmittag mit der Fluggesellschaft Air Hannover nach Mallorca geflogen ist. Ich warte auf deinen Rückruf."
Als Tewes sein kurzes Gespräch beendet hatte, öffnete die älteste Tochter die Tür des Hauses.
„Papa, wann kommst du denn endlich? Du wolltest doch mit uns Pizza essen gehen. Wir haben Hunger."
Fragend sah Schneider die Männer an.
„Sagen Sie ihr, dass sie nur noch ein paar Minuten warten muss." Seufzend wiederholte Schneider Steenhoffs Worte. Mürrisch zog sich das Mädchen wieder ins Haus zurück.

Fünf Minuten später meldete sich Wessel auf Tewes Handy. Steenhoff konnte an seinem Gesichtsausdruck ablesen, dass seine Befürchtungen zutrafen. Als Tewes sein Gespräch beendet hatte, sah er Schneider entschuldigend an.
„Sie stehen nicht mehr unter Mordverdacht Herr Schneider. Jemand hat Ihre Kennzeichen am Dienstagabend gestohlen, die Schilder an seinen eigenen Wagen montiert und in der Nacht eine junge Prostituierte im Stadtwald ermordet. Eine Kollegin der Frau hatte sich das Kennzeichen des Wagens gemerkt, in den das spätere Opfer eingestiegen war. So sind wir zunächst auf Sie gekommen. Es tut uns leid, dass wir Sie beunruhigen mussten."
„Na, da habe ich ja Schwein gehabt, dass ich mich an dem Tag mit meinen Kindern nach Mallorca aufgemacht habe", sagte Schneider trocken.

„Zumindest erleichtert es die Aufklärung um einiges“, erwiderte Steenhoff und fügte hinzu: „Jedenfalls was Sie betrifft.“
„Ja, und wie bekomme ich nun meine Schilder zurück?“
„Wir nehmen selbstverständlich Ihre Anzeige auf. Dann brauchen Sie nicht extra zum nächsten Revier zu gehen“, erwiderte Tewes betont freundlich. Steenhoff wusste, dass ihm die Angst im Nacken saß, ihr Auftritt würde womöglich öffentlich werden. Er sah die Schlagzeilen schon vor sich. „Sondereinsatzkommando überfällt ahnungslose Familie.“
Tewes griff zu seinem Funkgerät. „Die Aktion ist abgeblasen. Ihr könnt rauskommen.“ Sprachlos sah Schneider zu, wie sich die Tür des Umzugwagens öffnete und zehn SEK-Beamte in voller Montur heraussprangen.
Bei der anschließenden Besprechung im Präsidium herrschte eine gedrückte Stimmung. Sie hatten sich so kurz vor dem Ziel gewähnt und fühlten sich jetzt, als müssten sie wieder ganz von vorne anfangen. Steenhoff sprach es nicht aus, aber er hatte von Anfang an nicht Tewes' Optimismus geteilt. Er hatte sich nur schwer vorstellen können, dass der Täter tatsächlich mit seinem eigenen Wagen auf dem Straßenstrich vorfahren würde.

Müde machte sich Steenhoff auf den Weg nach Hause. Als er die Tür zum Esszimmer öffnete, sahen ihn Ira und Marie gespannt an. „Habt ihr ihn, Papa?“ , bestürmte ihn Marie sofort.
„Nein, leider nicht“, antwortete Steenhoff und spürte erst jetzt, wie erschöpft er war.
„Wir wollten gerade essen. Möchtest du erstmal ein Glas Wein?“, versuchte ihn Ira abzulenken.
Dankbar setzte sich Steenhoff zu ihnen an den Tisch. Da Marie nicht locker ließ, berichtete er in knappen Worten, dass ihr Hauptverdächtiger sich leider als liebevoller Vater herausgestellt habe, dem durch

seine rechtzeitige Abreise nach Mallorca einige unangenehme Befragungen auf dem Polizeipräsidium erspart geblieben seien.
Marie wollte noch weiter nachbohren, aber Steenhoff hatte keine Lust mehr, über die vergangenen Stunden zu sprechen. Zudem gab es etwas, was er noch mit Marie klären musste. Doch zuvor wollte er mit seiner Tochter etwas warm werden. In den vergangenen Tagen hatten sie sich kaum gesehen.

„Und – was habt ihr so erlebt?", wandte sich Steenhoff an die beiden.
Ira und Marie schauten sich an. Verwundert registrierte Steenhoff, dass Ira unruhig wirkte. Sie nickte ihrer Tochter zu, so als wenn sie beginnen sollte. Marie nahm das Angebot gerne an. Nur noch wenige Tage, und die Sommerferien würden beginnen. Sie hatten immer noch nicht entschieden, wo sie die letzten zwei Wochen der Ferien verbringen wollten. Erneut bestürmte Marie ihren Vater, doch mit ihnen nach Bornholm zu fahren.
„Wir müssen in diesen Tagen ab- oder zusagen", bekräftigte Ira den Vorstoß ihrer Tochter. „Ich habe uns das Haus für diese Zeit freigehalten, aber wenn du einen besseren Vorschlag hast, dann werde ich versuchen, das Haus an andere Leute zu vermieten.
„Ich hatte bislang absolut keine Zeit, irgendwelche Urlaubspläne zu schmieden", sagte Steenhoff gereizt.
„Und wie es aussieht, wird es in den kommenden Tagen auch nicht anders sein", erwiderte Ira ruhig. „Ich mache dir einen Vorschlag: Du kommst mit uns diesen Sommer nach Bornholm, wir sparen uns die Miete für ein Ferienhaus irgendwo anders auf dieser Welt, und stattdessen kaufst du dir endlich das Saxofon, von dem du schon so lange träumst."
Erwartungsvoll schauten ihn beide an.
„Komm schon, Papa", sagte Marie und sah ihn bittend an. Steenhoff seufzte. Ihm stand mehr der Sinn nach Frankreich, Italien oder auch der Türkei. Hauptsache heiß und sonnig.

„Okay. Ihr habt es geschafft. Dieses Jahr also nach Dänemark. Aber wenn es regnet, und ihr immerzu eure Fleecepullis im roten Holzhäuschen überzieht und nachts von Wärmekissen träumt, dann möchte ich keine Beschwerden hören."
„Bornholm wird auch die Sonneninsel genannt, Frank", sagte Ira und lächelte ihn milde an.
„Super. Dann ist ja alles klar", sagte Marie erfreut und stand auf.
„Ich muss noch ein bisschen Mathe machen, und ihr habt euch bestimmt auch noch einiges zu erzählen."
Sie zwinkerte ihrer Mutter beim Hinausgehen zu. Aber Steenhoff hatte die Geste bemerkt. Langsam wurde er unruhig.
„Marie, ich möchte nachher gerne noch mal mit dir sprechen. Okay?"
Erstaunt sah sie ihn an.
„Klar."
„So, und auf welche Neuigkeit muss ich mich bei dir gefasst machen?", fragte Steenhoff seine Frau, nachdem Marie in ihrem Zimmer verschwunden war. Ira kam sofort zur Sache.
„Ich muss Ende nächster Woche noch einmal für ein paar Tage nach Bornholm. Das Badezimmer wird ja umgebaut und da ist es besser, wenn ich vor Ort bin."
„Weißt du, wie lange so etwas dauert?", fragte Steenhoff entsetzt. „Dafür musst du mindestens 14 Tage einkalkulieren."
„Unsinn, Frank. Die Handwerker sind absolut zuverlässig. Ich habe sie von den Nachbarn wärmstens empfohlen bekommen. Fliesen, Waschbecken, Toilette und so weiter habe ich bei meinem letzten Besuch ausgesucht, und es steht alles bereit. Wenn wir dann Urlaub in dem Haus machen, steht uns ein komplett saniertes Badezimmer zur Verfügung. Das war der einzige Raum in dem wunderschönen Haus, der nicht auf dem neuesten Stand war."

„Also, wie lange bleibst du jetzt weg?", fragte Steenhoff säuerlich.
„Fünf bis sieben Tage. Ich habe schon mit Marie gesprochen. Die ers-

ten vier Tage wird sie bei ihrer Freundin Sarah bleiben. Dann sind ja auch schon Ferien. Und die beiden haben vor, viel auf der Jugendfarm zu machen. Dort soll ein neuer Stall für die Pferde und Esel gebaut werden. Du musst dir also keine Sorgen um Essen oder den Einkauf machen. Und die restlichen zwei, drei Tage werdet ihr das hier auch allein managen können."

Ira hob das Weinglas und prostete ihrem skeptisch dreinschauenden Mann zu.

„Du vergisst, dass Marie auch kein Kind mehr ist. Du wirst froh sein, wenn du sie überhaupt mal zu sehen bekommst."

„Es geht mir ja gar nicht um die organisatorischen Dinge. Aber mir gefällt nicht, dass Marie so hin- und herorganisiert wird. Ich finde es nicht gut, dass wir in den vergangenen Wochen und Monaten so wenig Zeit für sie hatten."

Ira blitzte ihn an.

„Was das betrifft, sprichst du ja wohl hauptsächlich von dir. Ich gebe meine Kurse hier zu Hause und bin jeden Mittag da, wenn Marie aus der Schule kommt. Du gehst dagegen oft frühmorgens und kommst erst am späten Abend wieder zurück."

„Übertreibe bitte nicht. Das ist doch nur in Ausnahmefällen so", sagte Steenhoff aufgebracht.

„Die Ausnahmefälle häufen sich aber, seit ihr hinter diesem Verrückten her seid", stellte Ira fest.

„In Wirklichkeit passt dir dieses ganze Bornholm-Projekt nicht. Und vermutlich ebenso wenig meine neue Selbstständigkeit."

„Ach, das ist doch Quatsch", widersprach ihr Steenhoff heftiger als gewollt.

Eine Weile sagten beide nichts mehr. Schließlich stand Steenhoff auf. „Ich gehe mal zu Marie. Ich muss noch etwas mit ihr besprechen." Ohne auf den fragenden Blick seiner Frau einzugehen, verließ er das Zimmer.

Der Abend stand unter keinem guten Stern. Steenhoff wusste nicht, ob es an ihm lag. Aber auch Marie schien überhaupt nicht zu verstehen, worum es ihm eigentlich ging. Aufgebracht schimpfte sie auf die Bremer Polizei, die sich überhaupt nicht für „fiese Tierquäler" interessiere. Als sie auf ihren Ziegenbock Ferdinand zu sprechen kam, verlor sie kurzzeitig die Fassung und begann zu schluchzen.
„Jemand hat ihm einfach den Bauch aufgeschlitzt. Kannst du dir das vorstellen? Was hat das Tier ihm getan? Ich hasse diesen Menschen. Ich hasse ihn. Und deine Kollegen tun so, als wenn Ferdinand es gar nicht wert sei, dass man seinen Mörder fasst."
Wütend und mit verweintem Gesicht sah sie ihren Vater an. „Und deswegen habe ich gesagt, dass ich mit der Geschichte an die Zeitung gehe."
„Aber die Tochter eines Kommissars kann doch nicht die Kollegen ihres Vaters unter Druck setzen. Das gehört sich nicht, Marie. Da hätten wir gemeinsam nach anderen Lösungen suchen müssen", entgegnete ihr Steenhoff.
Marie sah ihn trotzig an. „Es gehört sich auch nicht, dass man erstochene und gequälte Tiere als Sachbeschädigung abtut. Und, wie hättest du mir denn helfen können? Du hast mir doch schon vor Monaten, als du noch nicht so viel zu tun hattest, am Telefon erklärt, dass du nicht für ermordete Hasen in dieser Stadt zuständig bist. Und ich nehme an, dass dasselbe auch für junge Ziegenböcke gilt. Also, was für eine Hilfe könntest du da schon für mich sein?"
Einen Augenblick war Steenhoff angesichts der Vorwürfe sprachlos. Das Gespräch war ihm völlig aus dem Ruder gelaufen. Er hatte seiner Tochter ins Gewissen reden wollen. Doch stattdessen hatte sie ihm eine regelrechte Standpauke gehalten. Aus der Sicht eines Kindes oder eines jungen Menschen, der Dinge nur nach Recht und Gerechtigkeit und nicht nach dem Machbaren beurteilt, konnte er ihre Gefühle sogar verstehen. Aber sie musste sich auch in seine Lage versetzen. Als er einen zweiten Versuch unternahm, zog sich Marie völlig

in sich zurück. Steenhoff hatte das Gefühl, gegen eine Wand zu reden. Aufgewühlt verließ er schließlich ihr Zimmer.

An diesem Abend hätte Steenhoff gern ein eigenes Schlafzimmer gehabt. Stattdessen zog er sich in sein Arbeitszimmer zurück und hörte bis Mitternacht über Kopfhörer Jazzmusik. Alles schien ihm momentan zu misslingen. Er hatte keine Ahnung, ob sie den Mann, den sie seit Wochen jagten, jemals kriegen würden. In ihm machte sich Hoffnungslosigkeit breit. Er wusste, der Unbekannte würde wieder zuschlagen. Es war nur eine Frage der Zeit. Sie aber waren ihm kaum näher gekommen. Und das, obwohl ihn mehrere Zeugen gesehen hatten und es inzwischen ein Phantombild von ihm gab. Selbstsicher hinterließ er seine DNA an den Tatorten und verwischte zugleich alle anderen Spuren, die ihn hätten verraten können. Der Mann war ihm ein Rätsel. Ebenso wie die grausamen Rituale, die er an seinen Opfern zelebrierte.
‚Wir haben eine Zeichnung von ihm und ich kann mir trotzdem kein Bild von ihm machen', dachte Steenhoff. Er war als Polizeibeamter schon vielen Mördern und Totschlägern in seinem Leben begegnet. Aber dieser Mann passte in kein Schema. ‚Ich begreife ihn nicht und er ist nicht greifbar', dachte Steenhoff. ‚Es ist, als jagten wir ein Phantom.'

23

Das gemeinsame Frühstück am Morgen verlief schweigsam. Steenhoff empfand die Stimmung als unangenehm. Er fühlte Ira gegenüber noch immer einen leichten Groll. Was Marie betraf, konnte er seine Tochter immer mehr verstehen. In der Nacht hatte er beschlossen, sich selbst um den oder die Verrückten zu kümmern, die nichts Besseres zu tun hatten, als Tiere zu töten. Das war er seiner Tochter schuldig. Wozu hatte sie schließlich einen Vater, der Polizist war? Seinen Kollegen würde er davon nichts erzählen, sondern versuchen, neben seiner sonstigen Arbeit, dem Täter auf die Spur zu kommen.

Doch zuvor musste er den anderen Fall abgeschlossen haben. Da er keine Ahnung hatte, wie viele Wochen oder Monate sich die Ermittlungen noch hinziehen würden, wollte er Marie noch nichts von seinem Entschluss mitteilen. Sie würde ihm ansonsten Tag für Tag mit ihren Nachfragen in den Ohren liegen.

Was er jetzt brauchte, war Ruhe, sowohl in der Familie, als auch in den Medien oder im Präsidium. Steenhoff spürte, dass es irgendwo den „Anpacker" gab, ein Detail, das sie bis jetzt falsch bewertet oder ganz übersehen hatten. Aber wo? Während er stumm seinen Kaffee trank, nahm er sich vor, in den nächsten Tagen die Akte noch einmal gründlich durchzuarbeiten.

Da Ira und Marie sich jeweils hinter einem Stück Zeitung verschanzten, verabschiedete er sich nur kurz und ging zur Garage. Kaum saß er im Auto, stellte Steenhoff fest, dass er zwar seine Pistole dabei, aber sein Diensthandy auf dem Küchentisch vergessen hatte. Als er die Haustür aufschloss, hörte er, dass Ira und Marie in ein intensives Gespräch miteinander vertieft waren.

„Du solltest unbedingt mit ihm sprechen, Mama. So kann das nicht weitergehen", hörte er Marie sagen. Steenhoff blieb im Flur stehen.

„Ich weiß nicht, wie ich es ihm noch sagen soll. Ich habe das Gefühl, dass er das überhaupt nicht verstehen würde", erwiderte Ira. „Vielleicht solltest du es ihm ganz direkt sagen. So wie mir. Ich habe das ja auch verstanden und war nicht böse."

„Ja, aber du bist meine Tochter und nicht mein Ehemann", antwortete Ira ernst.

Steenhoff spürte, wie in seinem Kopf die Gedanken zu rasen began-

nen. ‚Wovon sprach Ira? Was verstand er nicht, und was konnte so nicht weitergehen?'
Geräuschvoll riss er die Haustür von innen auf. Sofort erstarb das Gespräch der beiden Frauen. Steenhoff bemühte sich um einen neutralen Gesichtsausdruck, als er um die Ecke in das Esszimmer bog.
„Nicht erschrecken, ich bin's. Ich hab' mein Handy auf dem Tisch liegen lassen."
Seine Tochter und seine Frau schauten überrascht hinter ihren Zeitungen hervor.
„Ach, gut dass du das rechtzeitig bemerkt hast", sagte Ira und lächelte ihn an. Vor wenigen Minuten hätte er sich noch über diese kleine Geste gefreut. Jetzt kam sie ihm falsch vor. Sie mussten beide dringend miteinander reden. So konnte Ira nicht nach Bornholm fahren.
Beklommen fuhr er ins Präsidium. In seinem Büro holte sich Steenhoff die Spurenakten aus dem Schrank und stapelte sie auf Navidehs Schreibtisch. Für Gedanken und Assoziationen, die ihm beim Lesen kommen würden, legte er mehrere Zettel bereit. Nach zwei Stunden unterbrach ihn Tewes bei seiner Arbeit. Sein Chef hatte sich zwei Zeitungen unter den Arm geklemmt.

„Morgen, Frank. Die Journaille hat sich wieder zu Wort gemeldet. Diesmal nicht deine Reporterin vom Weser-Kurier, sondern zwei Zeitungen aus dem Umland."
„Hm."
„Ich dachte, es würde dich interessieren, was sie uns jetzt wieder vorhalten", sagte Tewes und legte die Zeitungen auf Steenhoffs Schreibtisch.
„Sag es mir doch. Dann muss ich mir den Mist nicht auch noch antun", antwortete Steenhoff schroff.
Aufmerksam musterte sein Kollege ihn.
„Na ja, sie bringen jetzt natürlich alle die Leichenschändungen mit unserem aktuellen Mordfall zusammen und haben unseren Leuten

von der Pressestelle ein Loch in den Bauch gefragt, wie lange die Sonderkommission erhalten bleibt und was wir denn gegen den Mann zu tun gedächten. Lars Diepenau hat sie gekonnt mit dem üblichen Blabla bei solchen Anfragen abgespeist. So nach dem Motto: Die Ermittlungen laufen auf Hochtouren, es gibt noch keine heiße Spur, aber einige Hinweise, die noch nicht abgearbeitet sind und so weiter."

„Gut", sagte Steenhoff knapp.

„Eine Zeitung aus Oldenburg hat sich zu der Behauptung verstiegen, dass eine normal zusammengesetzte Mordkommission mit einem solchen Fall überfordert sei, da wir überwiegend Beziehungsdelikte abarbeiteten. Sie haben irgendsoeinen Kriminologen aus Frankfurt dazu befragt, der ihnen in den Block diktiert hat, bei welchen Fall-Konstellationen Mordermittler bundesweit regelmäßig versagen."

Tewes lachte bitter auf. „Jetzt halt dich fest. Das ist echt eine Unverschämtheit: Die Aufklärungsquote bei Kapitaldelikten liege zwischen 89 und 94 Prozent. In der Regel komme der Täter aus dem nahen Umfeld des Opfers, sei Vater, Mutter, Partner oder ein Nachbar des Getöteten, betont Professor Heinrich Läuterer. Nicht selten meldeten sich die Täter sogar selbst bei der Polizei. Die Beamten brauchten sie dann nur noch festzunehmen. Die Aufklärungsquote bei Tötungsdelikten, bei denen Opfer und Täter keine Vorbeziehung hatten, oder das Motiv nicht erkennbar ist, sei dagegen erschreckend niedrig. Oftmals seien die Ermittler, gerade in Flächenländern, wo es keine stehenden Mordkommissionen gebe, für solche Fälle nicht ausreichend fortgebildet."

Tewes schüttelte unwillig den Kopf.

„Vielleicht sollten wir uns alle mal zum Fortbildungsseminar bei dem klugen Herrn Läuterer anmelden. Was sagst du dazu, Frank?"

Steenhoff sah ihn gereizt an. „Schmeiß es einfach weg. Oder lies es erst gar nicht. Das ist nichts als gequirlte Scheiße."

Tewes legte ohne weiteren Kommentar die Zeitungen beiseite und schaute sich in dem kleinen Büro um.
„Sag mal, jetzt wo Navideh im Krankenhaus ist, wäre es vielleicht ein passender Moment, euch hier noch mal umzusetzen."
Überrascht sah ihn Steenhoff an. „Wie meinst du das?"
„Na, ihr habt euch ja in der Vergangenheit immer wieder behakt. Das hat jeder hier bemerkt. Ich kann es mir nicht leisten, dass einer meiner besten Ermittler sich an den Eigenarten einer neuen Kollegin aufreibt, statt sich hundertprozentig zu konzentrieren. Navideh könnte zum Beispiel gut bei Wessel im Zimmer sitzen."
Steenhoff spürte, wie der Ärger in ihm hochstieg. Mühsam bemühte er sich, den richtigen Ton zu treffen.
„Bernd, die Kollegin hat vor ein paar Tagen nur knapp einen Mordanschlag überlebt. Und wir haben nichts Besseres zu tun, als sie während ihres Krankenhausaufenthaltes auszuquartieren. Das wäre wirklich mehr als schäbig."
Bevor Tewes etwas erwidern konnte, fügte Steenhoff hinzu. „Ich danke dir trotzdem für dein Angebot, allein zu sitzen. Du hast natürlich recht. Es hat in der Vergangenheit manches Mal zwischen ihr und mir geknirscht. Und wenn der Fall hoffentlich irgendwann mal abgeschlossen ist, dann können wir über dein Angebot gerne reden. Aber zum jetzigen Zeitpunkt möchte ich, dass die Zimmerverteilung so bleibt wie sie ist."
„Okay, Frank. War ja auch nur ein Angebot." Tewes nickte zustimmend. „Wir sehen uns heute Nachmittag bei der Besprechung."

Bis zum späten Nachmittag vertiefte sich Steenhoff in die Akten. Doch bis auf ein paar Gedankenskizzen, war sein Zettel fast leer. Er nahm sich vor, zwei Beamte auf versuchte Entführungen der vergangenen Jahre anzusetzen. Möglicherweise war ihr Täter dabei. Außerdem sollten seine Kollegen mit dem Phantombild die Nachbarschaft von Heiko Schneider abklappern. Vielleicht hatte jemand den Mann

auf dem Grundstück bemerkt, als er die Nummernschilder des Wagens abmontierte. In der Vergangenheit hatte sich gezeigt, dass Täter bei Vorbereitungshandlungen längst nicht solch eine große Vorsicht an den Tag legten wie beim eigentlichen Tatgeschehen.
Als er sich mit der Kommission erneut zusammensetzte, ließ er zunächst seine Kollegen berichten. Wessel und Block hatten zwei der fünf Männer aufgesucht, auf die die Beschreibung der Krankenschwester im weitesten Sinne zutraf und die in den vergangenen zwei Jahren als Patienten in dem Krankenhaus gelegen hatten. Beide waren polizeilich bislang nie aufgefallen. Einer der Männer war nachweislich auf Geschäftsreise im Ausland gewesen, als Birgit Langes Leichnam im Krankenhaus West geschändet wurde. Der andere hatte kein Alibi für die Nacht der Leichenschändungen und für den Abend, an dem die junge Ukrainerin im Stadtwald getötet worden war.
„Aber er fährt nur Rad“, sagte Block. „Das ist so ein Öko-Typ. Der Mann hat noch nie ein Auto besessen und hat uns schon bei dem Gedanken daran sofort einen Vortrag gehalten, wie perfekt man in Bremen ohne Auto auskommen kann“, erzählte Block.
„Kann das nicht nur eine Schutzbehauptung sein?“, gab Rüttger zu bedenken.
„Nein. Ich glaube nicht. Wir haben ihn überprüft. Er hat tatsächlich noch nie einen Führerschein besessen. Außerdem hatte er nichts gegen eine Speichelprobe und hat uns auch noch ein aktuelles Bild von sich mitgegeben, damit wir es der Krankenschwester vorlegen können. Die hat im Übrigen sofort gesagt, dass er diesem ‚Sven' überhaupt nicht ähnelt.“

Steenhoff sah alarmiert auf.
„Ihr habt ohne richterlichen Beschluss eine Speichelprobe von ihm genommen?“
„Nein, wir haben ihn nur gefragt, ob er eventuell etwas dagegen hätte,

falls es notwendig sei, seine Unschuld zu beweisen", sagte Wessel. „Aber selbst da wirkte er völlig relaxed."
„Gut, den können wir abhaken", meinte Steenhoff. „Nehmt euch gleich morgen die anderen vor. Was hast du, Manfred?"
Rüttger hatte ein Liste von 21 Zulieferern zusammengestellt, die mit dem Krankenhaus zusammenarbeiteten. „Das wird einige Tage in Anspruch nehmen, die Betriebe und ihre Mitarbeiter abzuklopfen", kündigte er an. „Ich werde mit den Betrieben beginnen, die wöchentlich ihre Ware anliefern. Vielleicht sind darunter Leute, die die Produkte direkt auf die Stationen oder auch in die Lagerräume neben der Pathologie bringen. Dann kommt der Bestatter dran. Vielleicht kreuzen sich da irgendwelche Wege und Personen."
Steenhoff nickte. „Sobald ich mit den Akten durch bin, unterstütze ich dich. Ich bin mir sicher, dass unser Täter sich bestens im Krankenhaus auskennt. Er geht Risiken ein, was wir daran erkennen, dass er seine DNA zurücklässt. Aber er kalkuliert auch das Risiko, wie wir anhand der Geschichte mit den Autoschildern gesehen haben. Unwahrscheinlich, dass er ohne genaue Ortskenntnis und ohne zu wissen, wann die Pathologie besetzt ist, dort seine kranken Inszenierungen auslebt."
Block nickte zustimmend und fügte hinzu: „Zumal wir wissen, dass er sich zuvor den Schlüssel beim Pförtner besorgt hat. Er kennt also die Abläufe und Gepflogenheiten."
Dann berichtete er von seinen Ideen. Mehrere Kollegen wollten die Ermittlungen in der Nachbarschaft von Heiko Schneider übernehmen. Ein älterer Kollege sollte die versuchten Entführungen der vergangenen Jahre in Bremen überprüfen.
„Vielleicht sollten wir auch schauen, ob es irgendeinen Bezug zwischen den verschiedenen Tatorten und Tatzeiten gibt?", schlug Rüttger vor.
„Okay. Setz du dich mit den Fallanalytikern zusammen. Vielleicht

können die so eine Art geografische Fallanalyse anfertigen“, erwiderte Steenhoff zustimmend.
Nach der Besprechung vertiefte sich Steenhoff erneut einige Zeit in die Akten und fuhr dann zu Petersen ins Krankenhaus.
Es ging ihr deutlich besser. Sie saß in ihrem Bett und las in einem Buch, als er eintrat. Steenhoff merkte, dass sie sich freute, ihn zu sehen. Er hatte einen Blumenstrauß und eine Karte mit den guten Wünschen seiner Kollegen dabei.
„Ich hoffe, es ist kein Krimi. Du sollst dich doch erholen“, sagte Steenhoff mit einem Blick auf das Buch, das sie beiseitegelegt hatte.
„Keine Angst. Krimis sind nichts für mich. Viel zu aufregend“, antwortete Petersen scherzhaft.
„Aber das Buch ist absolut empfehlenswert. Ein Abriss über die Entstehungsgeschichte der Bundesrepublik Deutschland.“
„Oh weih“, entfuhr es Steenhoff. „Vielleicht bringe ich dir nächstes Mal doch lieber meinen Lieblingskrimi aus Schweden mit.“

Sie plauderten fast eine Stunde miteinander.
Petersen erzählte, dass sie sich endlich mit ihrer Mutter ausgesprochen habe. Diese hatte, als sie am Telefon die Details über die Auseinandersetzung der Geschwister erfahren hatte, erst ungläubig alles zurückgewiesen und dann einen Nervenzusammenbruch erlitten.
Am Morgen war sie endlich am Krankenbett ihrer Tochter erschienen.
„Wir haben stundenlang geredet“, sagte Navideh und sah trotz ihres geschundenen Gesichtes glücklich aus.
„Ich habe ihr auch von meiner Beziehung mit Vanessa erzählt. Ich bin das ewige Lügen und Legendenerfinden so leid.“ Steenhoff nickte ihr aufmunternd zu.
„Stell dir vor, sie will den Kontakt zu meinem Bruder zwar nicht ganz

abbrechen, aber sie will sich von ihm auszahlen lassen und nicht mehr mit ihm das Kunsthandwerk-Geschäft führen."

„Das hört sich nach einer klaren Linie an", sagte Steenhoff.

„Wo ist Mahmud jetzt?", fragte Petersen unvermittelt. Und zum ersten Mal klang ihre Stimme wieder eine Spur ängstlich.

„Er ist wegen fehlender Fluchtgefahr aus der U-Haft entlassen. Aber er wird dich in Ruhe lassen, Navideh. Ich habe mit ihm gesprochen und ich wette eins zu hundert, dass er es ist, der die größere Angst hat, dir noch einmal zu begegnen."

Fragend sah ihn Petersen an.

„Die Details erzähle ich dir ein anderes Mal", meinte Steenhoff ausweichend.

Petersen wirkte nachdenklich.

„Okay", sagte sie schließlich widerstrebend. „Ich würde es gerne wissen. Aber ich nehme an, es gibt gute Gründe für deine Zurückhaltung."

Steenhoff antwortete mit einem unverbindlichen Lächeln.

„Und was machen die Ermittlungen? Habt ihr schon einen neuen Ansatz?"

„Ach, damit möchte ich dich jetzt gar nicht belasten", blockte Steenhoff ab. Doch Petersen bestand darauf, auf dem Laufenden zu bleiben, so dass sie den Rest der Besuchszeit damit verbrachten, die Ereignisse der vergangenen Tage durchzusprechen.

Als er am frühen Abend nach Hause kam, war nur Marie da.

„Mama ist bei ihrer Freundin", sagte seine Tochter knapp.

Am nächsten Abend hatte Ira ein befreundetes Ehepaar zum Essen eingeladen und an den darauffolgenden Abenden gab sie ihre Yoga-Kurse.

Jeden Tag nahm sich Steenhoff erneut vor, Ira um ein Gespräch zu bitten. Und jedes Mal merkte er, wie er dankbar ihren vollen Terminplan hinnahm.

Er spürte, dass er Angst davor hatte, was Ira ihm auf seine Fragen antworten könnte. ‚Sie ist mir fremd geworden', dachte er ein ums andere Mal. Auch Iras freundliche Zuwendung und Aufmerksamkeit in diesen Tagen konnten nicht über seine Beklommenheit hinweghelfen. ‚Etwas ist anders als früher', dachte er. Aber er traute sich nicht zu fragen, was es war.

Als Ira schließlich nach Bornholm abfuhr, hatten sie noch immer nicht miteinander geredet. Ira hatte seine gedrückte Stimmung mit seinem Fall in Zusammenhang gebracht und ihn bei der Verabschiedung liebevoll als komplett urlaubsreif bezeichnet.

„Bald haben wir eine Terrasse mit Blick aufs Meer und viel Zeit und Ruhe für uns", hatte sie ihn getröstet und ihm einen innigen Kuss aufgedrückt. Steenhoff hätte sie am liebsten nicht mehr losgelassen, aber sie befreite sich aus seinem Arm, winkte ihm noch einmal fröhlich zu und setzte sich in das wartende Taxi.

Die darauffolgende Woche verlief schleppend. Sein Aktenstudium hatte kaum neue Ansätze ergeben. Steenhoffs Notizen waren nicht der Rede wert. ‚Eigentlich sollte ich froh sein, dass wir tatsächlich nichts übersehen haben', dachte Steenhoff. Doch in Wirklichkeit machte sich eine wachsende Verzweiflung in ihm breit. Seine Stimmung wurde auch dadurch nicht besser, dass Andrea Voss im Weser-Kurier unerwartet einen neuen Artikel veröffentlicht hatte.

Die Überschrift *„Wann schlägt der unheimliche Mörder erneut zu? Bremer Kripo tappt weiterhin im Dunkeln"*, ärgerte und kränkte ihn zugleich. Spontan griff Steenhoff zum Telefon, um mit der Redakteurin zu sprechen. Doch sie hatte frei, wie ihm ein Praktikant, der an dem Tag auf ihrem Platz saß, erzählte.

Die Badezimmer-Renovierung in dem Ferienhaus zog sich, wie erwartet, länger als geplant hin. Wohl um ihren Mann bei Laune zu halten, wie Steenhoff vermutete, schickte Ira gleich mehrere liebevolle SMS täglich. Wie sie vorher gesagt hatte, sah und hörte er in dieser Zeit kaum etwas von seiner Tochter. Die meiste Zeit hielt sich

Marie bei ihrer Freundin auf. Gemeinsam verbrachten die beiden viele Nachmittage auf der Jugendfarm, die ihnen in diesem Sommer ein zweites Zuhause geworden war.

Nur bei Petersen ging es überraschend gut voran. Früher als erwartet war sie aus dem Krankenhaus entlassen worden. Fünf Tage später meldete sie sich morgens wieder zum Dienst. Steenhoff protestierte und hätte sie am liebsten wieder nach Hause geschickt, doch Petersen bestand darauf, dass sie trotz ihres Gipsarmes wieder fit sei. „Aber bei wilden Verfolgungsjagden lassen wir dich hier im Präsidium zurück", kündigte Steenhoff drohend an.
Petersen grinste ihn an. „Schon klar. Ich koche den Helden dann bei ihrer Rückkehr einen persischen Kaffee."
Drei Tage später meldete sich am frühen Abend Andrea Voss bei Steenhoff. Da er gerade in einer Besprechung war und sein Handy nur auf Vibrieren gestellt hatte, drückte er das Gespräch nach einem Blick auf das Display kurzerhand weg. Fünf Minuten später steckte die Sekretärin Marianne Schwenning den Kopf zu seinem Büro hinein.
„Frank, Frau Voss möchte dich unbedingt sprechen."
„Sag ihr bitte, dass ich beschäftigt bin. Ich versuche, sie heute oder morgen zurückzurufen. Und lass dir nicht aufschwatzen, dass es supereilig sei oder so. Das ist der Standardspruch von Journalisten."
Schwenning nickte und schloss die Tür geräuschvoll hinter sich. Zehn Minuten später vibrierte sein Handy erneut. Diesmal war es der Kriminaldauerdienst.
„Entschuldigt mich kurz", unterbrach Steenhoff die Besprechung. „Jemand vom Dauerdienst ist dran."
Es war der Leiter des Kriminaldauerdienstes persönlich.
„Frank, ich bin es, Werner Müller. Bei uns hat sich die Andrea Voss vom Weser-Kurier gemeldet. Sie sagt, dass sie dich unbedingt spre-

chen muss und klagt, dass sie dich nicht zu fassen kriegt." Steenhoff stöhnte wütend auf.
„Nein, verdammt noch mal, weil ich nämlich in einer Besprechung sitze. Wozu haben wir eigentlich eine Pressestelle?"
Werner Müller nahm den Wutausbruch gleichmütig hin. „Ich wollte es dir nur weitergeben. Ehrlich gesagt, klang sie ziemlich aufgeregt."
Steenhoff sah sich seufzend in der Runde um.
„Wir machen eine kurze Pause. Ich muss die Voss mal in ihre Schranken weisen. Die geht mir mit ihrer Penetranz gehörig auf den Geist."
Während seine Kollegen in die Cafeteria gingen, um sich Kaffee und Kuchen zu holen, wählte Steenhoff die Festnetznummer der Journalistin.

Andrea Voss war sofort dran.
„Frank! Gut, dass du endlich anrufst. Ich hatte schon mehrere Versuche unternommen, dich zu erreichen."
„Das habe ich bemerkt. Ich hoffe, du hast einen triftigen Grund, mich aus meiner Besprechung herauszureißen", knurrte Steenhoff. „Jedem anderen Reporter würde ich jetzt gehörig den Marsch blasen. Aber schieß schon los, bevor du auch noch den Polizeipräsidenten anrufst und ihm dein Klagelied darüber singst, dass du mich nicht erreichst."
Ohne auf Steenhoffs wütenden Unterton einzugehen, kam Andrea Voss gleich zur Sache.
„Vor einer Stunde hat sich eine Frau aus Findorff bei uns in der Lokalredaktion gemeldet. Sie war völlig aufgelöst. Ihre zwei Katzen lagen tot im Garten."
„Ja und?", sagte Steenhoff ungeduldig.
„Jemand hat den Tieren den Bauch aufgeschlitzt."
„Das scheint in Mode zu kommen", antwortete Steenhoff sarkastisch. „Hast du etwa wegen eines bescheuerten Katzenmörders so viel Wind gemacht?"

„Nein, nicht deswegen."
Andrea Voss Stimme vibrierte.
„Sondern?", hakte Steenhoff ungeduldig nach.
„Die Frau hat in den geöffneten Bauchhöhlen ihrer Katzen rote Tücher entdeckt."

24

Einen Augenblick lang fühlte sich Steenhoff wie gelähmt. Er konnte nicht glauben, was er eben gerade gehört hatte.
„Sag das noch mal, Andrea," forderte er die Reporterin auf. Die Frau seufzte erleichtert auf.
„Endlich begreifst du, warum ich dich unbedingt erreichen wollte. Also: Die Frau hat sich bei uns nur gemeldet, weil sie sich auf dem Findorffer Revier, wo sie ihre Anzeige aufgeben wollte, nicht ernst genommen fühlte. Sie wollte, dass ich eine Warnung für alle Katzenbesitzer schreibe, dass ein Tierquäler in ihrem Stadtteil umgeht. Erst nachdem ich länger mit ihr gesprochen hatte, erzählte sie die Geschichte mit den roten Tüchern. Und da habe ich mich natürlich sofort an unser Gespräch vor einigen Wochen erinnert."
„Andrea, wer ist diese Frau und wo sind ihre toten Katzen?", sagte Steenhoff gepresst.
Die Reporterin gab ihm Namen und Telefonnummer der Frau. Zehn Minuten später saßen Steenhoff, Petersen und Rüttger im Auto nach Findorff. Die anderen sollten Kontakt mit Peter Smidt, dem Leiter der Jugendfarm, aufnehmen. Steenhoff hatte seine Kollegen kurz informiert, dass auch dort in den vergangenen Monaten Tiere zu Tode gequält worden waren.
Die beiden Beamten sollten Smidt gezielt nach roten Tüchern in den Leibern der Tiere fragen. Steenhoff hoffte, dass Smidt die Tiere nicht

zum Abdecker gebracht, sondern sie einfach irgendwo auf dem Gelände vergraben hatte. In dem Fall sollten Block und Wessel die Tiere bergen und in die Rechtsmedizin bringen. Steenhoff fühlte, wie ihm der kalte Angstschweiß bei dem Gedanken ausbrach, der Täter könnte sich in den vergangenen Monaten auch auf der Farm herumgetrieben haben.

Noch auf dem Weg nach Findorff wählte er Maries Handynummer. Aber seine Tochter antwortete mal wieder nicht. Anders als viele ihrer Freunde betrachtete sie den Besitz eines Handys nicht etwa als „cool", sondern als Kontrollmöglichkeit für ihre Eltern, die so ständig erfahren konnten, wo sie sich gerade aufhielt. Deshalb ließ sie das Handy oft in einer Tasche oder gleich ganz zu Hause liegen. Zum Glück hatte sich Steenhoff vor einiger Zeit die Handynummer ihrer Freundin Sarah geben lassen.

Nach fünfmaligem Klingeln ging das Mädchen endlich ran. Erleichtert bat Steenhoff Sarah, ihm kurz seine Tochter zu geben.

„Tut mir leid. Marie ist nicht hier", sagte Sarah ruhig.

„Wieso das denn? Sie schläft doch bei euch?", fragte Steenhoff verdutzt.

„Ja, aber heute Nacht wollte sie mal bei Beatrice, einer gemeinsamen Klassenkameradin von uns, übernachten und dann morgen wieder nach Hause fahren."

Sarah kicherte verlegen.

„Ihre Tochter hat übrigens noch einen Anschlag auf Sie vor." Steenhoff spürte, wie er ungeduldig wurde.

„Was für einen Anschlag?"

„Sie möchte unbedingt mit Ihnen und Beatrice zu dem Bon Jovi Konzert nach Hannover. Die beiden reden über nichts anderes mehr und wollten heute den ganzen Abend nur Musik hören. Da habe ich mich mal ausgeklinkt."

Der monströse Schatten, der plötzlich von rechts auf ihn zuraste, ließ Steenhoff wie vom Blitz getroffen zusammenzucken.
„Pass auf, Manfred“, schrie Steenhoff, dann wurde er auf seinem Beifahrersitz nach rechts geworfen. Einen Moment geriet ihr Fahrzeug ins Schleudern, aber der erwartete Zusammenstoß mit dem Sattelzug blieb aus. Nach einigen Metern hatte Rüttger das Auto wieder unter Kontrolle und lenkte es an den rechten Fahrbahnrand.
„Verdammt, ich hatte doch Grün. Der muss voll bei Rot über die Kreuzung gebrettert sein“, stellte Rüttger mit zitternder Stimme fest. Als sich Steenhoff umdrehte, sah er den Fahrer des Sattelzugs erstarrt in seinem Fahrzeug sitzen. Das schwere Gefährt stand mitten auf der Kreuzung. Zwei Frauen, die den Vorfall beobachtet hatten, hielten noch immer entsetzt die Hände vor den Mund. Sarahs Stimme holte Steenhoff wieder zurück.
„Herr Steenhoff? Ist etwas passiert? Sagen Sie doch was.“
„Wir hatten eben fast einen Unfall. Aber es ist noch mal gut gegangen. Mach dir keine Sorgen. Sarah, wenn Marie bei dir anruft, sag ihr, sie soll sich unbedingt bei mir melden, ja?“

Steenhoff beendete das Gespräch.
„Das war knapp“, sagte Petersen tonlos. Auch Steenhoff hatte weiche Knie, als er aus dem Fahrzeug stieg und auf den Sattelzug zuging. Der junge Mann hinter dem Steuer war kalkweiß, als Steenhoff zu ihm ins Führerhaus kletterte.
„Kripo Bremen. Sie hätten beinahe die halbe Mordkommission dieser Stadt auf dem Gewissen gehabt“, wandte sich Steenhoff an den Fahrer. Sein halb scherzhaft halb ernst gemeinter Vorwurf löste eine unerwartete Reaktion aus. Verblüfft sah Steenhoff, wie dem Mann Tränen die Wangen herunterliefen. Er bebte am ganzen Körper. Eigentlich hatte Steenhoff vorgehabt, dem Mann eine gehörige Standpauke zu halten und seine Kollegen vom Revier zu benachrichtigen, damit sie den Vorfall aufnehmen könnten. Stattdessen hörte er sich sagen: „Beruhigen

Sie sich. Ist ja noch mal gut gegangen. Aber das gibt einige Punkte in Flensburg und vermutlich ein begrenztes Fahrverbot. Das muss Ihnen klar sein."

„Ich war einen kleinen Moment abgelenkt, weil ich mich verfahren hatte. Ich mache die Tour nach Bremen heute das erste Mal und müsste schon längst in Gröpelingen sein. Wenn ich meinen Führerschein verliere, dann bin ich meinen Job los."

Der Mann rang um Fassung. Steenhoff sah ihn schweigend an.

Plötzlich hob er den Kopf und sah Steenhoff das erste Mal direkt an.

„Aber scheißegal. Hauptsache, ich habe niemanden totgefahren. Damit hätte ich nicht leben können."

Einen Moment lang tat Steenhoff der Fahrer leid.

„Sie haben doppelt Glück", sagte Steenhoff einem spontanen Impuls folgend. „Wir sind gerade in einer aktuellen Mordsache unterwegs, und ich habe überhaupt keine Zeit und Lust, mich um einen Beinaheunfall zu kümmern. Also mein Vorschlag: Sie zeigen sich großzügig und überweisen der Verkehrswacht unter dem Stichwort Schulwegsicherung eine Spende, und wir vergessen den Kram hier."

Steenhoff reichte dem Mann seine Karte.

„Eine Kopie des Überweisungsbelegs schicken Sie an mich. Okay?"

Der Fahrer nickte dankbar. „Ich gehe noch heute zur Bank."

„Die Kollegen von der Schutzpolizei sind gleich da", sagte Rüttger, als er zu seinen Kollegen in den Wagen stieg.

„Navideh hat sich auch die Namen der beiden Frauen notiert." „Vergesst es. Wir haben jetzt keine Zeit dafür. Sag den Kollegen, sie brauchen nicht mehr zu kommen", antwortete Steenhoff. „Der Fahrer hat sich bereit erklärt, etwas an unsere Kollegen von der Verkehrswacht zu spenden, und damit ist es gut."

Rüttger zuckte gleichmütig mit der Schulter und telefonierte mit dem Revier. Petersen sagte nichts zu Steenhoffs Entscheidung.

Als sie schließlich in die Regensburger Straße in Findorff einbogen und vor dem Haus der Katzenbesitzerin hielten, fiel Steenhoff ein, dass er Sarah aufgrund des Zwischenfalls gar nicht nach der Nummer von Beatrice gefragt hatte. Erneut wählte er die Telefonnummer des Mädchens. Aber Sarah ging nicht ran. Mit einem leisen Fluch stieg Steenhoff aus. Zumindest wusste er, dass Marie heute Nacht bei einer Schulfreundin und nicht auf der Farm schlief.

Heike Bellmann öffnete die Tür, noch bevor die drei Beamten geklingelt hatten. Steenhoff hatte zuvor bemerkt, wie sich die bunte Gardine am Küchenfenster des kleinen, geduckt wirkenden Hauses bewegte. Statt eines Grußes empfing die Frau die Beamten mit einer kritischen Bemerkung.

„Erst interessiert sich keiner bei der Polizei für Pelle und Prinz, und dann kommen Sie gleich zu dritt."

Sie musterte ihre Besucher skeptisch. „Wollen Sie sich jetzt in Findorff nachts auf die Lauer legen oder wie wollen Sie dieses Monstrum kriegen?"

Ohne auf ihre Worte einzugehen, stellte Steenhoff sich und seine Kollegen vor. Dann bat er die Frau, sie zu ihren toten Katzen zu führen.

„Ich habe sie extra noch nicht beerdigt, schließlich weiß man ja aus Kriminalfilmen, dass man die Beweise sichern muss."

Sie schniefte plötzlich. „Scheußlich. Jetzt sind Pelle und Prinz plötzlich nur noch Beweise."

Unentwegt redend ging die pummelige Frau voraus und führte sie über ein schmale Treppe und durch einen niedrigen Keller in den nur wenige Quadratmeter großen Hinterhof. Obwohl es nichts zu stehlen gab, waren der Hof und der ebenso winzige gegenüberliegende Garten des Nachbarhauses durch einen hohen Drahtzaun voneinander getrennt.

„Ich hatte die Katzen seit Jahren bei mir. Erst kam Pelle und ein halbes Jahr später Prinz. Da hatte ich Pelle schon kastrieren lassen. Die beiden haben sich wunderbar verstanden."

Heike Bellmann blieb ruckartig stehen. Mit ausgestrecktem Arm zeigte sie auf die äußerste Ecke des kleinen Grundstückes. „Da liegen sie. In dem Karton. Ein Nachbar hat sie mir gebracht. Er hat sie auf dem verwilderten Grundstück am Ende der Straße gefunden."
Während die Frau wie angewurzelt stehen blieb, knieten sich die drei Beamten neben die toten Tiere. Steenhoff zog sich ein Paar Einmalhandschuhe über und drehte das erste Tier vorsichtig auf den Rücken. Rüttger pfiff leise durch die Zähne.
„Er hat die Katze ausgeweidet. Da ist nichts mehr drin. Die ganzen inneren Organe sind weg."
Steenhoffs Hand verschwand jetzt fast vollständig in der leeren Bauchhöhle der Katze.
„Etwas hat er uns doch hinterlassen."
Als er seine Hand wieder hervorzog hielt er ein kleines rotes Tuch zwischen den Fingern.
„Sein Markenzeichen", sagte Petersen, und ihrer Stimme war anzumerken, dass sie sich ekelte.

Heike Bellmann, die nur das rote Tuch sah, meldete sich aus ihrer Ecke des Hofes zu Wort. „Prinz hatte so etwas auch."
„Wo haben Sie das Tuch jetzt?", wollte Petersen wissen.
Erstaunt sah Bellmann sie an. „Na, weggeschmissen. Es liegt im Hausmüll im Keller."
„Ich schaue da mal nach", bot sich Rüttger seufzend an und stand auf.
„Er hat auch noch etwas anderes hinterlassen", sagte Petersen und zeigte auf einen Schnitt über der rechten Pfote, der wie eine frische Wunde aussah.
„Der Schnitt sieht wie ein V aus. Genauso wie das Victory-Zeichen auf Birgit Langes Körper und bei der Prostituierten im Park."
Steenhoff nickte grimmig. Ohne sich weiter um die Katzen zu küm-

mern, wählte er Wessels Nummer. Sein Kollege war sofort am Apparat. „Habt Ihr die getöteten Tiere auf der Farm sichergestellt?"

„Nein", sagte Wessel bedauernd. „Der Farmleiter kommt morgen früh erst wieder. Er hat bis dahin einer Honorarkraft die Verantwortung übertragen. Aber die Frau weiß absolut nicht, wo die Tiere vergraben wurden. Sie bestätigte allerdings, dass sie irgendwo hier liegen."

„Was ist mit dem Zivi? Diesem Daniel?", hakte Steenhoff nach.

„Ja, der könnte es auch wissen. Aber er ist nicht zu Hause und geht auch nicht ans Handy."

„Mist", entfuhr es Steenhoff laut.

„Spätestens morgen früh um neun Uhr soll der Farmleiter, der Peter Smidt, wieder in seinem Büro sein, hat uns die Honorarkraft versichert", sagte Wessel, und seine Stimme klang für Steenhoff, als wolle er seinen Kollegen trösten.

„Bis dahin habe ich die Kollegen vom Revier gebeten, heute Nacht regelmäßig Streife zu fahren und bei verdächtigen Personen auf dem Gelände sofort Alarm zu schlagen und Verstärkung anzufordern."

„Okay. Dann müssen wir uns bis dahin wohl noch gedulden", antwortete Steenhoff unwillig.

„Kommt nach Findorff, wir brauchen euch jetzt hier."

„Und was ist mit den Katzen?", wollte Wessel wissen.

„Die gehen auf sein Konto."

Steenhoff sah Heike Bellmann an, die sich noch immer nicht aus ihrer Ecke gerührt hatte.

„Hat irgendein Nachbar was beobachtet?"

Die Frau schüttelte den Kopf. Steenhoff sah, dass sie wieder weinte.

„Niemand. Ich habe schon mit so vielen Leuten in der Straße gesprochen."

Er drehte sich zu Petersen um.

„Ich werde die Kollegen von der Bereitschaftspolizei um Unterstützung bitten, uns bei der Befragung der Nachbarschaft heute Abend zu helfen. Wenn nichts dabei herauskommt, gehen wir morgen früh mit der Geschichte an die Presse. Irgendjemand muss den Mann doch gesehen haben."

Während Steenhoff mit dem Chef der Bereitschaftspolizei telefonierte, übernahmen Rüttger und Petersen die Aufgabe, den Nachbarn zu befragen, der die Tiere auf dem verwilderten Grundstück entdeckt hatte.

Eine gute halbe Stunde später standen 15 zumeist junge Beamte vor Steenhoff. Er wies seine Kollegen von der Bereitschaftspolizei kurz in die Thematik ein und ging dann mit ihnen von Tür zu Tür.

Es war bereits kurz vor Mitternacht, als sie ihre Befragung vorerst abbrachen. Die Leute hatten zunehmend aggressiv auf die Polizisten reagiert und sich beschwert, wegen eines „toten Katzenviehs" aus dem Schlaf gerissen zu werden.

Steenhoff hatte zwischendurch mehrmals versucht, Sarah zu erreichen, um sich die Nummer von Beatrice geben zu lassen. Er hatte das dringende Bedürfnis, die Stimme seiner Tochter zu hören. Und außerdem wollte er sie bitten, so lange nicht mehr zur Farm zu gehen, bis klar war, wer die Tiere massakriert hatte. Aber Sarah hatte das Handy abgeschaltet.

„Wenn du willst, fahre ich dich gerne nach Hause. Ich selber werde noch mal kurz auf dieser Jugendfarm vorbeifahren", sagte Steenhoff zu Petersen. Sie sah ihn aufmerksam an.

„Du machst dir Sorgen um deine Tochter, nicht wahr?"

Steenhoff zuckte die Achseln.

„Eigentlich nicht. Die liegt vermutlich schon längst im Bett, hört mit ihrer Freundin Bon Jovi und überlegt sich, wie sie mir die Konzert-Tickets aus den Rippen leiern kann. Aber es ist blöd, dass ich sie nicht erreiche."

„Ich komme mit. Vanessa ist sowieso bei ihren Eltern in Braunschweig, und ich bin noch keine Spur müde", sagte Petersen entschieden. Die Ränder unter ihren Augen sprachen eine andere Sprache, aber Steenhoff protestierte nicht.

Eine Viertelstunde später hielten sie vor dem hohen Holzzaun am Eingang der Farm. Steenhoff meldete sich kurz bei dem Revier, damit sie nicht fälschlicherweise als Tatverdächtige ins Visier der Schutzpolizei gerieten.
„Okay. Danke, dass ihr Bescheid gesagt habt. Dann können wir uns ja die Tour um Mitternacht bei der Farm sparen", sagte der Wachhabende. „Wir haben sowieso gerade alle Hände voll zu tun mit ein paar besoffenen Deutsch-Russen, die sich unbedingt mit türkischen Jugendlichen prügeln wollen."
Steenhoff beendete das Gespräch und steckte das Handy in seine Jackentasche.
Er lehnte sich an den Zaun, zog sich ein Stück hoch und ließ seinen Blick langsam über die still im Dunkeln liegende Farm gleiten. Nur ein paar Gänse am Teich der Farm schnatterten, als er sich daranmachte, über den Zaun zu steigen.
„Ich schaue mal kurz über das Gelände, bleib du hier", sagte er zu Petersen und landete auf der anderen Seite der Umzäunung in einer Pfütze. Steenhoff fluchte leise.
Sekunden später hörte er, wie Petersen trotz ihres Gipsarmes ebenfalls den Zaun überkletterte. Offenbar hatte sie mehr Glück. Ihre Schuhe waren sauber, als sie sich neben ihn stellte.
„Ich komme mit. So allein vor dem Zaun ist es mir viel zu unheimlich."
Steenhoff meinte eine Spur von Ironie in ihrer Stimme vernommen zu haben. Achselzuckend ging er voran.
Sie überquerten einen kleinen Spielplatz, auf dem ein paar umgekippte Bäume und hölzerne Balancierstangen lagen. Dahinter begannen die ersten Gehege. Im Schein der Taschenlampe sah Steenhoff ein paar Schafe, die ihn gleichmütig kauend anstarrten. Eine junge

Ziege aber machte angesichts des nächtlichen Besuchs erschreckt einen Sprung zur Seite, prallte auf ein Muttertier, rappelte sich wieder hoch und verschwand mit wenigen Sprüngen aus Steenhoffs Lichtkegel.
„Was ist das denn?“, hörte er Petersen leise sagen, die bereits beim nächsten Gehege stand.
„Ich glaube, diese Kreatur nennt man Hängebauchschwein“, sagte Steenhoff und musste über das groteske Äußere des Tieres grinsen. „Bei Kindern sind die außerordentlich beliebt. Angeblich lassen die sich gerne streicheln.“
Steenhoff sah sich suchend um. „Lass uns mal zu den Kaninchenställen und dem kleinen See gehen.“

Schweigend umrundeten sie das Büro des Farmleiters. Rechts vom Schotterweg lagen die Pferdeställe und der Geräteschuppen. Am Stall brannte die einzige Lampe auf dem weiträumigen Gelände und warf ihr mattes Licht auf den kleinen Platz davor.
Sie hatten die Ställe gerade hinter sich gelassen, als Steenhoff meinte, ein dumpfes Geräusch im Stall zu hören. Gleich darauf wieherte ein Pferd. Ein zweites schien ihm nervös zu antworten. Hatten sie mit ihren feinen Wahrnehmungen die beiden Menschen vor dem Stall bemerkt? Steenhoff blieb stehen und lauschte einen Moment. Zugleich machte er Petersen ein Zeichen, nicht zu reden. Aber es blieb still. Auch die Pferde meldeten sich nicht wieder.
Die Überprüfung der Kaninchenställe verlief ohne irgendwelche Auffälligkeiten. Während Petersen noch einmal den kleinen künstlich angelegten See umrunden wollte, beschloss Steenhoff, sich den Stall anzusehen. Er hoffte, dass die Pferde nicht zu unruhig auf seine Anwesenheit reagieren würden. Er hatte größten Respekt vor Pferden, fast schon Angst. Als Kind hatte ihm der Hinterhuf eines Isländers einmal einen einwöchigen Krankenhausaufenthalt beschert.

Als er die Tür zum Stall öffnen wollte, bemerkte er verwundert, dass sie nur angelehnt war.
Steenhoff schlüpfte in das dunkle Stallinnere und lauschte einige Minuten konzentriert. Dann und wann stampfte ein Pferd. Sonst hörte er nichts. Aber plötzlich spürte er, wie ihm Angst den Rücken heraufkroch. Statt sie abzuschütteln und sich einen Narren zu schimpfen, wechselte er die ausgeschaltete Lampe in die linke Hand und holte vorsichtig seine Pistole heraus.
Ohne sich zu rühren, versuchte er erneut, die Geräusche in dem mit Stroh ausgelegten Stall einzuordnen. Wieder hörte er das nervöse Wiehern eines Pferdes. Doch dabei blieb es. Ein anderes Tier schnaubte. Ansonsten blieb es ruhig. Steenhoff seufzte erleichtert und schaltete seine Taschenlampe ein.

Ein Mensch lag am Ende des Ganges direkt vor der letzten Pferdebox.
„Marie! Mein Gott, Marie!“ Steenhoff Stimme überschlug sich vor Verzweiflung. Alle Vorsicht außer Acht lassend, stürzte er zu dem leblosen Körper. Mit zitternden Händen leuchtete er der Toten ins Gesicht. Er brauchte einen Moment, bis er begriff. Dann wich sein Entsetzen einem hysterischen, trockenen Lachen.
Das Gesicht, von dem nach einem Kopfschuss nicht mehr viel übrig war, gehörte nicht seiner Tochter, sondern Daniel, dem Zivildienstleistenden der Farm. Ein paar Sekunden lang stand Steenhoff wie gelähmt über dem Leichnam. Dann ging ein Ruck durch seinen Körper.
Mit der entsicherten Pistole im Anschlag arbeitete er sich Box für Box bis zur angelehnten Tür vor. Dort lauschte er wieder einen Moment. Im Schein der Hoflampe gäbe er eine hervorragende Zielscheibe für den Mörder ab. Zugleich wusste er, dass er hier wegmusste. Irgendwo auf dem Gelände oder beim Auto wartete Petersen auf ihn. Ahnungslos. Dem Täter völlig ausgeliefert.

Er wusste noch nicht einmal, ob sie ihre Dienstpistole dabeihatte. Steenhoff holte tief Atem. Mit dem rechten Fuß trat er mit voller Wucht gegen die Stalltür und sprang hinaus. Er strauchelte einen Moment und musste sich mit seiner linken Hand auf dem Boden abstützen. Ein unterdrücktes Stöhnen hinter ihm, ließ ihn herumschnellen. Der Lauf seiner Waffe zielte direkt auf Marie.

25

„Die Waffe weg. Sonst knall' ich das Mädchen ab."

Maries Hände waren auf dem Rücken gefesselt. Ihr Mund war mit einem Paketband überklebt. Die langen dunklen Haare hingen ihr in Strähnen herunter. Steenhoff sah, dass Maries Gesicht schweißüberströmt war. Der hochgewachsene Mann, der Marie mit seinem linken Arm am Hals im Schwitzkasten hielt, drückte den Lauf seiner Waffe gegen ihre Schläfe. Er wirkte völlig ruhig.

Langsam legte Steenhoff die Waffe zu Boden. Fieberhaft suchte er nach einem Ausweg. Er musste Zeit gewinnen.

„Sie haben keine Chance. Ich bin Polizist. Hier wird jede Minute ein Haufen Kollegen auftauchen. Es ist aus. Machen Sie es nicht noch schlimmer und lassen Sie meine Tochter los."

Der hochgewachsene Mann lachte leise auf.

„So, ich wusste gar nicht, dass mir hier ihr Töchterchen über den Weg gelaufen ist. Wie rührend."

Höhnisch grinsend sah er Steenhoff an. „Ihre Tochter betätigt sich offenbar auch schon nebenberuflich als Polizistin. Gemeinsam mit diesem jungen Mann wollte sie dem fiesen Tierquäler auflauern, der sich hier manchmal zum Vergnügen eine Ziege oder ein paar Kaninchen holt. Wusste Papa davon?"

‚So lange er redet, schießt er nicht', dachte Steenhoff.

„Nein, davon wusste ich nichts. Noch einmal: Lassen Sie sie sofort los.“ Plötzlich wusste Steenhoff, dass er den Mann schon mal irgendwo gesehen hatte. Fieberhaft suchte er nach einem Anhaltspunkt. Aber er kam nicht drauf.

Der Mann musterte ihn abschätzig.

„Sie bluffen. Und das auch noch ziemlich schlecht für einen Bullen. Sie sind allein hier. Ich habe Sie beobachtet, wie Sie in den Stall gegangen sind. Kein Bulle würde bei einem Verdacht mitten in der Nacht auf eigene Faust allein dort hineingehen. Sie haben lediglich Ihre Tochter gesucht.“

‚Er hat Navideh nicht bemerkt‘, schoss es Steenhoff durch den Kopf. Verzweifelte Hoffnung erfüllte ihn. Vermutlich hatte Navideh längst die Kollegen alarmiert.

In dem Moment hörte er sie rufen. Navidehs Stimme kam aus der Richtung, wo sie ihr Auto geparkt hatten.

„Frank, wo bist du?“

„Kein falsches Wort. Sonst ist sie tot“, zischte der Mann.

Um seinen Worten Nachdruck zu verleihen, drückte er den Lauf der Waffe noch heftiger auf Maries Schläfe. Das Mädchen stöhnte in Todesangst auf.

„Frank. Alles in Ordnung bei dir?“, hörte er Navideh wieder rufen.

„Sagen Sie ihr, sie soll herkommen“, befahl der Unbekannte. „Sie hätten etwas Interessantes gefunden. Los, machen Sie schon.“

Steenhoff legte seine Hände wie einen Trichter um den Mund.

„Bei mir ist alles in Ordnung, Sabine. Aber komm mal her. Ich bin beim Stall. Ich muss dir etwas zeigen, Sabine!“

Einen Augenblick war es still. Dann hörte er wieder Navidehs Stimme. Entsetzt stellte Steenhoff fest, dass sie völlig unbekümmert klang.

„Okay. Ich bin gleich bei dir.“

Schweigend sahen sich die beiden Männer an.

Im Lagezentrum der Bremer Polizei winkte der Notrufsprecher den für diese Nacht zuständigen Polizeiführer an seinen Platz.
„Was gibt's, Uli?", wollte Hermann Kunze wissen und stellte seine Kaffeetasse auf dem Tisch ab.
„Da hat eben eine Frau angerufen und behauptet, Kollegin zu sein. Angeblich sei sie mit Frank Steenhoff auf der Jugendfarm. Sie sagte, etwas stimme auf dieser Farm nicht. Steenhoff sei in Gefahr. Wir sollten sofort mit mehreren Leuten rauskommen. Am besten mit dem SEK. Dann war sie weg. Ich kann sie nicht zurückrufen. Ihr Handy ist ausgeschaltet." Breitbeinig stand Hermann Kunze neben dem Notrufsprecher.
„Was hat sie gesagt, wie sie heißt?"
„Navi-irgendwie und dann mit Nachnamen Petersen. Ich habe ihren Namen nicht richtig verstanden."
„Spiel den Anruf noch einmal ab", forderte Kunze den Mann auf.
Zwei Minuten später hörten sich der Polizeiführer und drei seiner Kollegen, die gerade keine Anrufe entgegennehmen mussten, das 20-Sekundengespräch genau an.
„Ich meine, das ist die Neue aus dem 1.Kommissariat. Die ist bei der Mordkommission", sagte ein Beamter, der sich seit seiner Scheidung für alles Weibliche in der Polizei interessierte.
„Peter hat recht", stimmte ihm der erste Notrufsprecher zu. Sie ist im Intranet im Telefonverzeichnis aufgeführt. Die Frau hat einen türkischen oder persischen Vornamen."
Kunze runzelte die Stirn. „Schnell. Ich will den Anruf noch einmal hören."
Der Notrufsprecher drückte auf einen Knopf vor seinem Platz, dann hörten sie wieder die Frauenstimme.
„Hier ist Navideh Petersen. Ich bin Polizeibeamtin im 1. K. und mit Frank Steenhoff auf der Jugendfarm."
Sie stockte. „Scheiße, ich weiß nicht wie die Straße heißt. Aber ihr wisst schon, die Jugendfarm. Frank scheint in großer Gefahr. Ir-

gendetwas stimmt hier nicht. Kommt schnell! Am besten mit dem SEK. Bitte, beeilt euch!“

„Ist das ein schlechter Scherz, oder was?“

Der Notrufsprecher sah skeptisch auf seinen Monitor, als würde dort die Antwort auf seine Frage erscheinen.

„Das ist kein Scherz. Das ist bitterernst“, entschied Kunze. „Alarmiere die Kollegen von den angrenzenden Revieren. Sie sollen mit mindestens drei Wagen zur Farm fahren.“

Er wandte sich an einen zweiten Notrufsprecher. „Und benachrichtige den Kriminaldauerdienst. Die sollen mit rausfahren. Sag ihnen, ich begleite sie. Ich selbst alarmiere die Kollegen vom Sondereinsatzkommando.“

Während Petersen vorsichtig auf den Lichtschein beim Stall zuging, begann die Maschinerie im Polizeipräsidium auf Hochtouren zu laufen. Bevor sie um die Ecke zum Stall bog, holte Petersen noch einmal tief Luft. Steenhoff sah eine erleichtert wirkende Frau auf sich zukommen.

„Da bist du ja, Frank. Ich hatte mich schon gewundert, wo du steckst. Was hast du denn entdeckt?“

„Mich“, hörte Petersen eine schneidende Stimme hinter sich sagen. „Hände hoch und langsam umdrehen.“

Petersen tat, wie ihr befohlen. Bei Maries Anblick stieß sie unwillkürlich einen leisen Schrei aus.

„Los, Waffe weg!“, befahl der Mann.

Petersen sah ihn verblüfft an. „Ich besitze keine Waffe. Sie können sich selber überzeugen.“

Sie öffnete ihre blaue Jacke und hielt sie ein Stückchen von sich ab.

„Die Jacke ganz aus!“, herrschte der Mann sie an.

Steenhoff bemerkte, dass seine zur Schau getragene Selbstsicherheit zu bröckeln begann. Petersens Auftauchen hatte ihn aus dem Konzept gebracht.

Umständlich quälte sich Petersen mit ihrem Gipsarm aus ihrer Jacke und stand jetzt nur noch in Jeans und Bluse vor dem Mann. Sie hatte das unangenehme Gefühl, der Geiselnehmer würde sie mit den Augen rastern.
„Bitte, tun Sie meiner Tochter nichts", hörte Steenhoff Petersen plötzlich sagen.
„Sie wollte doch nur die Tiere beschützen. Sie kann es nicht ertragen, wenn ihren Schützlingen etwas zustößt. Bitte lassen Sie sie los. Mein Mann und ich werden Sie auch nicht verfolgen. Das versprechen wir Ihnen. Wir wollen nur unsere Tochter zurück."
Ihre Stimme klang angstvoll und sehr naiv. Verstohlen sah Steenhoff seine Kollegin an. Was hatte sie vor?
Der Mann schien tatsächlich kurz zu überlegen. Doch seine Antwort ließ Steenhoff das Blut gefrieren.
„Die Mutter ist ja fast noch schöner als die Tochter. Da fällt die Wahl schwer, wer von euch beiden zuerst drankommt." Er wandte sich an Steenhoff.
„Vielleicht sollte ich Sie zugucken lassen? Würde Ihnen das gefallen? Es wird allerdings eine Weile dauern, bis ich mit Ihren beiden Frauen fertig bin. Ich habe schon ein gemütliches kleines Plätzchen im Büro vorbereitet."

„Dafür gehen Sie lebenslang in den Knast. Überlegen Sie sich genau, was Sie tun", erwiderte Steenhoff scharf.
„Meine Frau hat recht, jetzt haben Sie noch die Chance zu entkommen. Hauen Sie ab, bevor es zu spät ist."
Steenhoff begann, wie ein Wasserfall auf den Mann einzureden. Dabei versuchte er die Distanz abzuschätzen, die ihn von seiner abgelegten Dienstpistole trennte. ‚Zwei Meter', dachte Steenhoff, zwei läppische Meter lag seine Dienstpistole von ihm entfernt auf dem Boden. Ihre einzige Chance.
Zugleich wusste er, dass der Mann nicht zögern würde, ihn bei der

kleinsten Bewegung zu erschießen. Vermutlich würde die Nachbarschaft von dem Drama auf der Farm gar nichts mitbekommen, denn der Mann hatte einen Schalldämpfer auf den Lauf seiner Waffe geschraubt.
„Sie werden keine ruhige Minute mehr haben, wenn Sie uns umbringen", fuhr Steenhoff fort. Er sah, wie Marie unter seinen Worten zusammenzuckte und ihr unentwegt die Tränen die Wangen hinunterliefen.
„Das wäre Ihr Ende. Die Kollegen werden so lange nicht ruhen, bis Sie gefasst sind."

Der Unbekannte lachte dreckig.
„Haben Sie das nicht auch die vergangenen Wochen und Monate versucht? Und? Was ist dabei herausgekommen? Nicht ich sitze in der Falle, sondern Sie. Und mit Ihnen Ihre ganze Familie."
Er nahm Marie noch enger in den Schwitzkasten und richtete die Pistole auf Steenhoff und Petersen.
„Los, ins Büro. Es ist schon alles vorbereitet. Und bei einer falschen Bewegung werde ich erst Ihre Tochter und dann Ihre Frau erschießen."
Auf einmal wusste Steenhoff, wo er den Mann schon einmal gesehen hatte. ‚Der aufdringliche Spaziergänger aus dem Bürgerpark', schoss es ihm durch den Kopf. Er hatte die Szene noch genau vor Augen, wie Wessel auf seinen Befehl auf den Unbekannten zuging und dieser sich mit einer entschuldigenden Geste aus dem Staub machte. Danach hatten sie nicht nur die Wege, sondern auch den Wald um den Tatort besser abgesperrt. ‚Wir waren ihm so nahe und haben es nicht bemerkt', dachte er voller Bitterkeit.
Während Steenhoff ins Büro vorging, zermarterte er sich das Gehirn, wie er den Mann ausschalten könnte. Auf dem zerkratzen Holztisch im Büro lagen mehrere Aktenordner. Daneben entdeckte Steenhoff eine Rolle Paketband, ein paar Handschellen, eine Packung Rasier-

klingen, Nadeln und eine Videokamera samt Stativ. Der Anblick eines kleinen aufgeklappten Koffers auf dem Boden ließ ihn einen Augenblick taumeln. Der Schminkkoffer war voll mit Tuben, Lippenstiften und Make-up. Schlagartig wurde Steenhoff klar, dass der Mann in dieser Nacht keine Tiere quälen wollte. Er hatte es gezielt auf die Jugendlichen abgesehen, die sich abwechselnd nachts auf die Lauer legten.

„Nachdem ich mir die Ziege geholt hatte, war an den Wochenenden fast immer jemand auf der Farm", meldete sich der Mann prompt zu Wort.
„Doch meist hampelten die hier mit drei, vier Jugendlichen herum. Seit Beginn der Ferien waren sie ständig hier. An der Info-Tafel am Stall hing ihr sogenannter Wachplan." Er lachte wieder höhnisch auf.
„Ich brauchte nur draufzuschauen, um zu wissen, in welcher Nacht sie nur zu zweit auf der Farm sein würden. Da konnte ich mich bestens auf meine kleinen Spiele vorbereiten", der Mann deutete mit der Pistole auf die Handschellen und den Koffer.
Plötzlich wurde Marie von einem solchen Weinkrampf geschüttelt, dass ihr die Beine wegsackten. Der Mann riss sie grob hoch und war für den Bruchteil einer Sekunde abgelenkt. Mit einer blitzschnellen Bewegung griff sich Steenhoff den Kleiderständer, der direkt am Eingang des Büros stand, und warf ihn auf den Geiselnehmer hinter sich. Er hoffte inständig, dass er Marie nicht zu sehr wehtun würde. Reflexartig ging Marie in die Knie, um dem Kleiderständer auszuweichen, wurde aber an der Wange getroffen. Überrascht von dem Angriff und Maries Reaktion strauchelte der Mann und fiel samt seiner Geisel zu Boden.
Mit einem Satz stürzte sich Steenhoff auf den Mann. Doch der warf sich erstaunlich behende zu Seite.
Die Kugel traf Steenhoff knapp über der Hüfte. Einen Augenblick

lang war er unfähig sich zu bewegen. Zusammengekrümmt lag er auf dem Bauch und presste beide Hände auf die Wunde, aus der das Blut sickerte. Als er versuchte, hochzuschauen, sah er ein Paar braune Schuhe neben seinem Gesicht.

„Jetzt gebe ich dir den Rest“, hörte er die Stimme direkt über sich sagen.

Steenhoff schloss die Augen.

Wie durch Watte hindurch hörte er das Martinshorn. Dann noch eins und noch eins. Die Wagen schienen aus allen Richtungen zu kommen.

„Scheiße“, fluchte die Stimme über ihm. Die Schuhe entfernten sich und gingen auf das zusammengekauerte Bündel Mensch zu, in dem Steenhoff Marie erkannte.

„Bitte, lassen Sie meine Tochter. Nehmen Sie mich als Geisel. Ich werde alles tun, was Sie verlangen“, hörte er Petersen plötzlich sagen.

Nach kurzem Zögern stieß der Mann Marie wieder zu Boden und griff sich Petersen. Steenhoff blieb reglos am Boden liegen, als der Mann mit Petersen vor das Büro trat. Mühsam versuchte er, sich hochzustemmen, doch die Schmerzen waren zu groß. Vorsichtig robbte Steenhoff auf Marie zu, versuchte zu lächeln, streichelte ihr sanft über die Wange und legte einen Finger auf seine Lippen. Marie sah ihn mit weit aufgerissenen Augen an. Dann nickte sie.

Steenhoff kroch zur Tür.

Der Mann stand direkt mit dem Rücken zu ihm. Wie einen Schutzschild hatte er Petersen vor sich positioniert und hielt sie von hinten umklammert. Das zirkulierende Blaulicht mehrerer Streifenwagen tauchte den Eingang der Farm in ein gespenstisches Licht.

Vergeblich suchte Steenhoff nach irgendetwas, das er als Waffe benutzen konnte. Am Stall gegenüber lehnte ein Spaten. Aber dazwischen stand der Mann mit Petersen. Steenhoff bezweifelte, dass er die Kraft hätte, mit dem Spaten auf den Täter einzuschlagen. Dicht an den Boden gepresst blieb er liegen und betete, dass der Mann sich nicht umschauen möge. Doch der schien von der anrückenden Polizei völlig in den Bann geschlagen.

„Los, da rüber!“, entschied der Unbekannte blitzschnell und stieß Petersen in die entgegengesetzte Richtung des Eingangs. Er wollte seinen Verfolgern über die benachbarten, im Dunkeln liegenden Grundstücke der Anwohner entkommen. Widerstrebend tat Petersen, wie ihr geheißen. Dem Mann war es offenbar nicht schnell genug. Grob schlug er ihr auf den Hinterkopf. „Los, schnell habe ich gesagt!“
Steenhoff begann zu robben. Er fühlte sich dabei an seine Grundausbildung bei der Bundeswehr erinnert. Bei jeder Bewegung tat ihm seine Wunde weh, und er musste mehrfach ein Stöhnen unterdrücken.
Nur noch wenige Meter trennten ihn von seiner abgelegten Dienstwaffe, als er sah, wie Petersen plötzlich ein Stück in die Knie ging. Dann hörte er einen Schrei, voller Kraft und Konzentration.
Verblüfft sah Steenhoff, wie Petersen ihren rechten Ellenbogen dem hinter ihr stehenden Mann wie einen Rammbock in den Bauch stieß. Dieser klappte in sich zusammen. Der zweite Angriff traf ihn am Kopf. Aber der Fußtritt schien ihn nur gestreift zu haben. Statt einen dritten Angriff zu riskieren, ergriff Petersen die Flucht.
Ihre Lungen brannten, als sie auf einen bunt angemalten Bauwagen zuhastete. Nur noch wenige Meter. Dahinter wäre sie in Sicherheit. ‚Verdammt, was machten bloß die Kollegen? Warum waren sie nicht schon längst auf dem Grundstück?‘
Hinter sich hörte sie das dumpfe Plopp, Plopp, Plopp des Schalldämpfers. Neben ihr spritzte die Erde auf. Eine Kugel verfehlte ihren Kopf nur um einige Millimeter und pfiff an ihrem rechten Ohr vorbei.
‚Gleich bin ich tot‘, konnte sie noch denken.
Da zerrissen zwei laute Schüsse die Nacht.

26

Das Boot stand unter vollen Segeln und tanzte elegant auf den Wellen. Fasziniert beobachtete Steenhoff, wie es aus der Bucht heraussteuerte. Plötzlich entdeckte er einen Regenbogen, der in der Mitte der Bucht endete.
„Marie, Ira kommt mal schnell her."
Stumm beobachteten die drei von ihrem Esszimmer aus das Naturschauspiel. Seit zwei Wochen waren sie nun auf Bornholm.
Ira hatte recht gehabt: Sie alle brauchten erst einmal Abstand von Bremen und vor allem Ruhe. Hier auf Bornholm waren sie in ein wahres Idyll eingetaucht. In eine Nachbarschaft, deren Häuser nachts offenstanden und in der zuletzt vor fünf Jahren ein Rad abhandengekommen war.

Marie wirkte erstaunlich stabil.
Aber Ira und Steenhoff machten sich keine Illusionen. Ein Kinder- und Jugendtherapeut hatte sie darauf vorbereitet, dass eine posttraumatische Belastungsstörung noch Wochen oder Monate später auftreten könne. Nach ein paar Gesprächen hatten sie mit ihm verabredet, dass Marie nach ihrem „Urlaub für die Seele", wie es Ira nannte, in Bremen eine Therapie beginnen sollte.
Steenhoff selber hatte sich zweimal mit dem Polizeipastor getroffen. Ein älterer Kollege hatte ihm dringend dazu geraten. „Keiner weint diesem Dreckskerl eine Träne nach. Aber du hast trotzdem einen Menschen erschossen. Ich kenne Kollegen, die sind das nie wieder losgeworden."
Der Polizeipastor war Steenhoff sofort sympathisch gewesen.
Ein kräftiger Mann, der aufmerksam zuhörte, manchen düsteren Gedanken von Steenhoff aufgriff und es schaffte, diesen plötzlich von einer ganz anderen Warte zu betrachten. Trotz aller Schwere der Gespräche, blitzte immer wieder der Humor des Mannes durch. Was Steenhoff besonders für den Pastor einnahm, war, dass er ebenfalls leidenschaftlich Saxofon spielte. Bei ihrem dritten Treffen ging es

denn auch nicht mehr um die furchtbaren Szenen auf der Jugendfarm, sondern um Musik. Fast zwei Stunden lang spielten sie sich gegenseitig ihre Lieblingsstücke vor. Beim Abschied verabredeten sie, sich künftig einmal im Monat zum Saxofonspielen zu treffen.

Was seine Schussverletzung betraf, hatte Steenhoff großes Glück gehabt. Einen Zentimeter weiter, und die Kugel hätte seine Milz zerfetzt. So blieb es nur bei einer großen Fleischwunde, die langsam zuheilte.

Auf Steenhoffs Anraten hatte auch Petersen den Polizeipastor aufgesucht. Im Gegensatz zu ihm war Petersen schon zwei Tage nach dem Vorfall auf der Jugendfarm wieder ins Präsidium gegangen.

„Die beste Therapie für mich ist zu erfahren, was das für ein Mann war, der uns beinahe alle umgebracht hätte", sagte sie mit Bestimmtheit.

Rüttger übernahm die Aufgabe, Steenhoff täglich am Krankenbett zu informieren und ihn über die neuesten Ergebnisse auf dem Laufenden zu halten.

Der Mann, nach dem sie wochenlang vergeblich gesucht hatten, hieß Hans Bilg.

Der 38-jährige Monteur war verheiratet und Vater einer kleinen Tochter. Als die Beamten seiner Frau in der Nacht die Todesnachricht überbrachten und ihr mitteilten, dass Hans Bilg ein zweifacher Mörder war, weigerte sie sich zunächst verzweifelt, den Ermittlern zu glauben.

Rüttger und Wessel stellten mit einigen Kollegen das ganze Haus im Bremer Westen auf den Kopf. Was sie fanden, war zunächst nichts anderes als der Querschnitt kleinbürgerlicher Statussymbole und Souvenirs. In dem Reihenhaus gab es jedoch einen verschlossenen Kellerraum.

Das „Hobbyzimmer" hatte niemand außer Hans Bilg betreten dür-

fen. Auch seine Frau wusste nicht, wo er den Schlüssel dafür aufbewahrte.
Wie sich herausstellte, war die Tür mit einem stählernen Querriegel und einer Bandsicherung ausgestattet. Die Techniker der Polizei benötigten fast eine halbe Stunde, um die Tür zu öffnen.
Als sie sich endlich öffnete, stießen Rüttger und Wessel auf eine Welt voller Abgründe.
Eine kalkweiß getünchte Wand des Kellerraumes hatte Hans Bilg mit mittelalterlich anmutenden Folterinstrumenten dekoriert. Stumm betrachteten die beiden Beamten die an der Wand befestigten Zangen, Daumenschrauben und Peitschen.
In einem Regal standen sorgsam aufgereiht eine Reihe von Videofilmen.
Rüttger zählte 22. Sie waren mit Ortsangaben und Jahreszahlen versehen. Der letzte in der Reihe war mit „Bremer Stadtwald" beschriftet. Rüttger warf Wessel einen Blick zu und legte das Band in das Videogerät. Dann drückte er auf „Play".
Nach fünf Minuten schalteten sie den Film wieder ab.
„Das ist das Widerlichste, was ich je gesehen habe", sagte Wessel erschüttert und ging auf die Straße, um eine Zigarette zu rauchen. Als er zurückkehrte, hatte Rüttger gerade den ersten Film aus der Regalreihe eingelegt. Die Aufnahmen waren schon 15 Jahre alt.
„In den Anfängen hat er sich nur an Tieren vergriffen und sie umgebracht, bevor er sie ausweidete", sagte Rüttger tonlos.
Offenbar besaß Hans Bilg schon damals ein Stativ. Die Bilder zeigten einen jungen, schlaksig wirkenden Mann, der auf einer Weide in die geöffnete Bauchhöhle eines toten Ponys kroch und dabei onanierte. Am Ende steckte er dem Tier ein rotes Tuch in die Bauchhöhle, das Wessel an ein Geschirrhandtuch erinnerte.

In einem Notizbuch hatte Hans Bilg regelrecht Buch über seine Exzesse geführt. Demnach tötete er bereits als Zehnjähriger seine ersten Hühner und Kaninchen. Zu dem Zeitpunkt waren die Abstände zwischen den Tötungen noch groß. Mal vergingen ein paar Wochen, bis er sich wieder eine Katze oder einen streunenden Hund holte, mal ein Vierteljahr.

Mit Beginn der Pubertät steigerte sich sein Sadismus. Fast wöchentlich notierte sich Hans Bilg, welches Tier er auf welche Art getötet hatte. Mit 15 Jahren fand er Gefallen daran, seine vierbeinigen Opfer vor ihrem Tod zu quälen. Mit den Jahren wechselte er zu größeren Tieren.

„Der muss in den vergangenen Jahren allein zehn Pferde in Niedersachsen getötet haben“, sagte Rüttger, als er das Notizbuch durchblätterte.

Plötzlich stutzte er.

Mit Ende 20 hatte Bilg in Hannover das erste Mal eine Leiche geschändet. Detailliert hatte er in seinem Notizbuch festgehalten, was er mit der toten Frau angestellt hatte. Rüttger schüttelte angeekelt den Kopf, als er die Zeilen überflog.

In größeren Abständen war Hans Bilg immer wieder in Kirchen und Leichenhallen eingedrungen und hatte sich an Leichnamen befriedigt. Dabei war er im gesamten norddeutschen Raum aktiv gewesen. Immer wieder fiel in den Notizen das Wort „Appetit“.

„Spüre wieder einen unbändigen Appetit. Es fällt mir schwer an etwas anderes zu denken und meine Arbeit zu erledigen. Werde mir am Wochenende das hübsche braune Pony in Kirchweyhe holen“, las Rüttger laut vor.

Rüttger war froh, Handschuhe zu tragen. Alles in diesem Raum widerte ihn an. Die Vorstellung mit Dingen in Berührung zu kommen, die Hans Bilg zuvor in der Hand gehalten hatte, löste in ihm einen Würgereiz aus.

Tagelang arbeiteten sich die Ermittler durch den „Dreck“, wie sie ihre Funde nannten. In den vergangenen fünf Jahren hatte Hans Bilg im-

mer detailliertere Fantasien entwickelt, wie er künftig seine menschlichen Opfer quälen wollte.
Seitenlang malte er sich aus, wie er eine Frau in seine Gewalt bringen und sie langsam töten würde.
Wenn seine teuflische Buchführung exakt war, und Wessel und Rüttger hatten keinen Zweifel daran, dann hatte Hans Bilg insgesamt elf Leichenschändungen in Bestattungsinstituten und Krankenhäusern begangen. Offenbar hatten die Angestellten und Mitarbeiter die Vorfälle vertuscht, um einen Skandal zu vermeiden.
Wie Steenhoff vermutet hatte, ging auch eine versuchte Entführung auf das Konto von Hans Bilg. Im Herbst vor zwei Jahren stahl er ein Auto und meldete eine Mitfahrgelegenheit für eine Person nach Berlin bei der Bremer Mitfahrzentrale an. Unterwegs fuhr er von der Autobahn ab und bog in eine einsame Landstraße ein. Die 19-jährige Studentin war ihrem Schicksal damals nur durch eine große Portion Glück entgangen.
Hinter einem kleinen Dorf in Brandenburg war in einer scharfen Kurve ein Sattelzug in einen Graben gerutscht. Hans Bilg wäre fast in die noch ungesicherte Unfallstelle hineingerast und hatte den Wagen nur in letzter Sekunde noch abbremsen können. Diesen Moment nutzte die Studentin zur Flucht. Die Ermittlungen waren damals im Sande verlaufen.

Die Ehefrau von Hans Bilg war in den ersten Tagen nur wenige Stunden vernehmungsfähig. Zu groß war der Schock über das Doppelleben ihres Mannes. Wie betäubt schilderte sie Petersen und Block, dass ihr Mann sehr zurückhaltend gewesen sei. Nie habe er sie sexuell bedrängt oder ungewöhnliche Sexualpraktiken von ihr verlangt. Der kleinen Tochter gegenüber sei er ein zärtlicher Vater gewesen.
„Das einzige, was unsere Ehe belastet hat, war seine Arbeit. Er war viele Tage im Monat auf Montage“, sagte die Frau und presste ihre

Faust gegen den Mund, um einen erneuten Weinanfall zu unterdrücken.
Während sich seine Kollegen durch die Videos, das Notizbuch und die anderen Beweismittel aus dem Kellerraum arbeiteten, telefonierte Steenhoff mit einer befreundeten Psychiaterin und schilderte ihr den Fall.
Sie hatte ihm von amerikanischen Studien erzählt.
„Rund 70 Prozent der ermittelten Sexualtäter sind zuvor auch als Tierquäler aufgefallen oder haben dies nachträglich zugegeben. In der kleinen Gruppe der sadistischen Sexualmörder finden wir fast in jeder Biografie schon früh den Hang zur Tierquälerei."
Die Frau seufzte vernehmlich.
„Tierquälerei ist ein wichtiges Warnzeichen. Aber unsere Gesellschaft übersieht es geflissentlich und tut die Delikte regelmäßig als Sachbeschädigung ab", sagte die Psychiaterin bedauernd.
Nachdenklich fügte sie hinzu: „Ihr Täter ist übrigens das, was wir einen Psychopathen nennen. Er ist egozentrisch, aggressiv und kalt. Diese Menschen verstehen, was andere denken, aber sie haben keinerlei Vorstellung davon, was ein anderer Mensch fühlt. Sie sind so etwas wie emotionale Analphabeten. Er muss ein guter Schauspieler gewesen sein, dass seine Frau das nicht bemerkt hat."
Auch die Psychiaterin konnte sich nicht erklären, was es mit den roten Tüchern auf sich hatte.
In der Mordkommission gab es mehrere Theorien dazu. Steenhoff tendierte schließlich am meisten zu der des Fallanalytikers. Dieser sah in den Tüchern eine Art „abartiges Markenzeichen" oder Markierung des Mörders. Sie sollten zeigen, auf wessen Konto das Opfer ging.
Ebenso blieb im Dunkeln, warum er manche seiner Opfer schminkte. Eine mögliche Erklärung war sein grenzenloser Hass auf Prostituierte. So fand Wessel heraus, dass Hans Bilgs Mutter in seiner Jugend zwei Jahre lang sporadisch auf den Strich gegangen war, um die

Haushaltskasse aufzubessern. Dieser Umstand hatte in dem heranwachsenden Jungen vermutlich große Schamgefühle und schließlich tiefe Abscheu gegenüber seiner Mutter hervorgerufen.
Steenhoff fragte sich nach dem Gespräch mit der Psychiaterin, wie es wohl Hans Bilg gelungen war, seine inneren Abgründe jahrelang gegenüber seiner Frau zu verheimlichen. In ihrer Ehe spielte er die Rolle des defensiven, etwas introvertierten Mannes. Gegenüber seiner eigenen Tochter verhielt er sich stets liebevoll. Ehemann, Vater, zuverlässiger Kollege – „die perfekte Tarnung" nannte es Rüttger damals, als sie in einer ihrer vielen Hypothesen versucht hatten, sich ein Bild von ihrem Täter zu machen. Ohne es zu ahnen, hatte Rüttger damit ins Schwarze getroffen.

Die einzige Reporterin, die Steenhoff am Krankenbett aufsuchen durfte, war Andrea Voss. Er hatte seinen engsten Kollegen berichtet, dass sie es war, die mit ihrem Hinweis auf den Findorffer Tierquäler den Stein ins Rollen gebracht hatte. Nicht auszudenken, wenn sie damals nicht so penetrant versucht hätte, ihn telefonisch zu erreichen. An diesem Punkt seiner Gedanken schnürte es Steenhoff stets die Kehle zu. Wenn er nur eine Stunde später auf der Farm angekommen wäre. Oder wenn Petersen ihn nicht begleitet hätte!
Wenn. Immer diese Wenns.
Dankbar dachte er an seine junge Kollegin, die so bühnenreif gelogen und sich als seine naive, erschrockene Ehefrau ausgeben hatte.
„Man hat einen Vorteil, wenn der Angreifer einen unterschätzt", hatte sie ihm im Krankenhaus schmunzelnd erklärt. „Das hat mein Taekwondo-Trainer uns stets eingebläut."

Ira würde im nächsten Jahr häufiger als bisher auf Bornholm sein, denn sie war gebeten worden, noch zwei weitere Häuser an Gäste aus aller Welt zu vermieten. Dies war es, was sie sich vor ihrer Abreise nicht getraut hatte, ihrem Mann zu erzählen. Sie hatte Spaß an ihrer

Maklertätigkeit und verdiente das erste Mal „gutes Geld", wie sie es nannte. Steenhoff blickte aus dem Fenster ihres luxuriösen dänischen Ferienhauses. Die Sandbucht unterhalb der hohen Düne, auf dem ihr Haus lag, war wie leergefegt. Ein Regenschauer nach dem anderen peitschte das niedrige Buschwerk oberhalb des Strandes.

Eine Sonneninsel im August hatte sich Steenhoff anders vorgestellt. Ira kündigte jeden Tag Wetterbesserung an und sprach von schnell vorübergehenden Tiefs über der Ostsee. Aber bislang war es ein verregneter Urlaub. Von Rüttger wusste er, dass seine Kollegen im Präsidium schon wieder mächtig schwitzten. Norddeutschland erlebte seine zweite Hitzewelle in diesem Sommer.

Steenhoff blickte auf die Schaumkronen der Wellen, die vom Westwind in die Bucht gedrückt wurden.

Er schloss die Tür zur Terrasse. Erstaunt stellte er fest, dass er sich das erste Mal seit ihrer Ankunft wieder nach Bremen zurücksehnte.

Mein Dank gebührt der Journalistin Eylin Springmann für ihre feinsinnigen Korrekturen, Caren Siebold für ihre mutmachende praktische Unterstützung zu Beginn, meiner Lektorin Monika Thiele für ihre klugen, umsichtigen Anmerkungen und dem Kriminalhauptkommissar Axel Petermann für seinen ausgezeichneten kriminalistischen Rat an vielen Stellen.

Ohne meine Schwester Heide und vor allem meinen Mann Roland, die mich beide immer wieder bestärkt haben, hätte ich das Buch aber wohl kaum zu Ende geschrieben.